Renée ist 45, als sie ihren Mann verliert. Plötzlich sieht sie sich allein in einem über 300 m² großen Kreuzberger Zimmer-Labyrinth, denn ihre Kinder gehen längst eigene Wege. In den Wochen der Trauer reift in Renée der Plan, die übergroße Eigentumswohnung doch nicht zu verkaufen, sondern stattdessen mit alten Freunden eine Wohngemeinschaft zu gründen. Eine Wunschkonstellation hat sie im Kopf, aber passen diese Menschen wirklich zusammen: ihre Sandkastenliebe Michael, ein Arzt, der Bücher liebt; das ungleiche Paar Anne und Pavel, von denen die eine als Bundestagsabgeordnete beruflich durchstartet, während der andere mit seiner Midlife-Crisis kämpft, sowie der schon pensionierte Musiklehrer und Jazzliebhaber Wilfried? Nach zwei gemeinsamen Test-Urlaubswochen in einem Haus in der Uckermark stürzen sie sich in das Wagnis und stellen fest, dass man zwar viel planen kann, das Leben am Ende aber immer andere Geschichten schreibt.

Katja Altenhoven, geboren 1966 in Berlin, studierte in Leipzig Journalistik und arbeitete viele Jahre bei verschiedenen Tageszeitungen, bevor sie sich als Dokumentarfilmerin und Autorin selbständig machte. Unter anderem Namen hat sie mehrere erfolgreiche Romane veröffentlicht. Sie lebt mit ihrer Familie in Berlin.

Katja Altenhoven

WILLKOMMEN ZUHAUSE!

Roman

Berlin Verlag Taschenbuch

Mehr über unsere Bücher und Autoren:
www.berlinverlag.de

FSC
www.fsc.org
MIX
Papier aus verantwortungsvollen Quellen
FSC® C083411

ISBN 978-3-8333-1045-4
Januar 2016

Umschlaggestaltung: ZERO Werbeagentur, München
Umschlagmotive: Getty Images/Steven Taylor; Matsuichi
Druck und Bindung: CPI books GmbH, Leck
Printed in Germany

1

»Gelb«, murmelt Renée und klebt gelbe Punkte auf die Rückseite der Stühle, die am Esstisch stehen. Stühle sind ungefährlich und nützlich. Ungefährlich, weil sie keinen Anlass geben, traurig zu sein. Bis auf den Stuhl, der an Martins Schreibtisch steht. Auf dem klebt ein roter Punkt, denn der muss weg. Renée hat beschlossen, sich von allen Sachen zu trennen, die sie so sehr an Martin erinnern, dass sie bei deren Anblick sofort zu heulen anfängt. Der Schreibtischstuhl gehört eindeutig dazu. Den hatte Martin auf einem Trödelmarkt gefunden und auf dem hinteren Balkon restauriert. In einem Sommer, der so heiß war, dass man es draußen kaum ausgehalten hatte.

Er hatte sich bei der Arbeit an dem Stuhl einen Sonnenbrand geholt und dabei zum ersten Mal festgestellt, dass ihm die Haare ausgingen, weil die Kopfhaut spannte. Renée war die kleine Tonsur längst aufgefallen, aber sie hatte nie etwas gesagt. Obwohl sie schon viele Jahre verheiratet waren, wusste sie nicht, ob es Martin stören würde zu wissen, dass ihm nun, mit siebenundvierzig, langsam die Haare ausfielen.

Der Schreibtisch bekommt ebenfalls einen roten Punkt. Auf dem hatten sie Pauline gezeugt. Martin hatte ihr das nie geglaubt, aber Renée war sich sicher. Sie war 1991 an einem verregneten Juniabend zu ihm ins Arbeitszimmer – das »Bienenzimmer«, wie sie es nannte – gegangen, um ihn zu überreden, mit ihr ins Kino zu gehen. Aber Martin hatte nicht gewollt.

»Ich habe acht Bestellungen für Bienenköniginnen. Die will ich heute Abend noch fertig machen.«

»Du betrügst mich mit deinen Königinnen«, hatte sie geklagt und sich auf seinen Schoß gesetzt. »Was haben die, was ich nicht habe?« Sie hatte ihrem Mann das Hemd aufgeknöpft und ihm befohlen, ihr jetzt und sofort zu beweisen, dass er sie mehr liebe als seine Königinnen.

»Sei nicht albern, Renée, das dauert nur noch eine Stunde, dann bin ich fertig, und wir können in die Spätvorstellung gehen.« Aber er hatte nicht überzeugt geklungen.

»Schau«, hatte sie gesagt und ihre Bluse aufgeknöpft. »Paul ist bei meinen Eltern, wir haben einen freien Abend. Entweder du machst mir jetzt noch ein Kind, oder wir gehen ins Kino.«

Sie hatten ein Kind gemacht. Mitten auf dem Schreibtisch, der dabei bedrohlich geknarrt und gequietscht hatte. Schon am nächsten Morgen war sie sich sicher gewesen, schwanger zu sein.

»Ich bin schwanger«, hatte sie am Frühstückstisch zu Martin gesagt. Der hatte genickt, ihre Hand gestreichelt und sie beruhigend angeschaut.

»Wir machen noch ein zweites Kind, Renée. Wenn du eins möchtest, machen wir eins.«

»Das müssen wir nicht mehr, ich bin wirklich schwanger.«

Er hatte gelächelt und sein Frühstücksei geköpft. Später hatte er immer behauptet, Renée habe schon länger vor diesem Morgen gewusst, dass sie ein Kind erwartete. Nur hätte sie es eben romantischer gefunden, Pauline auf dem Schreibtisch empfangen zu haben, auf einer bereits versandfertig gemachten Bienenkönigin sitzend, die den Schreibtischsex nicht überlebt hatte.

»Gelb«, sagt Renée und klebt Punkte auf alle Bücherregale. Auch die sind neutral. Was sie beherbergen, würde allerdings größere Schwierigkeiten bereiten und muss einzeln geprüft werden. Nicht die Bücher, aber all die Kleinigkeiten, die sich im Laufe einer Beziehung ansammeln und deren Bedeutung sich niemandem sonst erschließt.

1

»Gelb«, murmelt Renée und klebt gelbe Punkte auf die Rückseite der Stühle, die am Esstisch stehen. Stühle sind ungefährlich und nützlich. Ungefährlich, weil sie keinen Anlass geben, traurig zu sein. Bis auf den Stuhl, der an Martins Schreibtisch steht. Auf dem klebt ein roter Punkt, denn der muss weg. Renée hat beschlossen, sich von allen Sachen zu trennen, die sie so sehr an Martin erinnern, dass sie bei deren Anblick sofort zu heulen anfängt. Der Schreibtischstuhl gehört eindeutig dazu. Den hatte Martin auf einem Trödelmarkt gefunden und auf dem hinteren Balkon restauriert. In einem Sommer, der so heiß war, dass man es draußen kaum ausgehalten hatte.

Er hatte sich bei der Arbeit an dem Stuhl einen Sonnenbrand geholt und dabei zum ersten Mal festgestellt, dass ihm die Haare ausgingen, weil die Kopfhaut spannte. Renée war die kleine Tonsur längst aufgefallen, aber sie hatte nie etwas gesagt. Obwohl sie schon viele Jahre verheiratet waren, wusste sie nicht, ob es Martin stören würde zu wissen, dass ihm nun, mit siebenundvierzig, langsam die Haare ausfielen.

Der Schreibtisch bekommt ebenfalls einen roten Punkt. Auf dem hatten sie Pauline gezeugt. Martin hatte ihr das nie geglaubt, aber Renée war sich sicher. Sie war 1991 an einem verregneten Juniabend zu ihm ins Arbeitszimmer – das »Bienenzimmer«, wie sie es nannte – gegangen, um ihn zu überreden, mit ihr ins Kino zu gehen. Aber Martin hatte nicht gewollt.

»Ich habe acht Bestellungen für Bienenköniginnen. Die will ich heute Abend noch fertig machen.«

»Du betrügst mich mit deinen Königinnen«, hatte sie geklagt und sich auf seinen Schoß gesetzt. »Was haben die, was ich nicht habe?« Sie hatte ihrem Mann das Hemd aufgeknöpft und ihm befohlen, ihr jetzt und sofort zu beweisen, dass er sie mehr liebe als seine Königinnen.

»Sei nicht albern, Renée, das dauert nur noch eine Stunde, dann bin ich fertig, und wir können in die Spätvorstellung gehen.« Aber er hatte nicht überzeugt geklungen.

»Schau«, hatte sie gesagt und ihre Bluse aufgeknöpft. »Paul ist bei meinen Eltern, wir haben einen freien Abend. Entweder du machst mir jetzt noch ein Kind, oder wir gehen ins Kino.«

Sie hatten ein Kind gemacht. Mitten auf dem Schreibtisch, der dabei bedrohlich geknarrt und gequietscht hatte. Schon am nächsten Morgen war sie sich sicher gewesen, schwanger zu sein.

»Ich bin schwanger«, hatte sie am Frühstückstisch zu Martin gesagt. Der hatte genickt, ihre Hand gestreichelt und sie beruhigend angeschaut.

»Wir machen noch ein zweites Kind, Renée. Wenn du eins möchtest, machen wir eins.«

»Das müssen wir nicht mehr, ich bin wirklich schwanger.«

Er hatte gelächelt und sein Frühstücksei geköpft. Später hatte er immer behauptet, Renée habe schon länger vor diesem Morgen gewusst, dass sie ein Kind erwartete. Nur hätte sie es eben romantischer gefunden, Pauline auf dem Schreibtisch empfangen zu haben, auf einer bereits versandfertig gemachten Bienenkönigin sitzend, die den Schreibtischsex nicht überlebt hatte.

»Gelb«, sagt Renée und klebt Punkte auf alle Bücherregale. Auch die sind neutral. Was sie beherbergen, würde allerdings größere Schwierigkeiten bereiten und muss einzeln geprüft werden. Nicht die Bücher, aber all die Kleinigkeiten, die sich im Laufe einer Beziehung ansammeln und deren Bedeutung sich niemandem sonst erschließt.

1

»Gelb«, murmelt Renée und klebt gelbe Punkte auf die Rückseite der Stühle, die am Esstisch stehen. Stühle sind ungefährlich und nützlich. Ungefährlich, weil sie keinen Anlass geben, traurig zu sein. Bis auf den Stuhl, der an Martins Schreibtisch steht. Auf dem klebt ein roter Punkt, denn der muss weg. Renée hat beschlossen, sich von allen Sachen zu trennen, die sie so sehr an Martin erinnern, dass sie bei deren Anblick sofort zu heulen anfängt. Der Schreibtischstuhl gehört eindeutig dazu. Den hatte Martin auf einem Trödelmarkt gefunden und auf dem hinteren Balkon restauriert. In einem Sommer, der so heiß war, dass man es draußen kaum ausgehalten hatte.

Er hatte sich bei der Arbeit an dem Stuhl einen Sonnenbrand geholt und dabei zum ersten Mal festgestellt, dass ihm die Haare ausgingen, weil die Kopfhaut spannte. Renée war die kleine Tonsur längst aufgefallen, aber sie hatte nie etwas gesagt. Obwohl sie schon viele Jahre verheiratet waren, wusste sie nicht, ob es Martin stören würde zu wissen, dass ihm nun, mit siebenundvierzig, langsam die Haare ausfielen.

Der Schreibtisch bekommt ebenfalls einen roten Punkt. Auf dem hatten sie Pauline gezeugt. Martin hatte ihr das nie geglaubt, aber Renée war sich sicher. Sie war 1991 an einem verregneten Juniabend zu ihm ins Arbeitszimmer – das »Bienenzimmer«, wie sie es nannte – gegangen, um ihn zu überreden, mit ihr ins Kino zu gehen. Aber Martin hatte nicht gewollt.

»Ich habe acht Bestellungen für Bienenköniginnen. Die will ich heute Abend noch fertig machen.«

»Du betrügst mich mit deinen Königinnen«, hatte sie geklagt und sich auf seinen Schoß gesetzt. »Was haben die, was ich nicht habe?« Sie hatte ihrem Mann das Hemd aufgeknöpft und ihm befohlen, ihr jetzt und sofort zu beweisen, dass er sie mehr liebe als seine Königinnen.

»Sei nicht albern, Renée, das dauert nur noch eine Stunde, dann bin ich fertig, und wir können in die Spätvorstellung gehen.« Aber er hatte nicht überzeugt geklungen.

»Schau«, hatte sie gesagt und ihre Bluse aufgeknöpft. »Paul ist bei meinen Eltern, wir haben einen freien Abend. Entweder du machst mir jetzt noch ein Kind, oder wir gehen ins Kino.«

Sie hatten ein Kind gemacht. Mitten auf dem Schreibtisch, der dabei bedrohlich geknarrt und gequietscht hatte. Schon am nächsten Morgen war sie sich sicher gewesen, schwanger zu sein.

»Ich bin schwanger«, hatte sie am Frühstückstisch zu Martin gesagt. Der hatte genickt, ihre Hand gestreichelt und sie beruhigend angeschaut.

»Wir machen noch ein zweites Kind, Renée. Wenn du eins möchtest, machen wir eins.«

»Das müssen wir nicht mehr, ich bin wirklich schwanger.«

Er hatte gelächelt und sein Frühstücksei geköpft. Später hatte er immer behauptet, Renée habe schon länger vor diesem Morgen gewusst, dass sie ein Kind erwartete. Nur hätte sie es eben romantischer gefunden, Pauline auf dem Schreibtisch empfangen zu haben, auf einer bereits versandfertig gemachten Bienenkönigin sitzend, die den Schreibtischsex nicht überlebt hatte.

»Gelb«, sagt Renée und klebt Punkte auf alle Bücherregale. Auch die sind neutral. Was sie beherbergen, würde allerdings größere Schwierigkeiten bereiten und muss einzeln geprüft werden. Nicht die Bücher, aber all die Kleinigkeiten, die sich im Laufe einer Beziehung ansammeln und deren Bedeutung sich niemandem sonst erschließt.

Sie nimmt das sechs Jahre alte, noch immer verpackte Lebkuchenherz aus einem Regalfach, in dem es liegt, seit Renée es auf dem Weihnachtsmarkt in Celle für Martin gekauft hatte. *Struppi, ich liebe dich* steht auf dem Ding. Obwohl sie für ihn nie einen solch absurden Kosenamen benutzt hatte, war ihr dieses kitschige Stück ins Auge gefallen. Und nach dem sechsten Glühwein hatte sie es dann gekauft.

»Struppi«, hatte Renées Freundin Judith gejuchzt. »Das passt zu Martin. Weißt du, wie der Hund von Taddeus Punkt? So knurrt Martin doch auch manchmal rum.«

Wer war Taddeus Punkt?

»Der aus dem DDR-Kinderfernsehen. Beim ›Sandmann‹. Hast du nie den DDR-›Sandmann‹ geguckt als Kind? Der war doch viel besser als der aus dem Westen.«

Judith ist in diesem Punkt unverbesserlich. Sie hatte sich in der DDR nie wohlgefühlt und hing trotzdem an allen möglichen Hinterlassenschaften und Erinnerungen, die meist etwas mit Fernsehen, essbaren Dingen oder Musik zu tun hatten. Sie hatten sich auf dem Weihnachtsmarkt in Celle und beim achten Glühwein zumindest darauf einigen können, dass sie beide mit »Struppi« einen Hund assoziierten. Judith hatte sich bei dem Wort assoziieren fast die Zunge gebrochen, betrunken, wie sie war, aber darauf bestanden, es keinesfalls mit einem einfacheren Wort zu versuchen.

»Ich bin eine gebildete Sekretärin«, hatte sie gelallt und war selbst bei dem Wort Sekretärin ins Stolpern geraten.

Martin war tatsächlich zuerst etwas pikiert gewesen, als Renée ihm das Lebkuchenherz geschenkt hatte.

»Du willst mich jetzt aber nicht Struppi nennen«, hatte er gefragt.

»Nein, mein Bärchen«, hatte sie geantwortet und ihren Mann zum Lächeln gebracht. Danach hing das Lebkuchenherz drei Jahre an der Küchentür, bevor es ins Bücherregal kam. Aber weggeschmissen hatte Martin es nie.

Sie löst vorsichtig die Folie von dem Herz, das hart wie Beton ist, setzt sich auf den Fußboden und fängt an, den Schriftzug aus Zuckerguss abzupulen. Steckt sich Krümel und kleine Bröckchen in den Mund, wo sie sich nur sehr langsam auflösen. Schluckt und hat beim Schlucken jene Art von Halsschmerz, den man bekommt, will man alles, nur nicht anfangen zu weinen.

Struppi, ich liebe dich.

Renée isst die Erinnerung Stück für Stück auf. Bis am Ende nur noch das Komma aus Zuckerguss übrig bleibt, über das sie sich schon beim Kauf des Lebkuchenherzens gewundert hatte, weil Zeichensetzung ihrer Erfahrung nach nicht gerade die Stärke der Produzenten all dieser Scheußlichkeiten war. Dann steht sie auf, eine lang zurückliegende Liebeserklärung an Martin im Bauch, und arbeitet sich weiter mit roten, gelben und blauen Punkten durch die Wohnung.

»Blau.« Die kleine Anrichte hatte Renée von ihrer Großmutter geerbt. Sie ist mit Erinnerungen verbunden und gefüllt, die nichts mit Martin zu tun haben, und von der würde sich Renée deshalb nicht trennen müssen. Auch nicht von anderen Dingen, die sie gemeinsam mit ihm gefunden, erworben, angeschafft hatte. Aber mehr und mehr der zahllosen Sachen in dieser riesigen Wohnung, die einmal aus drei Einzelwohnungen zusammengelegt worden war, bekommen von Renée einen roten Punkt verpasst. Und dabei ist sie erst am Anfang ihrer Reise, hat einige Zimmer noch gar nicht betreten. Muss sich geradezu ermutigen, die Türen zu öffnen in Erwartung der Erinnerungen, die sie überfallen werden.

Zum Beispiel die metergroßen Schachfiguren in einem der hinteren Zimmer. Als Martin das erste Mal ein riesiges Stück Holz in die Wohnung geschleppt und ihr erklärt hatte, er würde ein Schachspiel schnitzen wollen, war Renée einmal mehr geneigt zu glauben, dass sie den sonderbarsten

Kerl geheiratet hatte, der ihr jemals über den Weg gelaufen war. Nicht einmal Michael konnte Martin das Wasser reichen, obwohl der eindeutig zur Kategorie sonderbarer Vogel zählte.

»Das sagst du nur, weil ich Bücher lese, Renée. Ein Arzt, der Romane liest, ist dir einfach noch nicht untergekommen.« Ganz unrecht hatte er damit nicht. Doch in erster Linie war Michael Vanroten in ihren Augen ein sonderbarer Vogel, weil er einfach nicht akzeptieren wollte, dass Hausärzte keine Lebensberater sind. Die meisten Patienten aber kamen zu ihm, um ihr Herz auszuschütten.

»Ich bin eben ein Wald-und-Wiesen-Doktor mit Herz«, sagte Michael, wenn sie ihn darauf ansprach und ihm zu erklären versuchte, dass auch Hausärzte pleitegehen können, wenn sie gar keinen Sinn für die finanzielle Seite ihrer Arbeit haben. Ein Hausarzt lebt nicht von den Geschichten seiner Patienten, sondern davon, dass er sie untersucht, dabei möglichst viel medizinisches Gerät einsetzt, Diagnosen stellt und Rezepte verschreibt. Michael verschrieb nur dann Medikamente, wenn es unumgänglich war.

»Die meisten Krankheiten lassen sich mit einem Gespräch kurieren. Husten und Schnupfen gehen von allein wieder weg, Kummer braucht Zuwendung.«

Trotzdem hatte ihr Michael, kurz nachdem Martin tödlich verunglückt war, ein Beruhigungsmittel verordnet. »Bevor du anfängst, die Wohnung aus- und umzuräumen, musst du ein wenig ruhiger werden. Sonst schmeißt du entweder alles raus und grämst dich später, oder du wirst dich von nichts trennen können, was ein ebenso großer Fehler wäre.«

In der vergangenen Woche hatte er ihr die Erlaubnis erteilt, mit dem Sortieren anzufangen. Und sie war auf die Idee mit den blauen, gelben und roten Punkten gekommen. Will ich behalten, ist nützlich und löst keine guten oder schlechten Gefühle in mir aus, muss unbedingt weg, weil es mich jedes Mal, wenn ich es anschaue oder anfasse, traurig machen wird.

Renée starrt auf die Schachfiguren, die noch lange nicht vollständig waren. »Die Könige und Springer schnitze ich zum Schluss«, hatte Martin gesagt. »Die sind am schwierigsten, zumal ich vorhabe, Islandpferde zu schnitzen.«

»Wieso ausgerechnet Islandpferde«, hatte sie entgeistert gefragt.

»Weil wir seit Jahren nach Island fahren wollen und es nicht tun. Also versuche ich mich an Islandpferden, und du wirst bei deren Anblick eine so große Sehnsucht bekommen, dass wir es doch noch schaffen, dort Urlaub zu machen.«

Manchmal dreht die Geschichte fürchterliche Pirouetten. An dem Tag, als Martin mit zwei Bienenvölkern auf dem Rücksitz auf der Landstraße zwischen Rathenow und Stendal und mit ausreichend Sicherheitsabstand hinter einem Holztransporter herfuhr, war Renée in ein Reisebüro gegangen und hatte eine Reise nach Island gebucht. Sie hatte alles perfekt gemacht, den Flug, das Auto für die Rundtour um die Insel, Übernachtungen.

Möglicherweise hatten sich die zwei Baumstämme genau in dem Augenblick gelöst und waren Martin mit so hohem Tempo entgegengeflogen, dass er nicht mehr hatte ausweichen können, als sie ihre Kreditkarte gezückt hatte, um den gemeinsamen Urlaub zu bezahlen.

Als Feuerwehr und Krankenwagen endlich ankamen, fanden die Sanitäter einen toten Mann, an den sie sich nicht rantrauten, weil tausende Bienen ihn umschwirrten. Ein Bienenzüchter musste geholt werden, der aber sofort in Ohnmacht fiel, als er ins Auto schaute. Einer der Baumstämme, die vom Transporter gefallen waren, war wie ein Pfeil durch die Windschutzscheibe gegangen. Renée hatte ihren toten Mann erst sehen dürfen, als ein Bestattungsinstitut ihn hergerichtet hatte und auch da zeigte man ihr

nur seinen Kopf. Der Körper blieb unter einem weißen Tuch verborgen, Renée hatte sich nicht getraut, es wegzunehmen, um zu sehen, was der Holzstamm mit ihrem Mann gemacht hatte. Stattdessen hatte sie sich dem Idiotensatz des Bestattungsunternehmers gebeugt, den dieser wahrscheinlich schon hundert Mal in seinem Leben gesagt hatte: »Behalten Sie Ihren Mann als lebenden Menschen in Erinnerung.«

»Wie sonst«, hätte sie den Typen am liebsten gefragt. »Mit meinem toten Mann habe ich ja nicht gelebt.«

Die Schachfiguren mussten weg. Alle. Aber wer würde die haben wollen? Unvollständig, wie sie waren? Renée ruft ihren Sohn an und fragt, ob sich dafür vielleicht eine Verwendung auf dem Bauernhof finden ließe. »Ihr könntet sie bemalen und aufstellen. Oder verbrennen.«

»Ich verbrenne doch Papas Schachfiguren nicht. Aber wenn du möchtest, hole ich sie ab. Wie viele sind es denn?«

Renée zählt, verzählt sich, zählt noch mal, verzählt sich wieder und fängt an zu weinen.

»Zwanzig«, schluchzt sie. »Und von den Bauern sieht keiner aus wie der andere. Jeder hat ein anderes Gesicht. Drei sind behindert.«

»Woran kannst du das denn erkennen?«

»Martin hat es mir gesagt. Einer ist stumm, einem fehlt ein Arm und einer ist verrückt.«

»Ein stummer Bauer aus Holz«, murmelt Paul. »Den schenk ich Joana, die kann Gebärdensprache. Und für den Verrückten finden wir bestimmt auch einen schönen Platz. Gibt 'ne Menge andere Verrückte hier, mit denen kann er sich anfreunden. Morgen komme ich nach Berlin. Pass auf, dass der verrückte Bauer bis dahin keinen Blödsinn anstellt, und hör auf, Papas Sachen zu sortieren, wenn es dich noch immer zum Weinen bringt.«

»Ich muss irgendwann aus dieser Wohnung raus. Was soll ich mit 320 Quadratmetern, Paul?« Renée stellt einmal mehr fest, dass sie an dem Tag, als Martin gestorben ist, mit ihren Kindern die Rollen getauscht hat. Ich muss aufhören zu heulen und zu jammern, denkt sie. Mein Mann ist tot, und ich muss einen Weg finden, damit klarzukommen. Ich habe Kinder, Freunde, Arbeit und eine Wohnung, in der mich jedes Zimmer in eine neue Krise stürzt. Meine Kinder reden mit mir wie mit einem kranken Pferd, und ich sehe scheiße aus, wenn ich meinem Freund und Hausarzt glauben will.

Renée stellt die Schachfiguren bis auf eine in den kleinen Flur, eine Prozession von Versehrten und Unversehrten, mit einem roten Punkt versehen, als wären sie für den Sommerschlussverkauf feingemacht worden. Dann geht sie ins Bad und stellt sich vor den Spiegel.

2

Renée anrufen! Michael hat die Worte gestern Abend mit Rasierschaum im Badezimmer auf den Spiegel geschmiert. Nun sind sie kaum noch lesbar. Erst kürzlich hatte er ernsthaft überlegt, sich einen Lippenstift zu kaufen. Nur um Notizen auf Spiegel schreiben zu können. Er hatte mit Lippenstift geschriebene Botschaften schon als Kind erotisch gefunden. Seine Mutter hatte so etwas hin und wieder getan und nie vergessen, einen Kuss unter die Nachricht zu setzen.

»Auf der anderen Seite kommt es einem peinlichen Maß an Selbstbefriedigung gleich, wenn ich mir mit Lippenstift Botschaften und Erinnerungen auf den Badezimmerspiegel schreibe.« Michael hatte sich angewöhnt, hin und wieder laut zu sprechen, was er gerade dachte, um seiner Wohnung ein gutes Gefühl zu geben, wie er Renée mal zu erklären versucht hatte. »So eine Wohnung ist ja auch nur ein Mensch, Renée. Die muss das Gefühl haben, dass man sie gernhat und dass Leben in ihr steckt. Und die lässt sich auch nicht durch Radio oder Fernsehen überlisten, weißt du. Deshalb rede ich manchmal mit ihr oder auch nur mit mir.«

Renée hatte ihn angegrinst, die rechte Hand auf seinen Kopf gelegt, was sie, seiner schwarzen Lockenpracht wegen, schon immer gern getan hatte, und gesagt, sie würde gerne vorbeikommen, um seiner Wohnung ein gutes Gefühl zu geben. Aber er müsse für sie kochen. Das war vier Wochen, bevor Martin gestorben war.

»Ich kann nicht kochen, das weißt du doch. Ich kann Pizza bestellen oder Kartoffelsalat und Wiener Würstchen kaufen. Guten Wein bekommst du auf jeden Fall und wir könnten ein bisschen Udo Lindenberg hören.«

Es hatte nicht geklappt mit Kartoffelsalat und Lindenberg, und nun ist Martin tot, und Renée bereitet Michael Sorgen. Nicht ihre Trauer, er hat durch seine Patienten so viele Arten von Trauer kennengelernt, dass ihn kaum etwas erschrecken kann. Aber ihre Ratlosigkeit besorgt ihn. Bis vor kurzem hätte er noch darauf geschworen, dass Renée zwar zutiefst traurig sein würde, gäbe es Martin nicht mehr, aber immer wüsste, was sie tun und wie sie ihr weiteres Leben gestalten wolle. Jetzt ist er sich nicht mehr sicher.

Michael versucht mit dem kleinen Händehandtuch den Rasierschaum vom Spiegel zu wischen und gibt auf, als er merkt, dass alles nur noch schlimmer wird. Ich muss entweder lernen, wie man in diesem Hightech-Telefon Erinnerungen notiert und den Kalender bedient oder … Eine vernünftige Alternative fällt ihm nicht ein. Er war und ist ein Chaot mit gespaltenem Verhältnis zur digitalen Welt. Das Smartphone hat er zu seinem letzten Geburtstag von Renée und Martin geschenkt bekommen, die nicht mehr mit ansehen mochten, was er da in Benutzung hatte, ein Mobiltelefon, das vor allem durch Tesafilm zusammengehalten wurde. In der Praxis gibt es zum Glück seine Sprechstundenhilfe Corinna, die das Bestellsystem perfekt beherrscht und auch sonst alles im Griff hat. Mit dem Computer kommt er klar, sieht man mal davon ab, dass gleich neben dem Monitor ein halber Meter Bücher der Kategorie *Word für Dummys, Mac für Einsteiger* und *E-Mails schreiben und Anhänge öffnen – ganz einfach* steht. Er weiß sich zu helfen, scheitert allerdings regelmäßig an allen Programmen, die ihn dabei unterstützen könnten, ein wenig Ordnung in sein Leben zu bringen.

»Outlook ist scheiße«, hatte er Martin, der immer vorbeigekommen war, wenn er am Computer trotz aller Bücher nicht mehr weiterwusste, einmal gestanden. »Und warum hüpft dieses Symbol da unten seit Tagen hoch und runter, das macht mich wahnsinnig?«

»Weil du hin und wieder deine Software aktualisieren musst. Der Computer erinnert dich daran. Er will nur nett sein.«

»Ich will aber keinen netten Computer. Ich will, dass der einfach diskret tut, was er meint, tun zu müssen, und mich in Ruhe lässt. Wie Corinna. Wenn die auf- und abhüpfen würde, wenn ich vergesse, Rezepte zu unterschreiben, würde sie sofort rausfliegen.«

Wen fragt er jetzt eigentlich, wenn er wieder mal vor dem Bildschirm verzweifelt? Renée? Michael geht in die Küche, um sein Smartphone zu suchen, in dem ihre Mobilnummer gespeichert ist, weil er sie sich so nicht merken kann, findet es nicht, ruft sich selbst vom Festnetz aus an und hört den Kühlschrank klingeln. Das Mobiltelefon liegt neben der Fertiglasagne, die er gestern gekauft und dann doch nicht gegessen hat.

»Ich bin ein wandelndes Klischee«, sagt er laut, um auch seiner Küche ein gutes Gefühl zu geben, und damit ist an diesem Tag vielleicht schon genug für die Wohnung getan, findet er.

Renée geht nicht ran, stattdessen sagt ihm ihre Stimme, dass sie gerade mit etwas beschäftigt sei, das nur vermeintlich wichtiger ist als dieses Telefonat, das sie nun verpasse. Aber sie werde zurückrufen und bitte um Geduld.

»Nett«, murmelt Michael, der diese Ansage mindestens schon hundert Mal gehört hat und jedes Mal »nett« sagt. Er kocht sich einen Kaffee und starrt auf seine Fingernägel, unter denen sich in der vergangenen Nacht wieder Schmutz gesammelt hat. Ein Phänomen, für das er keine Erklärung hat. Er schneidet die Nägel immer so kurz wie irgendwie möglich und reinigt sie – ich schwöre es, murmelt er – jeden Tag. Wie es passieren kann, dass sie in seinem frisch bezogenen Bett trotzdem schmutzig werden, ist und bleibt ihm ein Rätsel. So, wie er auch nicht versteht, warum andere Kerle es hinkriegen, mit einem ordentlichen Dreitagebart rumzulaufen. Er rasiert sich alle drei Tage und sieht immer aus, als hätte er einfach nur vergessen, es zu tun. Nie, als sei es modische Absicht.

In einer Stunde muss er in der Praxis sein, und wenn er es richtig im Kopf hat, ist Konrad Kufenstein sein erster Patient. Ein Name wie der einer Trickfilmfigur, und ein Mann, dem nicht zu helfen ist. Michael hat schon so viel Zeit mit ihm verbracht und nichts daran ändern können, dass Konrad Kufenstein jeden Morgen mit einer neuen Krankheit aufwacht, die er sich in der Nacht zuvor offensichtlich erträumt hat. Der Mann muss eine ganze Bibliothek voller Medizinbücher sein Eigen nennen und hat Michael erst kürzlich erzählt, in einem Antiquariat nun auch noch den *Pschyrembel* erworben zu haben. Er verfügt jetzt also über den Porsche unter den Klinischen Wörterbüchern und ein paar tausend Krankheitsbilder mehr, die er sich auf den Leib schneidern und einbilden kann. Als genügte die *Apotheken Rundschau* nicht mehr. Dabei hat Kufenstein Humor. Als er das letzte Mal im Behandlungszimmer saß, weil er glaubte, einen Tumor im linken Schläfenlappen zu haben, hatte er erklärt: »Herr Doktor, ich bin kein Hypochonder, ich bin einfach nur andauernd krank«, und dabei gelächelt.

Konrad Kufenstein erwartete nicht viel von Michael. Nur, dass der zuhört, die eine und andere logisch klingende Erklärung gibt, warum ein Tumor im linken Schläfenlappen eher unwahrscheinlich sei, es sich aber sehr wohl um einen Spannungskopfschmerz handeln könne, mit einem Lämpchen in die Augen des Patienten leuchtet und ein, zwei Mal im Jahr eine Überweisung an einen Facharzt ausstellt.

»Hypochonder sind wandelnde Zeitbomben«, hat er Renée einmal erklärt, die nie genug kriegen kann von seinen Patientengeschichten. »Man wird unaufmerksam, schiebt alles auf deren starke Einbildungskraft, und es droht die Gefahr, dass man irgendwann etwas übersieht. Deshalb muss man sich mit diesen Menschen besonders Mühe geben.«

»Du hast doch immer eine Erklärung, wenn es darum geht, mir zu begründen, warum du mit jedem Patienten mindestens eine halbe Stunde redest«, hat Renée erwidert und ihn angesehen, wie er es von früher kannte. Als sie noch gemeinsam auf Spielplätzen rumgehangen und in der Klasse nebeneinandergesessen hatten. Er ein etwas zu groß geratener Klassenclown mit zwei linken Händen und Muskelkräften, die er oft nicht richtig einzuschätzen wusste. Weshalb er als Rowdy galt, was er aber nicht war. Renée eine Bohnenstange mit Locken, die nicht zu bändigen waren, einer übergroßen Nase und den Augen eines Husky. Auf den Vergleich war Michael aber erst gekommen, als sie schon sechzehn waren und er das erste Mal in seinem Leben einen solchen Hund gesehen hatte.

Renée hatte sich hässlich gefunden, Michael sich für dumm gehalten. Renée war Klassensprecherin, Liebling vieler Lehrer, und aus Gründen, die sich ihm damals nicht erschlossen, hatte sie ab ihrem fünfzehnten Lebensjahr häufig Offerten von älteren Jungs oder gar erwachsenen Männern bekommen. Sie hatten im Gegensatz zu den gleichaltrigen Mitschülern früh erkannt, was für eine interessante Frau einmal aus dem spacken, großnasigen Mädchen werden würde. Eine, die keinem klassischen Schönheitsideal entsprach und für die man gerne Begriffe wie ›apart‹ oder ›besonders‹ benutzte, um sie zu beschreiben. Eine mit langen Beinen und langem Hals, schmalen Fingern und kleinen Brüsten, lockigen rotblonden Haaren, einer großen Nase, die ein wenig schief war, und eben den Augen eines Husky. Eine, die lief wie Julia Roberts in *Pretty Woman* und dabei aussah, als stolpere sie jeden Moment über ihre eigenen Beine, die zu dünn waren, um wirklich erotisch zu sein und trotzdem erotisch wirkten. Ein Phänomen, das Michael sich lange nicht erklären konnte.

Als ihm dann aber mit sechzehn klargeworden war, dass in Renée genau diese Frau steckte, hatte er sich in sie verliebt. Und er hatte ihr das auch gleich gesagt. Auf einem Spielplatz, nachdem sie sich eine Zigarette und ein Bier geteilt und den Cliquen aus den Parallelklassen dabei zugesehen hatten, wie die sich langweilten. Und dann waren sie ein Jahr lang keine Freunde mehr, sondern Verliebte gewesen. Mit allem Drum und Dran und im festen Glauben, es würde ewig halten.

Aber es hatte nur gehalten, bis Martin Winter mit seinen Eltern in das Haus gezogen war, in dem Renée damals gewohnt hatte. Eine genossenschaftliche Mehrfamilienhütte, deren Bewohner zu dem Zeitpunkt ihre revolutionären Zeiten hinter sich hatten und auf alternativ umgestiegen waren. Michael, der damals gerade in einer revolutionären Phase steckte und mit Renée nach Nicaragua abhauen wollte, fand solche Leute langweilig. Eine Genossenschaft zu gründen und ein Mehrfamilienhaus zu kaufen war in seinen Augen die endgültige Kapitulation vor dem System, nur dass man eben ein netter Mensch bleiben wollte.

Michael trinkt seinen Kaffee aus und versucht noch einmal, Renée zu erreichen.

»Wie geht es dir«, fragt er, als sie sich tatsächlich meldet. »Hast du schlafen können?«

Sie schweigt ein paar Sekunden.

»Deine Tabletten machen mich dödelig, ich hab sie abgesetzt und angefangen, die Sachen in der Wohnung zu sortieren. Möchtest du vielleicht den Schreibtisch und den Schreibtischstuhl von Martin haben? Ich kann mich nicht entschließen, beides zu verkaufen oder zu verschenken. Würde doch gut in dein Arbeitszimmer passen.«

»Du meinst den Bienenschreibtisch?«

»Hm.«

»Wenn es dich ein bisschen froh macht, nehme ich beides und schmeiß mein IKEA-Zeug raus.«

»Das kann Pauline bestimmt gebrauchen, die gründet doch gerade mit irgendwelchen Leuten eine WG.«

»Wo denn?«

»In Neukölln. Sonnenallee, glaub ich. Da, wo es komisch wird. Fünf Zimmer, Hinterhaus, aber vierter Stock, also ausreichend Licht. Ich hab die Wohnung noch nicht gesehen. Allerdings weiß ich, dass die Jungs und Mädels alle kein Geld haben und alle zu stolz sind, sich von ihren Eltern aushalten zu lassen. Du kennst ja Pauline, die hat schon mit siebzehn gesagt, sie will kein Geld mehr von uns haben.«

Michael kennt Renées Tochter und mag sie gern. Erst kürzlich hat er sie in der U-Bahn gesehen, wie sie mit einem Pappbecher durch den Wagen lief und Geld gesammelt hat, nachdem sie mit einem schwer tätowierten Jungen irgendein Stück gesungen hatte, das Michael nicht kannte. Was nichts heißt, denn er weiß über Musik in etwa so viel wie über Smartphones und Outlook. Es hatte gut geklungen, und ein paar Münzen waren in dem Pappbecher gelandet. Er hatte Renée nichts davon erzählt, weil er sich nicht sicher war, wie sie es jetzt gerade finden würde, dass ihre Tochter als Straßenmusikerin tingelt. Wahrscheinlich wäre es in Ordnung für sie. Aber immer, wenn er Pauline sieht, muss er an die sechzehnjährige Renée denken. Egal, wie sehr das Mädchen sich verkleidet, sie bleibt ihrer Mutter ähnlich. Das liegt vor allem an den Augen, aber auch an der Art, sich zu bewegen. »Und an den kleinen Titten«, murmelt Michael und kommt sich vor wie der letzte Spanner. Was gehen ihn Paulines Titten an. Aber in der Bahn hatte sie einen Fummel getragen, unter dem sich klar abzeichnete, dass auch sie nie über eine 85 B hinauskommen würde. Renée wäre erschrocken, wenn sie wüsste, wie gut er sich mit dieser Art Konfektionsgrößen auskennt. Tatsächlich geht er hin und wieder in einen dieser Läden und tut so, als suche er für seine Liebste Dessous. Er ist ein Hausarzt mit schmutzigen Geheimnissen.

»Gut, dann tauschen wir Möbel. IKEA in die WG, Bienenschreibtisch zu mir. Das beantwortet aber noch nicht meine Frage, wie es dir geht.«

»Martin fehlt mir. Ich hab heute Morgen seine Zahnbürste benutzt, obwohl ich mich früher immer geekelt habe, wenn Martin mal aus Versehen nach meiner gegriffen hatte. Du weißt, dass ich bei so was komisch bin. Ich ertrage es nicht mal, wenn jemand mein Handtuch benutzt. Aber heute hab ich mir mit seiner Zahnbürste die Zähne geputzt. Meinst du, ich werde verrückt?«

»Natürlich wirst du verrückt. Was spricht dagegen? Ich bin dein Freund und ich bin Arzt. Mach dir also keine Sorgen. Gestern war eine Patientin bei mir, die seit zehn Jahren Stimmen hört. Wollte, dass ich ihr für ihre Kopfgeburt, die immer mit ihr spricht und ihr Vorhaltungen wegen ihres Lebenswandels macht, auch ein Medikament verschreibe. ›Herr Doktor‹, hat sie gesagt, ›Sie können doch nicht erwarten, dass wir beide an der gleichen Krankheit leiden.‹ Also hab ich zwei Medikamente aufgeschrieben.«

Michael hofft, Renée für diesen Tag aufzubauen, indem er ihr ein paar Patientengeschichten erzählt. Für sie würde er jetzt sogar anfangen, sich welche auszudenken.

»Was wirst du heute machen, musst du arbeiten?«

Renée seufzt und lacht leise, was Michael ermutigt.

»Ich muss jeden Tag arbeiten, Michael, das weißt du doch. Habe keine Praxis, mit der ich Geld scheffele, wie du. Aber heute ist ein ganz angenehmer Arbeitstag. Anne hat mich gebucht. Sie will mit mir über ihre Zukunft reden und sich zum Thema ›Netzwerken‹ coachen lassen.«

So richtig versteht Michael bis heute nicht, womit Renée ihr Geld verdient. Die solideste Arbeit von allen Jobs, die sie angenommen hatte, scheint ihm noch die in der Bar zu sein. Alle vierzehn Tage arbeitet sie Freitagnacht und Samstagnacht in einer Bar, die er an solchen Abenden hin und wieder besucht. Obwohl ihm das Publikum in derartigen Einrichtungen suspekt ist, die Cocktails nicht schmecken und er Knabberzeug in winzigen Schälchen grauenvoll findet. Er setzt sich dann an den Tresen und schaut Renée dabei zu, wie sie abenteuerliche Getränke mixt. Hört sich die Unterhaltungen der Leute an und pflegt seine misanthropische Ader, wie er es nennt.

»Du bist doch kein Menschenfeind, Michael. Wärest du einer, wäre dein Bestellsystem in der Praxis auf den Fünfminutentakt ausgerichtet und du würdest am Wochenende keine Hausbesuche machen.«

Renée hatte manchmal fürchterlich romantische Vorstellungen von der Welt.

»Mein Bestellsystem ermöglicht mir, die Anzahl der Menschen zu verringern, die ich am Tag sehen muss, und Hausbesuche sehe ich nur als ethnologische Studien. Wenn ich alt bin, will ich ein Buch über Krankheit und Beziehungskrisen schreiben.«

»Du wirst nicht alt.«

Renée war nicht immer fürchterlich romantisch.

Hin und wieder hatte er sich mit Martin in der Bar verabredet und beide waren sie sich jedes Mal einig darüber, dass sie nicht an einen solchen Ort passten.

»Netzwerken«, murmelt Michael und denkt einmal mehr, dass Politiker arme Schweine sind, wenn sie sich mit solchen Dingen befassen müssen. Er hat Anne immer nur zu Martins und Renées Geburtstagsfeiern getroffen, findet sie ganz tough und ein bisschen überdreht. Offensichtlich hat Renée einen gewissen Anteil daran, dass die Frau es in den Deutschen Bundestag geschafft hat. Ohne die ganze Ochsentour, wie sie mal sagte, als sie an einem dieser Geburtstagsabende morgens um zwei noch am Küchentisch gesessen und geredet hatten. Betrunken und zu träge, um aufzustehen und nach Hause zu gehen. »Renée hat aus mir einen Shootingstar gemacht«, hatte Anne – wie hieß die noch mal gleich mit Nachnamen? – gelallt und versucht, ihren Schluckauf mit noch mehr Alkohol niederzukämpfen. »Als kleine Immobilienmaus in den großen Bundestag. Das habe ich Renée zu verdanken. Und wenn ich Bundeskanzlerin werde, wird sie meine engste Beraterin.«

Bevor du Bundeskanzlerin wirst, leite ich eine Schönheitsfarm, hatte Michael damals gedacht und sich Anne Kilian, jetzt fällt ihm der Name wieder ein, anstelle der Mutti vorgestellt, von der sie nun schon einige Jahre regiert wurden. Eine trinkfeste, leicht überkandidelte, unberechenbare Überfliegerin, die wahrscheinlich keine allzu großen Hemmungen hat, ihre Ellenbogen zu benutzen, und nach vier Gläsern Wein eine ausgesprochen derbe Sprache pflegt. Eine Frau, die bizarren Schmuck trägt und nicht diese langweiligen Perlenketten um einen nicht existierenden Hals. Deren Röcke immer ein paar Zentimeter zu kurz sind und deren Kettenanhänger oft zwischen ihren nicht gerade kleinen Brüsten verschwinden, sodass man geneigt ist, nachschauen zu wollen, welche Absonderlichkeit diese Frau sich nun wieder umgehängt haben könnte. An einem der Geburtstage hatte Anne Kilian eine Kette getragen, auf deren Anhänger ein fein gemalter röhrender Hirsch zu sehen war.

»Ich habe heute bis 18 Uhr Sprechstunde. Wenn du willst, komme ich danach zu dir.«

Renée antwortet nicht sofort, sondern schweigt ein paar Sekunden. »Heute Abend bin ich mit Judith verabredet. Vielleicht morgen, da kommt Paul. Ich könnte für uns vegan kochen.«

»Bist du verrückt? Als dein Hausarzt verbiete ich dir das. Erzähl mir nicht, dass Paul jetzt Veganer ist.«

»Er hat gesagt, er will es mal ein paar Monate versuchen, mir aber versprochen, dass er dann wieder auf vegetarisch umsteigt.«

»Dann komm ich morgen Abend und red ihm das aus. Der Kerl ist untergewichtig und hat Plattfüße. Für so einen ist vegan nicht geeignet.«

»Mein Sohn hat Plattfüße?«

»Alle haben das. Außer die Beinamputierten.«

»Michael!«

»Schon gut, ich wollte dich nur zum Lachen bringen.«

Renée fängt an zu weinen. Das hatte ja wunderbar geklappt.

»Ich hätte Martin auch als Krüppel geliebt. Warum hat ihm dieser blöde Baumstamm nicht einfach nur die Beine zerschmettert? Warum musste Martin einem ihm völlig unbekannten Menschen zwei Bienenvölker bringen? Warum ist er nicht über die Autobahn gefahren?«

Was ist er nur für ein Idiot. Michael stellt sich wieder vor den Badezimmerspiegel, bückt sich leicht und streckt die Zunge raus. Er muss sich immer bücken, um sich im Badezimmer im Spiegel zu sehen. Eins neunzig groß und zu blöd, einen Spiegel so anzubringen, dass es passt. Ist doch klar, dass man Renée wie ein rohes Ei behandeln und alles vermeiden muss, was irgendwie mit Verletzungen oder anderen Reizworten zu tun hat.

»Also bis morgen, Renée. Ich komme gegen sieben. Und ruf mich an, wenn du was brauchst.«

Michael schaut auf die Uhr und stellt fest, dass ihm noch zwanzig Minuten bis zum Beginn seiner Sprechstunde bleiben. Wird er wohl doch das Auto nehmen und den guten Vorsatz, mit dem Fahrrad fahren zu wollen, auf morgen verschieben müssen.

»Auf einen Tag kommt es auch nicht an, nachdem ich es seit drei Monaten nicht schaffe«, brummt er und gibt seiner Wohnung damit ein allerletztes Mal für diesen Tag ein gutes Gefühl.

3

Anne Kilian sitzt in ihrem Wahlkreisbüro auf einem viel zu unbequemen Stuhl und hört zu, was der Bürger zu sagen hat. In sitzungsfreien Wochen bietet sie jeden Donnerstag drei Stunden Sprechstunde an. Sie hat lange überlegt, ob sich dafür ein anderes Wort finden lässt, weil Sprechstunde zu sehr nach medizinischer Versorgung oder Bürokratie klingt, aber bislang war ihr nichts eingefallen. Also blieb es erst einmal dabei.

»Wir wollen nicht, dass unser Haus saniert wird. Luxussaniert, schreiben die in den Zeitungen. Das werden wir alle nicht bezahlen können. Frau Mattusek, die hat schon gesagt, dass sie auszieht, weil sie gar nicht erst warten will, bis die Mieten steigen. Die hat ja gerade mal achthundert Rente, wissen Sie. Luxusmiete ist da nicht drin.«

Wohnungen und Mieten waren das Hauptthema. Manchmal überlegte Anne, ob es nicht etwas übereilt gewesen war, sich sofort dieses Thema zu schnappen. Sie hatte gedacht, dass es gut wäre, in einem Bereich Politik zu machen, in dem sie sich auskennt. Aber schnell stellte sie fest, dass es auch ein Handicap sein kann, zu viel zu wissen. Sie konnte den Leuten kaum Hoffnungen und wollte keine falschen Versprechungen machen. Ihr war klar, dass sich so etwas in der Politik nicht lange durchhalten ließ. Irgendwann musste man anfangen, den Menschen etwas vorzumachen. Aber sie hoffte, es noch möglichst lange hinauszögern zu können.

Anne hört es bimmeln und klingeln. Schlaue Idee ihres Wahlkreismitarbeiters, an der Tür ein Windspiel anzubringen, auch wenn es ein wenig nach Boutique oder Andenkenladen klingt, wenn jemand das Büro betritt. Sie winkt Renée zu, signalisiert, dass sie noch ein paar Minuten braucht, und zeigt auf die Tür zum hinteren Büroraum.

»... Mieterverein. Aber ich bin mir da nicht sicher. Was meinen Sie denn?«

Verdammt, sie hatte ein oder zwei Sätze verpasst und weiß jetzt nicht, worauf sich die Frage bezieht. »Es ist auf jeden Fall gut, mit dem Mieterverein zu sprechen. Sind Sie denn Mitglied?« Sie hofft, mit der Antwort richtigzuliegen und nicht den Eindruck zu erwecken, unaufmerksam zu sein.

»Nein. Soll ich da jetzt eintreten?«

»Es wäre gut. Es gibt natürlich auch die Möglichkeit, eine Mieterinitiative zu gründen. Dann überlegen wir gemeinsam, wie Sie gegen die Pläne des Vermieters vorgehen können.«

Der Mann schaut sie an, als hätte sie ihm vorgeschlagen, als Pianist in einem Bordell zu arbeiten.

»Ich war früher Polizist.«

Was hat das damit zu tun? Anne schweigt.

»In der DDR. Volkspolizist. Also da in Kreuzberg an diesem Platz, da steht ja immer so eine Mieterinitiative. Mit Transparenten und so. Junge Leute. Auch. Die sehen aus, als würden sie Drogen nehmen. Das ist bestimmt nichts für uns. In unserem Haus wohnen fast nur alte Leute. Wir nehmen keine Drogen.«

»Es ist nicht notwendig, Drogen zu nehmen, wenn man eine Mieterinitiative gründen will.« Anne strengt sich an, nicht zu lachen. »Man muss auch nicht dick sein, wenn man eine Harley fährt.«

Der Bürger starrt sie verständnislos an.

»Was ist eine Harley?«

Oh, verdammt. »Ich mache Ihnen einen Vorschlag. Sie organisieren eine Hausversammlung und laden mich dazu ein. Ich bringe einen Referenten mit, und wir erklären Ihnen in Ruhe, was man alles machen kann, wenn so eine

Luxussanierung ansteht.« Nicht viel, denkt Anne, aber sie sagt es nicht.

»Mit Parteien wollen wir eigentlich nichts zu tun haben.«

Warum sitzt der Mann hier?

»Nichts gegen Sie, Frau Kilian. Sie sind sehr nett. Die Plakate von Ihnen haben mir gefallen. So eine nette junge Frau, habe ich gedacht. Aber die meisten bei uns im Haus sind enttäuscht von der Politik. Das verstehen Sie doch?«

Natürlich versteht sie das. Sie ist ja auch enttäuscht. Davon, wie wenig man tun konnte und wie schwer es ist, in einer solch großen Fraktion nicht unterzugehen. Ihr fehlt der Stallgeruch. Sie war in die SPD eingetreten, weil in der Wohnungswirtschaft lauter sozialdemokratische Seilschaften das Sagen hatten. Das hatte sie spät begriffen, aber als sie es verstanden hatte, war sie in die Offensive gegangen. Es gab Schlimmeres, als Mitglied einer Partei zu sein, und sie galt als unbescholten, weil sie zu DDR-Zeiten nie in einer drin gewesen war.

»Überlegen Sie es sich. Und schicken Sie mir eine Mail, wenn ich kommen soll.«

»Mit Computern kenn ich mich nicht aus.«

»Dann rufen Sie an oder schicken einen Brief. Mein Wahlkreismitarbeiter wird sich darum kümmern. Ich gebe Ihnen hier ein bisschen Material mit. Da stehen auch nützliche Adressen drin, zum Beispiel die vom Mieterverein.«

Der Mann steht auf und schaut sich ein wenig hilflos um. »Mein Rollator«, murmelt er, und Anne geht zur Tür, um ihm die Gehhilfe zu holen, die er dort abgestellt hatte. Ein Stoffbeutel hängt am linken Griff, und auf die kleine Ablagefläche hatte jemand einen Aufkleber *Atomkraft nein Danke!* geklebt.

»Sie sind für den Atomausstieg?«

Der Mann schüttelt den Kopf. »Mein Enkelsohn. Der Aufkleber geht nicht wieder ab. Mich interessiert das nicht.

Aber mein Enkel ist so ein ...« Der Mann scheint nach einem passenden Wort zu suchen. »Aussteiger. Also der geht auch auf Demonstrationen und so. Ist ja erst sechzehn, da soll er das mal ruhig machen. Wenn du erst arbeiten musst, hab ich ihm gesagt, wirst du keine Zeit mehr für Demonstrationen haben.«

Anne reicht dem Mann die Hand und bringt ihn zur Tür. »Einen Kugelschreiber hätte ich gern noch«, sagt der zum Abschied, und Anne gibt ihm drei.

Renée sitzt in dem kleinen Büroraum, den sich Anne so eingerichtet hat, wie sie es mag. Ein alter Schreibtisch, auf dem ein Computer steht, das Bücherregal ihrer Großmutter an der Wand, zwei bequeme Sessel und ein hübscher Teewagen, auf dem Zeitschriften liegen. »Ich verbringe in meinen Büros mehr Zeit als zuhause. Also müssen die auch anständig aussehen«, hatte sie zu Renée gesagt, als sie zusammen die Räume für das Wahlkreisbüro besichtigten. Inzwischen sieht ihre Büro wohnlicher aus als ihr Zuhause, weil sie überhaupt keine Zeit mehr hat, sich um ihre Wohnung zu kümmern, und Pavel kein Interesse. Pavel kocht gern. Ansonsten genügt es ihm, eine bequeme Couch zu haben, eine Folterbank, auf der er sich austoben und Muskeln machen kann, und eine Küche, die alles enthält, wovon ein Hobbykoch träumt.

»Du siehst nicht gut aus.«

»Und du bist nicht die Erste, die mir das sagt. Aufbauend finde ich das nicht.« Renée schnappt sich einen Bleistift vom Schreibtisch und steckt ihre Haare hoch.

»Besser«, lächelt Anne. »Bei Gelegenheit musst du mir mal sagen, wie viele Bleistifte du inzwischen aus meinem Büro entwendet hast. Ich hab dir doch zum Geburtstag eine ganze Kiste voller Haarspangen geschenkt. Warum benutzt du die nicht?«

»Vergess ich immer. Aber ich mach mir jetzt eine Notiz und beim nächsten Mal komm ich mit Spange. In der Bar trage ich sie übrigens. Da macht es keinen guten Eindruck, wenn ich mit Sushistäbchen oder Bleistiften im Haar hinterm Tresen stehe.«

»Warum gibst du diesen Job nicht auf? Wir machen einen neuen Vertrag, ich leg was drauf, und du lässt das mit dem Mixen von Mojito, Gimlet und Caipirinha.«

»Niemand trinkt mehr Caipirinha. Cosmopolitan heißt der Favorit. Und ich mag die Arbeit. Wann sonst kann ich mich ein bisschen auftakeln und wo sonst höre ich so viele Geschichten, von denen du übrigens profitierst. Und jetzt, da ich allein bin, ist das noch wichtiger für mich. Rauszukommen. Mir fällt die Decke auf den Kopf.«

»Hast du schon eine Entscheidung getroffen, ob du in der Wohnung bleibst?

»Nein. Ich muss erst mal alle Sachen sortieren. Und ich hab das Gefühl, dafür Monate zu brauchen. Es gibt zum Beispiel ein Zimmer, in dem ich fast fünf Jahre nicht mehr war. Ist ein Fotolabor drin, glaube ich.«

»Das weißt du nicht?« Anne schaut ihre Freundin entsetzt an. Sie hat sich bis jetzt nicht allzu viele Gedanken darum gemacht, wie Renée mit Martins Tod und den ganzen Hinterlassenschaften und Dingen, die zu regeln sind, klarkommt, wie sie sich beschämt eingestehen muss. Renée ist ihre Beraterin, ihr Coach, da geht man davon aus, dass so jemand alles im Griff hat. Außerdem gibt es diese Judith, die sie nur von Geburtstagsfeiern bei Renée und Martin kennt. Judith und – wie hieß noch mal ihr Freund? Frank. Oder Peter. Anne hat in all den Jahren, die sie nun schon mit Renée befreundet ist, klaglos Judith als deren beste Freundin akzeptiert. Der Gründungsmythos dieser Freundschaft ist den Söhnen der beiden zu verdanken. Die hatten mit sechs Jahren beschlossen, dass ihre Mütter Freundinnen werden sollten, um ewig zusammenbleiben zu können. Anne kennt das nur aus Erzählungen. Aber so, wie sich Renée gern von ihrem Arztfreund Krankengeschichten erzählen lässt, mag sie es, Müttergeschichten zu hören. Nicht dass sie Kinder vermisst. Sie ist zwar nicht freiwillig kinderlos, hat sich aber damit gut arrangiert. Pavel weniger, der hat erst kürzlich erneut mit der Diskussion angefangen, ob man nicht ein Kind adoptieren solle. »Wir sind zu alt, Pavel«, hatte Anne gesagt. Mit fünfzig bekommt man kein Adoptivkind mehr.

»Dann ein Pflegekind. Pflegeeltern werden gesucht.«

»Wie stellst du dir das vor? Ich arbeite sechzig Stunden die Woche, du bist fix und fertig, wenn du abends aus deinem Altenheim kommst. Wo soll denn da Zeit und Platz für ein Pflegekind sein?«

»Die Legislatur endet im kommenden Jahr«, hatte Pavel geantwortet.

Und genau da liegt das Problem. Anne hat vor drei Jahren ein Versprechen gegeben, das sie nun zu brechen gedenkt. Sie will erneut kandidieren und darüber heute mit Renée sprechen. Die Abmachung mit Pavel aber hatte geheißen: »Ich will wissen, ob ich es schaffe, in den Bundestag zu kommen, und einmal vier Jahre lang Politik machen. Es reizt mich, aber ich werde auch rechtzeitig wieder rausgehen, um nicht abhängig zu werden.«

Doch sie hat Blut geleckt und das Gefühl bekommen, erst nach vier Jahren wirklich lostreten zu können. Ihr ist genau das passiert, was sie bei anderen Abgeordneten wahlweise albern, nervig, bedauernswert oder weltfremd findet. Je nachdem, wie sympathisch oder unsympathisch ihr jemand ist. Sie kann sich nicht vorstellen, wieder zurück in die Wohnungswirtschaft zu gehen. Und schlimmer noch, sie hat begonnen, sich einzureden, dass es wichtig wäre, bliebe sie im Bundestag. Noch ist ihr der Satz »Ich will das Vertrauen meiner Wählerinnen und Wähler nicht enttäuschen« nicht über die Lippen gekommen. Aber es ist nur eine Frage der Zeit, dass sie solchen Schwachsinn von sich gibt. Und davor muss Renée sie bewahren. Ihre Freundin, die seit Jahren Sprechblasen, gestanzte Formulierungen und redundante Selbstvergewisserungen von Politikern sammelt. »Politik ist ein selbstreferenzielles System, Anne. Pass bloß auf, dass du nicht irgendwann mal auf einem Podium sitzt und sagst, es gäbe zu irgendetwas, was du mitbeschlossen hast, keine Alternative. Dann kündige ich dir die Freundschaft.«

Wie sie Pavel beibringt, dass sie vier Jahre länger im Bundestag bleiben will, weiß sie nicht. Aber ihr wird noch etwas einfallen. Sie könnte ihm natürlich vorschlagen, seine Arbeit aufzugeben, und dann wäre das mit einem Pflegekind kein Problem. Gute Idee. Darauf war sie noch gar nicht gekommen.

»Vielleicht sollten wir uns erst mal darum kümmern, dass du eine andere Wohnung findest. Bei uns im Haus ist gerade eine frei. Drei Zimmer, Balkon, dritte Etage. Du kennst ja meine Wohnung. Musst du dir einfach nur ein Zimmer wegdenken.«

»Nein!«

»Muss auch nicht jetzt sein, ich dachte nur, es würde dir helfen, deine Trauer zu bewältigen.« Was rede ich denn, denkt Anne. Ich klinge wie eine bescheuerte Ratgebertante. »Ich nehme das zurück, Renée. Hör nicht auf mich, sondern tu, was für dich das Beste ist.« Noch mehr Ratgebertante. Anne wird wütend. Auf sich. Auf Renée, die dasitzt, als wüsste sie nicht weiter. Sie hasst es, ihre Freundin und Beraterin so schwach zu sehen. Es verunsichert sie.

»Hör zu, Renée, ich will mit dir etwas besprechen. Im nächsten Jahr sind Wahlen, und ich gedenke noch einmal zu kandidieren. Vielleicht muss ich mir einen anderen Kreisverband suchen. Ich bin den alten Haudegen in meinem ein bisschen zu oft auf die Füße getreten. Du weißt, dass spätestens im Januar der Wahlkampf beginnt. Eigentlich hat er schon angefangen. Viele werden die Sommerpause nutzen, um sich in Position zu bringen. Werden plötzlich ganz fleißig im Wahlkreis unterwegs sein und hin und wieder eine Sau durchs Dorf treiben, die niemanden interessiert, aber das Sommerloch füllt. Ich möchte, dass du für mich eine Wahlkampfstrategie ausarbeitest, mich berätst, an meiner Seite bist, wenn es richtig losgeht. Wirst du das tun?«

Renée nickt. »Natürlich werde ich das tun. Wir werden denen schon einheizen. Was sagt denn Pavel dazu, dass du noch mal kandidieren willst?«

»Der weiß es noch nicht. Ich wollte erst mit dir sprechen. Wie du die Chancen einschätzt oder ob du mir rätst, die Finger davon zu lassen.«

»Deine Chancen stehen schlecht, und ich rate dir, nicht die Finger davon zu lassen. Du machst eine gute Arbeit, aber du tanzt zu häufig aus der Reihe. Ich meine, du hast dich allein im letzten Jahr bei vier wichtigen Abstimmungen der Stimme enthalten. So etwas merken sich die Kollegen.«

»Denen an der Basis hat es gefallen, dass ich nicht für diese bescheuerten Rettungsschirme und für diese unsäglichen Mietrechtsbeschlüsse gestimmt habe.«

»Aber die Basis entscheidet nicht über deine Kandidatur.«

»Na ich merk schon, du wirst mich aufbauen. Komm, wir sparen uns deine PowerPoint-Präsentation über Netzwerkarbeit und gehen konditern.«

»Ich habe noch nie eine PowerPoint-Präsentation gemacht, werde aber wohl oder übel damit anfangen müssen.« Renée zieht den Bleistift aus ihren Haaren und wirft ihn nach Anne. »Stattdessen sammle ich welche. Der Ordner des Grauens ist schon ziemlich gut gefüllt. Wenn es mir wieder besser geht, machen wir mal einen Abend lang Bullshit-PowerPoint. Du kriegst die Präsentation über die Verbrennung von Altreifen in Zementwerken.«

»Wenn es dir lieber ist, gehen wir in deine Wohnung und schauen gemeinsam in das Zimmer, in dem du fünf Jahre nicht warst.«

»Das mache ich wahrscheinlich allein. Wenn ich es nicht schaffe, sage ich dir Bescheid. Es tut mir gut, in jedem Zimmer wenigstens einmal geheult zu haben. Das reinigt und bannt die Gefahr verbrannter Erde. Ich mag die Wohnung, weißt du. Sie ist zwar riesig, aber sie war auch ein Schutzraum für Martin und mich. Im Moment habe ich nicht das Gefühl, mich von ihr trennen zu können. Aber ich kann mir auch nicht vorstellen, allein da drin zu wohnen. Das wäre ...« Renée starrt Anne an und durch sie durch. »Man muss ja nicht allein«, murmelt sie.

»Willst du dir einen neuen Mann suchen?«

»Natürlich nicht. Du hast aber auch ein Händchen für Fettnäpfchen, Anne. Dabei arbeiten wir schon so lange daran, dass du nicht immer gleich aussprechen sollst, was du denkst. Wie kommst du auf die Idee, ich würde mir einen anderen Kerl suchen, drei Monate nachdem ich Martin begraben habe?«

»Tut mir leid. Aber mit deinen Kindern willst du doch sicher auch nicht zusammenziehen. Oder die werden nicht mit dir zusammenwohnen wollen. Paul will nicht mehr zurück in die Stadt, und Pauline arbeitet an ihrer Bühnenkarriere als Punkwunder.«

»Seit wann kennst du dich mit Musik aus?«

»Seit ich das letzte Mal mit deiner Tochter geredet habe.«

»Ich dachte, sie ist in einer Gothicband?«

»War sie auch. Ich habe mir diese Demo-CD tatsächlich mal angehört. Ehrlich, Renée, von wem hat sie das bloß? Ich meine, Martin hat alle möglichen abstrusen Hobbys gehabt, aber doch nicht solche Musik.«

»Er war Fan der Toten Hosen. Deren Musik hat er Pauline abends zum Einschlafen vorgespielt, wenn er keine Lust hatte, ihr etwas vorzulesen.«

»Na gut, dann wissen wir wenigstens das. Also ist es nun Punk, und deine Tochter wird ihren Weg machen. Der

Markt für diese Musik ist wahrscheinlich so groß wie dieser Parkplatz da draußen, aber lass sie mal.«

Als hätte Renée je etwas anderes erwogen. Natürlich lässt sie ihre Kinder. Sie ist froh, dass ihre Tochter am Konservatorium eine klassische Ausbildung macht. Gesang und Gitarre. Aber Paulines eigentlicher Traum ist, mit ihrer Band durch die Welt zu ziehen und auf irgendwelchen Festivals zu singen. In gemütlich schmuddeligen Studios Demo-CDs zu produzieren und ihrem Kind, das sie dann natürlich schon hätte, Gitarrespielen beizubringen, bevor es laufen kann.

»Dann lass uns mal losgehen und Torte essen, als seien wir zwei alte Weiber, die nichts Besseres zu tun haben. Hast du in der kommenden Woche irgendwelche Interviewtermine, die wir noch durchsprechen müssen?«

»Nur diese Vermieterzeitschrift. Mir fällt gerade der Name nicht ein. Die wollen wissen, warum ich gegen die Mietrechtsänderung bin und ob ich nicht wüsste, wie schlecht es den privaten Vermietern geht und dass die dringend eine Novellierung brauchen, um wieder handlungsfähig zu sein.«

Renée weiß, dass Anne dazu neigt, bei solchen Interviews derartig grobe Antworten zu geben, dass es weit über eine klare Positionsbestimmung, wie ihre Freundin das immer nannte, hinausgeht. Das hatte ihr schon eine Menge Prügel eingebracht. Auch von ihrer Fraktion.

»Du musst daran denken, dass nicht alle Immobilienbesitzer schlimme Menschen sind. Versuch wenigstens rüberzubringen, dass du sehr wohl in der Lage bist, zwischen Spekulanten und verantwortungsbewussten Hausbesitzern zu unterscheiden.«

Anne nickt und tätschelt Renées Hand. Also wird sie holzen. Bei diesem Thema ist ihre Freundin wirklich beratungsresistent. Renée ist sich noch nicht sicher, ob das gut oder schlecht ist. Die Leute mögen die Abgeordnete

Anne Kilian für ihre klaren Worte und die Positionierung auch gegen einen Teil der eigenen Fraktion. Aber die Leute würden Anne Kilian erst wählen können, wenn sie überhaupt auf einem Wahlzettel stünde. Und da raufzukommen, auf den Wahlzettel, das war die eigentliche Crux und der beschissene Teil der Arbeit.

Renée spürt die Trauer wieder Oberhand gewinnen, auch wenn Anne sie immer ganz gut ablenkt. Es gelingt ihr zwar hin und wieder und für immer länger werdende Momente zu vergessen, dass sie nun allein und Martin tot ist. Aber dann kehrt die Verzweiflung zurück, und das ist weiterhin jedes Mal wie eine Operation am offenen Herzen. Ohne Narkose. Trotzdem spürt sie dieses Mal auch, dass sich in ihrem Hinterkopf ein Gedanke eingenistet hat, den sie noch nicht richtig fassen kann, der sich aber gut anfühlt. Natürlich zöge sie nicht wieder mit ihren Kindern zusammen. Die ihr zuliebe und ihr zum Trost wahrscheinlich sogar mitmachten. Paul mit leichtem Gepäck, weil er in den vergangenen drei Jahren erfolgreich versucht hat, sich von jeglichem Besitz zu befreien, sich aus den Containern der Supermärkte und Bioläden zu ernähren und Mitglied diverser Tauschbörsen zu werden. »Suche warme Jacke, biete Rettung bei Problemen mit dem Computer«, so in der Art. Manchmal fragt sich Renée, woher diese Form der Verweigerung eigentlich kommt, wer von ihnen beiden den Grundstein dafür gelegt hatte. Eher Martin, vermutet sie, den hatte Besitz nicht interessiert. Manchmal, wenn sie sich gestritten hatten über Renées materielle Ansprüche ans Leben, war sie ausgerastet und hatte Martin vorgeworfen, es sei auch einfach, auf Besitz zu pfeifen, wenn man ausreichend davon habe. Trotzdem musste Martins Haltung auf Paul abgefärbt haben.

Und Pauline mit ihren Instrumenten, Dosen und Tuben, um mindestens jede Woche einmal die Haarfarbe wechseln zu können, dem Anspruch auf einen Proberaum und ein weiteres Zimmer, in dem sie schon mal alle Kinderbücher und Spielsachen lagern kann, die sie im Laufe der vergangenen Jahre gefunden, erworben oder geschenkt bekommen hat.

Nein, das war keine Lösung. Aber gerade weil Renée viel über das, was keine Lösung sein konnte, nachgedacht hat, scheint sich eine andere Möglichkeit aufzutun. Sie hat vor einem halben Jahr, vielleicht ist es auch länger her, in einer dieser Frauenzeitschriften einen Text über Wohngemeinschaften gelesen. Keine Zweckbündnisse, weil das Geld für die Miete nicht reicht, sondern altersgemischte Lebensgemeinschaften, häufig von Freunden gegründet, selten über Annonce zusammengekommen. Soweit sie sich erinnern kann, läuft es meist so, dass sich Menschen, die sich schon lange kennen, zusammentun, ein Haus kaufen, einen Hof, eine alte Schule oder was auch immer, und sich dort einrichten. Einige haben auch gemeinsam den Bau eines Hauses oder einer kleinen Wohnanlage finanziert. Es gab Frauen-Wohngemeinschaften, gemischte Projekte und familiär aufgestellte Mehrgenerationenhäuser. Natürlich reinste Schönfärberei. Hat Renée damals gedacht. Die Fotos hatten den Eindruck erweckt, das alles sei für *Landlust* oder *Schöner Wohnen* inszeniert worden. Die Menschen wirkten unglaublich sympathisch, und die Probleme, von denen sie in den Interviews sprachen, schienen sämtlich einfach zu lösen.

Dächte man sich jedoch mal weg, dass altersgemischte Wohnformen gerade absolut im Trend liegen, die sogenannten fitten, unternehmungslustigen, gesunden Alten sowieso, bliebe die Idee, mit anderen Menschen zusammenzuziehen und zu versuchen, sich ein neues Leben aufzubauen.

Dieser vage Gedanke beginnt sich in Renées Kopf in Stellung zu bringen. Sie könnte mit Anne darüber reden, bei Kuchen und Kaffee. Aber dazu fehlt ihr der Mut. Anne kann mit einer Bemerkung die noch ganz fragile und überhaupt nicht durchdachte Idee vom Tisch wischen. Und was Anne einmal verbal beerdigt hat, lässt sich fast nie wiederbeleben. In Renées Notizheften sind die Protokolle der Beratungen und Gespräche mit Anne dadurch gekennzeichnet, dass immer wieder die Randbemerkung *Gestorben!* auftaucht. Ein Vorschlag, eine Idee, das Thema einer parlamentarischen Initiative, eine Empfehlung. Zuhause am Schreibtisch noch als völlig einleuchtend und hin und wieder auch großartig empfunden, waren all diese Vorschläge von Anne und meist mit nur einem Satz in den Orkus geschickt worden. Der schlimmste Satz von allen: »Das ist wirklich eine hübsche Idee.« Den musste Anne mal in einem schlechten Film oder in einem noch schlechteren Buch gelesen haben. »Das ist wirklich eine hübsche Idee.« Fiel dieser Satz, machte Renée an den Rand ihrer Notizen sofort drei Kreuze und schrieb *Tot* darunter. Zu Beginn fand sie es frustrierend, so viel von dem, was sie sich vor den Treffen mit Anne überlegt hatte, so schnell wieder begraben zu müssen. Inzwischen hat sie sich daran gewöhnt.

Erst kürzlich ist sie auf eine witzige Webseite gestoßen, die einen »Friedhof« anbot, auf dem man Ideen begraben konnte. Mit Grabstelle, Grabstein, Grabspruch. Einmal hat sie eine ihrer »Da-wird-Anne-nicht-mitmachen-Ideen« auf dem Friedhof versenkt und »Das ist wirklich eine hübsche Idee« auf den Grabstein geschrieben.

Jedenfalls wäre es ein großer Fehler, eine noch nicht gut durchdachte Idee, die ihr persönliches Leben so sehr betraf, jetzt mit Anne zu diskutieren, denkt Renée und beschließt, stattdessen mit Judith darüber zu reden. Annes Durchsetzungskraft und undiplomatische Direktheit entsprach in etwa dem Ausmaß von Judiths Empathie. Und Empathie ist genau das, was sie jetzt braucht.

4

Judith schleppt acht Halblitergläser Bier für Tisch zehn. An Tisch zehn sitzt eine unvollständige Altherrenmannschaft und wertet das Fußballspiel des Nachmittags aus. Ein Trainingsmatch. Soweit Judith es sich zusammenreimt, hatte der Torwart keine Lust gehabt, mitzukommen. Der Spielstand hatte sich am Ende auf null zu sieben belaufen. Sieben Tore auf heimischem Platz einzufangen war dem Mann wohl zu viel gewesen. Ein Spieler hatte sich verletzt, und einer ist von seiner Frau abgeholt worden. Über den armen Kerl ziehen die acht Männer am Tisch nun seit zwanzig Minuten her. Artgerechte Haltung, sagt einer. Der liegt doch bestimmt schon wieder in Ketten. Im Schlafzimmer natürlich. Sieben Männer lachen, einer kratzt sich verlegen am Kopf.

Judith kennt diese Runden. Sie kellnert seit drei Jahren immer mal wieder in der Sportlerklause, die zugleich Gartenkneipe ist, weil hinter dem Sportplatz eine Kleingartenanlage beginnt. Das Geld bekommt sie schwarz auf die Hand, und sie kann es gut gebrauchen. Die Jobs, die sie gegenwärtig über die Zeitarbeit vermittelt bekommt, sind nicht gut bezahlt. Jeden Monat fehlen ihr 300 Euro, die sie irgendwie ranschaffen muss. Meist mit Kellnern, wegen der Trinkgelder, die höher sind als der Lohn, den der Kneipenbesitzer »Garantiehonorar« nennt. »Mehr als sieben die Stunde kann ich dir nicht zahlen«, hatte er gesagt, als Judith gefragt hatte, ob er hin und wieder eine Aushilfe gebrauchen könnte. »Aber mit Trinkgeldern kommste auf fünfzehn die Stunde. Das lohnt sich dann schon.«

Er hatte recht behalten. An manchen Abenden schaffte sie sogar zwanzig. Das klappte zum Beispiel dann, wenn acht Männer an einem Tisch Bier tranken und am Ende jeder seine Rechnung beglich. Da kamen schon mal vier Euro Trinkgeld zusammen. Fünfzehn Tische standen draußen, in der Kneipe hatten rund siebzig Leute Platz. Aber jetzt im Sommer sitzt niemand drinnen.

Den Job hat Frank ihr vermittelt, der spielt auch Fußball und kennt den Wirt. An Abenden wie heute ist es Knochenarbeit, zumal Judith weiß, dass sie am nächsten Morgen um sechs wird aufstehen müssen, um pünktlich zur Arbeit zu kommen. Zurzeit ist sie an eine mittelgroße Elektroklitsche verliehen, die eine Schwangerschaftsvertretung gesucht hat. In solchen Buden ist man dann immer Mädel für alles. Judith nennt es selbst so. Frauen wie sie werden wahrscheinlich bis an ihr Lebensende Mädel genannt. Zumindest in Unternehmen wie dem, in dem sie jetzt gerade ist. Und man ist ja auch das Mädel. Sekretariat, Telefondienst, Terminkalender, ein bisschen Buchhaltung, Rechnungen schreiben, Pizza bestellen, Kaffee kochen, abends das Büro sauber machen, zweifelhafte Komplimente und Angebote von den Elektroinstallateuren bekommen. Judith hat sich schon vor zwei Jahren einen billigen Ring gekauft, der als Ehering durchgehen kann, um in solchen Buden nicht ständig erklären zu müssen, dass sie abends nicht gern noch ein Bier trinken oder ins Kino gehen möchte. Sie zeigt dann einfach auf den Ring an ihrer rechten Hand, zuckt bedauernd die Schultern und lächelt, als sei es jetzt nur ihrer Treue geschuldet, dass sie dieses Angebot nicht annimmt, obwohl sie es zutiefst bedauere. So fühlte sich niemand zurückgewiesen und letztlich, die Erfahrung hat Judith auch gemacht, wünscht sich jeder Kerl eine, die so tapfer allen Versuchungen widersteht.

1200 bekommt sie monatlich für diese Arbeit ausgezahlt. Die bald enden wird. Wahrscheinlich muss sie danach wieder in ein Callcenter, eine Arbeit, die sie noch weniger mag als die einer Büromaus. 1200 sind zu wenig zum Leben, aber mehr Gehalt wäre sowieso für die Katz. Noch ein Jahr, dann ist sie aus der Insolvenz raus und kann so viel Geld verdienen, wie sie will. Es gibt keine Pfändungsgrenze mehr, sie muss ihre Kontoauszüge nicht vorzeigen, niemandem ihr Wohlverhalten regelmäßig nachweisen und ist überhaupt erst wieder ein richtiger Mensch. Jetzt würde ihr sogar schon zum Verhängnis werden, erwischte man sie beim Schwarzfahren. In den vergangenen sechs Jahren konnte sie nicht mal einen Mobilfunkvertrag abschließen. Immer hat sie Renée fragen müssen, die ohne zu zucken jeden Vertrag unterzeichnet und jede Bürgschaft übernommen hatte. Frank konnte das nicht tun, der hat einen Schufa-Eintrag wegen Kontoüberziehung und weil sie ihm mal den Strom abgestellt haben, nachdem er mit den Abschlagszahlungen fünf Monate im Rückstand war.

Die Männer an Tisch zehn johlen. Einer gibt Judith ein Zeichen, sie möge noch acht Bier bringen. Unglaublich, was die an einem Abend trinken können. Andy, der Wirt, hat Judith vorhin gefragt, ob sie im Oktober jedes Wochenende kellnern wolle und bereit wäre, ein Dirndl bei der Arbeit zu tragen. Sie hat wahrscheinlich ziemlich verständnislos geguckt, denn Andy war richtig ins Reden geraten. Normalerweise kriegt der den Mund nicht auf. »Weißte doch, Judith, Oktoberfest ist inzwischen auch in der Hauptstadt angekommen. Ich werde hier so blauweiße Wimpelketten hinhängen, meine Broiler Backhendl nennen und eine Brotzeit auf die Karte nehmen. Dirndl käm da schon nicht schlecht. Ich meine.« Dann ist Andy wieder verstummt und hat stattdessen vielsagend auf Judiths Brust gestarrt.

»Wenn du mir ein Dirndl kaufst, zieh ich es an«, hat sie geantwortet. Nun rechnete Andy wahrscheinlich nach, ob sich die Investition überhaupt lohnt oder ob blauweiße

Wimpelketten und umtitulierte Broiler nicht schon ausreichen für Oktoberfeststimmung.

In den Jahren der Insolvenz hat Judith gelernt, dass Schamgrenzen flexible Angelegenheiten sind und Stolz einen Luxus darstellt, den sie sich nur selten leisten konnte. Vor sechs Jahren wäre sie einem wie Andy an die Gurgel gegangen, hätte der von ihr verlangt, in ein Dirndl zu steigen und Titten zu zeigen. Jetzt aber zöge sie es an. Sie ist putzen gegangen, hat auf Weihnachtsmärkten Glühwein verkauft und sich dafür als Weihnachtsfrau verkleidet, in einem Architektenbüro das kaffeekochende Blondchen im Kostüm mit kurzem Rock und hochhackigen Schuhen gespielt, wenn potenzielle Kunden aus Russland zu Besuch kamen, und sogar schon stundenweise in einer Pachttoilette gejobbt. Anfangs hat sie immer Angst gehabt, jemanden Bekanntes zu treffen und mit der Frage konfrontiert zu sein, was sie hier mache, in der Toilette dieses Biergartens, einen kleinen Teller auf dem Tisch bewachend, auf dem sich Kleingeld sammelte, Radio Paradiso hörend und alte Ausgaben *Bunte* lesend. Inzwischen ist es ihr egal.

Sie muss bloß durch diese sieben Jahre kommen, muss Wohlverhalten zeigen, darf sich nichts zuschulden kommen lassen und verfügt nur über ein Guthabenkonto. Wenn sie umzieht, braucht sie einen Bürgen, und wenn sie den Telefonanbieter wechseln will, muss jemand anderes den Vertrag unterschreiben. Sie bekommt kein Jahresabonnement bei der BVG, weil sie in der schlimmen Zeit vor der Insolvenz ein paarmal beim Schwarzfahren erwischt worden war, und kann sich keinen Fernseher auf Raten kaufen.

Einmal hat sie Anne, Renées Politikerfreundin, an einem Geburtstagsabend erzählt, wie das so läuft mit der Privatinsolvenz, und die war von einer Ohnmacht in die nächste gefallen. »Was für eine Sauerei«, hatte sie wieder und wieder gesagt und erklärt, dass man da etwas tun müsse. Es könne ja nicht angehen, dass Leute wie Judith nicht mal ein

Jahresabo für die öffentlichen Verkehrsmittel abschließen können. Sie hatte sich sogar an die Verkehrsbetriebe gewandt, mit offiziellem Schreiben aus ihrem Bundestagsbüro, und eine lapidare Antwort erhalten, dass die Bestimmungen nichts anderes zuließen. Daraufhin hatte sie noch mal geschrieben, dass Bestimmungen geändert werden könnten, wenn sie diskriminierend seien, und keine Antwort mehr erhalten.

Judith hat mit dem Thema inzwischen abgeschlossen. Bald ist sie raus aus dem Schlamassel, danach bleibt der Schufa-Eintrag noch zwei Jahre bestehen und dann hat sie es überstanden. Letztlich, das sagt sie sich immer, wenn Wut oder Verzweiflung zu groß werden, hat sie sich selbst in diese Situation reingeritten. Wäre sie nicht so blöd gewesen, für die Firma ihres Ex zu bürgen, hätte sie nicht die völlig verrückte Idee gehabt, mit dem Mann zusammen auch noch ein Haus zu bauen, wäre sie jetzt nicht hier. Sie war eine von den Tussen gewesen, die sich nichts Schöneres vorstellen konnten, als in einem spießigen Haus in einer spießigen Gegend spießige Möbel aus spießigen Katalogen zu bestellen.

»Dein Selbsthass ist ja wirklich legendär«, hat Renée vor einiger Zeit mal zu Judith gesagt, als die – zum wievielten Mal eigentlich – ihren Monolog zum Thema »Wie blöd muss man eigentlich sein?« gehalten hatte. Wahrscheinlich hat ihre Freundin recht. Es ist an der Zeit, damit aufzuhören. Schließlich habe ich mich geändert, denkt Judith, und schließlich habe ich ausreichend für alles bezahlt.

Renée steht am Eingang zum Biergarten und schaut sich suchend um. Als sie Judith sieht, winkt sie kurz und kommt langsam auf ihre Freundin zu. »Musst du noch lange arbeiten?«

»Ich habe Bescheid gesagt, dass ich heute früher Schluss mache. In einer halben Stunde. Möchtest du einen Wein, was zu essen, ein Bier?«

Renée starrt unschlüssig auf die Teller und Gläser, die auf den Holztischen stehen. »Der Kartoffelsalat hat mich letztens die ganze Nacht wach gehalten.«

Letztens liegt vier Monate zurück. Judith kann sich noch gut an den Abend erinnern. Renée war mit Martin gekommen, der den ganzen Abend fast nichts gesagt hatte, außer hin und wieder »das ist ja wie im Film«. Judith hatte ihn gefragt, ob er das erste Mal im Osten sei oder nur zum ersten Mal in einer Sportlerklause. Beides hatte sie für möglich gehalten. Martin hatte gelächelt und erklärt, dass er immer noch Feldstudien betreibe, sich aber dem unbekannten Wesen des Ostdeutschen schon angenähert habe. Und schließlich sei er ja auch selber mal einer gewesen. Nur hätte er das all die Jahre versucht zu verdrängen. Später war er doch mit einem Mann ins Gespräch gekommen, der mit an dem großen Tisch gesessen und sich als Bienenzüchter geoutet hatte.

»Wir haben auch Kartoffelsuppe und es gibt sogar Reibekuchen mit Lachs«, sagt Judith.

»Findest du solche Gerichte vertrauenerweckend? Die sollen Bratkartoffeln und Sülze, Strammer Max und Bauernfrühstück anbieten, nicht Reibekuchen mit Lachs.«

»Wir können auch woanders hingehen, wenn ich fertig bin. Dann bring ich dir nur eine Weinschorle.«

»Nein, die Kartoffelsuppe klingt doch gut. Ich setz mich da hinten an den Tisch und les noch ein bisschen. Weinschorle ist auch in Ordnung.« Renée gibt Judith einen flüchtigen Kuss auf die rechte Wange und geht zu dem Tisch. Die Männer an Tisch zehn verstummen kurz und starren der langbeinigen Erscheinung hinterher. »Hier ist noch ein Platz frei«, ruft einer, und Renée schaut kurz zu dem Mann, wendet sich gleich wieder ab und geht weiter.

»Bumm, jetzt biste tot«, sagt ein anderer Biertrinker und lacht. »Die spielt nicht in deiner Liga.«

Eine halbe Stunde später sitzt Judith an Renées Tisch.

Seit Martins Tod haben sie sich oft gesehen, es braucht also nur wenige Minuten, sich auf den aktuellen Stand zu bringen. Frank sei jetzt auch in die Leiharbeit und ackere auf Baustellen, obwohl sein Rücken das nicht so richtig vertrage. Thomas gehe es gut, aber die Ausbildung habe er vor zwei Wochen abgebrochen. Jetzt räume er abends spät in Supermärkten Regale ein und habe vor, sich im September für eine Ausbildung als Mediengestalter zu bewerben.

Judith fragt, wie weit Renée mit dem Sortieren der Sachen in der Wohnung gekommen ist und ob sie in der kommenden Woche mal wieder helfen soll.

»Ich habe mir was überlegt«, sagt Renée und wirkt unschlüssig, ob sie es Judith erzählen soll. »Ich will aus der Wohnung nicht raus, aber sie ist natürlich viel zu groß für mich. Andererseits zahle ich nur die Betriebskosten.«

»Willst du untervermieten?«

»So was in der Art. Aber ich denke eher über eine Wohngemeinschaft nach. Mit Freunden, weißt du. Du und Frank, Anne und Pavel und Michael. Ihr seid meine engsten Freunde. Euch kenne ich schon lange, und Platz für uns alle wäre genug da. Obwohl ich mir bei Anne nicht sicher bin. Als Bundestagsabgeordnete kann man sich ja eine große eigene Wohnung leisten. Aber bisher macht sie den Eindruck, als würde sie nicht abheben wollen. Ich meine, die beiden wohnen immer noch in ihrer Vier-Raum-Platte, und es scheint ihnen zu genügen. Wie findest du die Idee, Judith?«

»Ganz schön mutig, aber nicht schlecht. Hast du mit den anderen schon gesprochen?«

»Du bist die Erste, mit der ich rede. Bei Michael bin ich mir ziemlich sicher, dass er mitmachen würde. Anne und Pavel, das weiß ich nicht. Anne ist anstrengend, aber ich kann mir vorstellen, dass es geht. Pavel ist vielleicht eher das Problem. Ich glaube, der hat sich noch immer nicht von der Idee mit dem Kind verabschiedet. Zum Glück hat niemand von uns Haustiere. Man müsste also nicht auslosen, ob die Katze mitdarf und der Hund ins Tierheim muss oder umgekehrt. Außerdem, du kennst die Wohnung. Jeder hätte sein eigenes Reich, man könnte sogar noch eine zweite Küche einbauen und ein drittes Bad. Trotzdem müssten sich zwei Parteien ein Bad teilen. Ich bin allein, also wäre ich die wahrscheinlichste Kandidatin dafür.«

»Renée, du bist fünfundvierzig, meinst du nicht, dass du dich irgendwann noch mal verlieben wirst und mit jemandem zusammenleben willst?«

»Das ist so eine Grundsatzentscheidung, nicht? Natürlich kann sich für jeden von uns das Leben ändern. Man muss es wollen. Dass es einen Kern gibt, meine ich, eine Art Familie. Und muss die Möglichkeit akzeptieren, dass jemand geht und jemand anderes dazukommt. Ich kann mir im Moment überhaupt nicht vorstellen, jemals wieder mit einem Mann zusammenzuleben. Aber mir ist auch klar, dass es an meiner Trauer liegt. Daran, wie sehr ich Martin geliebt habe. Obwohl ich ja hin und wieder auch mal ein Verhältnis hatte.« Renée fängt an zu weinen. »Mir hat das immer gefallen, und ich glaube, Martin hat es gewusst, aber nie etwas dazu gesagt. Jetzt kommt es mir schäbig vor, dass ich ihn betrogen habe. Wie konnte ich nur.«

Judith gibt beruhigende Laute von sich, als säße ein untröstliches Kind vor ihr. Sie kann sich an Renées kurze Affären erinnern, kannte sie aber nur aus deren Erzählungen. Ein Bauleiter, der Chef einer Werbeagentur und ein Fraktionskollege von Anne. Als Renée ihr von dieser letzten Affäre erzählt hatte, musste Judith schwören, das niemals irgendjemandem zu erzählen. Vor allem nicht Anne. »Die würde mich vierteilen«, hatte Renée gesagt und gelacht, obwohl es ihr ernst damit gewesen war.

Auch Judith glaubt, dass Martin davon gewusst, aber nie etwas gesagt hatte. Ihr war noch keiner untergekommen, der seine Frau so bedingungslos liebt, wie Martin es getan hatte. Ein paar Mal hatte sie den Weihnachtsabend mit den beiden verbracht und zugesehen, wie Renée vierundzwanzig Geschenke auspackte, die Martin monatelang gesucht, gebaut und zusammengestellt hatte. Immer musste sie ein Wort raten, einen Begriff, ein Motto, das eine Verbindung zwischen allen Geschenken schuf. Und jedes Mal war das letzte Geschenk mit der Zahl vierundzwanzig etwas, das sich Renée schon lange gewünscht hatte.

»Aber manchmal brauche ich einen Kerl, der nicht so kompliziert ist wie mein Mann«, hatte Renée ihr zu erklären versucht, warum sie Martin von Zeit zu Zeit betrog. »Weißt du, Judith, so einer, der einfach gestrickt ist, das Wort Melancholie nicht mal buchstabieren kann und davon ausgeht, dass sich alle Probleme lösen lassen. Einen Macher halt, der laut ist, auch im Bett, hinterher fragt, ob er gut war, sich dann umdreht und einschläft. Den es nicht stört, dass ich ihm meine Telefonnummer nicht gebe und erzähle, wie sehr ich meinen Mann liebe. Der einfach nur ein bisschen Spaß will und keine Fragen stellt, weil er sowieso nur über sich redet.«

So betrachtet, war es ihr einleuchtend erschienen, Martin mit einem Bauleiter, einem Werbemann und einem Politiker zu betrügen. Alle waren sie Macher und Problemlöser.

Renée hat aufgehört zu weinen und bestellt noch ein Glas Weißwein. »Würdest du denn mit mir zusammenziehen? Mit mir und den anderen?«

»Natürlich«, sagt Judith und malt mit dem Zeigefinger in einer kleinen Bierpfütze.

»Aber?«

Judith schaut Renée an. Wie gut wir uns kennen, denkt sie. Wie gut Renée mich kennt.

»Zum einen weiß ich nicht, was Frank dazu sagt. Und zum anderen. Weißt du, Renée, Frank und ich, wir werden immer am Rande des Existenzminimums leben. Wir sind ein Ostpaar, wie es im Buche steht. Er ein Verlierer, der immer wieder von vorn anfängt, und ich eine Frau, die für den Laden ihres Mannes gebürgt hat und sich nicht unterkriegen lässt. Egal, wie wir uns drehen und wenden. Frank hat ein Projekt nach dem anderen und scheitert ein ums andere Mal. Ich nenn das vererbte Armut. Man kommt da einfach nicht raus. Franks Eltern sind nach der Wende völlig abgeschmiert. Jetzt versuchen beide, sich mit Alkohol umzubringen, und hoffen, es zu schaffen, bevor sie in ein Altenheim müssen. Meine Eltern haben immer geschuftet, und was sie an Rente kriegen, ist ein Witz. Ich werde ewig als schlecht bezahlte Sekretärin arbeiten, wahrscheinlich nie aus der Zeitarbeit rauskommen, und meine Rente verspricht mir die gleiche Altersarmut, in der schon meine Eltern stecken. Bei Frank sieht es noch schlimmer aus. Der hat so viel schwarzgearbeitet und so wenig eingezahlt. Wir wären in deiner Wohngemeinschaft das schwächste Glied, müssten dir im schlimmsten Fall die Miete schuldig bleiben, würden immer mal wieder Hartz-IV-Anträge stellen, wenn wir arbeitslos sind. Dann seid ihr nach den geltenden Regeln auch noch so was wie eine Bedarfsgemeinschaft mit uns, weil wir uns eine Küche und einen Kühlschrank teilen. Wir machen keinen Urlaub, ernähren uns schlecht, weil nicht viel Geld für Essen da ist, und hocken viel zu viel zuhause, weil wir nicht ins Kino oder in eine Kneipe gehen können. Ich weiß nicht, ob eine Wohngemeinschaft solche Klassenunterschiede aushält. Eine Erfolgsfrau wie du, ein Arzt, eine Politikerin, der Leiter eines Seniorenheims und zwei aus dem Prekariat. Um es mal so zu sagen.«

»So was muss eine Lebensgemeinschaft aber aushalten. Judith, hör auf, dich immer so runterzureden. Und sei nicht so pessimistisch, was eure Zukunft anbelangt.«

Was red ich denn da, denkt Renée und schaut ihre Freundin an, die sich schon die dritte Zigarette anzündet, seit sie hier am Tisch sitzen. Die mit sechsundvierzig Jahren immer noch alle Klamotten bei H&M kauft und manchmal aussieht wie eine, die den Kleiderschrank ihrer Tochter geplündert hat. Die sich letztens ihre einzige Zahnkrone mit Sekundenkleber befestigt hat, nachdem die ihr rausgefallen war. Die sich Bücherregale aus Obstkisten baut und wenn sie Betriebskosten nachzahlen muss, einen Monat lang ihre Lebensmittel bei der Tafel holt oder mit Paul abends containern geht, wenn der mal in der Stadt ist. Die es trotzdem schafft, ihre Wohnung aussehen zu lassen, als sei sie für einen Beitrag »Schön wohnen mit wenig Geld« gecastet worden, und die, wenn es ihr gut ging, in ihren H&M-Klamotten aussehen kann wie eine Diva, weil sie auf Trödelmärkten immer irgendwelches Beiwerk findet, mit dem sich ein Acht-Euro-Rock aufpeppen lässt.

Judith hatte jedes Recht, pessimistisch zu sein. Sie würde es nicht schaffen, da rauszukommen. Es sei denn, sie schösse Frank in den Wind und angelte sich irgendeinen Typen mit ein bisschen Geld. Oder sie gewönne im Lotto.

»Ich bin nicht pessimistisch, nur realistisch«, sagt sie, als hätte sie Renées Gedanken gelesen. »Natürlich hält eine Gemeinschaft das eine ganze Zeit lang aus. Aber Geduld ist endlich. Du wärest ja für uns alle die Verbindung. Wir haben bislang nicht allzu viel miteinander zu tun gehabt, sind aber alle deine Freundinnen und Freunde. Das solltest du dir überlegen, Renée. Das wäre auch für dich nicht einfach.«

»Denkst du bitte darüber nach und sprichst auch mit Frank?«

Judith nickt. Die Verlockung ist ja auch groß. Sie hat schon immer gedacht, dass es wunderbar wäre, wohnte sie mit Renée zusammen. Aber es war schwer zu akzeptieren, dass ihre Rollen sich nie geändert haben. Jetzt scheint es zum ersten Mal so, dass Renée hilflos und schwach ist und Judith die Stärkere. Wir müssten aber auf Augenhöhe sein, denkt Judith, um ein solches Experiment gut zu bewältigen.

»Ich denke nach, und ich rede mit Frank. Versprochen. Kannst du mich mitnehmen und zuhause abwerfen? Ich muss morgen um sechs aufstehen. Wir haben die Wirtschaftsprüfer in der Firma, und da ist nichts wichtiger als guter Kaffee und immer frische Kekse auf dem Tisch.«

5

Die Wohnung sieht leer aus. Renée geistert, albernes Wort, denkt sie, durch die vielen Räume und macht eine Bestandsaufnahme. Bis auf eines hat sie in den vergangenen Wochen alle Zimmer aus- oder umgeräumt. Sie war irgendwann auf die Idee gekommen, jede Nacht in einem anderen Raum zu schlafen, um herauszufinden, was von den Dingen, die er beherbergt, bleiben sollte. Das war, als sie ihrem System mit den roten, gelben und blauen Punkten nicht mehr vertraute. Sie war Nacht für Nacht aufgestanden und hatte Punkte umgeklebt, nur um am nächsten Morgen alles erneut zu ändern. Es hatte sie wahnsinnig gemacht, dann war sie doch wieder auf Michaels Beruhigungstabletten umgestiegen und trotzdem einfach nicht vorangekommen.

Als Martin kurz nach ihrer Hochzeit den Vorschlag gemacht hatte, mit dem Geld, das seine Eltern ihm vererbt hatten, weil sie es mit warmen Händen geben wollten und Geld sowieso nicht wichtig sei, die zwei Wohnungen auf ihrer Etage dazuzukaufen und miteinander zu verbinden, war es ihr zwar gewagt erschienen, aber sie hatte es auch toll gefunden. Sie würde auch zuhause arbeiten können, ihre künftigen Kinder hätten ausreichend Platz und Martin würde Raum für all seine Leidenschaften haben. Später hatten sie sogar die dritte Wohnung auf der Etage dazugekauft. Aber das stand auf einem anderen Blatt.

Zu der Zeit jedenfalls hatte Martin in einem wissenschaftlichen Institut gearbeitet und sich, wie schon in der Schule und auch während des Studiums an der Technischen Universität, unterfordert gefühlt. Andererseits hatte er sich auch in dem Institut wieder selbst im Weg gestanden, wenn es darum ging, sich die Leitung für ein interessantes Projekt oder Gelder für Forschungsvorhaben zu erkämpfen. Er war nicht in der Lage gewesen zu taktieren, konnte seine Leistungen nicht gut genug herausstellen, fiel auf jede noch so blöde Intrige rein und hatte in regelmäßigen, wenn auch immer größer werdenden Abständen Depressionen, die es ihm kaum ermöglichten, vernünftig zu arbeiten. »Wärest du später geboren«, hatte Renée manchmal zu ihrem Mann gesagt, »hätten sie dich auf eine Schule für Hochbegabte geschickt. So aber kannst du froh sein, dass du nicht als Taxifahrer mit einem IQ von über 130 und einem schweren Alkoholproblem endest.«

Martin hatte ihr recht gegeben, aber die Erkenntnis hatte nicht gegen die Phasen großer Traurigkeit geholfen. In diesen Zeiten hatte man ihm den Verlierer schon von Weitem angesehen. Der Rücken leicht gebeugt, als wolle er sich kleiner machen, ein paar Kilogramm weniger als in guten Zeiten. Also nicht mehr schlank, sondern mager. Zwei scharfe Falten, die sich senkrecht in die Stirn eingruben und nicht mehr verschwinden wollten, und ein Blick, der nichts und niemanden mehr zu fixieren schien. Renée hatte ihren Mann immer schön gefunden, gerade weil er so ein durchscheinender, scharf gezeichneter Typ war, einer, der die Füße beim Gehen leicht nachzog und manchmal eine müde Eleganz in den Bewegungen hatte, die sie aufregend fand.

Renée läuft ein zweites Mal durch alle Zimmer, um sich zu vergewissern, dass ihr Gefühl sie nicht trügt. Aber doch, es ist leerer geworden, und sie hat sich von Dingen trennen können, die sie zu sehr an Martin erinnern. Allerdings, das musste sie sich eingestehen, war ihr Anteil daran kein allzu großer.

Wäre Paul nicht drei Mal mit einem Auto von seinem Bauernhof gekommen und hätte Sachen eingeladen, hätte sie überhaupt keine Fortschritte gemacht. So aber ist sie die

Schachfiguren, bis auf eine, den ganzen Bienenkram, einschließlich aller Bücher über Bienenzucht, Bienenkrankheiten, Bienenhonig, Bienen und Landwirtschaft, Geschichte der Bienenzucht, wilde Bienen losgeworden. Paul hat auch einen Antiquitätenhändler aufgetrieben, der sich das Uhrenzimmer angeschaut hat, in dem knapp einhundert alte Uhren aufbewahrt sind. Martin war mindestens zehn Mal im Jahr in der Stadt über Trödelmärkte gelaufen und hatte kaputte Uhren gekauft. Standuhren, Chronometer, Armbanduhren, Taschenuhren, Schiffsuhren, Taucheruhren, Wanduhren. Und wenn irgendwo im Umland *Scheunentrödel* oder was auch immer angeschlagen war, fuhr er mit ihr hin. Das wurden meist sehr schöne Tage.

Der Antiquitätenhändler hat zweiundfünfzig Uhren in Kommission genommen, den Rest hat Paul auf einen Trödelmarkt gebracht und einem Höker für wenig Geld verkauft. So hat sich der Kreislauf geschlossen.

Renée ist mit ihrem Futon Abend für Abend in ihrer Wohnung umgezogen, hat sogar in der Küche und ebenso in den Badezimmern geschlafen. Nur in einem Raum war sie noch immer nicht. Hinter der Tür zum Fotolabor verbergen sich ganz sicher Erinnerungen, die sie nicht ertragen würde. Um da reinzugehen, braucht sie doch jemanden an ihrer Seite. Sie hat bei IKEA schon vier Kisten gekauft und sie mit *Paul*, *Pauline*, *Ich*, *Später vielleicht einmal* beschriftet.

Wegschmeißen würde sie Fotos nicht können. Hat sie noch nie gekonnt. Es kommt ihr wie ein Sakrileg vor, Bilder in den Müll zu werfen, auf denen Menschen abgebildet sind. Naturaufnahmen, Bienenkästen, Stadtansichten, das vielleicht. Aber Renée wusste, das Martin am liebsten Menschen fotografiert hatte. Seine Frau, die Kinder, Freunde, Fremde. Es muss Fotos von seinen Eltern geben, die inzwischen auf La Palma leben, und von Renées Eltern, die immer noch in Kreuzberg wohnen und erst kürzlich erklärt haben, Martins Eltern vielleicht nachziehen zu wollen, da das Haus auf La Palma ausreichend Platz für vier Personen böte.

Was sind wir nur für ein privilegierter Haufen, hat Renée gedacht, als ihre Eltern von ihren Plänen erzählten. Aber sie hat ihnen zugeraten und ein ums andere Mal versichert, dass sie auf dem Weg der Besserung sei und man sich um sie keine Sorgen machen müsse. Ihre Eltern waren ihr in diesen Momenten sehr fremd vorgekommen, sie hat zu ihnen geredet, als seien sie alte, zerbrechliche Leute, denen man nicht mehr viel zumuten kann. Was nicht stimmt, aber Renée hat es nicht auflösen können.

Heute würde Anne kommen und mit der wird sie die Tür zum Fotolabor öffnen und Bilder in Kisten sortieren. Das ist der letzte große Akt, den Renée noch hinter sich bringen will, bevor sie ihre Freunde an einen Tisch holt, um von ihrer Idee mit der Wohngemeinschaft zu erzählen. Judith hat für sich behalten, was Renée ihr an dem Abend in der Gartenkneipe anvertraut hat. Daran hätte Renée auch nie gezweifelt. Dinge, die man Judith anvertraut, bleiben so lange ein Geheimnis, bis man sie sozusagen zum Weitererzählen freigibt.

Für kommenden Samstag sind alle eingeladen. Renée hat Pavel gefragt, ob er früher kommen könne, um mit ihr zu kochen. Sie fühle sich nicht sicher genug, bei so vielen Personen. Was eine große Untertreibung ist. Sie würde fürchterlich versagen, müsste sie für mehr als vier Personen kochen. Pavel hat vorgeschlagen, dann auch vorher zusammen einkaufen zu gehen, also ist sie am Samstag um zehn Uhr mit dem Mann ihrer Freundin Anne verabredet, um erst in den Supermarkt und dann auf den Markt zu gehen.

Renée spürt eine kleine Vorfreude. So wie sie überhaupt in den letzten Tagen hin und wieder das Gefühl gehabt hat, dass die Trauer um Martin zwar noch genauso groß ist wie am Anfang und doch Platz lässt für das eine und andere gute Gefühl. Vielleicht hat das etwas mit der Idee zu tun, mit ihren Freunden zusammenzuziehen. Vielleicht liegt es daran, dass ihr Martin schon zu Lebzeiten immer ausreichend Platz gelassen hatte und auch jetzt, da er tot ist, nicht all ihre Kraft und Leidenschaft beansprucht.

Anne kommt mit einer Flasche Sekt und einer Arbeitsmappe, in die sie zwischendurch mal schnell reinschauen müsse, wie sie Renée erklärt. »Irgendwann sitze ich doch sowieso nur neben dir und passe auf, dass du nicht weinst und keine voreiligen Entscheidungen triffst. Da kann ich auch ein bisschen arbeiten. Es gibt da einen Fraktionskollegen, der sägt an meinem Stuhl. Will sich das Thema ›Mieten und Wohnen‹ unter den Nagel reißen, weil er gemerkt hat, dass es wahlkampftauglich ist. Dem werde ich in die Suppe spucken. Verstehst du, Renée, ich reiße mir hier seit fast drei Jahren den Arsch auf. Ich weiß, ich soll so nicht sprechen, das bleibt unter uns, ja? Und dann kommt dieser Kerl und tut so, als hätte er die ganze Zeit versucht, die armen Mieter zu retten. Gibt jeden zweiten Tag eine Presseerklärung raus. Renée, du weißt, wie sehr ich Presseerklärungen hasse. Und da steht dann so ein Schwachsinn wie ›Sozialen Wohnungsbau stärken, Wohnungsoffensive starten‹. Als hätten die Genossen dafür nicht genug Zeit gehabt. Die haben doch alles verhökert, was nicht niet- und nagelfest war, und die Förderung auslaufen lassen, weil sie dachten, der Markt regle das schon. Wenn die Leute mich fragen, warum ihre Sozialwohnungen demnächst keine Sozialwohnungen mehr sein werden, führe ich einen Eiertanz auf, nur um nicht erklären zu müssen, dass sie das unter anderem auch meiner Partei zu verdanken haben. Diese ganze Scheiße mit der marktkonformen Demokratie hat die Kanzlerin doch von uns geklaut. Als hätten wir nie so etwas wie soziale Marktwirtschaft gewollt und gekonnt.«

Renée öffnet die Flasche Sekt, holt zwei Gläser aus dem Schrank und gießt ein. Sie kennt die Tiraden ihrer Freundin und fragt sich jedes Mal, warum man in eine Partei eintritt, wenn es einen dann so umtreibt, wie der Laden läuft. »Warum fahre ich auf der Autobahn«, fragt Anne immer, wenn sie dieses Thema anspricht. »Weil ich irgendwohin will und nicht, weil ich Autobahnen toll finde.« Ein Vergleich, der mehr als hinkt, findet Renée.

Sie nimmt ihr Glas und geht zu der verschlossenen Tür, hinter der ein kleines oder großes Elend wartet, macht sie auf, betätigt den Lichtschalter und schaut sich um. Anne redet immer noch, ist ihr aber gefolgt, geht an ihr vorbei ins Zimmer und setzt sich auf den einzigen Stuhl, der darin steht. »Ich war schon immer begeistert davon, wie ordentlich dein Mann ist.«

War, denkt Renée, mein Mann war ordentlich, und schaut sich um. An einer Wäscheleine hängen die Abzüge, die Martin kurz vor seinem Tod gemacht hatte. Eine Woche bevor er starb, hatte er sich einen ganzen Samstag in dem Zimmer, das schon seit zehn Jahren als Dunkelkammer diente, verkrochen. Nun hängt da ihre letzte gemeinsame Reise an der Wäscheleine. Sie waren in die Uckermark gefahren. »Wir sollten häufiger mal ins Umland raus«, hatte Martin gesagt und von einer Kollegin erzählt, die sich in der Uckermark einen zerfallenen Hof gekauft hatte, den sie nun mühsam aus- und umbaute zu einem »bike & breakfast«. »Sie hat uns eingeladen und mich gebeten, ein paar Fotos von ihrem Hof zu machen. Wir können in dem ausgebauten Stall schlafen, alles sehr romantisch. Du liebst doch Romantik, Renée.«

Sie waren gefahren, und es war romantisch geworden. Renée musste sich erstens eingestehen, dass sie für ihre leichte Abneigung gegen Ausflüge ins flache Land Brandenburgs in der Uckermark keine Argumente mehr finden konnte. Die Sonne hatte geschienen, die dünn besiedelte Landschaft bezauberte sie, und das Haus der Kollegin von Martin war eines zum Verlieben. Martin hatte Haus,

Scheune, Grundstück und Schafwiese fotografiert, am meisten aber seine Frau. Renée sah sich in allen erdenklichen Situationen und zunehmend entspannter aussehend an der Leine hängen. Das letzte Foto war mit Selbstauslöser gemacht worden. Auf dem stehen sie beide nebeneinander, ein wenig steif und ernst, weil Martin es so gewollt hatte. Vor ihnen steht ein Esel, den er sich von der Nachbarin seiner Kollegin »geborgt« hatte, nicht ohne einen halbstündigen Vortrag darüber zu hören, wie toll Esel seien, eine aussterbende Tierart in dieser Region, schön anzusehen, klug, und geradezu erhöht durch die Rolle des Esels in *Farm der Tiere*. Ein Buch, das hier aber kaum jemand kenne. Tatsächlich hieß der Esel auch Benjamin, wie sein literarisches Vorbild.

Auf dem Foto schaut das Tier, genau wie sie beide, direkt in die Kamera. Ein paar Meter hinter ihnen steht der Mann der Kollegin. Er hält eine Sense in der Hand, deren Blatt sein Gesicht in zwei Hälften teilt. Renée versteht erst jetzt, da sie einen Abzug dieser Aufnahme sieht, was Martin bezweckt hatte. Der Mann seiner Kollegin hatte ein markantes Gesicht, das ein wenig ausgezehrt aussah, und trug eine dunkle, robuste Arbeitsjacke, die Renée ziemlich edel gefunden hatte. Tatsächlich stammte sie von Manufactum, was sie später bei der Rückfahrt zu der etwas ungerechten Bemerkung veranlasst hatte, so eine Arbeitsjacke koste mehr, als ihre Freundin Judith in einem Jahr für Klamotten ausgebe.

»Du darfst nicht alle Menschen für schlecht halten, die mehr Geld haben als deine Freundin«, hatte Martin gesagt und ihr eine Hand aufs Knie gelegt. »Friedhelm ist ein anständiger Kerl, und so eine schön gearbeitete Jacke hätte ich auch gern.«

Renée hatte ihren Mann einmal mehr gefragt, ob er nicht auch finde, dass Friedhelm dem Schauspieler Mads Mikkelsen unglaublich ähnlich sehe. Martin hatte ihr zugestimmt.

Auf dem Foto sieht Mads Mikkelsen II aus wie ein wunderschöner Tod, der sich immer noch des alten Bildes als Sensenmann bedient. Hinter ihm ein blutroter Himmel nach einem spektakulären Sonnenuntergang, den sie zu viert bewundert hatten, und vor ihm die heilige Familie mit Esel, aber ohne Kind. Eine Familie, die bald nicht mehr existieren oder auseinandergerissen würde.

Das interpretiere ich mir zusammen, denkt Renée und kann nicht aufhören, das Foto anzustarren. Anne scheint zumindest zu spüren, dass es jetzt gerade anders still geworden ist in dem kleinen Raum, steht auf und stellt sich hinter ihre Freundin.

»Das ist ja ein Wahnsinnsfoto«, sagt sie und legt die Hände auf Renées Schultern. »Entweder du verbrennst es, oder du suchst das Negativ, lässt einen großen Abzug davon machen und hängst es in dein Zimmer.«

»Du wärst für die Offensive, nicht wahr?«

»Sicher. Wenn man jemanden nicht vergessen kann, sollte man ihn immer bei sich haben.«

Eigentlich ein guter Augenblick, Anne einzuweihen, denkt Renée. Aber auch unfair den anderen gegenüber. Obwohl ich ja schon unfair war, als ich Judith gefragt habe.

»Lass uns Schluss machen und den Sekt austrinken. Ich habe fast alles in Kisten verstaut. Die Negative sind sehr ordentlich sortiert und aufbewahrt. Ich werde einen Rahmen für das Foto kaufen und es in mein Zimmer hängen.«

6

Pavel ist ein wunderbarer Koch, denkt Renée, die neben dem Mann ihrer Freundin in der Küche steht und zuschaut, wie er ein Frikassee kocht. Es machte Spaß, ihm dabei zuzusehen. Pavels Bewegungen wirken flüssig und spielerisch. Wer es nicht besser wüsste, schätzte den Mann trotz seiner spärlichen Haare vielleicht auf Anfang vierzig, aber Pavel hatte vor Kurzem bereits seinen dreiundfünfzigsten Geburtstag gefeiert.

Wieder einmal fragt sich Renée, wie der Mann mit den etwas weiblichen Hüften, die auch das Krafttraining an der Folterbank nicht hatte beseitigen können, der altmodischen Brille, die inzwischen wieder angesagt ist und die er schon trug, als andere sich über das Kassengestell lustig gemacht hatten, es mit ihrer Freundin Anne aushält. Denn verschiedener kann man nicht sein. Pavel ist ein Mann, den man sich schön gucken muss, wie Anne hin und wieder sagte. Ein Mann, dem schon mit vierzig die rötlichen Haare ausfielen und der dies am Anfang mit kunstvollen Frisuren zu kaschieren versuchte, bis er vor einem Jahr dazu übergegangen war, die verbliebenen Haare raspelkurz zu schneiden und die kahlen Stellen einfach kahl sein zu lassen. Im Gesicht, auf den Unterarmen und auf dem Rücken verteilten sich Myriaden von Sommersprossen, die Pavel ein unschuldiges Aussehen verleihen, wie Renée findet. Seine Haut wird nie braun, immer nur rot, und wenn Anne hochhackige Schuhe trägt, was sie gern tut, überragt sie ihren Mann um ein paar Zentimeter. Doch die Beziehung ist gut, ihre Stabilität nährte sich auch aus Annes Dominanz und Pavels Kompromissbereitschaft. Renée weiß, dass

Anne ohne Pavel wahrscheinlich freidrehen würde, wie ihre Freundin es manchmal selbst bezeichnet. »Ich bin latent verrückt, Renée, und ohne Pavel müssten wir das Wort latent streichen.«

Die Vorspeise ist bereits fertig, ein Fenchelsalat mit Datteln, den Pavel auf die Teller drapiert hat, als gelte es, ein Fotoshooting für *Essen und Trinken* zu absolvieren. Er hat den großen Küchentisch ausgezogen, Pistazien darauf gestreut und ein paar Efeuzweige verteilt, die er beim Rückweg vom Supermarkt einfach von einer völlig zugewachsenen Hauswand geknickt hatte. Renée ist für alle möglichen Hilfsarbeiten eingeteilt worden. Jetzt schält sie Kartoffeln. Sie hat das gekochte Huhn zerlegen, die Datteln in gleich große Spalten teilen und den Tisch decken dürfen. Ansonsten hat sie auf einem Küchenstuhl gesessen und Pavel beim Kochen zugeschaut.

Wir könnten ihn als Koch anstellen, denkt Renée. Teilzeit, dann muss er nicht mehr so viel in seinem Heim arbeiten. Geht wahrscheinlich nicht, ruft sie sich im gleichen Augenblick zur Ordnung. Als Heimleiter muss er ja wohl Vollzeit arbeiten und wird eher gar keine Zeit für uns haben. Heute aber kocht Pavel, und Renée hofft, das gute Essen werde dazu beitragen, dass alle ihrem Vorschlag zustimmen. Sie hat inzwischen so viel darüber nachgegrübelt, dass ihr der Wissensvorsprung sehr bewusst ist. Sie darf nicht zu viel erwarten, schon gar nicht, dass schon heute alle zustimmen und ansagen, wann sie hier einziehen wollen, welche Zimmer sie haben möchten und ob sie zur Miete wohnen oder einen Anteil an der Wohnung kaufen werden. Zeit, sagt sich Renée wieder und wieder, während sie Pavel beim Kochen zuschaut. Ich muss ihnen Zeit lassen.

Bis zum Morgen war ihr – trotz des vielen Nachdenkens – nicht klar gewesen, wie sehr sie sich in die Idee mit der Wohngemeinschaft verliebt hat. Es käme einer Katastrophe gleich, klappte es nicht mit diesem Plan. Die Schwierigkeit besteht aber auch darin, den anderen nicht das Gefühl zu geben, sie müssten ihr zuliebe zusagen, sie nicht glauben zu machen, sie bräche zusammen, ginge ihr Wunsch nicht in Erfüllung.

Natürlich breche ich zusammen, denkt Renée und sagt Pavel, dass sie einfach jetzt schon mal ein Glas Wein trinken werde, und fragt, ob er auch eines möchte. Er will, und Renée öffnet eine Flasche Weißen.

»Wein kaufen wir bei Aldi«, hat Pavel gesagt. »Für richtig guten musst du viel Geld hinlegen, die Zehn-Euro-Weine sind auch nicht besser als die von Aldi, und deine Freundin Judith fühlt sich vielleicht wohler, wenn niemand am Tisch dumm rumquatscht, von wegen, der Wein schmecke ein wenig nach Brombeeren und hätte einen guten Abgang. Auf die Idee kommt nämlich bei Aldi-Weinen niemand. Außer meine Frau, der ist das zuzutrauen, wenn sie betrunken genug ist.«

Renée hat einmal mehr gedacht, dass Pavel möglicherweise der Feinfühligste von ihnen allen ist, wahrscheinlich, um die oft zu direkte und manchmal geradezu unhöflich wirkende Art seiner Frau auszugleichen. Auf den Einfall, Judith könne sich komisch fühlen, sähe alles aus wie bei einem Schickimicki-Dinner, wäre nicht einmal sie gekommen.

Michael kommt als Erster. Darauf hätte Renée vorher eine Wette abschließen können, und sie hätte die Wette gewonnen. Michael ist zwar ein Chaot, aber ein pünktlicher. Er bringt drei Zweige von einer Eberesche mit und erklärt, keinen Blumenladen gefunden und deshalb diese Vogelbeeren geklaut zu haben. Die sähen zwar grässlich aus, aber am Ende zähle doch die Geste, wie er Renée kenne. »Kannst du dich noch erinnern, wie ich mal für dich Rhabarber geklaut habe, weil ich kein Geld für Blumen hatte? Schon damals warst du es mir wert, mich in fürchterliche Gefahren zu stürzen, nur um dir zu gefallen.«

Nach dieser kleinen Ansprache, die keine Erwiderung braucht, drückt er Pavel eine Plastiktüte in die Hand. »Kannste mal in deinem Sterbeheim ausprobieren. Dekubituspflaster. Hat mir ein Pharmavertreter vorbeigebracht. Normalerweise lasse ich die ja nicht rein, aber der sah irgendwie sympathisch aus. War mal Chemiker und hat im gleichen Institut wie Martin gearbeitet. Vielleicht kennt Renée ihn sogar.«

Michael schaut Renée fragend an, die den Kopf schüttelt. »Ich kenn niemanden aus diesem Institut. Martin hat immer gesagt, ihm genüge, die Leute jeden Tag auf Arbeit zu sehen. In seiner Freizeit wolle er nichts mit ihnen zu tun haben.«

»Kann ich verstehen, aber«, sagt Michael dann an Pavel gewandt, »diese Pflasterchen da sind wirklich gut für deine Alten.« Er fachsimpelt mit Pavel noch ein paar Minuten über Wundmanagement und Wundheilung, was Renée eklig findet, trinkt dabei ein Glas Wein und fühlt sich sichtlich wohl in seiner Haut.

Eine halbe Stunde später sitzen alle am Tisch. Judith und Frank sind als Letzte gekommen. Frank direkt vom Bau, mit schmutzigen Händen und verlegen fragend, ob er bei Renée schnell mal unter die Dusche springen könne, Sachen zum Umziehen habe er sich mitgebracht.

Renée hat beschlossen, erst nach dem Hauptgericht zum Thema zu kommen, also redet man beim Essen über Politik, Michael gibt ein paar Patientengeschichten zum Besten, Judith erzählt, dass sie im Herbst im Dirndl kellnern werde, und bekommt von Anne ein paar Ratschläge, wie man auch in solch einem Outfit eine gute Figur macht. Pavel, mit dem Anne offensichtlich noch nicht über ihre Pläne gesprochen hat, mokiert sich über Politiker, die nicht aufhören können und glauben, sie seien der Nabel der Welt. »Das einzig Gute an einem regelmäßigen und nicht zu verachtenden Einkommen, das sich Diäten nennt, wäre, dass ich ernsthaft darüber nachdenken könnte, den Job als Heimleiter aufzugeben«, sagt er und sieht dabei aus, als glaube er selbst nicht daran, es in Erwägung zu ziehen. »Aber es wäre kein ausreichender Grund, noch mal vier Jahre dranzuhängen.«

Renée schweigt und sieht Anne an, die eine Pistazie nach der anderen malträtiert, ohne sie zu essen.

»Mir geht die Bürokratie auf die Nerven, und ich ertrage es nicht länger, dass Pflegekräfte im Minutentakt arbeiten müssen«, redet Pavel weiter. »Ich habe beantragt, vor dem Pflegeheim eine Bushaltestelle zu installieren. Hab mal gelesen, dass sie so was in der Schweiz machen. Die Alzheimerbewohner hauen ja regelmäßig ab. Ist mir erst vorige Woche wieder passiert. Wenn da eine Bushaltestelle ist, setzen sie sich hin und warten auf den Bus. Man kann sie problemlos wieder einsammeln, und manchmal glauben sie sogar, sie seien gereist und jetzt zuhause angekommen. Wisst ihr, was die mir gesagt haben? Nirgendwo seien Bushaltestellen im Budget vorgesehen. Aber regelmäßig die Polizei zu rufen und Fahndungen rauszugeben, das ist vorgesehen, hab ich gefragt. Das sei ja dann ein anderer Topf, aus dem das bezahlt würde, wurde mir geantwortet. Wenn Anne mir verspricht, dass sie sich um so etwas kümmert, werde ich ihr sehr dankbar sein.«

Frank schlägt vor, die Bushaltestelle einfach selber zu bauen. »Ich klau das Material vom Bau, ist dann auch ein anderer Topf. Du musst nur das Glas besorgen und einszweifix steht da so ein Ding.«

Michael findet den Plan großartig und erklärt sich bereit, für die Haltestelle eine Bank aus dem Park zu stehlen.

»Ich kann doch keine zusammengeklaute Haltestelle vor mein Pflegeheim setzen«, sagt Pavel und lächelt, als gefiele der Plan ihm trotzdem.

»Macht, was ihr wollt, aber ich weiß von nichts«, erklärt Anne und nimmt zum dritten Mal vom Frikassee.

Judith schlägt vor, den Kneipenbesitzer zu fragen, ob er nicht einfach eine Bank für das Projekt spendet, der habe ja genug im Biergarten stehen, und Renée sagt, sie spendet das Haltestellenschild und bastelt am Computer einen Fahrplan, auf dem alle Städte und Dörfer verzeichnet sind, in denen die Bewohner gewohnt haben oder zu denen sie vielleicht würden fahren wollen.

»Beschlossen«, ruft Michael und öffnet eine weitere Flasche Wein.

Jetzt, denkt Renée und schlägt mit der Gabel an ihr Glas. Alle am Tisch verstummen. Anne und Frank zünden sich Zigaretten an. Wir werden schon daran scheitern, dass es Raucher und Nichtraucher gibt.

»Ich möchte euch etwas sagen und einen Vorschlag machen. Ihr wart in den vergangenen Wochen alle an meiner Seite, und ihr seid meine engsten Freunde. Ich bin noch lange nicht fertig mit meiner Trauer, aber ich habe das Gefühl, dass ich es schaffe. Martin fehlt mir. Jeden Tag fehlt er mir. Ich habe mich durch unsere Wohnung gearbeitet und bin dabei andauernd auf uns gestoßen, auf unsere Beziehung, unsere Liebe. Das mag jetzt melodramatisch klingen, aber ich hätte mir am liebsten alles einverleibt, was mich an Martin erinnert. Am Ende habe ich nur ein uraltes Lebkuchenherz verspeist und einen gammligen Schokoriegel gegessen, den Martin in einem seiner Schreibtische versteckt hatte. Ihr erinnert euch, dass er immer gegen seine Zuckersucht, wie er es nannte, gekämpft hat. Dabei war ich ganz verschossen in seinen hübschen Schokoladenbauch. Irgendwann in den letzten Wochen habe ich angefangen, darüber nachzudenken, was ich mit der Wohnung und vor allem mit mir machen werde. Mein erster Impuls war, hier rauszugehen, mir eine neue Wohnung zu suchen, die mich nicht erinnert, und neu anzufangen. Dann habe ich gedacht, wenn eine Beziehung gut war, wenn man sich geliebt hat, entsorgt man doch nicht, was mal die schützende Hülle und der Rückzugsort dieser Liebe gewesen ist. Deshalb habe ich mir überlegt, dass es vielleicht schön wäre, in dieser riesigen Wohnung – ihr wisst, dass man sich hier verlaufen kann – mit anderen Menschen zusammenzuleben. Und nun habe ich alle Menschen eingeladen und Pavel gebeten, für sie zu kochen, mit denen ich mir vorstellen kann, eine solche Lebensgemeinschaft zu gründen. Platz für uns alle ist genug da, aber ich weiß, dass dies allein natürlich nicht reicht. Ich will auch nicht schon heute Abend von euch wissen, ob ihr euch vorstellen könnt, mit mir und miteinander in einer Wohnung zu leben. Aber ich will euch sagen, dass es mir sehr ernst ist mit meiner Frage. Einen Plan B habe ich nicht. Das sollte euch nicht bei eurer Entscheidung beeinflussen. Ich bin stark genug, eine andere Lösung zu finden, wenn es die nicht sein soll. Vielleicht suche ich mir dann eine Wohngemeinschaft, in die ich ziehen kann. Vielleicht wird es doch einfach nur eine andere Wohnung. Anne hat mir kürzlich erzählt, bei ihr im Haus sei etwas frei. Aber ich schweife ab. Mir ist nur wichtig, ihr wisst, ich werde nicht untergehen und nicht am Boden zerstört sein. Oder vielleicht doch, ein bisschen, aber ich werde mich wieder berappeln. Und wir werden auch dann Freunde bleiben, wenn wir keine WG gründen. Versprochen!«

Renée trinkt ein halbes Glas Wein und schenkt sich sofort nach. Ich bin aufgeregt, wie ein Kind vor der Bescherung, denkt sie. Und sie denkt: Wenn es nicht klappt, werde ich fürchterlich traurig sein und nicht wissen, was ich tun soll, aber das dürfen sie nicht wissen. Niemand sollte das Gefühl haben, mir zuliebe eine solche Entscheidung treffen zu müssen.

Anne starrt ihre Freundin mit offenem Mund an und sieht aus, als fiele ihr ausnahmsweise mal nicht sofort etwas ganz Kluges oder fürchterlich Rotziges ein. Judith strengt sich an, ebenso überrascht wie alle anderen dreinzuschauen. Sie hat mit Frank gesprochen, und wie erwartet hat ihr Freund die gleichen Bedenken wie sie geäußert. »Wir können uns nicht so abhängig machen, Judith. Und vielleicht gehen wir ja auch ganz weg aus diesem Land«, hatte er gesagt und ihr von einem Fußballkumpel erzählt, dessen Freund nach Australien gegangen und dort richtig wohlhabend geworden war. Sie hatten sich gestritten, nachdem Judith Frank erklärt hatte, sie habe langsam genug von seinen Wolkenkuckucksheimen. »Du sprichst kein Englisch, ich habe kein Handwerk gelernt, in Australien wartet niemand auf uns. Ich geh hier nicht weg, nur um anderswo genauso zu scheitern.«

Frank hatte sie des Kleinmuts bezichtigt und sie hatten zwei Tage nicht miteinander gesprochen. Am Ende sind sie übereingekommen, noch einmal in Ruhe über Renées Angebot nachzudenken, wenn sie es denn unterbreiten würde. Und nun sitzen sie hier, und Renée hat es wahrgemacht.

Noch nie, denkt Judith, war ein Angebot so verlockend wie dieses. Und fühlt eine kleine Verzweiflung aufsteigen.

7

Andauernd muss ich Grundsatzentscheidungen treffen. Ich will das nicht mehr. Renée mixt den gefühlt fünfzigsten Cosmopolitan und lächelt das junge Pärchen an, das vor ihr an der Bar sitzt und nicht voneinander lassen kann. Wieder muss die Frauenwelt einen großen Verlust ertragen, denkt sie und fragt sich, wo der jüngere Mann die unglaublich schöne Kette gekauft haben mag, die eng seinen Hals umschließt. Als hätten sie sich nach Klischee und Vorschrift gefunden, sieht der andere Kerl aus, als wäre er für ein Tattoo-Magazin gecastet worden. Sogar auf dem kahl geschorenen Schädel ranken merkwürdige Fantasiepflanzen und machen einem Schriftzug den Platz streitig, der auf der Stirn beginnt und den Schädel exakt in zwei Hälften teilt. Renée denkt daran, wie Martin ihr einmal wochenlang mit seinem neu erworbenen Wissen über das Gehirn auf die Nerven gegangen war. Viel ist in ihrem Kopf nicht hängen geblieben, zumindest aber kann sie sich erinnern, dass die Verbindung zwischen den beiden Hemisphären des Gehirns Corpus Callosum genannt wird. Balken. Ein dicker Nervenstrang, über den Martin stundenlang hatte reden können. Vor allem hatte er über ein Phänomen philosophiert, das man *split brain* nennt und bei dem diese Verbindung zwischen rechter und linker Hirnhälfte aus medizinischen Gründen oder durch einen Unfall gekappt wurde. Offensichtlich eine Behandlungsmethode bei Epilepsie. Renée hat sogar noch den Namen dieses Eingriffs im Gedächtnis. Callosotomie. Sie hatte damals sowohl abgestoßen als auch fasziniert zugehört, wenn ihr Mann versuchte, sich und ihr zu erklären, wozu ein Mensch mit geteiltem Gehirn und zerstörter Verbindung zwischen den Teilen in der Lage oder eben nicht in der Lage ist. Er könne zum Beispiel, hatte Martin mit geradezu ungesunder Begeisterung erzählt, Gegenstände, die er über die rechten Netzhauthälften seiner Augen wahrnehme, nicht benennen, weil das Sprachzentrum in der linken Hemisphäre verortet ist.

Dem Mann vor ihr schien die anatomische Gegebenheit des Corpus Callosum nicht unbekannt zu sein. Renée nimmt sich vor, ihn später zu fragen, was auf seinem Schädel geschrieben steht. Frühestens aber, wenn er den dritten Cosmopolitan bestellt hat.

»Zwei Wodka Gimlet, zwei White Russian, ein Merlot.« Caro ruft Renée leise die neuen Bestellungen zu und lächelt den Tattoomann an. Vielleicht ist die Uckermark doch das Richtige, denkt Renée und stellt die beiden Cosmopolitan vor das Liebespaar, dessen Rumgeknutsche ihr nun doch ein bisschen auf die Nerven geht. Es muss ja nicht der Ort sein, in dem ich mit Martin war. Die Uckermark ist groß.

Der Abend mit den Freunden am Küchentisch war lang geworden. Judith hatte sich nicht anmerken lassen, dass sie als Einzige schon eingeweiht gewesen war. Und natürlich hatte Anne als Erste reagiert. Allerdings erst, nachdem alle am Tisch eine ganze Weile geschwiegen hatten. So lange, dass Renée den Wunsch verspürt hatte, aufzustehen, sich im Bad einzuschließen und zu heulen. Vielleicht hatte Anne ihr das angesehen.

»Eigentlich bin ich doch für Überraschungen und Überfälle zuständig. Seit wann machst du mir das streitig, Renée?«

»Ich zieh sofort mit dir zusammen«, hatte Michael gebrummt und sich Wein nachgeschenkt. »Muss mir dann allerdings abgewöhnen, Selbstgespräche zu führen, und dich bitten, mir mit Lippenstift auf den Spiegel zu schreiben, wenn ich einkaufen gehen soll.«

»Wieso mit Lippenstift«, hatte Pavel gefragt.

»Weil ich ein sentimentaler Hund bin. Das wirst du noch merken, wenn wir erst zusammenwohnen. Ich höre Element of Crime und gucke manchmal Vorabendserien. Natürlich keine Arztserien. Ich habe alle Briefe aufgehoben, die Frauen mir geschrieben haben. Nicht dass es allzu viele sind. Und ich hab bestimmt schon dreißig Mal *Casablanca* gesehen, ohne Humphrey Bogart auch nur ein bisschen ähnlich zu werden.«

Überraschend war, dass Pavel begeistert reagierte. So begeistert, dass Anne einfach den Mund hielt, was überhaupt nicht ihrer Art entsprach. Es sei doch sowieso albern und unangemessen, dass so wenige Menschen auf so viel Raum lebten. Der Ausdruck einer Überflussgesellschaft, die sich darin manifestiere, dass die Quadratmeter Wohnraum pro Person immer mehr würden. »Das ist aber mein Part«, hatte Anne noch halbherzig eingeworfen, bevor sie ihrem Mann wieder das Feld überließ, der einen Zettel aus der Jackentasche kramte und alle »Quadratmeter, die hier am Tisch sitzen«, wie er es ausgedrückt hatte, zusammenrechnete. Sie waren auf sage und schreibe 590 gekommen. »Da passen zwei Flüchtlingslager rein«, hatte Michael gesagt und einen strafenden Blick von Anne eingefangen.

Der Tattoomann bestellt den dritten Cosmopolitan, und Renée fragt ihn, ob sie lesen dürfe, was auf seinem Kopf steht. Der Mann senkt den Kopf und Renée verdreht ihren Hals, um die fein ziselierten Buchstaben entziffern zu können. »Werde, der du bist.«

»Nietzsche«, sagt der Tätowierte. »Bin ein großer Fan. Nietzsche und Schopenhauer. Liegt man nie falsch.«

»Ein Side-Car, zwei Daiquiri, ein Zombie«, ordert Caro und verdreht die Augen. »Ist schon der dritte Zombie«, flüstert sie Renée zu. »Den an Tisch sieben müssen wir im Auge behalten, sonst randaliert der nachher.«

Side-Car, verdammt, den hat sie seit Jahrhunderten nicht mehr gemixt. Renée schaut in der kleinen Kladde nach, die sie sich für schwierige oder seltene Fälle angelegt hat. Cognac, Cointreau, Zitronensaft, Eiswürfel. Einfach.

Es war schon morgens um zwei, als Anne mit dem Vorschlag kam, mal ein paar Tage gemeinsam zu verbringen. Urlaub in einem gemieteten Haus zu machen. Zumindest könne man dann erstens in Ruhe darüber reden, ob man sich auf ein solches Experiment einlassen wolle. Und zweitens sei es ja vielleicht auch gut, mal etwas mehr Zeit miteinander zu verbringen als bei einem Abendessen oder auf Geburtstagsfeiern.

Dem hatten alle zugestimmt. Nur Judith hatte gezweifelt und war mutig genug gewesen, das auch zu sagen. »Frank und ich, wir sind die schwächsten Glieder in der Kette. Wir haben einfach wenig Geld und so einen Urlaub können wir uns eigentlich auch nicht leisten.« Alle hatten sofort erklärt, dass dies kein Problem sei, man werde zusammenlegen und Judith und Frank müssten nichts bezahlen.

»Genau das«, hatte Judith gesagt, »ist das Problem. So eine Wohngemeinschaft kann nicht darauf bauen, dass zwei immer mit durchgefüttert werden. Das geht vielleicht am Anfang gut, aber irgendwann wird es schwierig.«

Trotzdem hatten sich Judith und Frank überreden lassen, das Probewohnen mitzumachen. Und Renée hatte den Auftrag bekommen, sich um ein Haus zu kümmern. Dann hatten sie noch mal eine Stunde gebraucht, um sich auf einen Termin zu einigen, und nun gilt es, ein passendes Haus zu finden. Renée hat am Vortag vier Stunden damit zugebracht, im Internet zu recherchieren, und war bei jedem Anruf mit dem Hinweis, es sei schon längst alles ausgebucht, abgewiesen worden. Um die Uckermark hatte sie gestern noch einen großen Bogen gemacht. Sie hat sich zwar vier Angebote ausgedruckt, aber bei keinem Vermieter angerufen. Jetzt denkt sie, dass es vielleicht doch eine gute Idee ist, es dort zu probieren. Morgen früh will sie das als Erstes versuchen.

Der Tattoomann zahlt, und die beiden Verliebten, wie Renées Sohn früher alle tituliert hatte, die mehr als drei Sätze miteinander redeten, werden sofort abgelöst von zwei Männern, die aber eher wie Geschäftspartner wirken. Tatsächlich holt der eine sofort sein iPhone aus der Tasche, während der andere zwei Whiskey bestellt. »Single Malt«, schiebt er hinterher, bevor er sich ebenfalls seinem Telefon widmet. Nachdem beide gebührend lange Mails gecheckt oder vielleicht auch nur so getan haben, als ob, beginnen sie über Marketinganalysen und Zielvereinbarungen zu reden.

Langweilig, denkt Renée und fühlt sich einmal mehr darin bestätigt, dass es kein besseres Verhütungsmittel gibt als diese aufgesetzte Wichtigkeit, die Männer an den Tag legen können. Da mochte sie die kreischigen Pärchen lieber, die sich ins Zeug legten, aller Welt zu zeigen, dass sie gerade und in diesem Augenblick herausbekommen haben, wie Liebe funktioniert.

Uckermark. Das wird schon klappen, denkt Renée. »Zwei Mojito, ein Angels's Kiss, ein Hemingway«, ordert Caro. Verdammt, wie ging noch mal der Hemingway?

8

Die Kurve ist so eng, dass Renée für einen kurzen Moment die Kontrolle über den Wagen verliert und in die Bandenwerbung fährt. Zumindest sieht das lange Kunststofftransparent aus wie Bandenwerbung in einem mittelklassigen Fußballstadion. *Bürgerinitiative Pro Schwein* steht in schwarzen Lettern auf dem quietschgelben Kunststoff, und Renée touchiert mit dem rechten Kotflügel erst *Schwein*, um dann dem *Pro* den Garaus zu machen. Sie fährt noch dreißig Meter weiter, bevor sie den Wagen zum Stehen bringt, und erst den rechten Kotflügel in Augenschein nimmt, um danach zur Stallmauer zu laufen, an der das Transparent angebracht ist, und den Schaden zu begutachten. Auf der Dorfstraße ist niemand zu sehen, aber was weiß Renée schon darüber, wie sich die soziale Kontrolle hier mitten in der Uckermark gestaltet? Vielleicht steht hinter jedem Fenster ein Dorfbewohner. Oder eine Dorfbewohnerin, denkt sie pflichtschuldig und fährt sich mit der rechten Hand durch die Haare. Es war ein Fehler, sie kürzer schneiden zu lassen, jetzt fällt ihr andauernd eine Strähne ins Gesicht, und das stört ungemein. Außerdem betont die neue Frisur ihre große Nase, und sie hatte doch genau das Gegenteil bezweckt.

Also wahrscheinlich hat irgendeine Dorfbewohnerin oder ein Dorfbewohner hinter dem Fenster gestanden und meinen Angriff auf die Schweinebefürworter und Schweinebefürworterinnen beobachtet, denkt Renée noch einmal politisch korrekt gegendert und starrt weiter auf das Transparent. Das *Pro* muss auf jeden Fall erneuert werden, vom *Schwein* sind nur *c*, *h* und *w* beschädigt. Wie symbolisch, findet Renée, und wählt die Telefonnummer vom Transparent. Vielleicht lässt sich die Initiative ja darauf ein, künftig nicht mehr für Schweine, sondern für das »Sein« an sich zu werben.

Renée hört es klingeln und klingeln, aber niemand nimmt den Hörer ab. Nach dem gefühlt dreißigsten Tuten meldet sich ein Anrufbeantworter und verkündet aberwitzige Zeiten der Erreichbarkeit. Dienstags von 14 bis 15 Uhr. »Na, das nenn ich eine Bürgerinitiative«, murmelt sie, erklärt dem AB den Grund ihres Anrufs, hinterlässt ihre Mobilnummer und steigt wieder ins Auto.

Sie will die Erste im Haus sein und alles inspizieren, bevor die anderen kommen. Sich vielleicht schon einen Vorschlag für die Zimmeraufteilung ausdenken, die Lebensmittel auspacken und verstauen, einen Kaffee kochen. Sie ist aufgeregt und hatte sich deshalb überlegt, dass es einfach gut und richtig wäre, begrüßte sie die anderen und bereitete ihnen einen schönen Empfang. Schließlich würde es in der Wohnung genauso sein, entschlössen sich alle, mit ihr zusammenzuziehen. Sie würde einen Vorschlag für die Zimmeraufteilung machen und für das richtige Begrüßungsritual sorgen müssen.

Vorausgesetzt, die sieben Tage hier würden ein Erfolg werden. Dass es gelungen war, alle unter einen Hut zu bringen und sich auf eine ganze gemeinsame Probewoche zu einigen, bewertet Renée weiterhin als ein gutes Omen. Und ein ebenso gutes Zeichen ist, dass es mit diesem Haus hier in der Uckermark geklappt hatte. Groß genug für sechs Menschen. Die Fotos auf der Webseite hatten vielversprechend ausgesehen. Allerdings hatte auf denen nicht, wie jetzt, eine Ziege vor der Eingangstür gestanden. Oder ein Ziegenbock.

Renée versucht, bei dem Tier die Geschlechtsbestimmung vorzunehmen, bevor sie aus dem Auto steigt. Mit einem Ziegenbock wollte sie nichts zu tun haben. Ziege, beschließt sie, als das Tier sich umdreht und neugierig auf ihr Auto zukommt.

Während Renée vorsichtig aussteigt, kommt vom reichlich entfernten Nachbargrund eine junge Frau gelaufen und ruft, während sie heftig gestikuliert: »Ziege!« Was ist denn das für ein Name, denkt Renée und macht eine gute Miene. »Sie haut andauernd ab«, japst die junge Frau, als sie vor Renée steht und der Ziege, die offensichtlich Ziege heißt, einen Strick um den Hals bindet. »Tag«, sagt sie und reicht Renée die andere Hand zum Gruß. Osten, erinnert die sich. Wir sind hier im Osten, und ich gebe allen die Hand. Martin hatte das auch immer getan. So viel Osten war in ihm geblieben, dass er es nie lassen konnte, anderen die Hand zu geben. Das sei doch eine schöne Geste, hatte er immer gesagt, wenn Renée sich darüber amüsierte.

»Haben Sie das Haus gemietet?«

»Ja, für eine Woche. Wir sind zu sechst. Machen Urlaub. Probe.«

Die junge Frau hebt fragend die Augenbrauen. »Sie machen Musik?«

Wie kommt sie denn darauf, denkt Renée und schüttelt den Kopf.

»Probe*wohnen*. Wenn alles schön ist, ziehen wir zusammen.« Was erzähl ich da bloß?

»Toll«, ruft die junge Frau begeistert und zerrt euphorisch am Strick um den Hals der Ziege. »Wir sind auch eine Kommune. Da in dem Dreiseitenhof. Kommen alle aus der Stadt. Zwölf Leute. Kommen Sie uns besuchen. Kaffee ist immer da. Und Kuchen auch. Margitta kann nichts anderes als Kuchen backen. Aber das macht sie gut. Verkauft sich auch. Die Schlossküche nimmt ihr jede Woche zwanzig Bleche ab. Also, zwanzig Blechkuchen, genauer genommen. Mein Mann sagt immer, ich solle endlich lernen, nicht mehr solche Sätze zu sagen wie, iss deinen Teller auf. Wenn ich das jedes Mal wörtlich nähme, sagt er dann immer, biste dein Geschirr bald los.«

Renée nickt, lächelt und schaut auf ihre Uhr. »Ich müsste dann erst mal. Will die anderen mit Kaffee begrüßen. Aber wenn es bei euch Kuchen zu kaufen gibt, komme ich vorbei. Gern.«

Die junge Frau scheint ihr eine recht naive Frohnatur zu sein. Aber Blechkuchen, das wäre schon was. Ihr letzter Versuch, einen Kuchen zu backen, liegt mindestens drei Jahre zurück.

»Wenn ich nicht wüsste, dass du meine Frau bist und mich liebst«, hatte Martin nach dem ersten Stück gesagt, »würde ich denken, du testest an mir einen chemischen Kampfstoff.« Dann hatte er so gelacht, dass er sich am Kuchen verschluckte und den ganzen Brei gegen die weiße Küchenwand spucken musste. Renée hatte die Schokoflecken nicht weggemacht, stattdessen mit rotem Filzstift darunter geschrieben: »Opel hat eine Perspektive für die Zukunft bekommen.« Dieser Satz von Angela Merkel war genau in dem Moment aus dem Küchenradio zu hören gewesen, als Martin seinen Kuchenhustenanfall bekam. Seitdem sammelt Renée solche Begriffe und Sätze. Schreibt in ein kleines Vokabelheft Worte wie *Entwicklungsperspektive*, *vorprogrammiert*, *brutaler Mord*, *humanitäre Katastrophe*.

Martin. Auf der ganzen Herfahrt hatte Renée an ihn gedacht, sich einmal mehr gefragt, ob er ihre Bemühungen, in der einst gemeinsamen Wohnung eine Wohngemeinschaft zu gründen, gut oder skurril finden würde. Wahrscheinlich eher skurril.

»Du willst mit anderen Badewanne und Kühlschrank teilen, jeden Tag überlegen, ob du für dich oder noch für fünf weitere Leute kochst? Dabei stört es dich doch schon, wenn ich beim *Tatort* neben dir sitze und mich über die Wohnungen der Kommissare aufrege, anstatt dich in Ruhe gucken zu lassen.«

So in etwa würde Martin reagieren, lebte er noch. Das mit den Wohnungen der *Tatort*-Kommissare. Und Kommissarinnen. Hatte sie irgendwann auch geärgert. Wie konnte man den Leuten nur weismachen, dass hierzulande alle Kriminalkommissare und Kommissarinnen in Wohnungen lebten, die aussahen, als kosteten sie zweitausend warm? Und Autos fuhren, die Normalsterbliche nur in Matchbox-Größe im Regal stehen hatten? Aber darum war es ja nicht gegangen. Martin hatte gewusst, dass Renée in vielen Dingen ziemlich eigen und in manchen sogar eigenbrötlerisch war. Als hätte sie sich das von ihm abgeschaut. Viele Dinge tat und tut sie gern für sich allein. Musik hören, *Tatort* gucken, in Fotoalben stöbern, Briefe schreiben, Zettel sortieren, in winziger Schrift Erinnerungen in kleine Kladden notieren. Wäre das alles möglich in einer Wohnung mit fünf anderen Menschen? Ja, denkt Renée. Ich glaube fest daran, dass es gehen wird.

Das Haus ist wirklich schön. Auf zwei Etagen verteilt stehen insgesamt fünf Zimmer zur Verfügung, die Küche ist groß, und in ihrer Mitte steht ein runder Holztisch, an dem bequem sechs Menschen Platz finden. Zwei Bäder. Großartig. Ein wunderbares Simulationsmodell, wir können eine Woche lang WG spielen, befindet Renée und stellt ihren Koffer in eines der unteren Zimmer, von dem aus man auf das große Grundstück hinterm Haus schauen kann. Eine Obstwiese, auf der das Gras hoch steht und die fast unter jedem Obstbaum irgendeine Sitzgelegenheit bietet. Renée verliebt sich sofort in die kleine, etwas verwitterte Holzbank, die den Stamm eines alten Apfelbaums umrundet. Perfekt. Alles ist perfekt. Die Zukunft kann beginnen.

Michael kommt als Erster an. Auch dieses Mal. »Da steht eine Ziege vor der Tür«, verkündet er und umarmt Renée.

»Die Ziege heißt Ziege und ist meine Freundin, weil sie uns zu leckerem Kuchen verhelfen wird«, sagt sie und ist zum tausendsten Mal erstaunt darüber, dass ihr der gut aussehende Michael heute nur noch liebens-, aber nicht mehr begehrenswert erscheint. Dabei war sie als Teenager dermaßen verknallt in ihn gewesen. Ihre Mutter hatte sich ernsthaft Sorgen gemacht damals und angefangen, mit ihr über Verhütung und Selbstmordgedanken zu reden. In der Reihenfolge. Dabei hatte Renée nicht im Traum daran gedacht, sich ein Kind machen zu lassen, und alle Selbstmordgedanken waren schon damit beendet gewesen, dass sie befürchtete, egal, wie sie es anstellte, es würde wehtun.

»Was macht die Liebe«, fragt sie und sucht in allen Küchenschubladen nach Filtertüten für die Kaffeemaschine. »Wir haben uns ja zwei Wochen nicht gesehen. Da kann viel passieren. Auch bei einem langweiligen Hausarzt.«

»Ich glaube, ich bin kopfschwul. Frauen interessieren mich einfach nicht mehr. Außer du. Aber wenn wir zusammenziehen, wird mein letztes Begehren erlöschen. Ich werde dich morgens ungeschminkt, zerzaust und grummelig beim Frühstück erleben und froh sein, dass wir beide nicht geheiratet haben.«

»Versuch gar nicht erst, böse zu sein, das kannst du nicht.«

»Und wie ich das kann. Heute hatte ich einen dreißigjährigen Patienten mit Adipositas.«

»Wie?«

»Fettleibigkeit, Renée, das habe ich dir schon hundert Mal erklärt. Du willst andauernd Krankengeschichten von mir hören, merkst dir aber nie die Begriffe. Aber was soll ein Arzt anderes tun, als über Krankheiten zu sprechen und dabei Begriffe zu benutzen, die nicht in *Gala* und *Bunte* stehen?

»Ich lese keine *Gala*, wenn du mich beleidigen willst, musst du nachher zu den Nachbarn gehen und Margittas Kuchen kaufen.«

»Dem Fettleibigen also habe ich geraten, sich einen anderen Arzt zu suchen. Ich könne sein Gejammer nicht mehr hören, hab ich gesagt. Der erzählt mir seit drei Jahren, er ernähre sich nur von Knäckebrot und Obst, und es sei an mir, herauszufinden, welche Fehlschaltung bei ihm dazu führe, dass er trotzdem immer zunimmt.«

»Vielleicht ist es ja so. Außerdem redest du nicht andauernd über Krankheiten. Du bist ein besonderer Arzt.«

Michael öffnet die Tür des Besenschranks und findet in einem Körbchen an der Innenseite die Filtertüten für die Kaffeemaschine. »Kein Wunder, dass die DDR untergegangen ist«, murmelt er und knallt die Schranktür wieder zu. »Die haben einfach kein System. Wie kann man Filtertüten nur in den Besenschrank packen? Wahrscheinlich lagern die das Klopapier im Kühlschrank. Hast du schon mal nachgeschaut?«

Michael schaufelt zehn gehäufte Löffel Kaffee in den Filter und schaltet die Maschine an. Auf der Arbeitsfläche neben der Spüle liegt ein großes braunes Buch, auf dem in goldenen Lettern *Gästebuch* steht.

»Auch das noch. Die erwarten doch nicht ernsthaft, dass wir hier Lyrik reinschreiben? Es ist so, dass dieser fette Mann sich weigert, anzuerkennen, dass Zwischenmahlzeiten auch Mahlzeiten sind und ein Obstsalat zum Abendessen seine Wirkung verliert, wenn man sich danach beim Fernsehen vier Tüten Chips reinknallt. Ach, was red ich. Das ist so langweilig. Völlig richtig, dass du mir nicht mehr zuhörst. Ich bin der geduldigste Hausarzt der Welt, aber diese Menschen, die nicht aufhören können, zu essen, machen mich nervös. Ich sehe, wie schmal der Grat ist, auf dem wir wandeln. Und ich begreife einfach nicht, an welchem Punkt es kippt. Das macht mir Angst. Wobei ich sicher bin, dass ich mich nicht für Essen, sondern für irgendeine andere Droge entschiede. Alkohol vielleicht, eher aber noch irgendwelche schönen Pillchen. Weißt du, wie bei dem Mann mit Durchfall, der Beruhigungstabletten nimmt, weil es ihn dann nicht mehr stört. Was red ich. Du hörst mir überhaupt nicht zu.«

»Welches Zimmer möchtest du haben«, fragt Renée und schmeißt den kleinen Zettel, auf dem sie sich einen Vorschlag für die Aufteilung notiert hat, in den Müll. Das fängt großartig an. Sie sollte es am besten ganz unterlassen, gute Vorsätze zu formulieren.

»Natürlich das neben deinem. Falls ich doch nicht kopfschwul bin, will ich es zuerst dir erzählen. Außerdem wird es dich beruhigen, einen Arzt nebenan zu haben. Schließlich wirst du auch nicht jünger, und ich habe einen Erste-Hilfe-Kurs gemacht. Ich kann sogar Mund-zu-Mund-Beatmung, und die haben wir beide schon lange nicht mehr ausprobiert.«

»Heißt das, du willst in der Wohnung auch das Zimmer neben meinem?«

Michael reißt das Küchenfenster auf und brüllt: »Ziege, geh aus meinem Auto!

Ich muss vergessen haben, die Autotür zu schließen, und auf der Rückbank liegt doch der ganze gesunde Kram für unsere Therapiegruppe.«

»Untersteh dich, das Wort auch nur ein einziges Mal vor den anderen zu sagen.«

Michael nickt und stürmt aus dem Haus. Renée stellt sich ans Fenster, neugierig, wie dieser Mann, der ihres Wissens nach noch nie in seinem Leben Erfahrungen mit Land und Tieren gemacht hat, das Problem mit der Ziege lösen will. Auf die unmöglichste aller Arten, befindet sie, als Michael versucht, das Tier am Schwanz aus dem Auto zu zerren. Die Ziege scheint allerdings aus der Art geschlagen und lässt sich diese Behandlung tatsächlich gefallen. Trottet Richtung Heimathof und dreht sich nicht einmal um. Michael macht die Becker-Faust als Siegergeste.

Zwanzig Minuten später sind alle Einkäufe verstaut, die Kaffeemaschine läuft noch immer, was Michael zu Spekulationen veranlasst, aus welchem Teil Deutschlands sie wohl kommen mag, und Renée macht sich auf den Weg zur backenden Nachbarin, um einen Blechkuchen zu kaufen. Als sie zurückkommt, mit einem großen Paket Streuselkuchen und Bienenstich bepackt, steht ein weiteres Auto vor der Tür. Ein klappriger Ford Fiesta, der definitiv nicht mehr auf die Straße gehört, findet Renée, aber sie weiß, dass Judith und Frank sich kein Auto leisten können und immer darauf angewiesen sind, dass irgendein Fußballkumpel von Frank seins verleiht. Und da Franks Fußballkumpel durch die Bank Prekariat sind, wie er es selbst oft sagt, sind es dann eben auch immer die letzten Klapperkisten, in denen Judith und er fahren, wenn sie mal raus aufs Land wollen.

Frank kokettiert gern damit, dass er ein echter Proll ist. Polytechnische Oberschule mit Ach und Krach abgeschlossen, abgebrochene Lehre, nach der Wende zwei Kneipen in den Sand gesetzt, drei Frauen verschlissen, drei Kinder gezeugt, eine Vorstrafe wegen Prügelei am Ende eines Fußballspiels. Zuerst war Renée tatsächlich überzeugt gewesen, Frank werde Judiths endgültiger Untergang sein. Die hatte sich bis dahin immer vergriffen, wenn es um Männer ging. Alles Fehlbesetzungen der schlimmsten Art. Und Frank schien diese Reihe zu komplettieren. Außerdem ließ er gern den Ossi raushängen und spielte mit all den Ressentiments gegenüber Westdeutschen, die Renée zum Hals raushingen, wenn sie davon hörte. Allerdings, das muss sie zugeben, sieht Frank zum Anbeißen aus. Ein muskulöser Typ mit Tattoos auf den Oberarmen und einer silbernen Kette um den Hals, an der ein Christophorus hängt. Einer der wenigen Männer, die Renée kennt, die mit Pferdeschwanz gut aussehen. Kein Wunder, bei dieser Haarpracht, denkt sie auch jetzt wieder. Vierundvierzig und noch immer keinen Haarausfall, so viel Glück hat nicht jeder Kerl.

Judith steht verloren neben dem Auto, das aussieht, als

hätte es jemand gerade vom Schrottplatz geholt, und starrt auf das große Haus. Renée legt das Kuchenpaket aufs Autodach und umarmt ihre Freundin, während Frank als Erstes eine Werkzeugtasche aus dem Kofferraum zerrt, um darin rumzukramen. »Verliert Öl, glaube ich«, murmelt er und schiebt sich auf dem Rücken liegend unter das Auto.

»Das muss doch wahnsinnig viel kosten, so ein Haus«, sagt Judith und macht keine Anstalten, mit Renée ins Haus zu gehen.

»Das muss dich nicht interessieren, ich hab gesagt, ich lad dich ein.«

»Seit wir uns kennen, tust du das. Ich kann schon nicht mehr schlafen, so ein schlechtes Gewissen hab ich.«

»Jetzt fang doch nicht wieder damit an.« Renée zerrt ihre Freundin Richtung Haus und kehrt noch einmal um, weil sie das Kuchenpaket liegen gelassen hat. »Willst du einen Kaffee«, fragt sie Frank, der etwas Unverständliches antwortet und mit einem Schraubenschlüssel irgendwo draufhämmert. Klingt nicht gut, denkt Renée und geht zu ihrer Freundin.

»Du wirst jetzt mit reinkommen und die Tage mit uns genießen. Hör auf, über Geld nachzudenken, du hast keines, also lohnt es auch nicht, sich darüber den Kopf zu zerbrechen.«

Michael, der Judith bis zu diesem Tag nur von Renées Geburtstagsfeiern und dem gemeinsamen Abendessen kennt, unternimmt einen linkischen Versuch, die schlanke Gestalt zu umarmen.

»Wenn wir zusammenziehen wollen, müssen wir uns herzen und drücken und jeden Abend einen Gutenachtkuss geben. Ich hoffe doch, dein Frank ist nicht eifersüchtig. Muss er bei mir nicht. Ich liebe nur Renée, aber platonisch, weil ich darüber nachdenke, ob es nicht besser ist, schwul zu werden. Willst du Kaffee oder lieber gleich ein Glas Sekt? Du bist zu dünn, sag mir bloß nicht, dass du eine Essstörung hast. Ich will gesunde Menschen um mich wissen.«

Judith lächelt und tätschelt Michaels rechten Arm. »Ich bin eine kerngesunde Leiharbeiterin und zurzeit Callcentermaus, die gut kellnern kann, und leide nur an Höhenangst. Da musst du dir keine Sorgen machen. Außerdem habe ich eine Weißkittelphobie. Eher sterb ich, als zum Arzt zu gehen.«

»Na dann ist ja gut. Aber gegen die Höhenangst kann ich was machen. Hab mal ein Wochenendseminar über Konfrontationstherapie besucht. Sag Bescheid, dann klettere ich mit dir auf den höchsten Berg der Uckermark und wir werfen Steinchen runter. Wie willst du das überhaupt in unserer Wohnung machen, vierter Stock, ich meine, heißt das, du wirst nie Fenster putzen?«

»Hör jetzt auf«, sagt Renée, »du machst der Frau doch Angst mit deinen Geschichten. Wir nehmen uns eine Putzhilfe für die Fenster und teilen sie durch sechs. Das Geld meine ich.«

Judith und Frank erklären sich sofort bereit, eines der größeren Zimmer in der oberen Etage zu nehmen, brauchen auch, wie sie beteuern, keine Ausweichmöglichkeit für die Nacht, weil sie nicht vorhätten zu streiten und Judith daran gewöhnt sei, neben einem schnarchenden Mann zu schlafen. Bleiben noch zwei Einzelzimmer, von denen eines über eine ausziehbare Doppelliege verfügt. Falls Anne und Pavel also zusammen schlafen möchten, was sie Renées Meinung nach nur tun, wenn sie Lust auf Sex haben, wäre auch das geregelt.

Anne und Pavel sind der schwierigste Part in der ganzen Konstellation, findet Renée. »Wenn Pavel nicht so bodenständig wäre«, hatte Anne ihrer Freundin vor Monaten mal gestanden, als sie einen ihrer seltenen Bollywood-Abende veranstaltet hatten, »hätte ich längst den klassischen Politikerknall. Zwei Jahre im Bundestag und du weißt nicht mehr, wie man ein Straßenbahnticket löst. Für eine wie mich, die sowieso einen Hang zur Selbstüberschätzung hat, ist das eine Katastrophe.« Das ist vorsichtig ausgedrückt, findet Renée. Sie hat schon in Zeiten, da Anne sie als Medientrainerin engagiert hat, gedacht, dass diese Frau zu Höhenflügen neigt. Und sich genau deshalb ein bisschen in sie verliebt. Wäre Martin nicht gewesen, wer weiß, vielleicht hätte sie doch mal einen Ausflug in die andere Welt der Sexualität gemacht. Anne schien das immer gespürt zu haben, denn irgendwann hatte sie Renée einmal gesagt – da waren sie beide so betrunken, dass von Zurechnungsfähigkeit nicht mehr die Rede sein konnte –, es sei doch schön, sich dieser Option immer bewusst zu sein.

»Wenn unsere Männer mal nicht mehr sind, schlüpfst du einfach unter meine Decke«, hatte sie geflüstert und Renée auf den Mund geküsst. So lange, dass der die Knie weich wurden, was sie am nächsten Morgen auf die vier Absinthcocktails schob, die sie an diesem Abend getrunken hatte. Später hatte sie entschieden, dies sei einfach nur ein betrunkener Ausrutscher gewesen, um nicht weiter darüber nachdenken zu müssen.

Judith hat den Tisch gedeckt, und Frank ist unter die Dusche verschwunden, nachdem er über eine Stunde lang versucht hat, das Auto zu reparieren. Zumindest bis zurück nach Berlin würden sie es nun schaffen, hat er noch verkündet und Judith einen Kuss gegeben.

»Das nächste Mal borgen wir uns ein Auto, das einen Schaden hat, den ich beheben kann.«

Was Frank zurzeit eigentlich mache, ob er immer noch auf dem Bau sei, fragt Michael, nachdem Judiths Freund begonnen hat, im Badezimmer einen Song von Knorkator zu grölen.

»Ich bin das Eigentum, von meinem Eigentum, bin allem hörig, was mir gehört, ich bin besessen, von dem, was ich besitze, und werd gefressen, von dem, was mich ernährt«, intoniert der süße Proll, wie Judith Frank manchmal nennt, und Renée fragt sich – zum wievielten Mal eigentlich? –, warum ihre Freundin ausgerechnet bei diesem Mann hängen geblieben ist. Ein Typ, der ihr eine Menge Aufregung, aber ganz gewiss keine Sicherheit bietet.

»Er liebt mich«, flüstert Judith, als hätte sie Renées Gedanken erraten. »Und er hat versprochen, mich eines Tages aus dem Callcenter zu holen. Auf einem weißen Pferd wird er kommen, sagt er. Und die Titelmelodie aus *Drei Haselnüsse für Aschenbrödel* pfeifen.«

»Das genügt allemal. Und was macht er nun zurzeit? Dem hat doch der Rücken schon wehgetan, als wir uns zum Essen getroffen haben. Ich habe ihm übrigens gesagt, er solle vorbeikommen. Hat er aber nicht gemacht, dein Frank. Ich hätte ihm ein Attest geschrieben.« Michael gießt sich, während er das fragt, einen Kaffee ein und starrt Judith an, als hörte er zum ersten Mal, dass Menschen Sätze sagen wie »er liebt mich«.

»Pflege.«

»Was?«

»Gartenpflege. Und manchmal putzt er.«

»Dein Mann putzt? Das ist ja großartig. Dann brauchen wir keine polnische Putzhilfe, die wir durch sechs teilen müssen. Wir teilen uns deinen Mann. Er sieht gut aus.«

»Anne und Pavel kommen!« Renée ist froh, dass dieses Gespräch, das ihrer Meinung nach dabei war, aus dem Ruder zu laufen, unterbrochen wird. Sie gibt Michael beim Rausgehen eine leichte Kopfnuss und lächelt Judith entschuldigend an.

Anne sieht aus, als sei sie vom Rednerpult im Bundestag in die Uckermark gebeamt worden. Hellgrauer Hosenanzug, knallrote Bluse, rote Pumps. »Sorry, Renée, die Sitzung ging heute länger. Die haben uns noch zwei namentliche Abstimmungen reingedrückt, und ich wette, dass fünfhundertachtzig Abgeordnete nicht verstehen, worüber wir da abgestimmt haben. Müssen sie auch nicht, schließlich werden die wenigsten von ihnen in ihrer Familie irgendwann mal ein Kind beschneiden lassen und genitale Verstümmelung droht ihrem Nachwuchs auch nicht. Gott, bin ich froh, hier zu sein. Ist es schön? Sind die anderen schon da?«

Pavel holt Tasche um Tasche aus dem Kofferraum, und Renée fragt sich kurz, ob sie den beiden möglicherweise geschrieben hat, das Haus wäre für vier Wochen gemietet.

»Was ist da drin? Wollt ihr im Anschluss auf Weltreise gehen?«

»Liebchen, du weißt, dass ich immer viel zu viel einpacke. Das Wetter könnte umschlagen, möglicherweise gibt es hier weit und breit keinen vernünftigen Laden und außerdem habe ich vor, jeden Morgen zu laufen.«

»Du joggst?«

»Seit heute«, sagt Pavel und zieht zwei Nordic-Walking-Stöcke aus dem Kofferraum. »Anne hat drei Kilo Übergewicht und glaubt, sie ist in den Wechseljahren.«

»Ich bin nicht in den Wechseljahren. Ich habe nur Hitzewallungen, kriege Pickel auf dem Rücken, werde dicker und blute alle drei Wochen wie ein Schwein.«

Renée fragt sich nicht zum ersten Mal, wie die drastische Anne, deren Obszönität ihr hin und wieder ein wenig auf die Nerven geht, mit Michaels melancholischer Ironie zusammenpassen würde. Möglich, dass die beiden aneinandergeraten. Obwohl Michael bis jetzt noch nach jeder Begegnung mit Anne versichert hatte, dass ihm deren »erfrischend rotzige Art« allemal lieber sei als die »repressive Toleranz aller Weicheier und Weicheierinnen«, wie er es nannte. Michael konnte ganze Abende damit zubringen, sich über die neue – und wie er sagte – piefige Boheme aufzuregen, die sich in Prenzlauer Berg, Friedrichshain und Kreuzberg breitmachte. Er selbst war mit seiner Praxis nach der Wende in die Nähe des Kollwitzplatzes gezogen und vor fünf Jahren von dort Richtung Sonnenallee geflohen. »Lieber übergewichtige Schulabbrecher und alte Männer, die riechen, als hätten sie vor dem Krieg das letzte Mal in einer Wanne gesessen, anstatt noch länger vierzigjährigen Müttern von Kleinkindern Kügelchen gegen Verspanntheit zu verschreiben. Ich hab doch nicht Medizin studiert und jahrelang auf der Unfallstation Leute zusammengeflickt, die aussahen, als wären sie unter einen Mähdrescher gekommen, um mir dann erklären zu lassen, dass jede Krankheit als Chance begriffen werden muss.«

Pavel schleppt die Taschen, Beutel und nicht verpackten Utensilien ins Haus, Anne telefoniert und geht dabei vor dem Eingang auf und ab. Es gelingt ihr, Pavel sowohl im Weg zu stehen, wenn er ins Haus geht, als auch, wenn er wieder rauskommt, um die nächste Ladung Gepäck zu holen.

»Ich hab gesagt, ich mache keine Presseerklärung. Keine Redaktion will am Freitagabend irgendeinen Blödsinn, der mit ›erklärte die wohnungspolitische Sprecherin‹ anfängt, zu einem abgelehnten Antrag meiner Fraktion lesen. Egal, worum es geht. Überhaupt hab ich euch schon hundert Mal gesagt, dass ich Presseerklärungen für überflüssig und albern halte. Ich will der Presse nichts erklären, die sollen mich fragen, wenn sie was wissen wollen. Nein! Nein, hab ich gesagt, was verstehst du an dem Wort nicht? Frag Stolze, der macht zu jedem Scheiß eine Presseerklärung, sogar wenn es um die Ausbildung von Polizeihunden geht. Allzweckwaffe. Schreibt der sofort. Ich hab jetzt Urlaub. Eine Woche.«

Pavel kommt aus dem Haus, stellt sich neben Renée und schaut seiner Frau dabei zu, wie sie Politik macht. Ihre roten Pumps sind bereits staubig vom vielen Hin- und Herlaufen. Und ihr Gesicht hat sich gerötet, als wolle es der Farbe der Pumps den Rang ablaufen. Seltsamerweise, denkt Renée, ist es Anne bis jetzt noch nie am Rednerpult passiert, derartig ins Schwitzen zu kommen. Als hätte sie ein Abkommen mit ihrem Körper getroffen, dass er sie verschont, wenn die Kameras laufen. Anne hat ihr mal erklärt, sie hypnotisiere sich vor jeder Rede, die sie zu halten hat, und das funktioniere auch.

»Das sieht mir schon nach Wechseljahren aus«, sagt Renée und schaut fasziniert auf ihre Freundin, als sähe sie die zum ersten Mal.

»Das sieht nach Politik aus«, sagt Pavel und fügt hinzu: »Anne peitscht sich immer auf, wenn irgendein Fuzzi aus der Pressestelle der Fraktion sie anruft. Und ja, Wechseljahre sind es auch. Vielleicht kann Michael ihr was raten. Ich meine, wenn die Frau nachts eine Hitzewelle kriegt, steigt die Temperatur im Zimmer um drei Grad.«

»Lass uns reingehen und ein Glas Sekt zur Begrüßung trinken.« Anne ist fertig mit Telefonieren und zieht die Jacke ihres Hosenanzugs aus. Auf ihrer roten Bluse haben sich dunkle Flecken ausgebreitet, über die sie mit der rechten Hand wischt, als könne sie die dadurch ungeschehen machen.

»Ich bringe im Bundestag einen interfraktionellen Antrag ein, dass Wechseljahre verboten werden. Das sieht doch scheiße aus.« Mit diesen Worten dreht Anne sich um und geht ins Haus.

Wenn das mal gut geht, denkt Renée und stapft hinterher. Wenn das bloß gut geht.

9

»So früh schon auf?« Renée pustet in ihre Kaffeetasse und denkt, dass sie ihren Freund Michael seit mindestens fünf Jahren nicht morgens nach dem Aufstehen gesehen hat. Er sitzt auf der hübschen, kleinen Bank unterm Apfelbaum, seine dunklen Locken stehen wild nach allen Seiten ab, und ihr fällt auf, dass sich viel Grau in der Haarpracht zeigt und dunkle Ringe unter seinen Augen zu sehen sind. »Schlecht geschlafen?«

»Genauso gut wie immer. Also schlecht. Gib mir mal einen Schluck Kaffee, ich hab mich nicht getraut, die Maschine anzumachen. Wollte niemanden wecken.«

»Übst du dich jetzt schon in Rücksicht, das bin ich gar nicht gewohnt.«

»Einen schlechten Ruf erarbeite ich mir noch früh genug. Du warst offensichtlich die Einzige, die heute Nacht nicht gewandert ist. Ich hab von zwei bis vier in der Küche gesessen und gehofft, dass die Ziege von nebenan mich mal besuchen kommt, stattdessen habe ich alle anderen Menschen getroffen. Außer dir. Erst kam Pavel und behauptete, neben diesem Backofen, der seiner Frau sehr ähnlich sehe, nicht schlafen zu können. Dann kam Anne und heizte die Küche um mindestens zwei Grad auf, und am Ende saßen auch Judith und Frank mit am Tisch. War nett. Ich freu mich auf die Zeiten, wenn wir uns jede Nacht bei dir in der Wohnung am Küchentisch treffen und Geheimnisse zuflüstern.«

»Welche Geheimnisse? Und es heißt dann: bei uns in der Wohnung.«

»Ich glaube nicht, dass Judith und Frank das mitmachen.

Die haben zu viel Skrupel. Ich habe ihnen gesagt, dass du Geld wie Heu hast und sowieso nicht weißt, wohin damit, aber sie haben mir nicht geglaubt. Bist du sicher, dass du Kaffee kochen kannst? Der schmeckt ja richtig schlecht.«

»Kochen und backen ist nicht meins. Da bin ich ein Totalausfall. Kann nur Cocktails mixen. Und ein paar wenige Gerichte nach Kochbuch zubereiten. Aber selbst dann kann es schiefgehen. Deshalb werde ich andere Aufgaben übernehmen. Meinst du, wir brauchen mehrere Kühlschränke? Und wenn alle nachtwandeln, müssen wir uns was mit der Aufteilung der Zimmer überlegen. Auf einmal kommt mir alles ziemlich schwierig vor.«

»Nichts ist schwierig. Wir ziehen zusammen und fangen sofort an, uns zu streiten. Aber alles wird gut gehen, weil wir sehr gepflegte Umgangsformen haben – bis auf deine Freundin Anne – und keiner Fliege was zuleide tun. Komm, setz dich auf diese Bank und genieße den Morgen, gleich entscheidet sich, wer in Zukunft immer Frühstück machen wird und ob wir jemanden mit Laktoseintoleranz in der WG haben werden.«

»Wäre das schlimm?«

»Natürlich. Menschen mit Laktoseintoleranz sind schrecklich. So viele leckere Sachen, die sie nicht essen dürfen, das macht grimmig und unleidlich. Irgendwann jedenfalls.«

Renée ist am Abend zuvor als Erste ins Bett gegangen und jetzt noch verwundert darüber, wie gut sie geschlafen hat.

»Diese Tabletten, die du mir zum Schlafen gegeben hast, wirken wirklich Wunder. Ich habe durchgeratzt und keinerlei Kopfschmerzen.«

»Hm.«

»Michael? Sag mir bitte, dass es kein Placebo ist, was du mir da gegeben hast.«

»Hm.«

»Ich weiß nicht, ob ich einen Arzt im Haus haben will,

der mich belügt. Ich meine, wenn ich wirklich mal ernsthaft krank bin, dann will ich, dass du mir die Wahrheit sagst. Und ich möchte auch nicht, dass du mich mit irgendwelchem Zeug manipulierst, dessen Wirkung nur in meinem Kopf entsteht.«

Michael steht auf und drückt Renée die Kaffeetasse wieder in die Hand. »Ich verschreibe fast nur Placebos. Die Menschen nehmen viel zu viel Zeug und sterben trotzdem. Wollen wir jetzt Frühstück machen oder …?«

Renée dreht sich zum Haus um, weil sie sehen will, was ihren Freund dermaßen paralysiert, dass er mitten im Satz aufhört zu reden. Sie sieht Anne, die sich anschickt, mit zwei Stöckern in der Hand loszulaufen.

»Meint ihr, man kann sich hier verlaufen«, ruft sie und winkt hektisch mit einem Stock. Renée geht zu ihrer Freundin und begutachtet deren Sportklamotten.

»Da hängt noch ein Preisschild am Shirt«, sagt sie. »Bist du sicher, dass du dir das antun willst?«

»Ich bin zu fett, und schwitzen tu ich sowieso, also kann ich auch laufen. Hab nur die Sorge, dass ich mich verlaufe. Ich meine, ich finde mich ja nicht mal in deiner Wohnung zurecht. Aber wird schon gehen. Wenn ich nicht weiterweiß, rufe ich an. Falls ich mein Telefon dabeihabe.«

Anne läuft los und Michael schaut ihr so lange nach, bis sie hinter der Wegbiegung verschwunden ist.

»Das macht die einmal und nie wieder. Sie hält die Stöcker falsch und wird nachher Schmerzen in den Schultern haben. Aber das krieg ich schon wieder hin. Hab ein nettes Placebo in der Tasche, das wird ihr gefallen.«

Manchmal findet Renée es schwierig, mit ihrem ältesten Freund zu reden. Sie mag seine Ironie, aber die stand ernsten Gesprächen auch schon oft im Weg.

»Wenn wir zusammenziehen, sollten wir uns darauf einigen, dass du niemanden von uns behandelst.«

»Wieso das denn«, fragt Michael entgeistert. »Ich bin

seit Jahren dein und der Hausarzt deiner Kinder. Der von Martin war ich auch. Es gibt doch nichts Besseres, als einen Arzt zuhause zu haben. Natürlich werde ich euch alle behandeln, wenn ihr es wollt.«

»Aber Pavel soll uns auch nicht pflegen, wenn wir alt sind, und Anne soll nicht zu jedem Mist, der uns ärgert, im Bundestag eine kleine Anfrage stellen. Viel zu viele Erwartungshaltungen. Das kann nicht gut gehen.«

»Darüber reden wir beim Frühstück. Ich versteh überhaupt nicht, warum du mit uns zusammenziehen willst, wenn wir nicht auch alle nutzen können, was der jeweils andere kann.«

»Und *die* jeweils andere. Guck nicht so missbilligend, ich gendere nur, wenn ich Lust habe. Und jetzt lass uns reingehen.«

Der Frühstückstisch ist gedeckt. Judith hat Eier gekocht, Wurst aufgeschnitten, Brötchen aufgebacken, neuen Kaffee und Tee gemacht. Sie ist offensichtlich draußen gewesen und hat Gänseblümchen gepflückt, die verstreut auf dem Tischtuch liegen.

Wenn Judith und Frank mit uns zusammenziehen, wird sie immer versuchen, ihre Schulden bei uns abzuarbeiten, denkt Renée beim Anblick des gedeckten Tischs und fühlt eine kleine Verzweiflung aufsteigen. Sie kennt so viele Menschen, die sich nichts draus machen, auf Kosten anderer zu leben. Die sich nie die Frage stellen, ob sie auch ausreichend zurückgeben. Die davon ausgehen, dass die Welt sich um sie dreht. Könnte sich ihre Freundin Judith nur ein wenig von dieser Haltung zu eigen machen, wäre es einfacher. Für sie und für die anderen wahrscheinlich auch.

Frank sitzt am Küchentisch und starrt auf die knallrote Handtasche, mit der Anne angereist ist. »Komische Konstruktion«, murmelt er.

»Der Verschluss hakt«, erklärt Judith und will wissen, ob jemand Rührei möchte.

»Hat Anne dich gebeten, das zu reparieren«, fragt Renée, und Frank schüttelt den Kopf. »Hab gesehen, dass es hakt. Sie hat das Ding vorhin gar nicht aufgekriegt, als sie nach ihren Zigaretten suchte.«

»Wie kann man denn vor dem Sport rauchen«, entfährt es Renée, und Michael lacht. »Die beste Zigarette von allen, wenn du mich fragst. Ohne schlechtes Gewissen, weil man ja gleich den Körper traktieren wird.«

»Völlig richtig«, sagt Pavel, der in dem Augenblick die Küche betritt und aussieht, als sei er geweckt, aber nicht richtig wach geworden. »Sagt bloß, meine Frau ist wirklich laufen gegangen? Die müssen wir nachher suchen gehen. Sie wird sich verlaufen. Warum habt ihr sie nicht aufgehalten? Was sag ich da, als ließe Anne sich von irgendjemandem irgendetwas sagen. Vergesst es einfach.«

Beim Frühstück hört Renée dem Geplänkel und Geplauder der anderen zu und versucht im Kopf eine Liste zu erstellen, worüber man ihrer Meinung nach sprechen müsste in diesem gemeinsamen Urlaub. Würden sie einzeln oder richtig zusammen leben? Gemeinsame Kasse oder vier Kühlschränke? Eine Putzhilfefrau für alle? Oder macht jede und jeder bei sich sauber, und es gibt einen Plan für Küche und Bäder?

Wie albern, denkt Renée, wir sind doch keine achtzehn mehr und hängen einen Müllplan an die Küchentür. Vielleicht wird sich auch alles einspielen und man zerredet es nur, will man alles im Voraus planen. Mit wem habe ich überhaupt Alltagserfahrung? Nur mit Anne und mit Michael. Und wenn ich ehrlich bin, zählt nur die mit Anne. Urlaub mit Michael konnte ja wohl nicht als Alltag durchgehen. Zumal sie da immer zu dritt gewesen waren.

Martin und Michael hatten sich jedes Mal von der ersten Minute an gegen sie verschworen, und sie hatte davon profitiert, dass die beiden so gut miteinander konnten. Sie konnte entspannt all die Dinge machen, zu denen sie Lust hatte, und hatte gewusst, dass ihr Mann sich genauso gut vergnügte.

Anne aber war mal drei Wochen bei Renée und Martin untergekrochen, als ihre Beziehung mit Pavel auf der Kippe gestanden hatte. Ein halbes Jahr, bevor sie in den Bundestag gewählt wurden war. Renée erinnert sich gut an diese Zeit, die für alle Beteiligten sowohl anstrengend als auch gut gewesen war. Sie hatte sich – und war sich dabei fürchterlich schlecht vorgekommen – in diesen Tagen hin und wieder mit Pavel getroffen, weil sie unbedingt wollte, dass alles wieder gut wird.

»Sie hätte mit mir darüber reden müssen, dass sie in die Politik will. Stellt mich vor vollendete Tatsachen und denkt, alles bleibt trotzdem, wie es ist.«

Pavel war tödlich beleidigt gewesen, und Renée hatte ihm recht geben müssen. Es war eine ausgesprochen blöde Idee von Anne, erst abzuwarten, ob die Delegierten sie überhaupt auf einen aussichtsreichen Listenplatz wählen würden, bevor sie ihrem Mann erzählte, dass sie vorhabe, in den Bundestag zu gehen.

Andererseits hatte sie auch ihre Freundin verstanden, die gesagt hatte, über ungelegte Eier rede man nicht, und sie wolle auch nicht getröstet werden, wenn sie mit fünfzehn Prozent der Stimmen abgewählt würde.

Die Wochen mit Anne jedenfalls, gemeinsam in der großen Wohnung, waren recht schnell von einer unaufgeregten Routine geprägt gewesen, in der niemand auf Wichtiges verzichten musste. Anne hatte sich im Kühlschrank ein Fach leer geräumt und trotzdem fast nie etwas für sich eingekauft. War sie abends rechtzeitig da, saß sie mit am Essenstisch, kam sie zu spät, hatte sie meist schon unterwegs irgendetwas Ungesundes gegessen. Und weil sie nie einkaufte, hatte sie jeden Montagmorgen Geld auf den Küchentisch gelegt. Sie hatte sich um ihren Kram gekümmert, einmal in der Woche ihr Zimmer sauber gemacht und eher beiläufig das eine und andere in der Wohnung erledigt. War der Mülleimer voll und sie diejenige, die als Nächste die Wohnung verlassen musste, hatte sie die Müllbeutel mitgenommen.

Das Einzige, woran Martin hin und wieder Anstoß genommen hatte, waren ihre Unmengen Kosmetika, die nach und nach jeden freien Platz im Badezimmer gefüllt hatten, und ihre Unart – wie er es nannte –, morgens eine halbe Stunde zu duschen. »Kannst du mir mal sagen, wobei die Frau sich so dreckig macht, dass sie eine halbe Stunde braucht?« Es hatte immer Dinge gegeben, bei denen hatte Martin sich geweigert, Verständnis zu zeigen.

»Anne duscht fürs Wohlbefinden und nicht, um sauber zu werden«, hatte Renée ihrem Mann ein ums andere Mal erklärt und immer nur ein Kopfschütteln geerntet.

Genauso, denkt Renée, müsste es bei uns laufen. Eher unspektakulär und ohne, dass wir vorher alles im Detail festlegen. Nicht reibungslos, aber unaufgeregt. Doch sechs Leute sind mehr als drei, und wir wissen, dass unser Zusammenleben nichts Vorübergehendes sein soll, sondern, wenn möglich, für immer.

»Findest du nicht auch«, fragt Michael und stupst sie an. Worüber redeten die?

»Wenn Pavel gern kocht und – was viel wichtiger ist – kochen kann und Anne uns umbringen würde, versuchte sie es, sollten wir nicht darauf dringen, dass jeder mal dran ist. Und natürlich auch nicht – das sage ich jetzt nur für Renée – jede.«

»Wollen wir denn immer zusammen essen?«

»Gute Frage«, murmelt Michael und haut seinem Frühstücksei mit dem Messer die Mütze ab. Judith verzieht das Gesicht.

»Du bist also eine von den Frauen, die es nicht leiden können, wenn man Eier köpft«, stellt Michael fest. »Aber ewige Junggesellen neigen zu Autoaggression. Wir köpfen

Eier, klopfen das Schnitzel mit der am Vorabend geleerten Flasche Wein und kleben uns Papierschnipsel ins Gesicht, wenn wir uns beim Rasieren geschnitten haben.«

Judith lacht. »Frank nimmt auch Toilettenpapier fürs Gesicht und die leere Wodkaflasche fürs Schnitzel.«

»Touché«, sagt Michael bewundernd und will von Renée wissen, warum er mit lauter Frauen zusammenziehen soll, die vergeben sind. »Zwei an sympathische Kerle und du an einen Toten.«

Danach ist es erst einmal still am Tisch, bis Michael sich mit der Hand an die Stirn schlägt und erklärt, er sei ein elender Wicht und Tollpatsch und damit müsse man dann in Zukunft leben.

»Immer zur falschen Zeit das falsche Wort, darauf könnt ihr euch bei mir verlassen. Wollen wir jetzt mal Anne suchen gehen?«

Tatsächlich war die Frau seit mehr als einer Stunde mit ihren Nordic-Walking-Stöckern unterwegs, und das kommt auch Pavel seltsam vor, der behauptet, Anne hätte die Kondition einer Siebzigjährigen, wenn es ums Laufen ginge. Also machen sich alle auf den Weg. »Wir tun so, als gingen wir spazieren, dann ist es für Anne nicht so peinlich«, schlägt Renée vor, und alle nicken.

Als sie draußen sind, gesellt sich die Ziege von nebenan dazu und trottet wie ein Hund neben der kleinen Gruppe her, als sei sie es gewohnt, auf Spaziergänge mitgenommen zu werden. Michael versucht, das Tier in ein ernsthaftes Gespräch über psychische Veränderungen bei Frauen in den Wechseljahren zu verwickeln.

»Findest du nicht, wenn ich dich mal als Arzt frage«, sagt Pavel, und Michael stupst Renée triumphierend an. Von wegen, er soll nicht der Hausarzt aller in der Wohngemeinschaft werden. »Findest du nicht, dass es viel zu früh ist für Wechseljahre? Ich meine, Anne ist gerade mal zweiundfünfzig.«

»Sie hat nie geboren«, antwortet Michael, und Pavel zuckt ein wenig zusammen. »Es gibt Frauen, die kommen noch früher in die Jahre. Nicht immer so heftig wie Anne, da müssen wir uns mal was überlegen, aber ungewöhnlich ist es nicht.«

Nach einer halben Stunde bekunden alle Beteiligten, etwas beunruhigt zu sein. Es ist der einzige Weg, den jemand bei klarem Verstand laufen würde. Alles andere hätte geheißen, über Wiesen und Felder zu rennen. Niemand glaubt, dass Anne sich dafür entschieden hat. Also beschließen alle, erst einmal zurückzukehren und zu überlegen. »Hat sie ihr Telefon dabei«, fragt Renée, und Pavel schüttelt den Kopf. »Hab ich vorhin schon versucht, es liegt auf ihrem Bett.«

Frank erklärt, sich ins Auto setzen zu wollen und ein bisschen herumzufahren. Michael brummelt was von Nachbarn fragen, wo man hier noch entlanglaufen oder besser, wo man sich verlaufen könne in dieser Gegend, die ja wohl überschaubar sei, aber einer Chaotin trotzdem ausreichend Chancen böte, sich in schwierige Situationen zu manövrieren.

Ob man sich nicht vielleicht doch aufteilen und verschiedene Wege gehen solle, fragt Judith. Welche Wege sie hier sehe außer diesem einen, auf dem sie gerade laufen, will Michael wissen. »Erst mal zum Stützpunkt und dann weiter überlegen.«

Als sie am Haus ankommen, sitzt Anne auf der Bank, die rechts neben der Eingangstür steht. »Ihr könnt doch nicht einfach spazieren gehen und abschließen«, klagt sie. »Ich will unter die Dusche.«

»Wir haben uns Sorgen gemacht und dich gesucht.« Renée kramt in ihren Jackentaschen nach dem Schlüssel und spürt, dass sie verärgert ist.

»Das war mir echt zu doof mit dem Laufen. Zum Glück habe ich nach zehn Minuten diese nette Nachbarin getroffen, zu der die Ziege hier gehört, und bin mit ihr mit, um einen anständigen Kaffee zu trinken, ein Stück Pflaumenkuchen zu essen und eine Zigarette zu rauchen. Ich glaube übrigens, dass die da drüben hin und wieder kiffen. Es riecht so nett in der Küche von denen. Und jetzt muss ich aufs Klo, weil Pflaumenkuchen, Kaffee und Zigarette, das bleibt nicht mal bei mir folgenlos.«

»Du hättest Bescheid sagen können.«

»Renée, ich bin erwachsen. Niemand muss sich um mich Sorgen machen, es sei denn, ich fange an, die Agenda 2010 zu verteidigen, dann dürft ihr mich einweisen lassen. Jetzt schließ schon auf, ich mach gleich in die Hosen.«

10

Am dritten Abend schlägt Pavel vor zu spielen. Er hat im Fernsehschrank eine beachtliche Sammlung Spiele entdeckt und gestanden, dass er ein großer Fan solcher Abende sei.

»Lifestyle, Carcassonne oder Therapy. Für Skat, Mastermind oder Rommé sind wir zu viele, und bei Anno Domini verliere ich immer.«

»Therapy.« Michael verdreht die Augen. »Das kann böse enden. Ich kenne das Spiel. Total manipulativ und irgendwann fangen alle an, sich nackig zu machen, was selten gut ausgeht.«

Niemand hört auf seine Warnungen. Anne ist begeistert, Judith sagt, sie mache alles mit, und Frank erklärt, er sei so schlichten Gemüts, dass es mit ihm bestimmt keine Überraschungen geben werde. Also setzen sie sich an den Küchentisch, kommen sich alle ein bisschen albern vor und lassen sich von Pavel die Spielregeln erklären. Anne moniert, dass es keine rote Plastikcouch für die kleinen Stecker gebe, die man sammeln müsse, um zu gewinnen, man sich stattdessen für irgendeine grässliche Pastellfarbe entscheiden müsse. Überhaupt sei es von den Erfindern dieses Spiels eine infantile Idee gewesen, diese winzigen Plastikdinger in eine ebenso winzige stilisierte Psychiatercouch stecken zu lassen, wenn man irgendetwas richtig gemacht hat, anstatt einfach nur Punkte zu sammeln oder so. Aber irgendwann ist alles sortiert, und es kann losgehen. »Ich mache alles mit, nur keine Rohrschachtests«, erklärt Michael noch und wird so lange bearbeitet, bis er aufgibt und auch mit den Tintenklecksen einverstanden ist.

Die erste richtige Auseinandersetzung gibt es über die

Antworten auf die Frage, wer von den Mitspielern den besten Politiker abgeben würde.

»Ich beantworte keine Fragen, die nicht gegendert sind«, sagt Renée und schreibt Anne auf ihren Zettel. Sie bleibt die Einzige, die sich für diese Antwort entscheidet. Judith und Frank wählen Pavel, und der kürt Michael.

»Eine einzige Stimme bekomme ich von euch«, fragt Anne und erklärt, jetzt wirklich und richtig beleidigt zu sein. »Nicht mal mein Mann findet, dass ich die beste Politikerin abgebe? Muss ich mich jetzt erschießen?«

Alle versuchen zu begründen, warum sie sich nicht für Anne entschieden haben.

»Du bist zu vorlaut und kannst nicht taktisch sein«, sagt Pavel. »Michael versteckt sich hinter seiner Ironie und lässt sich nicht so leicht provozieren wie du. Wenn ich nur daran denke, wie du in dem Interview von einem Mietpreisbremschen geredet hast, als es um den Beschluss deiner Fraktion ging. Nicht die Spur diplomatisch, du bist wie eine Dampfwalze losgegangen.«

»Ja, findest du, ich soll den Mund halten, wenn die so einen Schwachsinn beschließen?«

Alle schütteln den Kopf, Michael fragt Renée, ob sie mit Anne bei ihren Coachings eigentlich auch Diplomatie übe, was Anne noch mehr auf die Palme bringt.

»Mir muss keiner Diplomatie beibringen, ich weiß, wie das geht, aber ich will es nicht. Habt ihr verstanden? Von euch muss ja niemand in diesen elend langen Fraktionssitzungen hocken und sich das ganze weichgespülte Geseiere anhören, was da den lieben langen Tag abgelassen wird. Die finden doch für jeden Beschluss eine passende Begründung, egal, wie idiotisch der ist. Dabei sind wir Opposition. Wann, wenn nicht jetzt, können wir die Sau rauslassen?«

Frank lacht, hebt die linke Hand und signalisiert Anne, sie solle abklatschen.

»Du bist viel zu schade für die Politik. Das ist meine Begründung«, sagt er.

»Ich also nicht«, merkt Pavel an, und Frank wird rot.

»So hab ich das nicht gemeint.«

»Wenn wir jetzt weitermachen«, sagt Renée, »reiten wir uns alle ins Unglück.«

»Sie würde nie ›Scheiße‹ sagen«, flüstert Michael Judith ins Ohr, und die nickt.

»Wir sind doch wohl alt genug, uns nicht wegen eines blöden Spiels zu zerstreiten.« Renée gießt sich noch ein Glas Wein ein und hofft das Beste.

»Ich streite, wann immer ich will und Lust habe, und bestehe darauf, dass man auch beim Spielen bei der Wahrheit bleibt«, sagt Anne, steht auf und geht. »Und jetzt muss ich pinkeln und meinen Gallensteinen sagen, dass sie friedlich bleiben sollen.«

»Anne hat Gallensteine«, fragt Michael, und Pavel schüttelt den Kopf. »Wenn, dann seit drei Minuten.«

Danach sitzen alle ruhig und ein wenig verlegen am Tisch, und niemand traut sich, etwas zu sagen. Pavel schlägt vor, Therapy an diesem Punkt abzubrechen und sich vielleicht noch einen netten Film anzuschauen.

Nach einer halben Stunde kommt Anne aus dem Bad, nimmt sich einen Stuhl und setzt sich zu den anderen vor den Fernseher.

»’tschuldigung«, sagt sie. »An der Stelle bin ich wohl zu dünnhäutig. Wird euch vielleicht komisch vorkommen, aber ich bin ein Sensibelchen. Merkt euch das. Und was ist das denn für eine Scheiße, die ihr da guckt? Ich hasse Veronica Ferres.«

Alle nicken, Michael lächelt, Renée atmet aus, fest überzeugt, die ganze Zeit die Luft angehalten zu haben.

11

Renée fragt den Parkettmann, ob er einen Kaffee möchte. Er möchte. »In einer Viertelstunde, ich lackiere die Dielen und dann dauert es ein paar Stunden, bis ich sie anschleifen und die nächste Lackierung aufbringen kann.«

Anne hatte vorgeschlagen, alle Dielen in der Wohnung abzuschleifen und neu zu lackieren, wenn man schon mal die Gelegenheit dazu habe. Seit drei Wochen schleppen sie deswegen die vorhandenen Möbel von einem Zimmer ins nächste. Eine ewige Umräumerei, bei der das eine und andere schon hatte dran glauben müssen. Vor allem eine Zimmertür hat fürchterlich gelitten, als sie versucht haben, den großen Küchenschrank in das Zimmer zu tragen. Danach wurde er auseinandergebaut. Aber der Aufwand scheint sich zu lohnen. Die alten Dielen sehen wunderschön aus, und auch der neue Terrazzoboden in der Küche, für den sie sich gemeinsam entschieden haben, macht etwas her.

Noch immer verspürt Renée ein großes Bedauern, dass Judith und Frank sich am Ende doch nicht hatten entschließen können, mit einzuziehen. »Du musst das verstehen«, hatte Judith vor drei Wochen erklärt, als sich Renée, der das Zögern der beiden zunehmend Sorgen bereitete, mit ihrer Freundin getroffen hatte.

»Frank und ich, wir hätten ständig das Gefühl, etwas gutmachen, dankbar sein zu müssen. Das geht auf Dauer nicht. Frank hat seinen Stolz, und ich hab meinen noch nicht ganz begraben. Sollten wir es jemals schaffen, aus dem finanziellen Loch zu kommen, können wir immer noch darüber reden. Aber bis dahin habt ihr die freien Zimmer wahrscheinlich schon vermietet. Und ihr sollt auch nicht warten, das setzt uns nur unter Druck. Du musst mir versprechen, dass wir trotzdem Freundinnen bleiben.«

Daran gebe es keinen Zweifel, hatte Renée gesagt, und ihre Freundin umarmt. Nun sind sie also erst einmal zu viert. In drei Wochen würden Michael, Pavel und Anne einziehen. Bis dahin soll in Martins einstige Dunkelkammer noch eine Dusche und eine Toilette eingebaut werden, der Elektriker muss ein paar weitere Steckdosen installieren, eine Kammer bekommt einen Wasseranschluss, um dort Waschmaschine und Trockner hineinstellen zu können, und Michael hat sich vorgenommen, in seinem Zimmer den Stuck an der Decke von den Farbschichten zu befreien.

Renée hatte einen weiteren Rundgang durch die Wohnung gemacht und noch eine ganze Menge Möbel weggegeben. Sie würde sich mit einem großen und einem kleinen Zimmer begnügen, Anne und Pavel hatten sich für zwei große und ein kleines Zimmer entschieden, Michael hatte von Beginn an erklärt, er brauche nicht mehr als einen Raum, da er sowieso die meiste Zeit in der Küche sitzen werde. Ein Zimmer sollte ein Gemeinschaftsraum werden, der auch als Gästezimmer genutzt werden konnte, blieben noch zwei Zimmer, die Judith und Frank hätten beziehen sollen und nun niemandem gehörten, und ein Zimmer, für das sie noch gar keine Verwendung festgelegt hatten. Nicht einmal um die beiden Balkone hatte es Streit gegeben. Einer war von Renées großem Zimmer aus begehbar, den anderen hatten Anne und Pavel bekommen.

Es hatte nicht länger als vier Stunden gebraucht, dies alles zu klären. Zwei Flaschen Wein und vier Stunden. Nach der gemeinsamen Zeit in der Uckermark war Renée von Zweifeln geplagt gewesen. Zu viele Fragen schienen ihr ungeklärt, und manches hatte sich zu einem Ungetüm von Problem aufgeblasen. Annes Raucherei zum Beispiel. Die hatte sie plötzlich selber gestört, obwohl es ihr sonst immer egal gewesen war. Aber die Vorstellung, dass Anne in der Wohnung rauchen würde, gefiel ihr nicht. Andererseits fand sie nichts schlimmer, als anderen deren Laster ausreden zu wollen. Sie hasste diese Art der Indoktrination und reagierte selbst allergisch auf alle gut gemeinten Ratschläge, die dann noch mit dem Satz einhergingen: »Ich mache mir Sorgen um deine Gesundheit.«

Der Handwerker fragt, ob er Zucker für den Kaffee bekommen könne, und Renée überlegt, wo sie zum letzten Mal die Zuckerdose gesehen hat.

Das mit dem Rauchen war die erste nicht einstimmige Entscheidung gewesen, die sie getroffen hatten. Pavel und Michael fanden es in Ordnung, wenn Anne in der Küche und in ihren Zimmern sowieso rauchen könnte. Renée war dagegen, dass in der Küche geraucht wurde. Sie hatten noch eine Weile halb im Ernst und halb zum Spaß darüber diskutiert, ob es so etwas wie eine Sperrminorität geben sollte, sich dann aber für die einfache Mehrheit entschieden. »Ich werde auch nicht auf dem Klo rauchen«, hatte Anne am Ende der Diskussion gesagt. »Obwohl ich das ziemlich gern mache. Rauchen und schlechte Presse lesen.«

Aber alles in allem waren sie bis jetzt gut mit allen anstehenden und auftauchenden Fragen klargekommen. Michaels Gleichgültigkeit gegenüber vielen Dingen, die sie normalerweise auf die Palme bringen konnte, hatte sich bisher in allen Konfliktfällen als Segen erwiesen, und Pavel war offensichtlich durch seinen Job so viel Kummer gewohnt, dass er noch jeder Auseinandersetzung etwas Gutes abgewinnen konnte. Das hatte ihnen schon in der Uckermark geholfen. Vor allem an dem Punkt, als es um das Thema Probezeit ging.

Anne hatte vorgeschlagen, erst nach einem Jahr darüber zu reden, ob jede Partei einen Anteil an der Wohnung kaufen wolle, damit sie am Ende alle als Eigentümer gelten konnten.

»Wir nehmen das als Probezeit«, hatte sie gesagt. »Und wenn es jemandem von uns nicht gefällt oder irgendwelche unlösbaren Konflikte auftauchen, können wir problemlos wieder aussteigen. Bis dahin zahlen wir einfach Miete.«

Renée hatte den Vorschlag vernünftig gefunden und trotzdem ein Unbehagen gespürt. Allein die Möglichkeit, dass alles auseinanderfliegen könnte, hatte ihr Angst eingeflößt. Erst da hatte sie gemerkt, wie sehr sie schon zu diesem Zeitpunkt darauf erpicht war, in dieser Wohngemeinschaft zu leben. »Judith und Frank werden sowieso nicht kaufen können, sondern weiter zur Miete wohnen müssen. Da sollten wir uns dann eine vernünftige Regelung ausdenken, die niemanden benachteiligt und alle zufriedenstellt«, hatte Anne noch als Begründung hinterhergeschoben.

»Jetzt bist du doch die beste Politikerin von uns allen«, hatte Pavel gesagt und seiner Frau einen Kuss gegeben. »Aber ich sehe Renée an, dass sie gleich Nägel mit Köpfen machen will.«

Anne hatte darauf bestanden, nicht zu blauäugig an die Sache ranzugehen.

»So was kann auch schiefgehen, Renée. Wir sind alle ein bisschen eigenwillig. Wenn man mal von mir absieht. Ich bin nur anstrengend. Wir müssen uns eine Probezeit zugestehen, das gibt uns die Chance, das Experiment zu beenden, ohne dass unsere Freundschaft dabei draufgeht.«

Sie hatten sich nicht einigen können, und Renée war irgendwann in Tränen ausgebrochen. Das war ihr peinlich, denn sie hatte niemanden unter Druck setzen wollen. Aber sie wollte auch alles von Beginn an klar und sicher haben.

Am Ende hatten sie sich auf ein halbes Jahr Probezeit geeinigt, ein Beschluss, mit dem alle ein bisschen Bauchschmerzen hatten, aber auch einigermaßen zufrieden waren. Nur Pavel fand es vollkommen in Ordnung.

»Ich treffe mich lieber in der Mitte, als auf Kosten anderer recht zu behalten. Bei uns im Heim lebt eine Frau, die ist dreiundneunzig und ein echter Besen. Muss schon immer ziemlich schwierig gewesen sein, wie ihre Tochter erzählt. Die ist übrigens siebzig und wird wahrscheinlich auch irgendwann unser Gast sein. Jedenfalls schmeißt die alte Dame jeden Abend ihr Gebiss in den Mülleimer. Keine Möglichkeit, ihr das auszureden. Sie hat mir erklärt, dass die Zähne sie nachts angrinsen und versuchen, aus dem Wasserglas zu springen, um ihr ins Gesicht zu beißen. Also hab ich ihr vor zwei Wochen extra einen Mülleimer für die Zähne gekauft. So einen kleinen, den wir halb mit Wasser füllen, in das wir hin und wieder Gebissreinigertabletten geben. Auf halbem Weg getroffen. Das sind oft die vernünftigsten Lösungen von allen.«

Renée hatte die Geschichte lustig und gruselig zugleich gefunden. Ihr war von Beginn an klar, dass im besten Fall aus der Wohngemeinschaft irgendwann eine richtige Alters-WG werden würde und im schlimmsten Fall ein Demenzprojekt. Darüber hatten sie bislang noch gar nicht geredet.

»Hab noch nie 'ne Wohnung mit so vielen Zimmern gehabt«, sagt der Handwerker und packt in Alufolie gewickelte Wurstbrote aus.

»Ich hätte Ihnen was vom Bäcker holen können.«

Renée ist es plötzlich peinlich, dass der Mann seine Brote von zuhause mitbringt, weil er offensichtlich nicht darauf vertraut, bei ihr ein Stückchen Kuchen oder ein paar Wiener Würstchen zu bekommen. Zu Recht, wie sie innerlich ein wenig zerknirscht zugibt. Außer mit Kaffee und ein paar Flaschen Wasser habe ich mich bis jetzt noch überhaupt nicht um den Mann gekümmert.

»Geht schon in Ordnung. Ich gehöre noch zu den Männern, die von ihren Frauen morgens ein Stullenpaket in die Tasche gesteckt bekommen. Alte Schule, wissen Sie?«

Renée lächelt. »In Ordnung, wenn ich Sie allein lasse?

Den Wohnungsschlüssel haben Sie ja. Ich muss zur Arbeit.«

Der Handwerker nickt und zeigt auf die weiße Königin aus Holz, von der Renée sich nicht hat trennen können und die im Moment in der Küche steht. Paul und Pauline hatten für alle anderen Schachfiguren Asyl besorgt. Die standen jetzt in Wohngemeinschaften, auf Bauernhöfen, in Clubs und Cafés. Die weiße Königin aber, das bildet Renée sich ein, sah ihr ein wenig ähnlich. Und ganz weit hergeholt schien es auch nicht, dass Martin dieser Dame die Züge seiner Frau gegeben hatte.

»Sieht Ihnen ähnlich«, sagt der Handwerker und schiebt sich das letzte Stück Brot in den Mund. »Wie heißt denn der Künstler?«

»Hieß. Martin Winter. Mein Mann.«

»Tut mir leid. Ich hab mir zwar schon gedacht, dass es wohl keinen Mann zu der Frau mit der großen Wohnung gibt. Aber dass er tot ist, wusste ich nicht.«

»Unfall«, sagt Renée und verspürt den unsinnigen Drang, einem wildfremden Menschen die ganze Geschichte zu erzählen. Beherrscht sich und belässt es bei dem Satz: »Jetzt ziehe ich hier mit Freunden zusammen.«

Der Handwerker nickt und wischt sich die Hände kurz an der Arbeitsjacke ab.

»Ist mutig, aber wahrscheinlich vernünftig. Seit unsere Kinder raus sind, überlegen wir auch andauernd, was wir mit dem großen Haus anfangen, wenn wir mal alt sind. Nicht dass wir noch jung wären. Aber ich meine, richtig alt. Die Kinder sind in die Welt gezogen. Der Junge nach Neuseeland, das Mädchen nach Bottrop. Wenn Sie mich fragen, nicht gerade schön da, aber die Liebe. Da kann man nichts machen.«

Renée nickt. Eine Geschichte wie so viele andere. Am Ende werden die Häuser mit den steilen Treppen ins obere Stockwerk, den schmalen Eingangstüren und handtuchgroßen Grundstücken, die trotzdem gepflegt werden müssen, eine Last. Wenn die Kinder keine Lust haben, sich schon in jüngerem Alter dort niederzulassen.

»Schließen Sie bitte ab, wenn Sie gehen, ich bin erst spätabends wieder hier.«

Der Handwerker winkt kurz und steht auf. »Dann bis morgen. Um acht, wie immer.«

Renée schaut im Auto, bevor sie losfährt, kurz in ihren Terminkalender. Anne hat ihr eine neue Kundin besorgt. Das Wort »Kundin« findet sie weiterhin blöd, aber »Klientin« klingt auch nicht besser. Jedenfalls handelt es sich um eine Fraktionskollegin ihrer Freundin. »Auch 'ne Ein-Sterne-Trägerin«, hatte Anne gesagt und damit gemeint, dass es für die Kollegin ebenfalls die erste Legislaturperiode war, was im Bundestagshandbuch mit einem Stern neben der Kurzbiografie vermerkt wurde.

Für heute ist ein Medientraining vereinbart. Die Abgeordnete würde in wenigen Tagen den Vorsitz der Kinderkommission des Bundestages übernehmen, einem Gremium, in dem man sich tatsächlich auf das Rotationsprinzip geeinigt hatte. Und warum, denkt Renée und startet den Motor. Weil da nur Frauen sitzen. Nenn mir irgendeinen Männerladen, in dem auf Führungsebene rotiert wird, und ich tanze nackt auf dem Tisch.

Nach dem Medientraining, für das Renée die Räume einer kleinen Filmproduktionsfirma gemietet – besser geborgt – hat, würde sie sich mit Wille treffen. Sie hat lange gezögert, ob sie die Einladung des besten Freundes ihres verstorbenen Mannes annehmen sollte. Wille würde vielleicht den ganzen Abend über Martin reden, Erinnerungen austauschen, den Tod des Freundes beklagen wollen. Und Renée weiß nicht, ob sie dem gewachsen ist. Andererseits hat sie Wille immer sehr gerngehabt und gewusst, wie wichtig er für Martin war. Vierzehn Jahre älter zwar und aus ganz anderem Holz geschnitzt, aber ein Freund, auf den Martin nie etwas kommen ließ. Kennengelernt hatten die beiden sich, als Martin angefangen hatte, Klavier zu lernen, und dafür einen Lehrer gesucht hatte. Wille unterrichtete zu der Zeit noch an einer Realschule Musik, ein Mann, der im Klassenraum völlig fehl am Platz schien und trotzdem bei seinen Schülerinnen und Schülern beliebt war. So hatte es Martin zumindest erzählt, der tatsächlich drei oder vier Mal bei Wilfried Haferkamp hospitiert hatte.

»Wenn du Wille im Unterricht erlebst, musst du ihn einfach mögen. Du solltest dir das mal anschauen, Renée. Mit welcher Leidenschaft der den Kids über Musik erzählt. Und dann stellt der sich vor eine zehnte Klasse, nimmt seine Trompete und spielt das erste Stück von ›Kind of Blue‹. Meinst du, in irgendeiner anderen Schule in Berlin hören die Jungs und Mädels jemals was von Miles Davis? Das kriegst du nur bei Wille. Sie verstehen ihn nicht, aber sie lieben ihn. Das merkt man.«

Inzwischen ist Wille pensioniert. Früher als geplant, aber freiwillig, wie er Renée und Martin an einem Abend vor zwei Jahren erzählt hatte. Sie hatten ihn zum Essen eingeladen. Martin wollte mit seinem Freund über einen Text reden, den er für irgendeine sonderbare Fachzeitschrift zu schreiben gedachte. Ein Text über die Aufwertung von Kriminalromanen durch den Typus des intellektuellen Kommissars. Er hatte Wille gebeten, mit herauszufinden, wie viele Kommissare – es waren wohl immer nur Männer – Musik von Miles Davis, John Coltrane oder anderen Größen des Jazz hörten und dabei darüber nachdachten, wie das Böse in die Welt gekommen war. Antiquarisch hatten sie einen großen Stapel Krimis erworben, und Wille hatte versprochen, sie alle zu lesen, um die musikalischen Vorlieben der Ermittler herauszufinden und daraus Schlussfolgerungen zu ziehen.

Es war ein kurzweiliger Abend, an dem sie viel gelacht hatten und der nur einmal durch ein sehr ernstes Gespräch über Willes frühzeitige Pensionierung unterbrochen worden war.

»Ich habe mich nie viel mit Schulpolitik beschäftigt«, hatte Wille erklärt. »Wollte lieber ein schrulliger, beliebter Musiklehrer sein, der sein Ding macht und irgendwann den Sprung auf eine kleine Bühne schafft. Aber Nische funktioniert nicht mehr. Du bist andauernd von dieser kranken Bildungspolitik betroffen. Kinder und Jugendliche dressieren und markttauglich machen. Darauf läuft das Ganze hinaus. Solche wie ich sind da fehl am Platz. Musische Bildung wird höchstens noch als Zerstreuungsfaktor anerkannt, damit die Kids nicht auf dumme Gedanken kommen. Und sie lassen sich auch gern darauf ein. In letzter Zeit werde ich immer häufiger gefragt, wozu das, was ich denen beibringe, taugt. Brauch ich das später mal, Herr Haferkamp? Solche Fragen werden einem gestellt. Ich will da raus und was Schönes machen. Suche mir vielleicht doch endlich ein paar Leute, mit denen ich in irgendeinem Probekeller ein bisschen jammen kann.«

Ja, Wille war ein guter, der beste Freund für Martin gewesen. Einer, der immer verstanden hatte, dass Martin nicht wirklich tauglich für den Alltag, aber doch oder gerade deshalb etwas ganz Besonderes war. Und die Freundschaft war noch fester geworden, als Willes Frau starb. Autounfall.

An diesem Punkt ihrer Überlegungen spürt Renée eine Panikwelle anrollen. Sie setzt den Blinker und findet – welch ein Glück ich dann immer habe, denkt sie – eine Parklücke. Es dauert noch nicht mal eine Minute, dann ist alles überstanden. Aber Renée stellt sich die Frage, ob sie das Treffen mit Wille nicht lieber absagen soll, entscheidet sich dann dagegen und fährt wieder los.

Sie hat bisher nur ihrem Hausarzt und ihrem Sohn gestanden, dass sie hin und wieder von Panikattacken heimgesucht wird, die ihr den Atem nehmen und sie als hilfloses, schwitzendes Bündel Elend zurücklassen. Michael hat ihr versprochen, dass diese Plage nicht ewig dauern würde, sie sich ihr aber erst einmal stellen muss.

»Keine Medikamente, Renée, das bringt nichts. Diese Attacken sind eine verständliche und natürliche Reaktion. Mit Medikamenten, die nur die Symptome beseitigen, kommst du da nicht weiter.«

Pauls Reaktion war emotionaler gewesen.

»Du kommst mit auf unseren Hof«, hat er gesagt. »Und da bleibst du so lange, bis es dir wieder besser geht und diese Attacken weg sind.«

Renée kann sich nicht vorstellen, auf dem Hof zu leben, den Paul so liebt und in mühevoller Kleinarbeit gemeinsam mit anderen aufbaut. Ohne viel Geld und mit einer ganzen Reihe Ideen im Kopf, deren Tauglichkeit sich erst noch würde beweisen müssen. Als sie das letzte Mal auf dem Hof war, hatte ihr Sohn ihr gezeigt, wie er mit einer Kettensäge auf Bäume klettert. Das altbekannte Gefühl der Angst um diesen früher so oft kranken und immer viel zu dünnen Jungen hatte sich wieder eingestellt. Auch wenn Paul inzwischen mehr draußen als drinnen ist, mehr auf dem Acker, in der Scheune und am Haus arbeitet als am Computer, verliert sich die Sorge um ihn nicht.

Als der Junge zehn wurde, hatte Renée einmal resigniert zu Martin gesagt, sie glaube, ihr gemeinsames Kind werde später einmal in abgedunkelten, mit Elektronik vollgestellten Räumen sitzen und sich eine Welt simulieren, ohne am wirklichen Leben richtig teilzunehmen. Martin hatte ihr zugestimmt, sie aber getröstet.

»Das sind meist sehr nette Menschen, Renée. Die ernähren sich nur ungesund und finden selten die passende Frau. Aber liebenswert sind sie.«

Zumindest war es Martin noch vergönnt gewesen, den Wandel mitzuerleben, den ihr Paul dann vollzogen hatte. Und es hatte ihn gefreut.

13

»Seit wann magst du mexikanische Küche«, fragt Wille und küsst Renée auf beide Wangen. »War das nicht früher ein Italiener? Ich kenn mich überhaupt nicht mehr aus mit Restaurants und Kneipen. Seit ich pensioniert bin, interessiert mich so vieles nicht mehr. Wie geht es dir, meine Liebe? Du siehst gut aus. Und bevor wir nachher in Streit geraten: Du bist eingeladen. Ich möchte mich bei dir für Martins Schallplatten und den Plattenspieler bedanken. Ich bin sehr gerührt, dass du mir die gegeben hast.«

Renée lächelt und schweigt. Sie kennt Wille gut genug, um zu wissen, dass man in den ersten zehn Minuten kaum eine Chance hat, zu Wort zu kommen. Ist das erst einmal überstanden, kann der Mann der beste Zuhörer sein, falls er bis dahin nicht alle am Tisch in die Flucht geschlagen hat. Also hört Renée erst einmal zu, schaut in die Karte, entscheidet, was sie essen möchte, bestellt für beide eine Flasche Roten – zur Not nehme ich ein Taxi, denkt sie und weiß, dass sie das doch nicht tun wird – und wartet, bis Wille die erste ernst gemeinte Frage an sie richtet.

Der Tag ist gut gelaufen, das Medientraining war ein Erfolg. Sie hat mit der Abgeordneten verschiedene Interviewsituationen geübt, hatte sich vorher über die Arbeit der Kinderkommission informiert, eine Menge Fragen formuliert, ein paar Fallen eingebaut und Fragekomplexe für verschiedene Formate zusammengestellt. Am schwersten fielen den meisten die berühmten Eins-dreißig. Mehr Sendezeit bekam man kaum, eher noch viel weniger, und sich kurz fassen und trotzdem zitierfähig zu formulieren war die eigentliche Kunst. Daran haben sie heute am längsten geackert und sich wieder und wieder die Aufnahmen der Statements angesehen. Dann haben sie noch über Klamotten geredet. Auf Wunsch der Abgeordneten, die ihr erklärt hat, dass sie sich einfach nicht an die Uniformierung gewöhnen könne, aber auch nicht wisse, wie man einen guten Mittelweg findet, eigener Stil und trotzdem nicht zu sehr auffallen. Sie haben verabredet, in zwei Wochen gemeinsam einkaufen zu gehen, darauf freut sich Renée sogar. Sie glaubt ein Gefühl für Stil und Farbe zu haben und würde sich bis dahin noch ein bisschen schlaumachen über Läden und Boutiquen.

Mit Anne hat sie das alles schon durch und Anne ist in gewisser Hinsicht auch ein Naturtalent, was Kommunikation anbelangt. Nur zu spontan und oft zu direkt. Die Medien mögen diese derbe Sprache zwar, aber ihr kommt es nicht zugute, wenn sie als Poltergeist vom Dienst missbraucht wird. Renées Freundin hat sich sogar, was Klamotten und Auftritt anbelangt, als weniger beratungsresistent erwiesen als befürchtet. Hebt sich inzwischen den leicht nuttigen Stil für ihre Freizeit auf und läuft im Bundestag halbwegs seriös herum. Wenn man mal von den etwas zu großen Dekolletés absieht, von denen sie sich nicht verabschieden kann. Anne am Rednerpult ist noch immer ein Hingucker, auch wenn ihre gute Figur inzwischen der einen oder anderen Stütze bedarf, wie sie es ausdrückt. »Zum Glück gibt es Büstenhalter, die halten noch das weichste Fleisch zusammen, als sei es tiefgefroren, Renée.«

»Jetzt erzähl«, sagt Wille und schaut endlich in die Speisekarte. Zehn Minuten sind offensichtlich vergangen, und Renée erzählt von ihrem Vorhaben, eine Wohngemeinschaft zu gründen.

»Bei mir stehen noch drei Kartons mit Sachen von Martin, die ich dir geben möchte. Du müsstest mal vorbeikommen und sie dir anschauen. Was du willst und was nicht. Ich weiß zwar nicht, was ich mit den Dingen tun werde, die du nicht willst, aber das wird sich finden. Eigentlich glaube ich, dass du Interesse hast. Martin hat ja mal eine Zeit lang Bücher über Mathematik und Musik gelesen, ich weiß noch, dass er mir mehr als einmal zu erklären versucht hat, warum das *Wohltemperierte Klavier* eine Zäsur darstellt. In gewisser Weise, so habe ich es verstanden, sei Musik danach langweilig geworden, zu sauber und berechenbar. Aber ich krieg es nicht mehr richtig zusammen.«

Wille schüttelt den Kopf. »Darüber haben wir uns oft gestritten, Martin und ich. Er hatte eine sehr eigenwillige Auffassung, was das anbelangt. Habt ihr nicht noch einen Platz frei in eurer WG?«

Renée ist wirklich überrascht. »Du bist doch seit Mariannes Tod ein Einsiedler geworden. Hast immer gesagt, eine andere kommt dir nicht ins Haus, und es passe zu dir, allein zu leben, nachdem die Liebe deines Lebens gestorben sei.«

»Die Dinge relativieren sich, und ich bin noch nicht alt genug, um völlig festzufahren. Nein, in letzter Zeit fühle ich mich sehr einsam. Habe sogar angefangen, auf Kontaktanzeigen zu antworten. Ein Desaster, sag ich dir. Da war so eine Opernsängerin ...« Wille lächelt verlegen und trinkt einen großen Schluck Wein. Bestellt beim Kellner das Steak und nickt anerkennend, als er hört, dass Renée sich für Tintenfisch entschieden hat.

»Komm ich nicht ran, soll aber sehr gut schmecken. Diese Opernsängerin jedenfalls war ein schrecklicher Besen und gierig obendrein. Hatte übrigens mehr Operetten als Opern gesungen, und du ahnst nicht, wie sehr ich Operetten hasse. Jedenfalls hab ich sie rausgeschmissen, als sie morgens im Bad irgendwas aus der *Fledermaus* trällerte. Ich bitte dich, Renée, wir hätten uns niemals einigen können. Als ich der ein paar Stücke von Miles vorgespielt habe, ist sie eingeschlafen. Wo gibt's denn so was? Jedenfalls ... Was wollte ich sagen? Ach so, ich fühle mich einsam. Tatsächlich. Habe drei Musiker in meinem Alter gefunden, mit denen treffe ich mich einmal in der Woche und wir spielen ein bisschen. Aber das ist es dann auch. Ich werde wahrscheinlich wunderlich und fange irgendwann an, schlecht zu riechen. Dabei bin ich gerade mal vierundsechzig. Ich meine, das sollte ja wohl noch nicht das Ende vom Leben sein, oder?«

Renée schüttelt den Kopf und denkt an die beiden freien Zimmer in der Wohnung. Aber ich kann das nicht allein entscheiden. Wen müsste ich zuerst fragen? Wille, ob er überhaupt Lust auf genau unsere Wohngemeinschaft hätte, oder die anderen, ob sie einen für sie völlig Fremden mit aufnehmen wollen? Gott, ist das kompliziert.

Wille war nie zu Renées Geburtstagsfeiern gekommen. »Zu viel Trubel, meine Liebe«, hatte er immer gesagt. »Ich kenne niemanden von deinen Freunden und bin nicht der Typ, Leute auf Partys kennenzulernen.«

Renée hatte das nie verstanden, fand sie den Freund ihres Mannes doch immer umgänglicher und geschmeidiger als Martin, der völlig verstummen konnte, wenn er niemanden im Raum kannte. All ihre Versuche, mit Martin einfach mal so loszuziehen oder – grandioser Reinfall – zu Silvester zu irgendeiner Party zu gehen, waren fürchterlich gescheitert. Es war vorgekommen, dass Martin den ganzen Abend mit niemandem ein Wort wechselte. Einmal war sie sogar gefragt worden, ob sie mit einem Autisten verheiratet sei, und in der Frage hatte die unausgesprochene zweite Frage gesteckt, wie sie das nur aushalte.

»Wenn du Lust hast, stelle ich dich meinen künftigen Mitbewohnerinnen und Mitbewohnern vor und du schaust dir mal die beiden freien Zimmer an.«

»Du bist wirklich die einzige Frau, die ich kenne, die nicht einmal in völlig betrunkenem Zustand vergäße, Mitbewohnerinnen und Mitbewohner zu sagen.«

Wille entschuldigt sich und verschwindet in Richtung

Toilette. Kommt nach drei Minuten zurück und erzählt, er habe zum ersten Mal in seinem Leben den PSA-Wert bestimmen lassen. »Irgendwann kommt man in das Alter, wo sie einem sagen, von nun an zahle die Krankenkasse die Vorsorgeuntersuchungen. Na ja, jetzt plappere ich dich auch noch mit meinen Männerangelegenheiten voll. Und am Ende hat ja wohl jeder Zweite was mit der Prostata. Außerdem sind meine Werte völlig in Ordnung ... Renée, ich werde nachdenken und melde mich in zwei, drei Tagen bei dir. Das geht jetzt zu schnell für einen alten Mann. Auch wenn ich derjenige bin, der gefragt hat. Halte ein, nichts sagen, ich kokettiere nur ein bisschen. Natürlich darf man heutzutage mit vierundsechzig nicht einfach ein alter Mann sein. Schließlich werden wir alle hundert und besteigen, wenn es sein muss, im Rollstuhl den Mount Everest oder sabbern beim Stones-Konzert in der ersten Reihe unsere Lederjacken voll. Was ich sagen will, es klingt verlockend. Und ich werde es mir ernsthaft überlegen. Wahrscheinlich wäre es die letzte Chance, mein Leben noch mal zu ändern. Egal, ob ich eine Frau finde oder nicht.«

So verbleiben sie. Renée beschließt, die Pferde erst scheu zu machen, wenn Wille wirklich ernsthaft Interesse zeigt, und macht sich trotzdem jetzt schon Sorgen, was die anderen sagen werden.

14

Michael starrt auf den Brief und denkt an einen Sommer in Amsterdam. Ein Sommer der Möglichkeiten, in dem er gerade mal zwanzig Jahre alt war und den er mit seinem Freund Karsten in dem niederländischen Sündenpfuhl verbracht hatte. Sie waren mit dem Fahrrad hingefahren und dies war das einzige Mal gewesen, dass er an seine körperlichen Grenzen gestoßen war. Sein Freund war zu dieser Zeit ein Sportsmann vor dem Herrn gewesen, einer von denen, die jedes Jahr eine andere Herausforderung in Angriff nahmen, bis er im Alter von vierzig bei einer Bergtour ums Leben gekommen war.

Damals in Amsterdam aber war er ein Sportsmann, der seine Grenzen zu kennen schien. Und hin und wieder gern ein bisschen kiffte. Sie wollten alles mal ausprobieren und Mädels kennenlernen, wie Karsten erklärte. »Wenn du dir Renée nicht bald aus dem Kopf schlägst, mein Freund, wirst du Hodenkrebs kriegen. Wer nicht vögelt, bekommt Hodenkrebs, glaub mir.«

»Wer zu viel Fahrrad fährt, auch«, hatte Michael geantwortet und seinem Freund trotzdem im Stillen recht gegeben. Also waren sie nach Amsterdam gefahren, hatten die ersten drei Tage damit zugebracht, sich von den Strapazen zu erholen – nie wieder hatte er sich so einen Wolf gefahren wie auf dieser Tour –, und waren dann auf die Pirsch gegangen.

Am Ende war es für Michael eine brünette, braunäugige Kunststudentin aus Karlsruhe geworden. Man fahre doch nicht mit dem Rad bis in die Hauptstadt der Niederlande, um eine Karlsruherin zu knallen, hatte sein Freund moniert und weiter nach dem Ebenbild von Frau Antje gesucht. So lange, bis er es gefunden hatte. »Sieht aus wie aus der Werbung«, hatte er Michael zugeflüstert, als er die Auserwählte endlich rumgekriegt hatte, und war für die letzten zehn Tage des Urlaubs ein glücklicher Mann gewesen.

Michael steht auf, geht in den Flur und malt mit dem letzten Rest Lippenstift, den er sich irgendwann doch gekauft hatte, ein Fragezeichen auf den Spiegel. Die meisten Sachen hatte er schon in Kisten und Kartons verpackt, Flurgarderobe und Lippenstift nicht. Die Garderobe würde er in der Wohnung lassen oder vor die Haustür stellen, der Lippenstift gab gerade sein Letztes und würde durch einen neuen ersetzt werden müssen. Michael hofft darauf, dass Renée ihre Lippenstifte zur allgemeinen Benutzung freigeben würde. Aber da er sich nicht sicher sein konnte, ist er zu Rossmann gegangen und hat ein paar gekauft.

Der Brief war an diesem Morgen im Briefkasten gewesen und kam von seiner Tochter. Bis vor einer Stunde hat Michael nicht gewusst, dass er Vater ist. Die brünette, braunäugige Karlsruherin hatte ein Kind von ihm bekommen. Wenn er jetzt nicht zu den Arschlöchern gehören will, die zuerst mal einen Vaterschaftstest fordern, muss er das anerkennen. Er ist Vater, und seine Tochter hat mit ihm Kontakt aufgenommen.

Seit ich sprechen und denken kann, habe ich meine Mutter gelöchert, weil ich wissen wollte, wer mein Vater ist. Sie hat immer gesagt, sie kenne nur seinen Vornamen, und es sei nicht mehr als ein Urlaubsflirt in Amsterdam gewesen. Sie sei auch nie auf die Idee gekommen, den Mann zu suchen, schließlich habe sie mich vom ersten Moment an gewollt und sei zu stolz gewesen, Unterhalt einzuklagen. Beschrieben hat sie den Mann als einen lockenköpfigen Zwanzigjährigen, der gerade seinen Dienst bei der Bundeswehr hinter sich hatte und Medizin studieren wollte. Ein humorvoller Junge mit einem etwas nervigen Freund, der nichts anderes im Kopf gehabt habe als Frauen. Und Fahrräder.

Jetzt ist meine Mutter schwer krank. Sie wird sterben, und vielleicht macht sie sich nun Sorgen um mich, obwohl ich ja schon fünfundzwanzig bin und auf eigenen Beinen stehe. Aber unsere Familie ist sehr klein, besser gesagt, es gibt eigentlich gar keine Familie. Meine Großeltern sind tot, und meine Mutter hat keine Geschwister. Wie auch immer, sie hat mir doch den Nachnamen des lockenköpfigen Jungen verraten, und der ist so selten, dass es nicht schwierig war, Dich ausfindig zu machen.

Weiter als bis zu diesem Punkt weiß ich auch nicht. Richtig ist, ich würde Dich gern kennenlernen. Falls das für Dich nicht ein riesengroßes Problem ist, komme ich mal nach Berlin. Wir könnten uns auf einen Kaffee treffen. Ich hoffe, Dich mit diesem Brief nicht in irgendwelche Schwierigkeiten zu bringen. Bestimmt hast du Frau und Kinder, und bis zu diesem Augenblick wusstest Du ja gar nicht, dass es da noch eine Tochter gibt. Also überlasse ich die Entscheidung Dir. Hier schreibe ich Dir meine Telefonnummer und meine Mailadresse auf. Melde Dich oder melde Dich nicht. Ich werde keinen zweiten Brief schreiben. Höre oder lese ich nichts von Dir, gehe ich davon aus, dass Du mich nicht kennenlernen möchtest. Liebe Grüße, Marie

»So was«, brummt Michael und fühlt einen unsinnigen Stolz. Er hat ja wohl keinen Anteil daran, dass diese junge Frau offensichtlich zu formulieren weiß und Umgangsformen hat, von denen er sich wahrscheinlich eine Scheibe abschneiden kann. In dem Brief steht nichts darüber, was sie macht, aber das wird er noch früh genug erfahren. Er überlegt, ob er diese Marie Kannegießer – hatte das Mädchen in Amsterdam wirklich einen solch komischen Nachnamen gehabt? – im Internet suchen soll, lässt es dann aber bleiben. Nachher macht er sich ein falsches Bild. »Die hieß doch nicht Kannegießer«, sagt er laut und denkt zum hundertsten Mal, dass er sich abgewöhnen muss, mit seiner Wohnung zu reden. Denn bald fühlt sich wahrscheinlich immer jemand angesprochen. »Die hieß. Gleich hab ich's. Kannegießer. Verdammt. Katrin Kannegießer.« Er hatte sich ja noch über den Namen lustig gemacht an einem Abend, den sie in einem Park verbracht hatten auf der Suche nach einem Gebüsch, das sie und ihre Lust aufnehmen und verstecken würde.

»Deine Eltern haben echt Humor«, hatte er gesagt. »Bei dem Nachnamen hätte ich mich nicht für eine Alliteration entschieden.« Katrin hatte gelacht und gesagt, ihr gefiele der Name und sie sei bislang auch nur wenig gehänselt worden dafür.

»Na dann habe ich heute Abend ja was zu erzählen«, ruft Michael und findet, dass die fast leere Wohnung inzwischen einen schönen Hall hat, wenn er mit ihr spricht. Allerdings ist der heutige Abend wahrscheinlich kein guter Zeitpunkt für Nachrichten über Familienzuwachs. Der heutige Abend ist für einen Mann namens Wilfried Haferkamp, genannt Wille, reserviert. Ein Freund von Martin, den Michael nur vom Hörensagen kennt. Aber das Hörensagen hatte immer gut geklungen.

»Ein Glück, dass Martin seinen Freund Wille hat. Mit mir allein wäre er vielleicht doch ein einsamer Mann«, hatte Renée manchmal gesagt, und Michael hatte jedes Mal gedacht, dass man mit Renée ja wohl verdammt noch mal nicht einsam sein konnte. Wille also, Wilfried Haferkamp, hat Interesse bekundet, die Wohngemeinschaft zu komplettieren. Michael muss sich eingestehen, dass ihm Judith und Frank lieber gewesen wären. Ohne Wille, Wilfried Haferkamp zu kennen. Und er verspricht sich und allen, die im Moment nicht da sind, unvoreingenommen und aufgeschlossen zu sein. Immerhin hörte Wille Wilfried Haferkamp gute Musik und soll zudem handwerklich begabt sein. Eine Fähigkeit, die sie in ihrer WG in spe bislang nicht vorzuweisen hatten. Man muss auch pragmatisch sein.

Aber was macht er jetzt mit seiner Tochter, von der er seit gerade mal einer Stunde weiß? Michael greift entschlossen zum Telefon und wählt die Mobilnummer aus dem Brief. Nach dem ersten Klingelton hört er ein Gitarrensolo, das ihn an Jimi Hendrix erinnert. »Kann doch nicht sein, viel zu jung«, murmelt er und wartet ab, was noch kommt. »Hallo, dies ist leider nur eine Mailbox, heißt, ich selbst bin gerade irgendwo, nur nicht hier am Telefon. Bitte eine Nachricht hinterlassen, damit ich weiß, wer Sehnsucht nach mir hatte. Tschüs.«

»Von Sehnsucht kann noch nicht die Rede sein. Ich weiß erst seit ein paar Minuten von dir. Also hier ist. Michael. Vanroten. Dein Vater sozusagen. Das sozusagen streichen wir mal. Hm, jetzt hab ich mich verheddert. Am besten, ich ruf später noch mal an und überlege mir vorher, was ich sagen will. Wahrscheinlich einfach nur, dass du kommen sollst. Nach Berlin. Also. Du kannst einen Vorschlag machen. Ja. Das wär's dann. Bis bald.«

Michael wählt sofort nach dem Auflegen Renées Telefonnummer und fragt seine Freundin, ob es möglich ist, eine Ansage auf der Mailbox eines anderen Mobiltelefons zurückzuholen. »Fernlöschen sozusagen. Du verstehst doch, was ich meine.« Renée versteht es nicht. »Also ich hab mich verheddert und einen Haufen Blödsinn gequatscht. Jetzt würde ich das gern wieder rückgängig machen. Dein Mann hat mir mal gesagt, man könne Mails wieder zurückholen.«

»Mein Mann hat auch viel geschwindelt, Michael, oder du hast nicht richtig zugehört. Fernlöschen geht nicht. Und

Mails zurückholen auch nicht. Ist es denn lebensbedrohlich?«

»Nein, nur peinlich. Erklär ich dir später. Wir sehen uns heute Abend.«

Michael legt das Telefon auf den Küchentisch und starrt es an, als sei es eine Splitterbombe. »Ich sollte überhaupt nicht mit all diesen Sachen spielen. Nur direkte Kommunikation, alles andere geht einfach immer schief.«

Das Telefon klingelt, Michael fasst sich ans Herz. Marie. Bestimmt ruft seine Tochter schon zurück, um ihm zu sagen, dass sie lieber nichts mit einem verwirrten Mann zu tun haben möchte. Doch es ist eine Patientin, die wissen will, ob er einen Hausbesuch machen könne. Hab ich eigentlich allen Patienten meine Privatnummer gegeben, überlegt Michael, um sich dann zu erinnern, dass seine Sprechstundenhilfe heute für zwei Stunden das Telefon auf seine Mobilnummer umleiten wollte, weil sie einen Arzttermin hat. »Wie albern ist das denn«, hatte er gefragt. »Wieso gehen Sie zu anderen Ärzten?«

»Weil Sie leider kein Gynäkologe sind, Dr. Vanroten, und selbst wenn Sie einer wären, würde ich nicht zu Ihnen gehen. Das ziemt sich nicht.« Seine Sprechstundenhilfe tat gern mal vornehm.

Hausbesuch also. In dem Fall, wie in fast allen anderen Fällen auch, würde er eine Ausnahme machen. Die Patientin hatte gerade eine Chemo hinter sich und war viel zu schwach auf den Beinen, um in seine Praxis zu kommen. Also um fünf, bevor er zu Renée gehen würde.

Michael stellt sich im Flur vor den Spiegel und starrt auf das Lippenstiftfragezeichen. »Mein Name ist Michael Vanroten, ich bin Arzt und habe eine Tochter, die Marie heißt.«

Das Fragezeichen kann abgewischt werden. Die Dinge liegen klar auf der Hand. Der ewige Junggeselle Michael Vanroten hat kein Haus gebaut, keinen Baum gepflanzt, aber immerhin ein Kind in die Welt gevögelt. Und in zwei

Wochen wird er mit Menschen zusammenziehen, von denen er nicht weiß, ob denen wirklich klar ist, worauf sie sich mit ihm einlassen.

Michael Vanroten verspricht dem Spiegel, sein Bestes zu geben und ein guter Mitbewohner zu werden. »Natürlich auch ein guter Vater«, sagt er und wischt das Fragezeichen energisch mit dem Ärmel seines Pullovers weg.

15

Diesen Bürotag mag sie. Es hat eine Weile gedauert, sich mit dem Team darauf zu einigen, dass sie, Anne Kilian, die wohl umtriebigste Berliner Bundestagsabgeordnete aller Zeiten, einen halben Tag in der Woche nur mit sich, ihrem Computer und ihren Papieren verbringen würde. Es hat nicht am Team gelegen. »Ich kann doch nicht einfach das Telefon bei euch abgeben und mich in meinem Büro einschließen«, hatte Anne gesagt und einmal mehr gestaunt, dass ihre Büroleiterin es fertigbrachte, ihr die Stirn zu bieten. Dazu gehörte Mut, das weiß sie.

»Doch, du kannst. Mach, was du willst, wegen mir spiel Solitär oder lies einen Krimi, aber du bleibst einen halben Tag in der Woche hinter dieser verschlossenen Tür und rührst dich nicht vom Fleck.«

»Darf ich wenigstens pinkeln und rauchen gehen«, hatte Anne gefragt im Wissen darum, dass sie besiegt war. Sie hatte die Büroleiterin nicht umsonst aus der Wohnungswirtschaft mitgebracht. Wer sich da behauptet, managt ein Bundestagsbüro mit links und hat dazu Haare auf den Zähnen.

Zum Lohn für ihr Einsehen bekommt Anne jede Woche eine dicke Mappe auf den Schreibtisch gelegt, auf der *Menschen, Tiere, Sensationen* steht und in der all das liegt, was sich an Post und Zusendungen, Mails und Anfragen im Laufe einer Woche ansammelt und in keine Kategorie der Vernunft zu passen scheint. Diese Mappe hebt sich Anne immer bis zum Schluss auf. Kurz bevor sie ihr Mobiltelefon wiederbekommt und mit Genehmigung der Bürochefin nach außen kommunizieren darf, liest sie, was ihr unter anderen Umständen sicher entgangen wäre. Allein dafür lohnt es ihrer Meinung nach, sich auf diesen halben Tag einzulassen.

Zuerst eine neue Zuversichtsstudie der Allianz. Die Ostdeutschen sind optimistischer geworden, im Westen sinkt die Hoffnung. Das werden wir in unserer WG wunderbar überprüfen können, denkt Anne. Was Pavel und mich anbelangt, stimmt es schon mal. Danach ein Mann, der sich darüber beschwert, dass bisher alle seine Erfindungen von großen, finanzstarken Unternehmen zum Patent angemeldet worden sind. Offensichtlich war es dem Mann unter anderem gelungen, das Problem mit der fehlenden Schwerkraft auf Raumstationen und in Spaceshuttles zu lösen, worin immer es bestanden haben mag.

Der Brief war wohl formuliert, und Anne überlegt kurz, ob sich hinter dem Wahn – wie so oft – eine andere Art von Vernunft verbarg, die es zu würdigen galt. Vielleicht hatte der Mann recht, und viele Ideen kamen nur deshalb nicht zur Anwendung, weil die Patentverfahren viel zu teuer waren und die großen Unternehmen sich alles unter den Nagel rissen.

»Nicht mein Thema«, murmelt Anne und legt den Brief beiseite.

Der nächste Schreiber beschwert sich darüber, dass die Politik Gott verschweige und auf verlogene Technik baue, anstatt das Heilige Römische Reich zu krönen. Daraus ließ sich keine weitere Erkenntnis gewinnen.

Anne legt zwei Zeitschriften ins unterste Schreibtischfach, weil sie zu Beginn der Legislaturperiode angefangenen hatte, Publikationen mit seltsamen Titeln und noch seltsameren Inhalten zu sammeln. »Lack im Gespräch«, murmelt sie, »die Zeitschrift habe ich doch schon. Oder war das ›Mühlen im Dialog‹?« Neu für sie auf jeden Fall *Frau und Mutter*, eine Zeitschrift der Katholischen Frauengemeinschaft, immerhin mit einem Beitrag über einen interkulturellen Frauengarten. »Ist was für Renée, die gendert doch sogar Pflanzen und Tiere«, sagt Anne und schmeißt die Zeitschrift in ihre Tasche.

Sie weiß noch nicht, ob sie sich auf den heutigen Abend freut. Auf jeden Fall hat sie mehr und mehr Feuer gefangen, seit der Beschluss gefasst ist, zusammenzuziehen, und sie freut sich auf das neue Leben. Aber nun sollte ein ihr völlig fremder Mann begutachtet werden, der wohl der engste und vertrauteste Freund von Martin gewesen war. Nichts dagegen zu sagen, aber wie soll man nach nur einem Abend zu einer verlässlichen Einschätzung kommen, ob dieser Wilfried Haferkamp zu ihnen passt? Wir können den Kerl ja nicht hochnotpeinlich befragen, denkt Anne und beschließt, nachher noch mit ihrem Mann zu telefonieren, um zu hören, was der beste Konfliktlöser aller Zeiten dazu zu sagen hat. »Wir können auch nicht noch mal zusammen in den Urlaub fahren«, sagt Anne laut, und die Büroleiterin steckt den Kopf durch die Tür. »Mich kannste ruhig anrufen, wenn du was willst, Festnetz ist ja nicht verboten.«

Die Abgeordnete schüttelt den Kopf. »Ich denke laut nach und brauche nichts.« Sie schaut in den Kalender und sieht, dass sie am Nachmittag noch drei Termine zu absolvieren hat. Eine Spendenübergabe im Wahlkreis, eine Besuchergruppe, die sie von einem Kollegen übernommen hat, der krank geworden ist, und ein Gespräch mit anderen Abgeordneten aus der Fraktion wegen einer internen Gegenoffensive beim Thema »Mieten und Wohnen«. Wäre doch gelacht, wenn sie nicht zumindest eine qualifizierte Minderheit zusammenkriegt, die gegen diesen Schwachsinn hält, den die Fraktion da bisher verzapft hat.

»Du bewegst dich auf sehr dünnem Eis«, hatte Renée kürzlich zu ihr gesagt. »Wenn schon Gegenoffensive, dann perfekt vorbereitet. Hol dir Rat von außen und wenn möglich, nicht von deiner Wohnungswirtschaft, die auch nur

Klientelpolitik betreibt. Unabhängigen Sachverstand. Was ihr da aufschreibt, muss Hand und Fuß haben.«

»Unabhängigen Sachverstand, wo lebst du denn?«, hatte Anne dagegengehalten. »Alle machen Interessenpolitik, das ist ja auch keine Schande. Man muss sich nur vorher überlegen, für welche Interessen man sich einsetzen will. Aber man soll nichts unversucht lassen. Stell mir eine Liste zusammen, was und wen du unter unabhängigem Sachverstand verstehst, und wir überlegen, ob wir mit denen reden.«

Heute ist die Liste gekommen, und Anne muss anerkennen, dass Renée keine schlechte Arbeit geleistet hat. Müssen wir uns eigentlich überlegen, ob es noch eine gute Idee ist, dass Renée für mich arbeitet, wenn sie mit mir zusammenwohnt? Anne denkt nicht zum ersten Mal darüber nach, ob es Schwierigkeiten geben könnte, wenn Arbeit und Leben sich derartig vermengten. Schon schwierig genug, wenn man zugleich Freundin und Chefin ist. Aber Freundin, Chefin und Mitbewohnerin, das kann ganz schön krachen.

Mir macht das nichts aus, denkt Anne und zündet sich eine Zigarette an. Scheiß auf das Rauchverbot, das hier ist ihr Büro. Aber Renée ist ein Sensibelchen. Wenn ich die tagsüber anpfeife, weil ich will, dass sie ihren Job anders macht, knallt sie abends in der Wohnung vielleicht mit den Türen. Wäre besser, wenn wir das anders regeln. Nicht mehr zusammenarbeiten, stattdessen zusammenwohnen. Kann ich auf Renée verzichten? Nein. Nicht bis zu den nächsten Wahlen. Danach vielleicht. Nach den Wahlen rede ich mit ihr.

Über diesen halbherzigen Entschluss ist Anne so froh, dass sie sich gleich noch eine Zigarette anzündet.

»Kannst du mal«, brüllt sie durch die geschlossene Bürotür, darauf vertrauend, dass ihre Büroleiterin hört, was sie will. »Kannst du mal googeln, ob sich was über einen Wilfried Haferkamp finden lässt?«

»Wie geschrieben?« Die Bürochefin steckt den Kopf durch die Tür.

»Wie man es spricht. Haferkamp mit f und Wilfried mit einem l und Dora am Ende. Ich geh jetzt erst mal spenden und bin in einer Stunde wieder im Büro.«

»Ziemlich cooler Typ«, sagt die Büroleiterin anderthalb Stunden später zu Anne und legt ihr ein paar ausgedruckte Seiten auf den Schreibtisch. »Muss ein sehr beliebter Lehrer gewesen sein. Macht außerdem Musik. Jazz, verstehste nichts von, gib dir gar nicht erst Mühe. Wie siehst du heute überhaupt aus«, fragt sie Anne, als sähe sie ihre Chefin zum ersten Mal. Tatsächlich hat sich Anne am Morgen für ein ziemlich gewagtes Outfit entschieden. Der Rock ist, wie sie sich jetzt eingestehen muss, eindeutig zu kurz. Heute Morgen hatte sie vor dem Spiegel gestanden und war mit sich einverstanden gewesen. Jetzt fühlt sie sich verunsichert, und ihre Bürochefin macht es auch nicht einfacher.

»Vielleicht sollte ich mir mal ein oder zwei richtig seriöse Outfits – sag mal, gibt es bei dem Wort überhaupt eine Mehrzahl? – in den Schrank hängen. Ich meine, die Besuchergruppe nachher wird froh sein, nicht den dicken Mischke ertragen zu müssen, sondern eine sexy Abgeordnete mit zu großen Titten und einem zu kurzen Rock.«

Die Büroleiterin nickt halbherzig und notiert sich in Gedanken die Idee mit den richtig seriösen Outfits. Dank Renée war ja vieles schon besser geworden. Sie würde sich darum kümmern. Manchmal schlägt ihre Chefin wirklich über die Stränge, und Fremdschämen gehört nicht zu ihrem Aufgabenbereich.

Anne blättert durch die Seiten, die ihre Büroleiterin ausgedruckt hat, und wundert sich einmal mehr, was die Leute alles ins Internet stellen. Dieser Haferkamp selbst scheint da zurückhaltend zu sein, aber seine Schüler haben wohl das Wasser nicht halten können. Es gibt eine kleine Homepage, auf der sich dieser Wilfried als Lehrer für Trompete und Klavier empfiehlt. »Heilige Scheiße, Trompete«, flüstert Anne und stellt sich vor, wie der Mitbewohner Haferkamp, den wohl alle – auch die Schüler – Wille nennen, samstagmorgens zur Trompete greift, um ein bisschen zu üben. Wenn möglich noch freie Rhythmen.

Anne ist ein Mal und nur Pavel zuliebe in ein Konzert mitgegangen. Jazztage Berlin. Vier Leute auf der Bühne und ein atonaler Krach, der ihr um die Ohren schlug. Mal ganz abgesehen davon, dass dieses Publikum nur aus schwarzen Rollkragenpullovern, schwarzen Anzügen, schwarzen Kleidchen bestanden hatte. Sie hatte ein petrolfarbenes Kleid getragen und ausgesehen, als wäre sie zu einer Beerdigung eingeladen worden und hätte Hochzeit verstanden.

Wille also spielt Trompete, das würde man sich genau angucken müssen und abfragen, wie er sich das mit seiner Musik so vorstellt. »Wenn ich nicht da bin, kann er machen, was er will«, murmelt Anne und schämt sich ein bisschen dafür, dass sie weiterhin über ein ausgeprägtes asoziales Verhalten verfügt, das vielleicht nicht allzu gut zu einer Wohngemeinschaft passen würde. Eigentlich müsste ich die Klappe halten, denkt Anne und wundert sich über ihre eigene Bescheidenheit. Ich werde den anderen bestimmt am meisten auf die Nerven gehen mit meiner vorlauten Art und dem leichten Tourette-Syndrom, an dem ich offensichtlich leide. Ich hoffe mal, dieser Wille ist nicht so ein Feingeist, sonst geht das bestimmt schief.

»Du musst«, sagt die Büroleiterin und drückt Anne einen Zettel in die Hand. »Hier noch ein paar Infos über die Besuchergruppe. Die kommen aus der Provinz, also sei bitte ein bisschen vorsichtig bei der Wortwahl, und erschrick die Leute nicht mit obszönen Geschichten.«

»Ich erzähle nie obszöne Geschichten.«

Anne nimmt den Zettel und ist nun doch ein wenig beleidigt. Daran muss ich mit Renée noch arbeiten. Geht doch nicht, dass alle das Gefühl haben, sie müssten mir Benehmen beibringen.

16

Pavel sieht zum dritten Mal an diesem Tag einen Krankenwagen vor dem Eingang des Pflegeheims halten. Was ist los, denkt er, wir haben schon um drei unser Soll erfüllt. Er ruft die Pflegeleiterin an und fragt, ob irgendwas passiert sei. Nichts, erklärt die. Es sei einfach ein schlechter Tag. Erst habe Herr Martens einen Herzanfall bekommen, dann habe Frau Kaminski über starke Schmerzen im Oberbauch geklagt, und nun werde Frau Lorenz in die Klinik gebracht, weil eine Magensonde gelegt werden müsse.

»Über die Magensonde wollten wir aber immer gemeinsam entscheiden«, sagt Pavel und bittet die Pflegeleiterin zu sich. Die kommt fünf Minuten später und ist im Kampfmodus. »Ich kenne Ihre Ansichten, Herr Kilian, aber im Fall von Frau Lorenz hätten Sie auch nur zustimmen können. Die Familie möchte, dass künstlich ernährt wird, es gibt keine Patientenverfügung, also müssen wir die Sonde legen.«

Pavel weiß, dass er nicht weiterkommt. Seine Meinung, dass Menschen durch Verweigerung der Nahrungsaufnahme signalisieren, nun sei es genug, war gesetzlich nicht abgedeckt. Und alle Versuche, für das Pflegepersonal mehr Zeit für die Nahrungszuführung – welch ein bescheuertes Wort, denkt Pavel – rauszuschinden, sind fehlgeschlagen. Niemand von den Pflegerinnen und Pflegern hat die Möglichkeit, eine halbe Stunde dafür aufzubringen, dass eine Bewohnerin vier oder fünf Löffel Puddingsuppe zu sich nimmt.

»Ist Frau Lorenz gefragt worden?« Die Pflegeleiterin schaut Pavel mitleidig an. »Frau Lorenz kommuniziert seit

Wochen nicht mehr. Aber ja, wir haben sie gefragt und keine Antwort erhalten.«

Damit war die Sache wohl erledigt. Pavel ruft seine Frau an. »Warum machst du nicht Gesundheitspolitik?«

»Das fragst du mich zum hundertsten Mal. Ich weiß zu viel, weil du mir andauernd erzählst, was alles falsch läuft. Und ehrlich, Pavel, nichts gegen gute Seilschaften, aber in dem Bereich würde sogar ich untergepflügt werden. Lauter Lobbyisten und ein paar Anständige, die wahrscheinlich frühzeitig an Herzversagen sterben. Warum rufst du an?«

»Ich wollte nur fragen, ob wir heute Abend was mitbringen sollen. Renée hat gesagt, sie kocht eine Suppe.« Pavel schnaubt leise durch die Nase. »Ich hoffe, sie entscheidet sich für was Einfaches.«

»Sei nicht so ein Snob, sie wird ja wohl ein Rezept lesen können. Mich beschäftigt viel mehr, wie wir im Laufe nur eines Abends rausbekommen wollen, ob dieser Wilfried Haferkamp zu uns passt. Ich meine, das ist schon ganz schön gewagt alles. Selbst ohne ihn. Jetzt kommt noch ein Risikofaktor dazu. Ein uns allen fremder Mann, der Trompete spielt.«

»Wir müssen uns auf unser Gefühl verlassen, mehr bleibt uns nicht übrig. Aber ehrlich, ein Mann, den Martin zu seinen Freunden gezählt hat. Martin, der mit allen fremdelte. Der muss eigentlich ein sehr verträglicher Mensch sein.«

Anne schweigt ein paar Sekunden.

»Ich war sicher, dass du eine kluge Idee hast. Aber aufs Gefühl verlassen, das hätte jetzt eher von mir kommen müssen. Also schauen wir mal. Ich bin gegen halb acht da.«

Pavel starrt aus dem Fenster und sieht, wie der Krankenwagen wegfährt. Frau Lorenz muss, so will es ihre Familie, weitermachen, auch wenn sie vielleicht gar nicht möchte. Der letzte Satz, den er von der Frau in Erinnerung hat, hieß: »Mich hat der liebe Gott vergessen.«

Warum schreiben die Leute keine Patientenverfügung, denkt Pavel zum wiederholten Mal und seufzt. Wenn sie wissen, dass der liebe Gott auch mal wen vergisst.

Er selbst hat eine verfasst und Anne, die nichts mehr hasst, als über Krankheit und Tod zu reden, gezwungen, es auch zu tun. Wenn sie zusammengezogen sind, wird er darauf bestehen, dass die anderen es ebenfalls machen. Er hofft, in Michael einen Verbündeten zu haben, der wird wissen, wie schlimm es für Angehörige ist, wenn sie Entscheidungen treffen sollen, über die man hätte vorher reden müssen.

Über diesen Wilfried Haferkamp macht er sich kaum Sorgen. Es wird gehen oder nicht. Vielleicht ist er ein wenig zu pragmatisch, aber die Tatsache, dass er eine Einrichtung leitet, in der Menschen zusammengesteckt werden, ohne dass sie jemand vorher fragt, macht ihn abgeklärt. Oder abgebrüht, denkt Pavel, obwohl das nicht zu mir passt. Und eine Wohngemeinschaft ist etwas anderes als ein Pflegeheim. Ganz sicher ist er sich nicht, ob das stimmt, aber er lässt es erst einmal so stehen.

Viel mehr beschäftigt ihn, dass mit der Entscheidung, zusammenzuziehen, ein Schlussstrich unter alle Gedankenspiele gezogen worden war, die Kinder betreffen. Ich mache mir was vor, denkt Pavel. Für Adoption wären wir sowieso schon zu alt gewesen, und auf ein Pflegekind hätte Anne sich nie und nimmer eingelassen. Ich schon, aber meine Frau nicht. Vielleicht kommen wir gerade mit der Wohngemeinschaft so nah wie möglich an die Erfüllung meines Wunsches heran. Schließlich hat Renée zwei Kinder, die irgendwann selber Kinder haben werden.

Pavel hatte vor Kurzem mit Paul und Pauline einen schönen Tag in der Wohnung verbracht, um in zwei Zimmern die Tapeten von den Wänden zu kratzen. Und Pauline hatte ihm erzählt, dass sie mindestens drei Kinder haben wolle und auch so zeitig wie möglich damit beginnen werde. Vielleicht schon nächstes Jahr, hatte sie gesagt, und Paul hatte gefragt, ob es dafür schon den geeigneten Kandidaten gebe. »Nö«, hatte sie geantwortet und gelacht. »Aber ich bin sicher, der wartet hinter der nächsten Ecke.«

»Wenn du jeden Tag eine andere Haarfarbe hast, wird er dich nicht erkennen.« Paul, der Naturbursche und Purist, mokierte sich hin und wieder über die Spleens und wechselnden Leidenschaften seiner Schwester, die aussah wie ein Paradiesvogel, sich nun aber offensichtlich für Punk entschieden und erklärt hatte, sie wolle die Musik zu neuen Weihen führen.

In den vergangenen Wochen hat Pavel immer häufiger das Gefühl gehabt, seine Frau werde sich nicht an die Absprache halten, die sie getroffen haben, und doch ein zweites Mal für den Bundestag kandidieren. So wie sie sich ins Zeug legt und versucht Dinge anzuschieben, die weit über diese Legislaturperiode hinausgehen, kann er sich kaum noch vorstellen, dass sie loslassen wird. Dann wird es Streit geben, denkt Pavel. Einen Streit, den ich wahrscheinlich verliere. Bleibt bloß zu hoffen, dass wir darüber nicht auch noch unsere Liebe verlieren. Eine Trennung würde die Wohngemeinschaft nicht überleben, dessen ist er sich sicher.

Pavel steht auf, um seinen täglichen Rundgang zu machen. Er hat vor zwei Jahren damit begonnen, und es scheint eine richtige Entscheidung gewesen zu sein. Nicht nur, dass er alle Heimbewohner und Heimbewohnerinnen persönlich kennt, mehr über sie weiß, als in den Akten steht oder bei Besprechungen erzählt wird, es ist auch eine sehr einfache und verlässliche Form der Krisenprävention. In seinen Berichten klingt das alles aufgeblasener, aber Berichten wohnt ja auch meist eine besondere Form der Verbrämung, Verkleisterung und Beschönigung inne. Obwohl er sich schon sehr große Mühe gibt, bei der Wahrheit zu bleiben.

Eine der ersten Entscheidungen, die er bei solch einem Rundgang getroffen hatte, war, die laminierten Zettel abnehmen zu lassen, die rechts neben den Türen der Zimmer hingen und auf denen gestanden hatte, wer in den Zimmern wohnte.

»Margarethe Krüger, 1928 in Gotha geboren, 2010 zu uns gekommen. Frau Krüger hört gern Musik, vor allem Schlager, und mag Kuchen. Sie hört ein wenig schwer.«

Wer immer auf den Einfall gekommen war, musste sich das in einem Tierheim abgeguckt haben. Pavel hatte vor Jahren die Idee gehabt, eine Katze aus dem Tierheim zu holen, und Anne war einverstanden gewesen. Zu jedem Tier hatte es solche laminierten Zettel gegeben, auf denen Name, Geschlecht, Alter und die wesentlichsten Charaktereigenschaften vermerkt waren: *Kuschelt gern, ist ein bisschen ängstlich gegenüber Fremden. Mag keine Kinder, ist stubenrein.* Solche Sachen halt. Am Ende hatten sie sich doch gegen die Katze entschieden, aber die Zettel waren ihm in Erinnerung geblieben.

Es war nicht so einfach gewesen, dem Personal des Pflegeheims zu vermitteln, dass er die Idee zwar für gut gemeint, es aber gleichzeitig für eine Herabwürdigung der Bewohnerinnen und Bewohner hielt, sie auch umzusetzen. »Sie haben zu wissen, wer hinter der Tür wohnt, welche Charaktereigenschaften, Besonderheiten der oder die hat, wie alt die Leute sind, wo sie herkommen und ob sie Besuch bekommen. Das geht niemanden anderen etwas an.«

Stattdessen hatte er angeregt, mehr als bisher die Biografien der pflegebedürftigen Menschen zu erforschen und gehaltvolle Dossiers darüber zu schreiben. Er hatte drei Mitarbeiterinnen zu einem Kurs »Biografisches Schreiben« geschickt, und es hatte sich gelohnt.

Pavel steht auf und geht auf die Toilette. Steht danach vor dem Spiegel und überlegt zum gefühlt einhundertsten Mal, ob die Brille, die er sich vor einem Jahr hat machen lassen, zu ihm passt oder nicht. Er hatte sich für dieses Gestell entschieden, nachdem er den Film *A Single Man* gesehen hatte. Die abgrundtiefe Traurigkeit und Verzweiflung des Hauptdarstellers hatte ihn berührt. Er war der Meinung, sich darin wiederzuerkennen. Und obwohl es ihm kindisch erschien, war er zwei Wochen später zum Optiker gegangen und hatte sich eine Brille ausgesucht, wie sie Colin Firth als George Falconer in dem Film getragen hatte. Nicht dass er glaubt, auch nur annähernd so gut aussehen zu können wie dieser Mann, aber die Brille hatte ihn selbstbewusster gemacht. So selbstbewusst, dass er sich entschieden hatte, zu den lichter werdenden Haaren zu stehen und sie kurz schneiden zu lassen. Anne hatte der neue Pavel gefallen. »Du siehst seriös und sexy aus«, hatte sie gesagt, eine Kombination, die ihm schmeichelt. Inzwischen hatte er auch eine Lösung für seine etwas zu breit geratenen Hüften gefunden. Er trug die Hemden über der Hose und hatte sich nach und nach einige sehr schöne angeschafft. Erst vor wenigen Tagen eines, dessen Stoff mit roten Rosen auf tiefschwarzem Grund bedruckt war und für das er sich heute Morgen entschieden hatte. Ein bisschen gewagt für den Leiter eines Altenheimes, aber ihm gefiel es. Es führte seine blasse, sommersprossige Haut zu neuen Weihen, wie er findet.

Pavel beschließt, nachher sicherheitshalber alles einzukaufen, was man für ein schnelles Nudelgericht braucht. Nur für den Fall, dass Renée an ihrer einfachen Suppe scheiterte. Sie würde nicht beleidigt sein, so gut kennt er sie, sondern seine Hilfe zu schätzen wissen.

17

Wille steht vor dem Spiegel, starrt sein Konterfei an und ist nicht zufrieden. Auf dem Bett liegen bereits sieben oder acht Outfits – Kombinationen hätte meine Mutter das genannt, denkt Wille und lächelt schief. Wie soll er sich heute Abend präsentieren? Er kennt nur Renée und hätte nie gedacht, dass es ihm in seinem Alter noch passieren würde, in eine solche Prüfungssituation zu geraten.

Vielleicht sollte ich meine Kontoauszüge mitnehmen und ein polizeiliches Führungszeugnis. Das war sicher ungerecht, er hatte auch keinen anderen Vorschlag gehabt, wie man es machen könne mit der Bewerbung um einen Platz in der Wohngemeinschaft. Renée hatte zu Beginn Einzelgespräche vorgeschlagen. »Triff dich erst mit Michael, dann mit Anne und Pavel oder auch mit Anne und Pavel getrennt. Das redet sich sicher leichter.«

Aber diese Variante kam ihm eher anstrengender vor als ein Abend gemeinsam am Küchentisch. Außerdem ist er neugierig auf die Gruppendynamik. Kein gutes Wort, aber Renée hatte verstanden, was er damit meint. »Du solltest uns mal erleben, wenn wir zusammen Therapy spielen«, hatte sie gesagt, das Geheimnis aber nicht gelüftet.

Wille tauscht den schwarzen Rollkragenpullover gegen ein schwarzes Hemd. Irgendwie albern, was ich hier mache, denkt er. Ich habe nur schwarze, graue und anthrazitfarbene Klamotten, wenn man mal von den zwei weißen Hemden absieht, und tue so, als mache es große Unterschiede, ob ich einen schwarzen Rollkragenpullover, ein schwarzes Hemd oder ein schwarzes Shirt zur schwarzen Jeans trage.

Viel spannender ist doch die Frage, welche Farbe meine Schuhe haben werden.

Vor zehn Jahren hatte er angefangen, Schuhe in knalligen Farben zu kaufen. Inzwischen stehen im Flurschrank senfgelbe, kobaltblaue, knallrote und apfelgrüne Schuhe. Am Anfang war es ihm selbst komisch vorgekommen, aber irgendwann hatte er gedacht, es sei an der Zeit, sich den Kinderwunsch nach farbigen Schuhen zu erfüllen. Sein Vater hatte den immer mit dem Satz »Du bist doch kein Mädchen« abgetan.

Also, letzter Versuch. Schwarzes Shirt, schwarze Jeans, anthrazitfarbenes Jacket und kobaltblaue Schuhe. Fertig.

»Muss ich mich vorbereiten«, hat Wille beim gestrigen Telefonat mit Renée gefragt und ist sich vorgekommen wie ein Schüler. Renée hatte gelacht und erklärt, dass er dann wahrscheinlich der Einzige wäre. »Lass es rankommen, Wille, ich bin auch aufgeregt, schließlich hab ich dir den Floh ins Ohr gesetzt, und wenn es schiefgeht, werde ich ein schlechtes Gewissen haben.«

»Musst du nicht. Ich habe bis jetzt ohne Wohngemeinschaft gelebt und werde das auch weiter können. Aber du hast recht. Inzwischen hab ich mich darauf eingestellt, mein Leben noch mal radikal zu ändern, und es gäbe wahrscheinlich auch kein Zurück mehr. Wenn es mit euch nicht klappt, müsste ich mir etwas anderes überlegen. Vielleicht ziehe ich dann auf den Bauernhof, über den dein Sohn so oft spricht.«

»Du hast Kontakt zu meinem Sohn?« Renée hatte überrascht geklungen, und er fragte sich, warum Paul verschwieg, dass sie sich hin und wieder in der Stadt getroffen hatten, um über Martin zu reden. Ein Bedürfnis, das sie beide gleichermaßen verspürten. Die Stunden mit dem Jungen hatten ihm gutgetan. Manchmal hatte Paul seine Schwester mitgebracht, die Musikerin werden wollte und mit der er über Jazz und Punk und Gothic diskutiert hatte.

Leider war sie beim Punk hängengeblieben, obwohl sie seiner Meinung nach eine feine Jazzstimme hat. Und ihr Gitarrenspiel war gar nicht übel.

Offensichtlich erzählten die Kinder ihrer Mutter nicht alles. Vielleicht ist es Rücksicht, denn wie nähme Renée es auf, wenn sie hören würde, dass Paul und Pauline hin und wieder den Wunsch verspüren, mit einem anderen Menschen über ihren Vater zu reden?

Wille gesteht sich ein, dass er am meisten Respekt vor der Abgeordneten hat. Anne Kilian war die einzige Person, über die er sich im Internet ein bisschen schlaugemacht hatte. Hatte sich sogar ein paar Reden angeschaut, die sie im Bundestag gehalten hatte, und war zu dem Schluss gekommen, dass diese Frau ein Tsunami sein konnte und kein Blatt vor den Mund nahm. Wenn er mit einrechnete, dass in Reden bei aller Polemik auch auf Höflichkeit und Diplomatie geachtet wurde, führte die Dame ein ziemlich deutliches Wort. Renée hat ihm ein wenig von Anne erzählt, von dem ungleichen Paar, das sie mit Pavel abgab. Eine Beziehung, die trotz aller Unterschiede zu funktionieren scheint.

»Michael wirst du sofort mögen«, hat Renée gesagt, »da bin ich sicher. Der hat so viele Macken, dass er mit jeder Schrulligkeit anderer klarkommt.«

»Findest du mich schrullig«, hat er gefragt und gesehen, dass Renée eine leichte Röte in die Wangen stieg. »Ein wenig schon. Immerhin warst du mit meinem Mann befreundet. Und du sammelst Abreißkalender.«

Das stimmte. Er hatte vor Jahren angefangen, Abreißkalender zu sammeln, weil er mit ihnen groß geworden war und sie nach und nach aus der Welt verschwanden. Kaum jemand hängte sich diese hässlichen Dinger noch an die Wand, um jeden Tag einen erbaulichen Spruch oder einen Kinderwitz lesen zu können. Mit Martin hatte er sogar mal die Idee entwickelt, ein kleines Museum der verschwundenen Alltagsgegenstände zu gründen. Zum Glück waren sie davon wieder abgekommen. Schließlich verfügte auch Martins Wohnung – so groß sie auch war – nur über eine begrenzte Anzahl Zimmer. Seinem Freund war zudem trotz aller Weltentferntheit klar gewesen, dass er Ärger mit Renée bekäme, gesellte sich zu seinen sowieso schon skurrilen Leidenschaften noch ein weiteres Hobby.

Wille schaut ein letztes Mal in den Spiegel und überlegt, ob er die vier Kartons, in denen die bisher erworbenen Abreißkalender liegen, auf den Müll bringen würde, wenn er in die WG nach Kreuzberg zöge. Wahrscheinlich schon, denkt er. Ein Neuanfang ist ein Neuanfang, und der Weg dahin sollte mit weitreichenden Beschlüssen gepflastert sein.

Die viel wichtigere Frage ist, ob er weiterhin nach einer Frau für den Rest seines Lebens suchen oder es besser bleiben lassen sollte. Bis jetzt ist er tatsächlich sehr glücklos gewesen, was an seinen Ansprüchen liegen mag. Keine von den Frauen, die er kennengelernt hatte, mochte Jazz.

Vielleicht habe ich auch an den falschen Orten gesucht, ich müsste mich bei Jazzkonzerten umschauen. Das wiederum kommt ihm wie ein Sakrileg vor, ein gutes Konzert zu missbrauchen, indem er versuchte, irgendwelche Frauen anzubaggern. Und eine Annonce aufgeben? Dafür fehlt ihm der Mut. Er hat auf zwei, drei Kontaktanzeigen geschrieben, war einmal erwählt und mit dieser Operettentante bestraft worden. Annelie, ein grobgeschnitzter Besen mit einer Vorliebe für Wallekleider und auftrumpfenden Schmuck. Die Frau ruft noch heute hin und wieder an, um ihn zu fragen, ob man sich nicht treffen könne, es sei doch so schön gewesen.

Die hätte mich fast vergewaltigt, denkt Wille zum wiederholten Mal und schüttelt sich leicht bei der Erinnerung an diesen missglückten Abend. Er war ihr zuliebe in eine Operette mitgegangen, hatte zwei Stunden lang darüber nachgedacht, warum es Menschen gibt, die derartig grauenvolle Musik mögen, hinterher viel zu viel Wein getrunken, um den süßen Kleber aus dem Kopf zu kriegen, und dann den Fehler gemacht, die Sängerin mit in seine Wohnung zu nehmen. Die hatte sich am nächsten Morgen tatsächlich darüber beschwert, dass bei ihm nichts mehr gelaufen sei. Trotz aller Anstrengungen, die sie unternommen habe und an die er sich zum Glück nicht mehr erinnern konnte. Für einen Moment hatte er sogar in Erwägung gezogen, dass die Frau ihm K.-o.-Tropfen ins Weinglas getan hatte, um seiner Männlichkeit habhaft zu werden, den Gedanken aber wieder verworfen.

Danach jedenfalls war seine Suche nach einer neuen Liebe erst einmal beendet gewesen. Aber er ist sich sicher, dass es nicht zu seinem Lebensplan gehört, bis ans Ende der Tage allein zu bleiben. Mit vierundsechzig kann man doch noch keinen Schlussstrich ziehen, denkt er und schaut auf die Uhr.

Erst vier, noch mehr als drei Stunden bis zum Treffen. Wille geht zum CD-Player und legt *You're under arrest* auf. Miles Davis hat noch immer gegen Aufregung geholfen, also würde es auch heute funktionieren. Wille mochte die gecoverte Version »Time after time« auf dieser Scheibe. Er hatte sich sogar eine CD mit dem Originalsong von Cyndi Lauper besorgt und deren Stimme gar nicht schlecht gefunden, auch wenn das Lied eine fürchterliche Schnulze war. Gut genug, um sich eine aktuelle CD von ihr zu besorgen, von der er geradezu begeistert war.

»Heute Abend entscheidet sich, wie mein Leben weitergeht«, murmelt Wille, setzt sich in seinen Musiksessel und überlässt Miles den Rest.

18

»Deine Suppe schmeckt erstaunlich gut.« Pavel starrt Renée an, als sähe er sie zum ersten Mal.

»Muss ich jetzt beleidigt sein? Ich habe immer gesagt, ich kann nicht gut kochen, aber Rezeptanweisungen befolgen kann ich schon.«

Pavel drückt ihr einen Kuss auf die Stirn und tätschelt ihr die Schulter, als sei sie ein Kind, das beruhigt werden müsse. »Ich bin froh, dass du nach Rezept kochen kannst. Michael hat mir letztens gestanden, er koche sogar gern, er sei nur zu faul, für sich allein eine warme Mahlzeit zuzubereiten. Wird übrigens das Einzige sein, was ich unseren Freund Wille nachher fragen werde. Ob er gern kocht.«

»Ich hab ihm schon gesagt, dass er mit dir leichtes Spiel haben wird.« Renée lacht und fühlt im Augenblick nichts als blanken Optimismus. »Michael«, ruft sie ins Esszimmer, das zugleich Gemeinschaftszimmer, Fernsehzimmer und Gästezimmer werden wird und schon komplett eingerichtet ist. »Welche Fragen wirst du unserem Gast und potenziellen Mitbewohner stellen?«

Er kommt in die Küche, greift sich einen Löffel und kostet von der Suppe. »Nicht schlecht, ich habe gar nicht gewusst ...«

»Halt sofort den Mund«, knurrt Renée. »Wenn heute Abend noch jemand sagt, wie überrascht er oder sie darüber ist, dass ich ein bisschen kochen kann, begrabe ich das ganze Projekt.«

»... dass man Fenchelsuppe mit einem Schuss Pernod kochen kann«, beendet Michael den Satz und grinst Pavel an. »Ich werde diesen Wille natürlich fragen, ob er Fußball mag, einen IKEA-Schrank auseinander- und wieder zusammenbauen kann, bereit ist, mit mir und Pavel Samstagvormittag auf den Markt zu gehen, einzukaufen und dann das erste Bier des Tages zu trinken, nachts heimlich Süßigkeiten mit mir essen wird und vorhat, sich ein Haustier anzuschaffen.«

»Alles lebenswichtige Dinge«, murmelt Renée und starrt mit gerunzelter Stirn auf die Anweisung im Salatrezept, Orangenspalten vorzubereiten. »Was zum Teufel sind Orangenspalten?«

Pavel schiebt sie beiseite und gießt ihr ein Glas Wein ein. »Lass mich das machen.«

»Nein, ich bin sauer auf dich. Du hast heimlich eingekauft für den Fall, dass ich nicht in der Lage bin, eine Suppe zu kochen. Jetzt lass mich den Salat machen.«

Pavel hebt die Hände und bedeutet Michael, dass sie besser zusammen ins Gästefernsehesszimmer gehen sollten.

Eine Stunde später sitzen alle um den Tisch. Wilfried Haferkamp ist als Letzter gekommen, mit zwei Flaschen Wein und einem Blumenstrauß für die Dame des Hauses, wie er es ausdrückte.

Die ersten Minuten verlaufen so, wie Renée es insgeheim befürchtet hatte.

»Schmeckt gut.«

»Reichst du mir mal den Wein?«

»Habt ihr auch gehört, dass es heute Nacht gewittern soll?«

»Ist noch Brot da?«

Katastrophe, denkt Renée, irgendjemand sollte mal anfangen, mit Wille zu reden. Dann ist er es, der die Initiative ergreift.

»Vielleicht sollte ich einfach ein bisschen was über mich erzählen. Damit ihr wisst, welche Fragen ihr mir stellen wollt.« Er räuspert sich, trinkt einen Schluck Wein, überlegt, ob es vielleicht besser ist, aufzustehen, lässt es dann lieber. Sie sind ja hier nicht im Bundestag.

»Wilfried Haferkampf, Jahrgang achtundvierzig, pensionierter Musiklehrer, in Berlin-Neukölln geboren und aufgewachsen. Beide Eltern früh gestorben, keine Kinder, keine Geschwister. Das mit den Kindern ist, also. Schade. Marianne und ich wollten Kinder, hat aber nicht geklappt, und für alle anderen Modelle fehlte uns der Mut. Ehrlich gesagt, hat mir der Mut gefehlt. Marianne war sehr mutig. Immer.

Ich bin ein großer Jazzliebhaber und Fan von Miles Davis. Ich spiele Trompete und ein bisschen Klavier. Gitarre. Na ja, so fürs Lagerfeuer reicht es.

Vor drei Jahren ist meine Frau gestorben. Als es passierte, dachte ich, es wäre das Ende von allem. Wir kannten uns seit unserem sechsten Lebensjahr. Sie. Wie soll ich sagen. Sie war in jeder Beziehung meine bessere Hälfte und fehlt mir noch immer ungemein. Der Mann, der sie überfahren hat, bekam dafür acht Monate auf Bewährung. Am Anfang war mein ganzes Bestreben, den Kerl umzubringen. Inzwischen schäme ich mich dafür. Er hat es nämlich selbst getan. Sich umgebracht. Ist damit nicht fertig geworden, einem Menschen das Leben genommen zu haben.

Okay, ich schweife ab. Renée hat mir von eurem Projekt erzählt und mich gefragt, ob ich nicht Interesse und Lust hätte, mit euch zusammenzuziehen. Ich wohne nicht weit von hier, in der Yorckstraße. Kleine Wohnung, zwei Zimmer, Bad, Küche, sehr nett. Könnte da bis zu meinem Lebensende bleiben. Halbwegs barrierefrei, wenn man mal davon absieht, dass ich achtzig Stufen hochlaufen muss.«

Wille lacht, Pavel nickt, Renée schaut auf Anne, die sich entspannt zurücklehnt, als sei das hier ein Unterhaltungsabend der besseren Sorte.

»Aber ich bin einsam. Es hat eine Weile gedauert, mir das einzugestehen. Ihr wisst, dass ich mit Martin befreundet war. Vielleicht war ich sogar sein bester Freund, und ich weiß, er war mein bester Freund. Aber das allein wäre kein ausreichender Grund zu sagen, ich passe zu euch und ihr passt zu mir. Andererseits kann ich im Moment auch nicht viel Gründe anführen, warum ich zu euch passen würde, weil ich euch zu wenig kenne. Renée, ja, die kenne ich. Und ich kann mir vorstellen, dass sie mit mir gute Erfahrungen gemacht hat. Bisher.

Wenn ich es richtig sehe, wäre ich derjenige, der tagsüber am meisten zuhause ist. Wenn ihr nicht da seid und ich niemanden störe, werde ich also ein bisschen Musik machen. Einmal in der Woche probe ich mit drei anderen älteren Herren, und hin und wieder haben wir in einem dunklen Keller irgendwo in der Stadt einen Gig. Dazu lad ich euch dann ein, jedenfalls die, die gern Jazz hören. Renée hat immer gesagt, ich sei handwerklich begabt, weil ich ihr mal die Spüle repariert oder eine Arbeitsplatte für die Küche gebaut habe. Martin war das auch, er hatte nur keine Lust und keine Zeit für solche Sachen. Außerdem hatte er ja mich, seinen Freund.

Ich habe ein paar Tage in Ruhe darüber nachgedacht, ob ich wirklich bereit und in der Lage bin, mein Leben zu ändern und mit Menschen zusammenzuziehen, die ich – bis auf eine – nicht kenne. Und ich bin zu dem Schluss gekommen, dass ich es will. Ich bin der Älteste von euch, und vielleicht ist das ein Risiko. Aber so wie ich es sehe, ist es das sowieso. Ein Risiko. Und ihr alle seid bereit, es einzugehen, weil ihr glaubt, dass es sich lohnt. Also für mich wäre es wunderbar, wenn ihr auch glaubt, dass ich ein Gewinn für die Wohngemeinschaft wäre. Wenn es nach mir ginge, könnten wir uns gern auf eine Probezeit einigen. Dann vermiete ich meine Wohnung unter, und wir entscheiden erst später endgültig, ob es passt. Ja. Mehr sag ich jetzt erst einmal nicht. Ihr habt bestimmt eine Menge Fragen.«

Michael klopft Wille auf die Schulter. »Nicht einfach, sich ein bisschen nackig zu machen, hm? Also ich war ja der Erste, der ›ja‹ gebrüllt hat, als Renée mit dem Vorschlag kam. Und ich wüsste nichts, was dagegen spricht, es mit dir zu versuchen. Probezeit? Ja, kann man machen. Ist vielleicht auch für dich ganz in Ordnung, eine Rückversicherung zu haben. Kennst du dich mit Computern aus?«

Wille nickt. »Ein bisschen. Hab ein paar Kurse besucht und Spaß dran gefunden.«

»Na dann ist die Sache für mich geritzt. Ach so, Fußball. Magst du Fußball?«

Wille verzieht das Gesicht.

»Gut, das kriegen wir noch hin. Union muss sein, sonst wird das nichts mit der WG. Ich kauf dir einen Fanschal und wir gehen in die Alte Försterei.«

»Vielleicht fangt ihr lieber mit dem Weihnachtssingen an«, sagt Anne. »Ist zwar nicht Miles Davis, aber immerhin Musik.«

»Das lass mal meine Sorge sein. Gebt mir zwei Jahre und wir gehen alle zusammen zum Fußball. Ich kann sehr überzeugend sein.«

»Anne?« Renée schaut ihre Freundin an. Wieso denke ich eigentlich, dass Anne das entscheidende Wort haben muss, fragt sie sich und zappelt mit den Beinen.

»Leute, ich bin nicht entscheidend, weil am wenigsten zuhause. Wir sind sowieso verrückt, dass wir uns das trauen. Wille, das mit der Probezeit ist eine gute Idee. Nicht wegen uns, sondern wegen dir. Wir wissen ja selbst noch gar nicht, ob es funktioniert. Also versuchen wir es einfach.«

Pavel nickt, und Michael erklärt, er müsse noch etwas sagen. Das kommt so überraschend, dass selbst Anne ein bisschen ängstlich guckt. »Du wirst uns jetzt nicht erzählen, dass du eine Frau kennengelernt hast, die mitziehen soll.«

»Wäre das so schlimm?«

»Eigentlich nicht. Die Frau, die dich erwählt, muss schon ziemlich tough sein, schließlich bist du ein komischer Kauz. Aber du hast nur ein Zimmer.« Renée überlegt kurz, ob sie eifersüchtig wäre, wenn Michael eine Frau kennenlernen würde. Auf keinen Fall, denkt sie, ich würde mich freuen. Es ist sowieso komisch, dass es bisher keine ernste Beziehung in seinem Leben gab. Dabei sieht er doch gut aus. Sieht man mal davon ab, dass er immer schmutzige Fingernägel hat und wirklich mal zum Friseur müsste. Das mit dem Dreitagebart werde ich ihm auch austreiben, sobald wir erst zusammenwohnen. Es macht ihn älter, nicht interessanter.

»Also ja, es gibt eine Frau in meinem Leben«, sagt Michael. »Seit ein paar Stunden. Hat sich per Brief gemeldet und ist offensichtlich meine Tochter. Ich wusste nichts von ihr. Fünfundzwanzig ist sie, und bald lerne ich sie kennen. Marie Kannegießer. Wohnt in. Wie hieß das Kaff noch mal? Wo dieses Gericht sitzt. Verfassungsgericht.«

»Karlsruhe«, sagt Anne und schüttelt den Kopf. »Ehrlich, Michael, ich besorg dir mal ein paar Broschüren von der Bundeszentrale für politische Bildung. Du bist ja blind wie ein Maulwurf.«

Er lächelt. »Ich Politik, du Fußball, ein Tauschgeschäft. Ansonsten bin ich aber für Arbeitsteilung. Du machst Staat, ich mach gesund.«

»Na dann«, sagt Renée und klatscht in die Hände, »zeigen wir Wille mal seine Zimmer.« Aber sie fragt sich, warum sie Michael am liebsten sofort auf den Flur ziehen würde, um ihm vorzuwerfen, dass er ihr nie von dieser Frau erzählt hat. Muss er ja auch nicht, sagt sie sich und spürt, dass sie trotzdem enttäuscht ist. Ihr bester Freund, von dem sie immer geglaubt hat, dass er ihr alles erzählt, verschweigt ihr eine Affäre, aus der sogar ein Kind hervorgegangen ist.

Aber das hat er doch selber nicht gewusst, beschwichtigt sie sich.

»Irgendetwas nicht Ordnung«, fragt Pavel, und Renée stellt erschrocken fest, dass alle aufgestanden sind, um mit Wille einen Rundgang durch die Wohnung zu machen, während sie noch immer wie festgenagelt am Küchentisch sitzt und grübelt.

Renée steht auf und lächelt. »Tut mir leid, ich war gerade mit den Gedanken ganz woanders.«

»Du bist immer die wichtigste Frau in meinem Leben geblieben«, flüstert ihr Michael ins Ohr, als sie auf dem Flur stehen, als hätte er ihre Gedanken erraten. »Und wenn du mir nicht glaubst, springe ich sofort aus dem Fenster.«

Renée lächelt. »Ich hoffe, in deinem Testament stehe ich an erster Stelle. Sonst lasse ich dich nicht springen.«

19

Zwei Wochen und ich will schon alles rückgängig machen. Und dass ich so denke, liegt nur am Wetter. Oder auch nicht. Wenn es aber nicht am Wetter liegt, habe ich ein Problem. Renée hört, wie die Grafikerin aus dem Zimmer nebenan ihren Arbeitsstuhl zurückschiebt und laut stöhnend aufsteht. Kathleen stöhnt immer, wenn sie vom Stuhl aufsteht, so viel hat Renée in der kurzen Zeit, die sie bisher in dieser Bürogemeinschaft verbracht hat, mitbekommen. Kathleen hat Rückenprobleme trotz eines Arbeitsstuhls, der so teuer ist wie ein Kleinwagen. Markus, der Gartenarchitekt, hat nicht genügend Kunden und wird in wenigen Tagen zum dritten Mal Vater, Cosma – Nina Hagen lässt grüßen –, die PR-Tussi fürs Grobe, wie sie sich nennt, denkt offensichtlich darüber nach, eine Festanstellung beim Berufsverband der Zahnärzte anzunehmen, und Franz, der Texter, ist ein Phantom, das Renée bislang nur drei Mal zu Gesicht bekommen hat und von dem die anderen behaupten, er könne gar nicht schreiben.

Eine Bürogemeinschaft zu suchen, in der es ein freies Arbeitszimmer gibt, war eine ihrer ersten Amtshandlungen nach dem Umzug gewesen. Renée wollte nicht mehr zuhause arbeiten, es war ihr schon vor dem Umzug schwergefallen, in ihrer eigenen Wohnung am Schreibtisch zu sitzen und so zu tun, als sei dies ein Büro. Aber da schien es ihr noch absolut verrückt, eine derartig große Wohnung zu haben und dann noch ein Arbeitszimmer zu mieten. Jetzt war es in Ordnung und richtig, auch wenn Wille gesagt hat, er könne es sich ganz schön vorstellen, wenn zwei Menschen tagsüber zuhause arbeiteten oder so täten, als arbeiteten sie. Sie musste Geld verdienen, ein Punkt, den sie den anderen gegenüber bisher nicht ganz deutlich gemacht hatte. Über Geld hatte sie meist nur mit Judith geredet. Die verstand etwas davon, weil sie keines hatte.

Die Wohnung war noch längst nicht abbezahlt. Als Martin vor sechs Jahren vorgeschlagen hatte, auch die dritte Wohnung auf der Etage dazuzukaufen, war es ihr gewagt erschienen. Ihre Auftragslage war noch nie so stabil gewesen, dass sie von einem regelmäßigen, geschweige denn von einem hohen Einkommen sprechen konnte, und Martin würde ewig ein schlecht bezahlter Wissenschaftler bleiben, der fast sein ganzes Geld in Leidenschaften und Liebhabereien steckte. Trotzdem hatten sie gekauft.

Und das war ja auch richtig, sieht man mal davon ab, dass ich gerade das Gefühl habe, einen riesengroßen Fehler gemacht zu haben. Renée reibt sich die Augen und starrt auf ihre schwarzgrünen Fingerspitzen. Das mit dem Schminken hätte ich sein lassen können. Jetzt sehe ich wahrscheinlich aus wie eine Furie.

Renée nimmt das Mobiltelefon und ruft ihren Sohn an. »Was machst du gerade?«

»Telefonieren«, sagt Paul.

Sonst bringt sie dieses kleine dialogische Ritual immer zum Lachen. Heute nicht. »Ich habe das Gefühl, dass es mit unserer Wohngemeinschaft nicht läuft.«

»Nach zwei Wochen«, fragt er. »Das ist nicht dein Ernst. Soll ich dir mal erzählen, wie wir hier angefangen haben? Wie oft wir uns gestritten haben und dass alle der Meinung waren, einen großen Fehler gemacht zu haben?«

»War es wirklich so, oder willst du mich jetzt nur trösten?«

»Warum sollte ich das tun wollen, du bist meine Mutter und dafür zuständig, mich zu trösten. Mama, hör zu, ich finde es normal, dass es nicht gleich so läuft, wie du es dir vorstellst. Ihr seid alle sehr eigenwillige Menschen. Wenn ich nur an Anne denke, die muss doch erst mal sozial kompatibel werden.«

Renée mag es, ihren Sohn derartig altkluge Sachen sagen zu hören. Sie hatte es schon immer gemocht. Paul konnte reden wie ein Vierzigjähriger und im nächsten Augenblick eine Frage stellen, die einem Fünfzehnjährigen zu Gesicht stünde. So wie jetzt, wo er von ihr wissen möchte, woraus sich Sozialbeiträge zusammensetzen und ob man wirklich in einer Krankenkasse versichert sein muss.

Sie versichert ihm, dass Krankenkasse unerlässlich sei und es teuer würde ohne.

»Warum willst du das wissen?«

»Wir überlegen, noch jemanden bei uns einziehen zu lassen, und da gibt es auch eine Bewerberin. Ich glaube aber, die lebt nicht legal in Deutschland, und jetzt überlegen wir, wie man das hinkriegt mit Papieren und so.«

»Aus welchem Land kommt sie denn?«

»Bulgarien.«

»Dürfen die nicht irgendwann demnächst legal hier sein?«

»Weiß ich nicht. Mama, mach dir keine Sorgen, wir kriegen das schon hin. Vergiss meine Frage. Und hör auf, so pessimistisch zu sein. Das wird alles noch richtig gut mit eurer WG, glaub mir.«

Renée beendet das Gespräch, steht auf und geht in die Gemeinschaftsküche. »Rückenschmerzen«, fragt sie Kathleen, die vor dem Wasserkocher steht und offensichtlich vergessen hat, was sie tun wollte.

»Ich glaube, ich muss doch diese Operation machen lassen, das geht so nicht weiter.«

»Hast du dir eine zweite Meinung eingeholt oder verlässt du dich auf das, was dein Orthopäde sagt?«

»Für eine zweite Meinung fehlt mir die Zeit. Ich nehme einfach ein bisschen Urlaub und lass die Bandscheibe operieren. Danach wird alles schön.«

Renée ist skeptisch, schweigt aber. Sie kennt die Leute hier im Büro noch nicht gut genug, um ihnen ihren Freund Michael zu empfehlen oder irgendwelche klugen Ratschläge zu geben. Aber von operierenden Orthopäden hält sie nicht viel. Zumindest hat Michael immer gesagt, Ärzten, die sich selber die Patienten auf den OP-Tisch überweisen, sei nicht zu trauen. Aber Kathleen ist fünfzig. Alt genug, um zu wissen, was man tun und was lassen will.

Soll sie sich jetzt einen Tee machen oder wieder an den Schreibtisch setzen, um sich auf das nächste Medientraining vorzubereiten, oder erst mal diese Präsentation zu Ende bringen? Renée steht genauso unschlüssig wie ihre Büronachbarin in der kleinen Küche und kann sich für nichts und auch nicht gegen etwas entscheiden. Wieder eine Kundin, die ihr Anne besorgt hat und die ein Kameratraining möchte.

»Du solltest jetzt mal langsam deine Webseite umbauen, behaupten, dass du dich nur auf Politikerinnen konzentrierst und dafür garantierst, dass sie alle auf die vorderen Listenplätze kommen, wenn sie sich von dir coachen lassen«, hatte Anne vor einer Woche gesagt, nachdem sie übereingekommen waren, dass Renée nur noch bis zur nächsten Bundestagswahl für ihre Freundin arbeiten würde.

Es war schon jetzt nicht einfach, obwohl sie erst seit zwei Wochen zusammenwohnten. Ein ganz anderes Gefühl mit der Freundin, die zugleich Chefin, Kundin – wie immer man es nennen wollte – ist, in einer Wohnung zu leben. So wie überhaupt alles ziemlich schwierig ist. Findet Renée. Bislang hat sie das Gefühl, dass nur ihr die Umstellung richtig schwerfällt. Die anderen scheinen sich ein- und aneinander zu gewöhnen.

Sie fremdelt. Die Wohnung kommt ihr vor wie ein Urlaubsdomizil. Ständig räumt sie irgendwelche Sachen weg, die andere liegen lassen. Im Flur, in der Küche, im Fernsehzimmer. Das hatte sie auch schon getan, als sie mit Martin zusammenlebte. Dinge wegräumen. Aber erst jetzt wird ihr bewusst, dass sie irgendwie, ja wie eigentlich, war? Pedantisch muss man das wohl nennen, denkt sie und gießt Teewasser in die Kanne. Ich bin pedantisch. Jede Kippe in einem Aschenbecher stört mich. Jeden Abend wische ich Michaels Lippenstiftbotschaften vom Spiegel und jeden Morgen steht da ein neuer Spruch. *Der frühe Vogel ist ein Wurm* war heute Morgen dort zu lesen. Wie albern, hatte sie gedacht und sich geärgert, dass Pavel auch noch einen kleinen Spatz mit einem Wurm im Schnabel unter den Spruch gemalt hatte. Oder war es Wille? Egal, sie fühlt sich kleinlich und überfordert, nicht leicht und gelöst, wie sie es sich erhofft hatte. Startschwierigkeiten, hatte Anne es gestern Abend genannt und ihr empfohlen, sich ein bisschen gehen zu lassen.

»Soll ich jetzt unordentlich werden, oder was«, hatte sie zurückgeblafft und gesehen, wie Anne die Augenbrauen hob und den Kopf schüttelte.

»Nein, du sollst es einfach nur laufen lassen. Wir sind fünf Menschen von fünf verschiedenen Sternen. Da kann ja wohl nicht vom ersten Tag an alles klappen.«

Anne hat recht, denkt Renée und verbrennt sich die Zunge am ersten Schluck Tee, den sie sich nun doch aufgebrüht hat, nachdem Kathleen wieder in ihrem Büro verschwunden ist. Ich bin nur zickig und hatte mir alles viel zu einfach vorgestellt. Logisch, dass ich nun enttäuscht bin.

So war es schon am Umzugstag gewesen, der völlig chaotisch verlaufen war. Sie hatten den Fehler gemacht, vorher nicht zu besprechen, wer mit wie viel Möbeln und Kisten und Dingen, an denen er oder sie hing, in die Wohnung ziehen würde. Zwei vollgepackte große Umzugswagen standen mittags um eins vor dem Haus, und die Wohnung war voller und voller geworden. Niemand hatte einen richtigen Plan gehabt. Anne und Pavel mussten feststellen, dass man nicht einfach aus dreieinhalb Zimmern in zwei ziehen kann, ohne sich von Dingen zu trennen.

Zum Glück gab es noch das eine Zimmer, das niemand hatte nehmen wollen, weil es ungünstig geschnitten und ein wenig dunkel war. Jetzt sieht es da drin aus wie in einem Möbellager. Alles, was nicht in die anderen Räume gepasst hatte, aber auch nicht einfach weggegeben werden soll, steht jetzt dort, und irgendwann werden sie sich der Aufgabe stellen müssen, den Kram zu sortieren. Renée will ein zweites Gästezimmer. Für ihre Kinder, wie sie sich insgeheim eingesteht. Pauline und Paul sollen die Möglichkeit haben, wenn etwas schiefläuft in ihrem Leben, bei ihr unterzukriechen. Und wenn Pauline wirklich in nächster Zeit ein Kind bekommen wollte, brauchen sie ein Kinderzimmer.

Michael war erst am Umzugstag aufgefallen, dass sein einziges altes Möbelstück, ein Apothekenschrank mit sechzig Schubfächern, gar nicht in sein Zimmer passte. Wille hatte bemerkt, dass sein Kleiderschrank sich zwar offensichtlich noch einmal hatte auseinandernehmen lassen, aber nicht mehr aufzubauen war. Pavel und Wille hatten den ganzen Nachmittag an diesem Ding gewerkelt, um am Ende die Einzelteile doch nur in den Keller zu stellen, zu IKEA zu fahren und einen neuen Kleiderschrank für Wille zu kaufen. Währenddessen wuselten die anderen in einem unbeschreiblichen Wirrwarr aus Kisten, Möbeln, Lampen, Stühlen und Tischen rum und rückten Zeug hin und her, ohne eine Vorstellung zu haben, was wohin passen könnte. Am Ende hatte Anne sich ans Telefon gesetzt und einen Container bestellt. Dann waren sie spätabends zusammen durch die vollgestellte Wohnung gelaufen und hatten – Renées Prinzip folgend – mit blauen und roten Punkten markiert, was fortmusste und was bleiben konnte. Trotzdem hatte sich das leere Zimmer mit Möbelstücken gefüllt. Und Michaels Apothekenschrank steht jetzt in der Küche und beherbergt nun alle möglichen Küchenutensilien, jedes von ihnen in zwei- oder dreifacher Ausfertigung. Und da niemand beim Einräumen ein Ordnungssystem gehabt hatte, konnte es passieren, dass man zwanzig Schübe aufmachte, um einen Flaschenöffner zu finden. Pavels Vorschlag, kleine Schildchen an die Schübe zu kleben, wurde von Michael mit strafendem Blick abgelehnt.

»Diesen Schrank hat mein Vater im Schweiße seines Angesichts aufgearbeitet, mehr ist mir von dem Mann nicht geblieben. Nicht mal ein Grab, weil der gute Mann es vorgezogen hat, im Atlantik zu ertrinken.«

Also suchten sie, wenn sie etwas brauchten, weil sich auch bisher noch niemand hatte aufraffen können, einen Küchenschubplan – Annes Idee – aufzumalen und auszufüllen, der an der Wand hängen könnte und aussähe wie ein überdimensionierter Weihnachtskalender. Überhaupt. Anne hatte andauernd kluge Ideen, aber wenn es daran ging, die in die Tat umzusetzen, war sie nicht da. Bislang schien es die Männer nicht zu stören, die klugen Vorschläge der klugen Abgeordneten zu realisieren, aber das würde sich ja vielleicht ändern.

Am Morgen nach dem Umzugstag waren sie, obwohl sie kaum Alkohol getrunken hatten, alle reichlich verkatert aufgestanden und frühstücken gegangen, weil niemand Lust hatte, in der vollgestellten Küche zu sitzen.

Danach war es allerdings einfacher geworden. Der Container hatte sich mit Möbeln und Sachen gefüllt, denen immer mal wieder jemand eine Träne nachweinte. Paul war mit einem Freund und einem Pritschenwagen gekommen, um Brauchbares für den Bauernhof abzugreifen, später auch noch Pauline mit ihren WG-Freunden. Die Haare ihrer Tochter waren frisch gefärbt gewesen. Pinkfarben und zu einer Frisur gesteckt, die aussah wie das Nest einer Krähe. Renée hatte mindestens drei neue Piercings an ihrer Tochter entdeckt und einmal mehr darüber nachgedacht, ob da zerstörerische oder nur kreative Kräfte wirkten. Sie hatte sich nicht getraut zu fragen, ob zu den sichtbaren Piercings auch noch andere dazugekommen waren an Körperstellen, die sie nun wirklich nichts angingen, sich aber vorgenommen, in nächster Zeit mal ein ganzes Wochenende oder wenigstens einen Tag mit ihrer Tochter zu verbringen, um herauszubekommen, wohin das Kind gerade lief.

Inzwischen war die Wohnung leidlich eingerichtet, jedes Zimmer bewohnbar und die Küche zu gebrauchen. Der Alltag könnte beginnen, aber Renée findet, dass ihnen allen noch eine Vorstellung davon fehlt, wie dieser Alltag aussehen kann. Allein die Frage, ob abends für alle, für keinen oder für wenige gekocht werden sollte, schien sie zu überfordern. Pavel hätte offensichtlich nichts dagegen, fast jeden Abend für fünf Personen Essen zu machen, Anne war – trotz der Kochkünste ihres Mannes – die reine Ignoranz, wenn es um gut zubereitete Nahrung ging. »Mir reicht es, wenn ich satt werde«, sagte sie hin und wieder, und Pavel lächelte jedes Mal müde.

»Meine Frau ist, was das angeht, eine Bäuerin. Der könnte ich auch Sägespäne mit Ketchup vorsetzen.«

Michael und Wille waren voll des Lobes, wenn Pavel gekocht hatte, aber es war auch schon passiert, dass für fünf Personen gekocht war, und nur zwei fanden sich dann abends am Tisch ein.

»Wir können doch nicht morgens abfragen, wer wann zuhause sein wird«, hatte Renée erklärt, als Pavel sich darüber auf seine leise Art beklagte.

»Warum nicht? Das kann doch nicht so schwer sein, zu sagen, wann gegessen werden kann oder ob man gar nicht da sein wird.« Sie hatte ihm recht geben müssen, aber gleichzeitig gedacht, dass sie ja nun auch keine Familie seien, in der man sich an solcherart Regeln halten musste, um des lieben Friedens willen. Heute Morgen hatte Pavel ihr vorgeschlagen, dass man an drei Tagen in der Woche zusammen essen könnte und an den anderen Tagen solle sich jeder um sich selbst kümmern.

Bald sind wir beim Müllplan angelangt und legen fest, wer wann die Toiletten putzen muss, hatte Renée frustriert gedacht und sich gleichzeitig gefragt, warum sie geglaubt hatte, es würde ohne Absprachen und Regeln funktionieren?

Sie konnte sich noch allzu gut an die Kommunenzeit mit ihren Eltern erinnern. Vor allem die Jahre auf dem Bauernhof waren von endlosen Diskussionen über Regeln des Zusammenlebens geprägt gewesen. Und doch waren sie dem alltäglichen Chaos nicht entkommen. Später, in der Hausgenossenschaft, hatte alles seinen Platz und vieles seine Regeln gefunden. Die Diskussionen waren zivilisierter abgelaufen, es gab so etwas wie eine Hausordnung, der alle mehr oder weniger gefolgt waren.

Aber wir haben ja auch nicht in einer Wohnung zusammengelebt, denkt Renée und geht zurück in ihr Büro. Da hat es gereicht, sich einmal im Monat im Hausgemeinschaftsraum zu treffen und miteinander zu reden. Renée denkt besonders gern an eine Diskussion, in der es um einen Beschluss ging, künftig nur ökologisch korrekte Putzmittel für die Hausreinigung zu verwenden. Die Kinder waren – sobald sie nicht mehr in die Windeln machten – bei den abendlichen Diskussionen anwesend, um zu lernen, wie das ging. Deshalb war es auch immer ziemlich laut, weil die Gören irgendwann anfingen, sich zu langweilen und Fangen zu spielen.

Die Debatte um die Putzmittel jedenfalls war völlig aus dem Ruder gelaufen. Daran konnte Renée sich noch gut erinnern. Susanna aus der ersten Etage war völlig ausgerastet, als ein paar Leute aus dem Haus wenig Lust zeigten, auf Ökoputz umzusteigen. Ihre Eltern hatten zu den Verweigerern gehört und Martins Eltern auch. Susanna war am Ende heulend rausgerannt und in den Wochen danach nicht zu den Hausversammlungen gekommen. Aber irgendwann hatten sie alle ökologisch abbaubare Putzmittel benutzt, um das Treppenhaus zu reinigen. Inzwischen weiß Renée, dass Heulen und Klagen ziemlich probate Mittel sein können, sich durchzusetzen. Eine besondere Form der Repression, derer sie sich hin und wieder ganz gern auch mal bedienen würde, in Erinnerung an Susanna aber noch nie bedient hat. Sie hatte die Frau nicht gemocht, und auch Martin hatte gefunden, sie sei ein falscher Fuffziger.

Lustlos öffnet Renée die PowerPoint-Präsentation, die sie für den übernächsten Tag vorbereiten muss. Vier Frauen aus Annes Fraktion wollen einen Vortrag zum Thema »Netzwerke aufbauen und pflegen« hören.

»Alles Weiber, denen diese Männerseilschaften auf den Sack gehen«, hatte Anne gesagt und geduldig über sich ergehen lassen, dass Renée ihr alternative Vorschläge für die Formulierung »auf den Sack gehen« runterbetete.

»Ich sag es doch nur hier und nicht in aller Öffentlichkeit. So viel habe ich von dir gelernt. Mach eine schöne Präsentation, lass sie an deinen Erfahrungen teilhaben, und du hast vier neue Kundinnen akquiriert. Glaub mir, die werden dankbar sein, von dir ein paar kluge Sachen zu hören. Alles Neue. Die eine liegt mit Manteufel in der Kiste. Aber Schwamm drüber, der macht's eh nicht mehr lange. Hat es sich mit seinem Kreisvorsitzenden verscherzt. Irgendwo da im Taunus, frag mich was Leichteres.«

Renée hört immer ziemlich genau zu, wenn Anne über ihre Fraktionskollegen spricht oder herzieht. Ihre Freundin ist wirklich ein Schandmaul. Michael war sofort begeistert von ihrer »lockeren Art«, wie er es nennt, und feuert sie immer an, wenn beim Abendessen über Politik geredet wird. Wille sieht manchmal aus, als würde er sich fremdschämen. Und Pavel hat Renée mal gestanden, dass ihm seine Frau hin und wieder peinlich ist, er sie aber gleichzeitig dafür bewundert, dass sie sich in diesem Haifischbecken Politik so durchbeiße.

»Das hat mich schon immer an ihr beeindruckt, und damit hat sie mich auch gekriegt. An dem Abend, als wir uns kennenlernten, war ich der schüchterne Junge, der nur so tat, als interessierten ihn all die Bücher in den Regalen, um mit niemandem reden zu müssen. Und Anne hat den Laden aufgemischt mit ihren rotzigen Sprüchen und schlüpfrigen Witzen. Keine Ahnung, warum sie am Ende mich abgeschleppt hat. Vielleicht hab ich ihr leidgetan.«

Renée kennt auch Annes Version von der Geschichte, und die klingt etwas anders. Für sie war Pavel an diesem Abend der einzige Mann, der sie interessierte. Und nur für ihn hatte sie so aufgedreht. »Aber am Ende musste ich ihn doch betrunken machen, um ihn mit zu mir zu lotsen. So einen zurückhaltenden Kerl hatte ich noch nie gehabt. Aber es hat sich gelohnt, Renée. Ohne Pavel wäre ich zur Soziopathin geworden, glaub mir.«

Renée glaubt Anne. Sie kennt deren Fähigkeit, andere zu überrennen und Hindernisse mit brachialer Gewalt zu nehmen. »Aber wen ich mag, den lass ich nie im Stich.« Was auch stimmte. Trotzdem denkt Renée hin und wieder: Ich möchte Anne nicht zum Feind haben und kann auch sonst keinem raten, es sich mit ihr zu verscherzen.

Sie hört Kathleen nebenan schreien. Sie rennt rüber und sieht die Büronachbarin stocksteif auf ihrem Stuhl sitzen. »Ich kann mich nicht mehr bewegen. Irgendwas ist einoder ausgerastet. O Gott, ich brauch einen Arzt.«

Eine Viertelstunde später ist der Krankenwagen da. »Soll ich jemanden benachrichtigen«, fragt Renée, und Kathleen schüttelt vorsichtig den Kopf, verzieht das Gesicht vor Schmerz und murmelt. »Da gibt es niemanden.«

»Dann fahr ich mit ins Krankenhaus und hol dir nachher ein paar Sachen aus deiner Wohnung.« Zwei Stunden später steht sie in Kathleens Schlafzimmer und packt Wäsche in eine Tasche. Das ist die Wohnung einer einsamen Frau, denkt sie. Wie kann man denn nicht einen einzigen Menschen haben, den man anrufen möchte, wenn man krank ist? Die Wohnung ist schön eingerichtet, perfekt aufgeräumt und sieht aus, als sei sie für einen Katalog entworfen worden.

Im Krankenhaus sagen sie Renée, dass ihre Freundin – sie lässt es so stehen – gerade eingeschlafen ist und schon am nächsten Tag operiert werden soll.

»Kann ich noch mal zu ihr rein?«

»Bringen Sie ihr die Tasche und kommen Sie morgen Nachmittag wieder. Da wird sie wahrscheinlich schon aus dem OP sein.«

Renée ruft Michael an und erzählt ihm, wo sie gerade ist und aus welchem Grund.

»Gutes Krankenhaus«, sagt der, »für Rücken genau das Richtige. Wenn du willst, rede ich mit dem Arzt, hab mit ihm zusammen studiert. Operiert mir ein bisschen zu gern und zu schnell, aber bei deiner Freundin ist es wahrscheinlich genau richtig, so, wie du es beschreibst.«

»Sie ist nur eine Kollegin.«

»Sei nicht kleinlich und komm nach Hause. Ich steh hier mit Pavel in der Küche und reibe Kartoffeln, nachdem ich vorher jede Menge Zwiebeln verarbeitet habe. In der Pampe schwimmt schon mein halber Daumen, und ich heule mir die Seele aus dem Leib. Pavel ist ein Leuteschinder.«

Renée hört plötzlich Pavels Stimme, der Michael offensichtlich den Hörer aus der Hand gerissen hat.

»Nur um das richtigzustellen, die Hälfte der Zwiebeln habe ich gerieben und wir heulen beide wie die Schlosshunde. Jetzt geb ich zurück an den Aufschneider.«

»Wollt ihr Kartoffelpuffer machen?«

»Nee, irgendwas anderes. Heißt ›Janssons Versuchung‹ oder so. Pavel sagt, ein großartiges Armeleutegericht, wobei ich mir nicht sicher bin, ob arme Leute wissen, was Sardellen sind.«

»Kommen die anderen auch zum Essen?«

»Ich entnehme deiner Frage einen leicht ängstlichen oder frustrierten Unterton. Wir haben es heute mal mit Rundruf probiert. Anne kommt ein bisschen später, weil es noch irgendwelche namentlichen Abstimmungen geben soll, Wille ist schon da und übt auf seiner schnellen Trompete. Und du kommst jetzt nach Hause. Ärztliche Anweisung.«

Tatsächlich hört Renée im Hintergrund Willes Trompete. Er hatte vor drei Tagen auf die Frage von Pavel, warum er vier Trompeten besitze und ob eine nicht genüge, geantwortet, die Trompeten spielten unterschiedlich schnell. Das hatten alle witzig gefunden, und Wille hatte sich bemüßigt gefühlt, ihnen zu erklären, dass dies leider von Miles Davis geklaut sei, der eine goldene und eine rote Trompete besessen und auf Nachfrage erklärt habe, die rote spiele schneller.

»... noch eine Überraschung für dich.«

Was hatte Michael gerade gesagt? Sie wird es früh genug erfahren. Renée beschließt, die Präsentation morgen fertig zu machen, die Vorbereitung auf das Medientraining ebenso und jetzt wirklich nach Hause zu fahren. Vielleicht ist sie mit allen und allem zu kleinlich und vor allem zu ungeduldig. Zwei Wochen sind ja wirklich keine lange Zeit, Anne hat recht: Sie kommen aus verschiedenen Welten. Und sie müssen sich zusammenraufen.

»Na dann mal los«, flüstert Renée und kramt in ihrer Tasche nach dem Autoschlüssel.

20

Michael starrt seine Freundin an, die für fremde Männer Cocktails mixt, und nippt an seinem zweiten Roten.

»Wieso kommst du in die Bar, wenn du nur Rotwein willst«, fragt Renée.

»Weil ich verabredet bin und deinen Schutz brauche.«

Seit einer halben Stunde sitzt er hier und wartet auf seine Tochter. Es hatte doch einige Wochen gedauert und einer ganzen Reihe Briefe und Mails bedurft, bis sie sich verabredet haben. Marie, die es so forsch angegangen war, schien von Mal zu Mal zögerlicher zu werden, wenn es darum ging, sich zu treffen. Was vielleicht an der fortschreitenden Krankheit ihrer Mutter lag. Möglicherweise gefiel es Katrin Kannegießer doch nicht so sehr, dass ihre Tochter ihn kennenlernen wollte, während sie ihr Kind verlassen musste.

Wenn es ans Sterben geht, fehlt die Kraft zur Großzügigkeit, denkt Michael und fragt sich, warum er heute so niedergeschlagen ist. Gleich wird er seine Tochter kennenlernen und sitzt auf einem Barhocker, von dem aus er seine beste Freundin und bisher noch immer größte Liebe des Lebens bei der Arbeit beobachten kann.

Renée glaubt es wahrscheinlich nicht, aber er hat sich in den Wochen vor dem Einzug in die gemeinsame Wohnung sehr ausführlich befragt, ob er leiden oder glücklich sein werde, mit der neuen Gemeinsamkeit. Und er war zu dem Schluss gekommen, dass die Liebe sich gewandelt hatte, transformiert sozusagen in eine andere Variante der Zuneigung.

Er hatte sich bei allem Nachdenken stets verboten, in so

abgedroschenen Kategorien wie »Ich liebe sie wie eine Schwester« zu denken, aber ihm war auch nichts Besseres eingefallen. Also hatte er einmal mehr akzeptiert, dass Leben und Kitsch zwei Seiten derselben Medaille sein können. Nur einmal war seine Überzeugung ins Wanken geraten, als er morgens um zwei, wie jede Nacht, in der Küche gesessen und einen Kaffee getrunken hatte. Kaffee machte ihn müde, wenn es gut lief, konnte er nach einem Espresso noch mal von drei bis sieben schlafen. Jedenfalls war Renée in die Küche gekommen, hatte nur das Wort »Albtraum« geflüstert, sich Milch aus dem Kühlschrank genommen und sich zu ihm an den Tisch gesetzt. »Was trägst du da für einen Fummel«, hatte er gefragt und auf das Negligé seiner Freundin gestarrt, das zusammengefaltet wahrscheinlich in eine Kinderfaust passen würde.

»Hat mir Martin geschenkt. Zum Hochzeitstag. Findest du das zu albern in meinem Alter?«

»Natürlich ist das albern. Ich werde dich gleich auf den Tisch schmeißen und vergewaltigen. Geh und zieh dir bitte meinen zwanzig Jahre alten Bademantel an, sonst setze ich meine Approbation und unser gutes Verhältnis aufs Spiel.«

Renée war brav ins Bad gegangen und in seinem hässlichen Bademantel zurück an den Küchentisch gekommen.

»Du solltest eine Frau haben, Michael. Ich werde dir zum Geburtstag eine backen.«

»Fällt dir manchmal auf, dass unsere Dialoge wie aus einer Sitcom klingen? Und darf ich mir dann bitte wünschen, wie groß die Brüste der Frau sind, die du mir zauberst?«

Er hatte mit den Händen irgendwas zwischen Anita Ekberg und Dolly Buster in die Luft gemalt und Renée zum Lachen gebracht.

»Du stehst doch gar nicht auf große Titten.«

»Stimmt. Aber ich hatte heute zwei Hungerhaken in der Praxis, die aussahen wie diese schrecklichen Weiber auf den

Laufstegen. Bei denen ich immer denke, die sind zusammengeschraubt. Also sehnt es mich nach Kurven und Fleisch.«

Die Tür zur Bar geht auf und eine junge Frau kommt rein, bei der sich Michael sicher ist. Das muss Marie sein, denkt er, und tatsächlich kommt die junge Frau auf ihn zu und fragt, ob neben ihm noch ein Platz frei ist.

»Marie«, sagt Michael und ist gerührt. »Du siehst ganz anders aus, als ich mir dich vorgestellt habe. Du siehst aus wie.«

»Wie du«, sagt die junge Frau und lächelt schief. »Zumindest sagt Katrin das. Ich sähe aus wie mein Vater. In den letzten Tagen hat sie andauernd davon gesprochen.«

»Wie geht es ihr?«

»Sie ist in einem Hospiz.«

»Das ist gut.«

»Ja.«

Michael winkt Renée, die gerade zwei Cocktails mixt, die aussehen, wie das letzte Aufgebot. Wie kann man nur all dieses Zeug in sich reinkippen, denkt Michael und stellt fest, dass auch diese Frage eine Wiederholungsschleife ist, ein Routinegemecker, zu dem er immer häufiger neigt. Fehlt nur noch, dass ich anfange, davon zu reden, wie schön es früher war und wie schlimm die Welt geworden ist. Wie ein alter Sack.

»Ich bin Renée«, sagt Renée und reicht Marie die Hand. »Michael und ich wohnen zusammen. Also in der WG. Davon hat er dir sicher schon geschrieben. Was möchtest du trinken?«

Marie lächelt und bestellt einen Cosmopolitan.

»Hat er. Ich finde es großartig, dass ihr das versucht. Wahrscheinlich ziehe ich auch bald in eine WG. Hier in Berlin.«

Michael kippt mit dem Barhocker nach hinten, behält dabei sein Rotweinglas in der Hand und wird von einem bullig aussehenden Mann aufgefangen, der ihn wieder gerade rückt, als sei er eine Legofigur. Er bedankt sich, starrt auf den Weinfleck, der sich auf seiner Brust ausbreitet, und seufzt. »Jetzt sehe ich aus wie ein verdammter Cowboy, der gegen ein Repetiergewehr verloren hat. Renée, sei doch so lieb und gib mir schnell alles verfügbare Salz.«

Sie drückt Marie einen Salzstreuer in die Hand und die würzt unter den belustigten Blicken einiger Gäste ausgiebig Michaels Brust.

»Das funktioniert sowieso nicht. Besser, du gehst ins Klo, ziehst das Hemd aus und sitzt hier mit nacktem Oberkörper rum.«

»Nicht, bevor ich die Schusswunde gereinigt habe. Gibst du mir noch einen Roten?«

Das fängt nicht gut an. Michael hatte sich das alles anders vorgestellt. Aber wahrscheinlich war es sein Fehler. Ein blöder Treffpunkt fürs erste Mal, auch wenn es ihm logisch erschienen war, sich der Anwesenheit Renées zu versichern bei dieser Begegnung. In der Wohnung liefe es sicher besser. Zumal Wille heute Abend in irgendeinem dunklen Keller Musik macht, Anne auf einer Ausschussreise ist und Pavel Spätdienst hat. Aber selbst wenn alle da gewesen wären, die Wohnung ist allemal der bessere Treffpunkt, um sich mit seiner erwachsenen Tochter bekannt zu machen.

Michael findet, dass es ihnen in den vergangenen Wochen ganz gut gelungen ist, so etwas wie einen halbwegs unaufgeregten Alltag zu leben. Er hatte den größten Respekt vor Anne gehabt, deren laute Art wirklich nicht immer gruppenkompatibel war, aber die Frau war so gut wie nie zuhause. Wenn alle Bundestagsabgeordneten so umtriebig und arbeitsam sind wie Anne, denkt Michael zum wiederholten Mal, müsste es doch weitaus besser um den Staat bestellt sein. Allerdings hatte Anne ihm letztens erklärt, wie wenig Zeit ihr für die eigentliche, inhaltliche Arbeit blieb. »Das ist doch alles Getue und Gemache, Michael. Wir blasen uns auf, sitzen uns den Hintern wund, denken mehr darüber nach, wie wir in der Öffentlichkeit dastehen, als über alles andere, und in der Zwischenzeit machen sie in den Ministerien Nägel mit Köpfen. So viel wie in den vergangenen drei Jahren habe ich mein Lebtag noch nicht abgenickt. Aber: Zehnmal verloren, einmal ein bisschen gewonnen. Besser kann der Schnitt nicht werden.«

»Komm«, sagt Michael zu seiner Tochter und steht auf. »Wir laufen ein bisschen und trinken bei uns in der Wohnung einen Wein. Du hast gesagt, du würdest bei einer Freundin übernachten. Ist das weit, müssen wir vorher noch einen Schlüssel holen oder so?«

Marie schüttelt den Kopf, sagt, die Freundin sei eine Nachtschwärmerin und sie könne da aufschlagen, wann immer sie wolle.

»Ich will nach Berlin wechseln mit meinem Medizinstudium. Wenn Katrin stirbt, und das wird sie, hält mich nichts mehr in Karlsruhe. Die Freundin, bei der ich heute übernachte, hätte ein Zimmer frei für mich.«

Als Michael erfahren hatte, dass seine Tochter Medizin studiert, war er auf unsinnige Weise stolz gewesen. Als sei es erblich, sich für dieses Metier zu interessieren. Inzwischen weiß er, dass Marie das Studium wegen der Krankheit ihrer Mutter begonnen hatte. Keine gute Idee, hatte er gedacht, aber nichts dergleichen geschrieben. So wie er auch vermieden hatte, irgendwelche schlauen Ratschläge zu erteilen oder Kollegen zu empfehlen. Katrins Diagnose und das, was Marie über den Verlauf der Krankheit geschrieben hatte, schien ihm Garantie genug dafür, dass alles nur qualvolle und vergebliche Liebesmüh sein würde. Katrin war nicht zu retten, und Marie bereute vielleicht irgendwann, ein Studium begonnen zu haben, das ihr in Zukunft andauernd Situationen bescheren würde, in denen sie nichts retten konnte, obwohl sie es wollte.

»Aber vielleicht wirst du ja Hausärztin«, sagt Michael, und sieht, dass Marie ihn ein wenig hilflos anstarrt. »Entschuldige, das war wieder mal das Ende einer langen Gedankenkette.« Er lächelt verlegen. »Ich neige dazu, der geschätzten Öffentlichkeit nur den letzten Satz meiner Überlegungen zur Kenntnis zu geben. Meine Patienten lieben das. Für sie sind diese Sätze dann in Stein gemeißelt und Ausdruck meiner unendlich großen Kompetenz. Also ich dachte, du wirst vielleicht Hausärztin und hast dann nicht allzu oft mit dem Sterben zu tun. Mehr mit Leuten, die dich bedingungslos bewundern und doch nie tun, was du ihnen sagst.«

Marie nickt. So was in der Art schwebe ihr vor. Allgemeinmedizin oder Urologie. Hilfe, denkt Michael, Urologin. Ich werde sie doch erziehen müssen, das geht ja gar nicht.

Sie beschließen, den ganzen Weg bis zur Wohnung zu laufen. Knapp vier Kilometer, wie Renée Michael kürzlich gesagt hatte, als sie morgens um fünf aus der Bar nach Hause gekommen war und Michael gerade seine zweite Kaffeerunde in der Küche zelebrierte. Er hatte ihr von der Patientin erzählt, die jeden Tag zwanzig Kilometer durch die Stadt läuft, um, wie sie sagt, die Chance zu haben, beim Laufen tot umzufallen. »Warum will sie tot umfallen«, hatte Renée gefragt und fasziniert zugehört, als er ihr die Geschichte einer Frau beschrieb, die innerhalb eines Jahres ihre zwei Kinder und ihren Mann verloren hatte. Die Kinder waren bei einem Busunglück ums Leben gekommen, der Mann durch einen Schlaganfall gestorben.

»Wieso macht sie weiter?«

Renée hatte am Küchentisch gesessen und ausgesehen, als hinge von seiner Antwort ihr eigenes Leben ab.

»Sie glaubt. Sie glaubt an Gott und deshalb kann sie sich nicht umbringen. Also versucht sie, Gott zu überlisten, indem sie so lange läuft, bis sie tot umfällt. Sie wartet auf das

Auto, das sie überfährt, geht, wie sie mir gesagt hat, gern ohne nach rechts oder links zu schauen, über die Straße. Aber es ist noch nie etwas passiert.«

Jetzt sitzen Marie und Michael am Küchentisch und reden miteinander. Es ist ein mühevolles Reden, mühevoller, als Michael gedacht hat. Lange Pausen, verlegenes Schweigen, Satzanfänge, die ins Nichts führen, keine Leichtigkeit. Irgendwann fragt er Marie, ob sie ihrer Mutter gegenüber ein schlechtes Gewissen habe. Weil sie hier sitze, mit ihm zusammen, und Marie schüttelt den Kopf.

»Schlechtes Gewissen stimmt, der Grund ist ein anderer. Ich habe in letzter Zeit oft gedacht, dass es nicht so gekommen wäre, hättest du dich um uns gekümmert. Du hättest rechtzeitig gemerkt, dass mit Katrin etwas nicht stimmt. Du bist Arzt. Sie wäre nicht erst zur Untersuchung gegangen, als alles zu spät war. Jedes Mal, wenn ich das denke, habe ich ein schlechtes Gewissen, weil ich weiß, wie ungerecht das ist. Aber ich komme nicht davon weg, dir indirekt die Schuld daran zu geben, dass meine Mutter jetzt stirbt.«

Marie fängt an zu weinen, und Michael weiß nun nicht mehr aus noch ein. Er fühlt sich tollpatschig, wie er dieser Frau, die seine Tochter ist, die Hand auf die Schulter legt und erklärt, dass er es nachvollziehbar fände, so zu denken. Und ja, es hätte anders kommen können, wäre er mit Katrin wirklich zusammen gewesen. Aber davon sei in jenen kurzen Nächten in Amsterdam nie die Rede gewesen. Sie hatten beide nur ein bisschen Spaß gewollt. Dieser Satz führt dazu, dass Marie noch heftiger weint, aufsteht und sagt, sie müsse jetzt gehen. Michael fragt, ob er ihr ein Taxi rufen soll, und sie schüttelt den Kopf.

»Ich laufe. Laufen hilft immer.«

Wenn das mal stimmt, denkt Michael und weiß nicht, was er noch sagen kann. »Wenn du nach Berlin kommst, dann melde dich. Ich will dich häufiger sehen und die anderen hier sollen dich auch kennenlernen.«

Marie nickt, dreht sich um und geht.

»Das war nicht gut«, sagt Michael. »Das war einfach nicht gut.«

Zwei Stunden später kommt Pavel nach Hause, fragt, ob Anne schon da sei, verzieht das Gesicht, als Michael verneint, und verschwindet wortlos in seinem Zimmer.

»Dicke Luft«, denkt Michael, steht auf und studiert zum wiederholten Mal den Küchenschubplan, den Wille am Computer entworfen hat. Er war mit dem Ausdruck in einen Copyshop gegangen und hatte ihn laminieren lassen, was Pavel zu der Anmerkung veranlasst hatte, das sähe jetzt aus wie in einer Würstchenbude. Trotzdem war der Plan hilfreich, Michael findet sofort den Korkenzieher, als er für sich noch ein Flasche Rotwein öffnen will.

»Prima Plan«, murmelt er und überlegt, warum Pavel so grimmig gewesen sein könnte. Doch eigentlich interessiert ihn nur, ob seine Tochter sich jemals wieder bei ihm melden wird.

21

Anne denkt, dass kaum etwas dem Wort »Ausschuss« so sehr gerecht wird wie diese Gruppenreisen, die hin und wieder anstehen, um sich zu bilden und von anderen zu lernen, wie es so schön heißt. Jetzt touren sie schon den dritten Tag durch Nordeuropa, um sich anzuschauen, wie die Schweden, Finnen und Dänen das mit dem sozialen Wohnungsbau machen. Nicht dass sie es nicht genießen könnte. Es ist schön hier, und die Siedlungen, die sie gesehen haben in Kopenhagen, Göteborg und Stockholm, haben ihr teilweise sogar gefallen. Obwohl sie kein Fan von Plattenbauten und Großraumsiedlungen ist. Bestimmt nicht.

Trotzdem kann sie sich des Gefühls nicht erwehren, dass sie einfach nur Geld verbrannten. Nichts von all dem, was sie hier sahen und erfuhren, würde jemals wirklich Eingang in ihre politische Arbeit finden. Dafür waren die Fraktionen und Fronten viel zu festgefahren. Eine der ersten Illusionen, die sie sich hatte abschminken müssen. Zu glauben, dass man an Themen entlang auch fraktionsübergreifend Lösungen finden könnte. Wie blöd ich gewesen bin, denkt Anne zum ungezählten Mal und hört einem jungen Mann zu, der ihnen das finnische Prinzip des Umgangs mit Sozialwohnungen erklärt.

Eher fangen wir einen Dritten Weltkrieg an, als dass wir so etwas wie die Finnen machen, denkt Anne. Die bauen einfach Wohnsiedlungen, die zudem auch noch richtig nett anzusehen sind, und deklarieren Wohnungen gleichen Zuschnitts und gleicher Qualität mal zu Sozialwohnungen, mal zu Eigentum und mal zu Mietwohnungen im gehobenen Preissegment. Im Ergebnis dieser verblüffenden Praxis wohnte die alleinstehende Arbeitslose in der gleichen Siedlung und Wohnung wie die kinderlose Akademikerin mit Personalverantwortung. Tritt man morgens vors Haus, kann einem niemand ansehen, ob man ein armer Schlucker ist oder gerade auf der vorletzten Sprosse der Karriereleiter steht. So stellt Anne sich das vor und freut sich nun doch, diese Reise mitgemacht zu haben. Zumindest kann sie in Reden und Diskussionen davon erzählen, dass es auch anders geht. Dass Ghettoisierung nicht alternativlos und der Weisheit letzter Schluss ist, dass es Lösungen zu dieser ewigen Privatisiererei gibt, die wirklich sozial sind und auf lange Sicht eine andere Art von Gesellschaftsvertrag begründen können.

Was bin ich heute pathetisch. Anne schaut aus dem Fenster und fragt sich, warum in Finnland eigentlich fast alle Leute aussehen, als wären sie für einen Kaurismäki-Film gecastet worden. Auf dem Platz vor dem Haus, in dem sie sitzen, stehen drei Männer Modell für einen unsichtbaren Künstler. Seit Minuten schon hat sich niemand von den dreien wirklich bewegt. Zu reden scheinen sie nur wenig, stattdessen halten zwei von drei eine Flasche in der Hand. Hin und wieder zeigt einer im Zeitlupentempo und eher unlustig mit der Buddel in die Ferne oder auf sein Gegenüber.

Worüber die wohl sprechen, fragt sich Anne und verspürt in dem Moment eine heftige Sehnsucht nach Pavel. Als hätte sie ihn nicht erst drei Tage, sondern schon drei Wochen nicht mehr gesehen. Ich muss mit meinem Mann reden. Anne weiß, dass sie bei Weitem die Unsensibelste in ihrer neuen Wohngemeinschaft ist, aber so schlimm, dass sie nicht weiß, wie sehr Pavel gerade leidet, ist es auch nicht. Ich muss ihm sagen, dass ich fest entschlossen bin, noch einmal zu kandidieren. Wahrscheinlich weiß er es schon oder ahnt es zumindest. Schließlich lege ich mich hier ins

Zeug, als gäbe es nichts anderes auf der Welt, verbringe die Abende im Büro oder auf irgendwelchen Wahlkreisveranstaltungen, bespaße am Wochenende Seniorentreffs und gründe geheime Kommandosachen in der Fraktion, lerne, wie man Seilschaften statt Netzwerke knüpft und jemanden wegbeißt, bevor er gefährlich werden kann. Nicht dass ich Letzteres nicht auch schon vorher gekonnt habe. Wegbeißen, um mich treten, Ellenbogen ausfahren.

Wie so oft, wenn sie an das unaufschiebbare Gespräch denkt, verspürt Anne eine vage Angst, Pavel könnte sie einfach verlassen, wenn sie es ihm sagt. Es wäre das erste Mal, dass sie ein großes und wichtiges Versprechen bricht. So wie es überhaupt das erste Mal war, dass Pavel ihr ein großes und wichtiges Versprechen abverlangt hatte. »Wenn du in die Politik gehen willst, tu das, aber lass uns gleich festlegen, für wie lange. Ich möchte nicht mit einer Frau zusammenleben, die nicht aufhören kann, deren ganzes Leben sich nur noch um diese Gefechte und Scheingefechte, Intrigen und Karrierepläne dreht und die den Bezug zur Realität verliert, denn das tun alle, die in der Politik sind, irgendwann.«

Pavel hatte sich in Rage geredet, als sie darüber sprachen, und ihr war zum ersten Mal klar geworden, wie wenig er von jener Berufsgruppe hielt, der sie inzwischen seit gut drei Jahren angehörte.

»Ich will dich nicht verachten müssen, Anne«, hatte er gesagt, und er hatte es ernst gemeint. »Ich arbeite in einer Branche, in der bisher noch jede Reform von der Wirtschaft diktiert worden ist. Mir muss keiner erzählen, wozu Politiker fähig sind. Aus Unkenntnis, Faulheit, Feigheit, Blödheit, ist mir völlig egal. Und wenn du eine von denen wirst, die mir dann auch noch beim Abendessen erklären wollen, was Sachzwänge sind, warum es den Sozialstaat alter Prägung nicht mehr geben kann, dass wir in einer globalisierten Welt leben und wettbewerbsfähig bleiben müssen, dann gehe ich. Das verspreche ich dir. Dann erzähl ich meinen Alzheimern, dass meine Frau jetzt auch eine von denen ist, die der Meinung sind, dass man keine höhere Pflegestufe braucht, wenn es im Kopf nicht mehr stimmt. Und dass Verwahranstalten allemal besser sind, als zuhause in einem vollgeschissenen Bett liegen zu müssen.«

Es war eine der schlimmsten Auseinandersetzungen geworden, die sie jemals gehabt hatten, und Anne war verblüfft gewesen, wie wenig sie über Pavel wusste, was diesen Teil seines Denkens und Lebens anbelangte. »Ich weiß, dass nicht alle so sind«, hatte er unwillig gesagt, als sie ihm vorgeworfen hatte, alle über einen Kamm zu scheren und auf Vorurteile zu bauen. »Ich rede von der Mehrheit. Und vor allem rede ich darüber, was dieser Politikbetrieb mit einem macht, steckt man erst mal drin. Ich muss dich doch nicht an Sabine erinnern, oder?«

Sabine, damit hätte er sie fast gekriegt. Eine langjährige Freundin, die irgendwann ins Abgeordnetenhaus eingezogen war und sich schleichend, aber unaufhaltsam verändert hatte, seitdem sie Politik machte. Vor fünf Jahren hatte Pavel Sabine aus ihrer Wohnung geschmissen, nachdem sie die halbe Nacht über Sanktionen gegen Arbeitslose diskutiert hatten. Sabine, mit der sie noch zwei Jahre vor diesem Abend gemeinsam über die Agenda 2010 hatten lästern können, wollte ihnen nun erklären, wie notwendig und wichtig es sei, Arbeitslosen nicht zu gestatten, sich mit Hartz IV einzurichten und sich an die Sozialleistungen des Staates zu gewöhnen. Und dass sie inzwischen ausreichend Fälle von Sozialbetrug kenne, um mit gutem Gewissen dafür einzustehen, dass man hier auch bestrafen müsse, wenn sich jemand auf Kosten des Staates und des Steuerzahlers …

An der Stelle war Pavel aufgestanden und hatte zu Sabine gesagt, sie solle einfach gehen, und aus seiner Sicht brauche man sich auch nicht unbedingt wiederzusehen. Erstaunlicherweise konnte er in solchen Dingen weitaus gröber und konsequenter sein als Anne. Das hatte sie am Anfang ihrer Beziehung verstört, später fand sie es gut, in ihrem Mann ein Korrektiv gefunden zu haben für ihren Mangel an Haltung und Grundsätzen, wenn es um private Beziehungen ging. Im Job war sie immer fähig gewesen, Leuten die Meinung zu sagen und es sich auch mit ihnen zu verscherzen, wenn es ihr notwendig erschien. Im Privaten brachte sie so etwas nicht übers Herz. Oder war es ihr nicht wichtig genug? Sie konnte es nicht genau sagen.

Der Vortrag ist zu Ende, und der Gastgeber lädt alle noch zu einem gemeinsamen Essen ein. Drei Abgeordnete entschuldigen sich, und Anne weiß, dass sie nur die Gelegenheit nutzen wollen, um shoppen zu gehen. Hätte sie auch Lust, obwohl sie nicht wüsste, was man in Helsinki kaufen sollte, um hinterher sagen zu können, man sei in Finnland gewesen.

Wille hatte ihr erklärt, es gebe da eine Firma namens Marimekko, deren Designer Muster für Stoffe entwerfen. Deren Klamotten seien nicht zu verachten, hatte er gesagt. »Du magst es doch manchmal ein bisschen schrill, Anne, schau dir das mal an. Wird dir gefallen.«

Also fragt Anne den netten jungen Mann, der gerade den Vortrag gehalten hat, ob er ihr einen Laden empfehlen könne, in dem es Klamotten von dieser Marimekko-Firma – Wille hat ihr auch erzählt, dass eine Frau das Unternehmen gegründet hatte – zu kaufen gebe. Der nickt und schreibt ihr vier Adressen auf.

»Wir können uns gern verabreden, und ich führe Sie ein bisschen durch die Stadt und zeige Ihnen, wo diese Läden sind.«

Huch, denkt Anne und schaut sich den Kerl ein wenig genauer an. Ich muss zumindest nicht sagen, dass er mein Sohn sein könnte, vielleicht zehn Jahre jünger, mehr nicht.

Sie fragt sich, ob das Angebot einfach nur finnische Höflichkeit ist oder der Beginn eines kleinen Flirts. Das letzte Mal, dass ein Kerl sie angesurft hat, liegt schon ein Jahr zurück, und das gehörte eher in die Kategorie jener Erlebnisse, auf die Anne gut verzichten kann. Ein Fraktionskollege hatte ihr bei der Geburtstagsfeier einer Abgeordneten vom Niederrhein zugeflüstert, dass er nichts gegen ein nettes kleines Verhältnis mit ihr hätte, auch wenn sie eine Kratzbürste sei, denn ihm gefiele das. »Aus welchem schlechten Film hast du denn das geklaut«, hatte Anne gefragt und den Mann einfach stehen lassen. Dann hatte sie sich noch einmal umgedreht, war dem Kollegen dicht auf den Pelz gerückt und hatte ihm ins Ohr geflüstert: »Wenn ich dir einen Rat geben darf: Never fuck the company. Das bringt nur Ärger, glaub mir.«

Seitdem redete der Mann nicht mehr mit ihr, aber das war egal. Sie hatte ihre Ansage gemacht und sich gut dabei gefühlt.

Jetzt verabredet sie sich mit einem zehn Jahre jüngeren Finnen für den nächsten Nachmittag, um in Klamottenläden zu gehen, die sie wahrscheinlich sowieso nicht interessieren werden. Eine nette Ablenkung würde es auf jeden Fall sein. Denn ganz sicher wird sie die Nacht damit verbringen, weiter über ein notwendiges Beziehungsgespräch nachzudenken, das sie am liebsten gar nicht führen würde.

Habe ich überhaupt etwas zum Anziehen mitgenommen, das zu einem Flirt passt, fragt sie sich und kommt sich ein wenig schäbig vor. Niemals würde sie Pavel betrügen, auch wenn die meisten offensichtlich von ihr denken, dass sie in diesen Dingen kein Kind von Traurigkeit ist. Sie korrigierte das nie, eher leistet sie dieser Art von Gerüchten noch Vorschub. Sie passen zu ihr. Besser als die Vorstellung von einer braven, treuen Ehefrau, die sie tatsächlich ist. Renée hatte sie vor Jahren mal gefragt, was sie an Pavel so sehr liebe, dass sie ihm immer treu bleibe.

»Du wirst lachen, aber ich bin verrückt nach seinem Körper und zudem ist er tatsächlich mein bester Freund.

Andere finden ihn eher unscheinbar, ich weiß, dass mein Mann ein Vulkan sein kann.«

Renée war ein bisschen rot geworden und hatte nicht weiter gefragt.

Aber es stimmte. Auch heute noch, denkt sie. Pavel bringt alle meine guten Seiten – dass ich die überhaupt habe, denkt Anne in einer Anwandlung von leicht verzweifelter Selbstkritik – zum Vorschein. Und er ist ein einfallsreicher Liebhaber, der meines Körpers bis jetzt nicht überdrüssig geworden ist. Wenn ich ihm erkläre, dass ich sehr wohl das Gefühl habe, etwas verändern zu können, bei allen Unzulänglichkeiten und Schrecklichkeiten, die Politik beinhaltet, vielleicht hilft das. Ich muss ihm mehr darüber erzählen, was ich erreichen will, und weniger davon sprechen, woran ich scheitere. Anne ahnt, dass dies kein Königsweg ist, aber die einzige Chance, ihre Arbeit und ihre Beziehung zu retten.

22

Wille sitzt in einem Café am Winterfeldtplatz und kommt sich vor wie ein Idiot. Es ist gleich halb acht, und sie waren um sieben verabredet gewesen. Das geht schon mal gar nicht, denkt Wille und bestellt noch einen Weißwein. Zur ersten Verabredung zu spät kommen ist ein ganz schlechtes Zeichen. Aber die Briefe, Mails und auch das Foto, das Amanda ihm geschickt hatte, waren überzeugend gewesen.

Amanda, schon der Name bürgt in seinen Ohren für Besonderes. Vom Foto hat ihn eine Frau mit schmalem Gesicht, großen braunen Augen und schwarzen Haaren, in die sich viele weiße Strähnen mischten, angelächelt. Eine schiefe Nase und ein sinnlicher Mund, der in ihm zuerst den Verdacht geweckt hat, hier sei ein wenig nachgeholfen worden, machen aus dem Gesicht etwas Besonderes, unterstrichen von dem exakten Pagenschnitt, dessen Pony den Kurven der Augenbrauen folgt. Interessant, hat er gedacht und sich gar nicht mehr eingekriegt, als Amanda ihm schrieb, sie gehe gern in Jazzkonzerte und sei ein Fan von Frank London und Don Byron. Die oder keine, hat er gedacht und sich gefühlt, als sei er wieder siebzehn und das Leben begänne von vorn.

Jetzt ist er mit Amanda verabredet, und wer nicht kommt, ist diese Frau. So weit ist der Weg von Potsdam hierher doch auch nicht, denkt Wille und fühlt sich auf den Arm genommen. Ich trinke noch diesen Wein aus und gehe dann. Anrufen tu ich nicht.

In dem Moment klingelt sein Telefon.

»Ich bin in zehn Minuten da. Tut mir leid, Wilfried, es ist Pendelverkehr, und ich habe mein Handy nicht gefunden. War sicher, es vergessen zu haben, dabei hat es nur in einem anderen Fach in meiner Handtasche gesteckt.«

Wille ist erleichtert. Sehr erleichtert. Irgendwie wäre ihm ein solcher Misserfolg heute ziemlich nah gegangen, denn der Tag ist bis hierhin nicht gut verlaufen. Sie hatten, seit Langem mal wieder, morgens gemeinsam in der Küche gefrühstückt, und die Stimmung war – nun ja – seltsam gewesen. Das hatte vor allem an Pavel und Anne gelegen, die miteinander umgegangen waren, als seien sie Fremde. Renée hatte übernächtigt ausgesehen und es damit begründet, dass sie zurzeit häufig von Albträumen geplagt werde.

»Nacht für Nacht stirbt mein Mann, als wäre es erst vor ein paar Wochen passiert. Ich weiß nicht, woher dieser Rückfall kommt.«

Mehr hatte sie nicht gesagt. Michael hatte ihr befohlen, zu einem Kollegen zu gehen, der ein Spezialist für existenzielle Psychotherapie sei, aber Renée hatte unwillig abgelehnt.

»Du bist mein Hausarzt, und das genügt mir. Einen Seelenklempner brauche ich nicht. Schließlich ist es normal, Albträume zu haben, wenn einem der Mann durch einem Baumstamm im Körper auf der Landstraße verreckt ist.« Dann hatte sie angefangen zu weinen und war ins Bad gegangen.

Wille denkt einmal mehr, dass es viel schwerer ist als erwartet, mit vier eigenwilligen Menschen unter einem Dach zu leben. Er hält sich für pflegeleicht und ausgeglichen, spürt aber, dass die großen Stimmungsschwankungen auf ihn abfärben. Sie haben auch noch immer nicht in einen gelassenen und eingespielten Rhythmus gefunden. Es fehlt das richtige Verhältnis von Rückzug und Zusammensein. Erst vor einer Woche waren sie abends auseinandergegangen, ohne sich auf einen Film einigen zu können. Was er nicht schlimm findet. Eher kommt es ihm komisch vor, dass sie so etwas wie gemeinsame Filmabende überhaupt versuchen und sich damit Misserfolge einhandeln, die nicht sein müssen.

Inzwischen haben Anne und Pavel einen kleinen Fernseher in einem ihrer Zimmer stehen, und auch er erwägt, sich ein Gerät zu kaufen. Manchmal sitzen Renée und Michael im EFG, wie Michael das große Zimmer getauft hat. E für Essen, F für Fernsehen und G für Gäste. Die beiden können sich immer auf einen Sender oder einen Film einigen, woran man merkt, dass sie die längste Freundschaft pflegen. Wie zwei alte Latschen, denkt Wille dann manchmal und beneidet sie um ihr grundsätzliches Einverständnis, das auch ohne viele Worte funktioniert. Der komplizierte Teil ihrer Konstellation ist das Ehepaar, findet Wille. Die beiden sind noch nicht durch damit, ob sie wirklich bis an ihr Lebensende zusammenbleiben wollen oder nicht.

Aber jetzt sieht er die Tür zum Café aufgehen und Amanda den Raum betreten. Er steht auf und winkt und spürt, wie sein Herz ein wenig holpert. Jetzt mal langsam, das ist ein unverbindliches Treffen, und niemand zwingt uns zu irgendwas, sagt er sich einmal mehr. Aber sein halbherziger Beschwichtigungsversuch bleibt wirkungslos, Wille glaubt, gleich aus den knallroten Schuhen zu kippen, für die er sich heute entschieden hat.

Amanda ist nur wenige Zentimeter kleiner als er, ein bisschen fülliger, als er vom Foto her dachte, und hat kleine rote Flecken auf Wangen und Hals. Also auch aufgeregt, das beruhigt ihn.

Dann sitzen sie da, betrachten sich, lächeln und reden über Pendelverkehr, Wetter und darüber, welchen Wein sie gerne trinken, und wissen nicht weiter. Ich hätte mir einen Plan machen müssen, denkt Wille ein wenig verzweifelt und fängt an, über das Frühstück zu sprechen und über die Anfangsschwierigkeiten, in denen ihre Wohngemeinschaft noch immer steckt. Amanda hört zu, fragt hin und wieder nach und lacht manchmal über Dinge, die ihm gar nicht komisch vorkommen. Vor allem die Geschichte mit der Waschmaschine amüsiert sie, obwohl Wille an jenem Morgen dachte, dieses Vorkommnis würde das Konstrukt ihrer Wohngemeinschaft umgehend wieder auflösen müssen.

Sie hatten sich, nach langen Diskussionen, für eine große Waschmaschine entschieden, die alle gemeinsam nutzen wollten. Eine Waschmaschine, ein Wäschetrockner, vier Wäschekörbe in vier verschiedenen Farben, und das alles in einer Kammer mit Wasseranschluss untergebracht.

»Kindergarten«, hatte Anne gebrummt und gefragt, ob das mit den verschiedenen Farben sein müsse. »Bald fangen wir an, unsere Namen aufs Besteck prägen zu lassen. Wir sind doch erwachsene Menschen.«

Aber Michael hatte wie immer Renée zugestimmt und erklärt, die schlimmsten Auseinandersetzungen seien jene, die man durch Nachdenken und einfache Lösungen hätte vermeiden können. »Was ist denn das für eine Binsenweisheit«, hatte Anne erst noch dagegengehalten und sich aber bald geschlagen gegeben.

Eines Abends jedenfalls war Renée in die Küche gekommen, einen Berg feuchter Wäsche auf dem Arm, den sie auf den Tisch knallte. Alle Wäschestücke hatten die gleiche Farbe – ein undefinierbar hässliches Graulila.

»Wer hat das«, hatte sie gefragt und eine Hose hochgehalten, die einen etwas kräftigeren, wenn auch nicht weniger hässlichen graulila Farbton aufwies, »in die Waschmaschine zu meiner weißen Wäsche gepackt?«

»Scheint doch zu färben«, hatte Anne gemeint und Renée die Hose aus der Hand genommen. »Ich schneide immer diese blöden Schilder mit den Waschanleitungen raus, die kratzen und stören. Aber bei der war ich mir sicher, dass sie nicht färbt. Hab sie allerdings noch nie gewaschen, und wenn ich mir das Ding jetzt so anschaue, sieht es wohl eher so aus, als hätte er in die Reinigung gehört. Ist nur noch halb so groß wie am Tag des Kaufs.«

Pavel hatte versucht, die Gemüter zu besänftigen, aber Renée war ausgerastet. Am Ende hatte Anne hundert Euro auf den Küchentisch geknallt und ihrer Freundin erklärt, sie möge sich einfach mit neuer weißer Unterwäsche eindecken und nicht so kleinlich sein.

»Da hätten wir fast eine erste Prügelei gehabt«, sagt Wille und sieht, wie sich um Amandas Augen ein Kranz von Lachfalten bildet. »Renée hat Anne beschuldigt, wie ein arrogantes Arschloch zu denken und zu glauben, man könne alle Dinge mit Geld regeln. Anne hat auf mildernde Umstände plädiert, weil sie in den Wechseljahren und manchmal nicht zurechnungsfähig sei, Michael hat alles noch schlimmer gemacht mit seinem blöden Witz, es gäbe für all diese Dinge wunderbare Psychopharmaka, und Pavel hat erklärt, sich für seine Frau zu schämen, die es nicht einmal schaffe, die einfachsten Dinge im Haushalt klarzukriegen, was Anne wiederum zu der Bemerkung veranlasste, wenn ihn das störe, werde sie sich eben eine Putzfrau besorgen, die er dann gern auch noch flachlegen könne, wenn ihm danach sei. Daraufhin hat Renée Anne gesagt, sie solle mit ihrem Scheißsexismus aufhören, Putzfrauen ließen sich nicht einfach so flachlegen, und wenn Anne meine, hier mit billigen Vorurteilen die Stimmung auflockern zu können, habe sie sich geschnitten.«

Weil es so gut funktioniert mit den Geschichten, schiebt Wille gleich noch die mit dem Bild hinterher. Anne hatte kurz nach dem Einzug ein Bild aus dem Büro mitgebracht, das vier mal drei Meter groß war. Ein abstraktes Ölgemälde in düsteren Farben. Michael hatte wissen wollen, wohin sie diese vaginale Endzeitkunst zu hängen gedenke, und Anne hatte erklärt, ins EFG, da gebe es ja noch diese eine freie Wand. Jetzt lege er erstmals sein Veto ein, hatte Michael gesagt. Er sei Arzt und wisse, dass dieses Bild ihnen allen nicht guttun werde. Anne könne das gern in eines ihrer beiden Zimmer hängen, aber nicht in ihrer aller Refugium. Anne hatte dagegengehalten, sie alle als Kunstbanausen beschimpft, was Renée zu einem unkontrollierten Lachen und der Bemerkung verleitete, Anne könne es leicht mit jedem von ihnen in Fragen der Kunstbanauserei aufnehmen. Am Ende war Anne mit dem Bild auf den Balkon gegangen und hatte es in den Hof geschmissen. Es war einen halben Meter vor dem Bewohner einer Wohnung aus der dritten Etage aufgeschlagen, der gerade von den Mülltonnen zurückkam und sich danach überhaupt nicht wieder hatte einkriegen können, ob des Schrecks. Michael war runtergegangen und hatte versucht, dem Mann zu erklären, das Bild sei aus Versehen vom Balkon gefallen, während er dabei gewesen war, es abzustauben. Seitdem machte dieser Nachbar einen großen Bogen um sie alle.

Nach diesen Geschichten läuft es leichter. Amanda und Wille, den sie weiterhin Wilfried nennt, reden über Jazz und Konzerte, auf denen sie waren. Sie kommen sogar auf drei, wo sie sich hätten begegnen können. »Müssen«, sagt er, nun schon etwas beschwipst, »eine wie du hätte mir auffallen müssen. Du warst doch bestimmt die Schönste von allen.«

Amanda lacht einmal mehr und so laut, dass die Gäste am Nachbartisch schon pikiert herüberschauen.

»Wie du lachst«, sagt Wille und verschluckt sich ein bisschen. Wie meine Marianne, denkt er und maßregelt sich gleich für diesen Gedanken. Bloß keine Vergleiche, das hat keine verdient. Trotzdem erinnert ihn Amandas Lachen an seine verstorbene Frau, und es schmerzt nicht, was ihn wundert und freut.

Punkt halb zwölf machen sie sich auf den Weg, und Wille tut etwas, was er noch wenige Stunden zuvor nicht für möglich gehalten hätte. Er bringt Amanda nicht nur zur Bahn, sondern ganz bis nach Potsdam und direkt vor ihre Haustür. Als sie endlich aufschließt und reingeht, ist es halb zwei, und Wille weiß nicht, ob überhaupt noch eine Bahn zurückfährt nach Berlin.

»Da kenn ich mich nicht aus«, murmelt er und läuft los Richtung S-Bahnhof Babelsberg. »Aber ist auch egal. Wenn mir Amanda nur nicht durch die Lappen geht.«

23

»Weiß jemand, wo Pavel ist?«

Renée sitzt am Küchentisch und starrt auf die ausgepackten Einkäufe, die Pavel offensichtlich am Vormittag erledigt und noch in die Wohnung gebracht hatte. Sie hat ein schlechtes Gefühl, kann aber nicht genau sagen, woran es liegt. Am Morgen hatte ihr Anne nach ihrem Arbeitsgespräch im Wahlkreisbüro erklärt, sie würde heute mit Pavel reden und ihm erklären wollen, dass sie noch einmal kandidieren werde.

»Ich bin sicher, er weiß es schon, aber einmal müssen wir ja wohl offiziell darüber sprechen. Dann kann er sauer sein, sich mit mir streiten, und am Ende werden wir uns darauf einigen, dass ich wirklich nur noch eine weitere Wahlperiode mache.«

Anne hatte nicht überzeugt ausgesehen, als sie das sagte. Eher verzagt, was Renée nicht von ihr kannte. Sie hatte ihrer Freundin und immer noch Kundin oder Chefin deshalb angeboten, selber mit Pavel zu reden, aber die hatte nur den Kopf geschüttelt. »Nein, dich brauche ich als Puffer, wenn alles schiefgeht. Da darfst du nicht vorher als Überbringerin der schlechten Botschaft verbrannt werden.«

Ein Argument, dem Renée sich nicht hatte verschließen können, obwohl sie es ein wenig überzogen fand.

Anne hatte sich nachmittags um drei mit Pavel verabredet. Wollte ihn von der Arbeit abholen und mit ihm in ein Café gehen. Neutraler Boden sei vielleicht ganz gut, wie sie sagte. »Ich schleppe meinen Mann in dieses kleine Café da am Oranienplatz, das er so mag.«

Jetzt ist es acht, und die beiden sind noch nicht zurück.

Anne hat seit sieben in der Fraktion einen wichtigen Termin, sie kann noch nicht da sein, aber Pavel, der müsste längst zuhause sein und sich um diese Berge von Gemüse kümmern, die auf dem Küchentisch liegen. Er hatte am Morgen noch etwas von asiatischer Gemüsepfanne gesagt, die er heute für alle kochen wolle. Es war einer dieser Tage, an dem sie sich schnell hatten einigen können, dass einem gemeinsamen, wenn auch späten Abendessen nichts im Wege stehen würde. Spät hieße in einer Stunde.

Wille schaut Renée fragend an, und Michael, der von Annes Plan, heute mit Pavel zu reden, weiß, sieht ein wenig beunruhigt aus. »Könnte schiefgegangen sein«, murmelt er und klappt das Kochbuch auf, in dem Pavel mit einem grellgrünen Klebezettel die Seite markiert hat, auf der das Rezept für die Gemüsepfanne steht. »Na dann fangen wir einfach schon mal an.«

Renée geht in ihr Zimmer, versucht Pavel anzurufen und erwischt nur die Mailbox. Das ist ein noch schlechteres Zeichen. Pavel macht sein Telefon nie aus, nicht einmal nachts, für den Fall, dass im Heim etwas passiert. Anne kann sie nicht anrufen, die wird ihr Telefon auf lautlos gestellt haben. Deshalb schickt sie eine SMS. *Wie ist es gelaufen?* Das klingt unverfänglich, man muss ja nicht gleich die Pferde scheu machen, denkt Renée und hofft auf eine schnelle Antwort. »Beschissen. Kann jetzt nicht. Bin in einer halben Stunde zuhause.«

Renée bleibt noch einen Moment auf ihrem Sessel sitzen und denkt einmal mehr, wie schön dieses Zimmer geworden ist. Das andere hat sie eher funktional eingerichtet. Dort stehen ihr Bett, der Schreibtisch, ein großer Kleiderschrank, und eine Wand ist komplett mit Bücherregalen vollgestellt, in denen ihre und die Bücher ihres toten Mannes zweireihig stehen, weil sonst nicht ausreichend Platz gewesen wäre. Im EFG sind weitere Bücher untergebracht, die »für die Allgemeinheit«, wie Michael es nannte. Nachschlagewerke, Kochbücher, Krimis, Wörterbücher, Romane, die man einmal gern, jedoch nicht noch ein zweites Mal lesen würde, aber auch nicht wegschmeißen mochte. Ein Sammelsurium, das Wille versprochen hat, irgendwann einmal so zu ordnen, dass man wirklich etwas finden kann.

Dieses Zimmer aber, in dem Renée gerade sitzt, ist ein Kleinod, ihr Lieblingsort in der Wohnung. Sie hat eine Wand in einem verblichen wirkenden Altrosa gestrichen, eine Farbe, zu der ihr bis dahin immer der Mut gefehlt hatte, obwohl sie ihr so gefiel. Die alte Couch, auf der sie oft mit Martin gelegen und ferngesehen hatte, war mit einem neuen dunkelgrünen Stoff mit leicht erhabenem Muster bezogen, ebenso der Sessel, auf dem sie gerade sitzt. Nur zwei Bilder hängen an der Wand. Das Foto von der heiligen Familie und dem Sensenmann, das Martin kurz vor seinem Tod gemacht hatte, und eine Seelandschaft von Sugimoto, fast monochrom grau, sehr melancholisch, aber auch sehr beruhigend.

Wenn Pavel nicht erreichbar sein will, muss es wirklich schlimm gelaufen sein, denkt sie und seufzt. Wahrscheinlich hat Anne wieder wie ein Bulldozer agiert. Bloß keine Krise, wünscht sie sich. Wir sind jetzt vier Monate zusammen in der Wohnung, und es wird langsam immer besser. Wenn Pavel und Anne auseinanderfliegen, wäre das ein schlimmer Rückschlag. Und für wen sollte man sich dann entscheiden? Das geht gar nicht, so etwas auszuhandeln. Renée steht auf und geht wieder in die Küche.

Michael hat auf dem Küchentisch säuberlich sechs Berge klein geschnittenes Gemüse aufgeschichtet und starrt angestrengt ins Kochbuch.

»Eigentlich ganz simpel«, sagt er. »Aber ich trau dem Frieden nicht. Besser, wir bleiben optimistisch und hoffen, dass Pavel kommt.«

»Was willst du kochen«, fragt Wille und steht ein bisschen verloren mit einem Gemüsemesser in der Hand am Herd.

»Gemüsepfanne«, antwortet Michael verwundert. »Der Plan hat sich in den vergangenen zehn Minuten nicht geändert.«

Renée ruft ihre Tochter an, die angesagt hat, vielleicht beim Abendessen dabei zu sein. Pauline sitzt in irgendeiner Bahn und ist kaum zu verstehen.

»Mama, ich schaffe es doch nicht, zu euch zu kommen. Muss noch zur Probe, weil wir am Samstag ein Konzert geben. Stell dir das mal vor. Ist eigentlich sogar ein kleines Festival in ...« Der zweite Teil des Satzes wird von der Ansage übertönt, man möge bitte vorsichtig sein beim Aussteigen und die Lücke zwischen Zug und Bahnsteigkante beachten. Aber es ist vielleicht auch nicht so wichtig, wie der Ort heißt, in dem Pauline am Wochenende in einem Zelt, einer Scheune oder einem umgewidmeten Kulturhaus spielen wird. Oder doch?

»Ich vermisse dich«, sagt Renée und ärgert sich im selben Moment. All diese Sätze, die sie manchmal ihren Kindern gegenüber benutzt, laufen auf emotionale Erpressung raus. Sie weiß es, und trotzdem sagt sie hin und wieder zu Paul oder Pauline, dass sie Sehnsucht habe, gerade ein wenig traurig sei, an Martin gedacht habe. Solche Sachen eben. Renée spürt auch jetzt das Zögern ihrer Tochter und beeilt sich, hinterherzuschieben, dass sie sich riesig darüber freue, wenn Pauline mit ihrer Band am Wochenende einen Auftritt habe und dass man dann einfach Anfang kommender Woche telefonieren und sich verabreden werde. Aber so einfach ist Pauline nicht zu überlisten.

»Bist du traurig, Mama«, fragt sie.

»Nein, ich bin nicht traurig. Und heute wär sowieso ein ungünstiger Abend, weißt du. Gleich kommt Anne, die hat am Nachmittag mit Pavel über ihre Zukunftspläne gesprochen, und das scheint nicht so gut gelaufen zu sein.«

Renée hört Pauline am anderen Ende schnauben. »Pavel wird ihr hoffentlich richtig den Kopf gewaschen haben.«

Manchmal konnte ihre Tochter aber auch wirklich altklug sein. Renée lächelt und sieht die kleine Pauline vor sich, wie sie als Fünfjährige vor ihren Eltern steht, die Hände in die Hüften gestemmt, und ihnen erklärt, dass Erwachsene sich immer liebhaben müssen und nicht vergessen dürfen, sich jeden Abend vor dem Einschlafen eine Geschichte zu erzählen, weil der andere sonst nicht weiß, ob ihn jemand liebhat. Das war nach einer der seltenen Auseinandersetzungen zwischen ihr und Martin gewesen. Worüber haben wir uns damals gestritten, überlegt Renée und verabschiedet sich von ihrer Tochter. Ich glaube, es ging um die Frage, ob Martin beim anstehenden Personalgespräch die Gehaltsfrage ansprechen sollte. Am Ende hat er es nicht gemacht. Er hat es nie gemacht, denkt Renée und seufzt, als sei es gestern gewesen.

Dann kommt Anne und sieht zum Fürchten aus.

»Leute, das ist so schiefgegangen, wie es nur schiefgehen konnte. Pavel hat gesagt, er ahnte es schon seit Langem, und hat sich nichts anmerken lassen, weil er neugierig war, wann ich gedenke, es ihm zu erzählen. Und er hat erklärt, er wisse nicht, ob er weiter mit mir zusammenleben möchte, wenn ich noch mal kandidiere. Und wisst ihr, was perfide ist? Er sagt, das Schlimmste an der Angelegenheit sei nicht, dass ich es unbedingt noch einmal wissen will, sondern dass ich ihn so außen vor gelassen habe mit meiner Entscheidung. Ich bin sicher, das stimmt so nicht, aber ich kann ihm natürlich nicht das Gegenteil beweisen.«

»Wo ist dein Mann denn jetzt?« Wille holt den Wok aus dem Schrank, den sie auf Pavels Wunsch hin erst kürzlich angeschafft haben, und stellt ihn auf den Herd.

»Mach mal einen halben Liter Gemüsebrühe«, weist Michael Wille an und bekundet Anne, sie möge sich an den Tisch setzen, ein Glas Wein trinken und aufhören, durch die Küche zu tigern.

»Ich vermute, der ist in seinem Heim und wird heute

nicht nach Hause kommen. Verdammt, hört zu. Ich geh jetzt erst einmal duschen. Vier Hitzewellen an einem Tag, die letzte während dieser Sitzung eben. Ich versteh sowieso nicht, was ein Mann wie Pavel mit mir anfangen kann. Ich meine, guckt mich doch an. Ich brauche morgens eine halbe Stunde, um passabel auszusehen, und der Mann steht auf, setzt sich an den Küchentisch und sieht zehn Jahre jünger aus, als er ist. Kein Adonis, aber zum Fressen gut. Vielleicht will der gar nicht, dass ich mich für ihn entscheide. Vielleicht will er mich loswerden, und das ist jetzt die beste Gelegenheit dafür.«

Anne geht aus der Küche und das Letzte, was sie von ihr hören, bevor die Tür zufällt, ist ein Schluchzer, der von ganz tief unten zu kommen scheint.

»Na endlich«, brummelt Michael und gießt sich ein Glas Wein ein. »Hab schon gedacht, die Frau wird nie erwachsen. Jetzt geht's mal um Gefühle und nicht um Modernisierungsumlagen und Grunderwerbssteuer.«

Renée starrt ihren Freund entgeistert an. Freut der sich etwa darüber, dass Anne jetzt derartig in Turbulenzen gerät? Michael schüttelt den Kopf, als wisse er, was sie gerade denkt.

»Das war nicht in Ordnung, was ihr beide da gemacht habt. Pavel so außen vor zu lassen, und schon mal fleißig an der Karriere für die nächsten vier Jahre arbeiten. Käme ich mir auch verarscht vor, ehrlich. Ich weiß, ich kann gut reden. War nie verheiratet und nie jemandem Rechenschaft schuldig. Aber so als Mann und Hausarzt sag ich mal: Ganz schlechter Verlauf, falsche Diagnose, falsche Behandlung.«

»Warum hast du nie mit mir darüber gesprochen?« Renée ist fassungslos. »Wir wohnen hier zusammen, du bist mein bester Freund und sagst mir nicht, dass du das Gefühl hast, ich setze gerade etwas völlig in den Sand?«

»Es ist Annes Entscheidung, und du hast dich deiner Freundin und Chefin gegenüber loyal verhalten. Dir blieb nichts anderes übrig. Klar, du hättest versuchen können, sie zu überreden. Dass sie es anders macht. Hätte nicht geholfen, ich weiß. Anne ist in solchen Fragen absolut beratungsresistent und viel zu arrogant, sich von anderen etwas sagen zu lassen.«

Michael denkt, dass er es wahrscheinlich bis an sein Lebensende nicht schafft, sich in irgendeiner Angelegenheit gegen Renée zu entscheiden. Bin ich ein Depp oder einfach nur ein guter Kerl? Eine Frage, die er sich nicht selten stellt und an deren Beantwortung er bis jetzt noch jedes Mal gescheitert ist.

Wille schneidet sich in den linken Zeigefinger und starrt verblüfft auf die Schweinerei, die er damit auf dem Küchentisch anrichtet.

»He«, ruft Michael. »Du hast in letzter Zeit aber auch ein Händchen, zeig mal her, alter Jazzer, sonst ist es aus mit der Trompete.«

Renée holt aus dem großen Bad den Verbandskasten, den sie auf Befehl des WG-Arztes Michael Vanroten angeschafft und gut gefüllt haben.

»Ich brauch eine Puppe«, weist Michael an, und sie schneidet brav ein Pflaster so zurecht, dass es sich auf die Fingerkuppe des Zeigefingers kleben lässt und der Schweinerei auf dem Küchentisch ein Ende bereitet werden kann.

Wille sagt, er wisse auch nicht, warum ihm gerade andauernd irgendwelche Missgeschicke passieren. Erst gestern sei er gegen die Schranktür in seinem Zimmer gelaufen und noch jetzt täte ihm der rechte Oberarm davon fürchterlich weh.

Michael zieht die Stirn kraus, sagt aber nichts, sondern verklebt den kleinen Pflasterverband so, dass alles seine Ordnung hat und Wille weiterhin arbeitsfähig ist. Er schmeißt die rohen Gemüsestreifen in den Müll und fragt, ob jemand daran gedacht habe, die Garnelen aus dem Kühlfach zu holen. Natürlich nicht.

Als Anne frisch geduscht und umgezogen in die Küche kommt, sitzen alle um den Tisch herum, warten darauf, dass die Garnelen im kalten Wasser etwas antauen, und schweigen. Renée schaut ihre schwierige, laute Freundin an und sieht, dass sie unter der Dusche offensichtlich noch kräftig geweint hat. Ihre Augen sind verquollen und wirken ungeschminkt sehr klein und müde. Sie überlegt, ob sie Anne jemals hatte weinen sehen, und ihr fällt nur eine einzige Situation ein. Als Anne noch in der Wohnungswirtschaft gearbeitet hatte, war sie einmal für einen schwerwiegenden Fehler ihres Chefs zur Verantwortung gezogen worden. Sie hatte auf seine Anweisung gehandelt, ihm noch lange versucht, auszureden, was er da wollte, aber auf Granit gebissen. Am Ende war es, wie von ihr prognostiziert, schiefgegangen, und ihr Chef hatte sie im Regen stehen lassen. Renée versucht sich zu erinnern, worum es damals gegangen war. Um den Verkauf einer Immobilie, meint sie, ist sich aber nicht sicher. Und es ist auch egal. Anne, ihre Freundin, hatte bisher jedenfalls nur dieses eine Mal in ihrer Anwesenheit geheult. Und jetzt tat sie es wieder.

»Soll ich ins Altenheim fahren und mit Pavel reden?«

Anne und Michael schütteln gleichzeitig den Kopf, Wille nickt.

»Lass ihm Zeit«, sagt Michael. »Wenn du ihn überredest, hat die Lösung keinen Wert, glaub mir. Er sollte das, was er angekündigt hat, auch durchziehen können.«

Was er damit meine, fragt Anne, und in ihrer Stimme schwingt Panik.

»Pavel will sich überlegen, ob er weiter mit dir zusammenleben möchte, wenn du noch mal kandidierst. Und er will entscheiden, ob er dir verzeihen kann, dass du ihn so lange im Unklaren gelassen hast. Dafür braucht er Zeit. Und es bringt gar nichts, wenn Renée jetzt hinfährt und mit ihm redet. Das ist eine Sache zwischen Pavel und Anne. Und nein, bevor du, Anne, jetzt auf die Idee kommst, hinzufahren. Auch das ist keine kluge Idee. Lasst dem Mann die Möglichkeit, mit sich ins Reine zu kommen.«

Jetzt nicken alle, und Wille schlägt vor, das Gemüse und die Garnelen in den Wok zu schmeißen, damit man endlich essen könne.

»Muss mal«, sagt Michael und verschwindet im Klo. Dort schreibt er – ein Glück, dass ich das endlich gelernt habe, denkt Michael – eine SMS an Pavel. *Nimm Dir Zeit, alter Junge, und sag Bescheid, wenn Du jemanden zum Reden brauchst. Dein Freund und Hausarzt.*

»Mehr kann man nicht machen«, murmelt Michael und spült, um der Konspiration noch ein kleines Krönchen aufzusetzen. »Was sind wir nur für ein Kindergarten.«

24

Im Heim wissen inzwischen alle, dass etwas nicht stimmt. Der Chef schläft seit einer Woche im Gästezimmer, das sie für Angehörige eingerichtet hatten, die von weiter her zu Besuch kommen und übernachten müssen oder einfach mal länger bleiben wollen. Ist in der ganzen Zeit nur drei Mal passiert, aber immerhin.

Pavel hat sich bisher gegen alle Vorschläge gewehrt, das Zimmer aufzulösen und ganz normal zu belegen. Er wollte den Angehörigen das Angebot weiterhin unterbreiten können, und vielleicht half diese sanfte Form der Mahnung ja doch irgendwann dem einen oder der anderen auf die Sprünge.

Von dem Ausmaß der Einsamkeit, das alte Leute zu ertragen hatten, ist Pavel immer wieder überrascht. Gerade wenn sie in ein Heim gebracht wurden, hatten viele ihrer Angehörigen offensichtlich das Gefühl, dies genüge an Fürsorge vollkommen.

In zwei Wochen ist Weihnachten, und schon jetzt denkt Pavel mit einer Gefühlsmischung aus Bitterkeit und Wut an den Heiligen Abend, wenn hier all jene im Essraum sitzen werden, deren Kinder oder Enkelkinder es nicht für nötig erachten, ihre pflegebedürftigen Angehörigen wenigstens für ein paar Stunden nach Hause zu holen.

Sie werden sich, wie jedes Jahr, Mühe geben, es den Leuten so angenehm und schön wie möglich zu machen. Aber das hat Grenzen. Am Ende werden doch wieder alle trübsinnig an ihren Tischen sitzen oder vor dem Fernseher und sich fragen, was sie eigentlich falsch gemacht haben. Wenn sie noch fragen können, gesteht Pavel sich ein. Die meisten werden in ihren Zimmern bleiben, vor sich hin dämmern oder ganz und gar aus der Welt sein.

Seit drei Jahren hatten sie hier im Heim auch Zimmer für Apalliker, Menschen, die seit einem Schlaganfall im Wachkoma liegen und bei deren Anblick Pavel jedes Mal von Neuem darüber nachdenkt, warum so wenige sich vorab Gedanken darüber machen, wie sie sterben wollen.

»Ist noch nicht die Generation, die wächst vielleicht erst ran«, sagt er und stellt erneut fest, dass er offensichtlich von Michael die Angewohnheit übernommen hat, mit seiner Wohnung zu reden. Auch wenn dies hier eben nur das Gästezimmer im Altenheim ist. Es wird Zeit, dass ich meine Ansage mache, denkt Pavel und beschließt, noch eine Runde außer der Reihe durch das Heim zu machen. Es ist fast neun, und die meisten Heimbewohner werden bereits im Bett liegen. Mal schauen, ob der alte Schachmeister im Gemeinschaftsraum sitzt, dann kann ich ja noch eine Partie mit ihm spielen.

Im Prinzip bin ich durch mit dem Problem. Pavel geht durch die stillen Flure und bleibt hin und wieder stehen, wenn eine Zimmertür noch offen ist. Einige Bewohner, vor allem Bewohnerinnen, denkt er an dieser Stelle pflichtschuldig und Renée zuliebe, haben sich angewöhnt, ihre Türen offen zu lassen, wenn sie Lust auf Gesellschaft haben. Er hat das immer unterstützt und sein Personal angewiesen, so oft es möglich ist, diese Einladung anzunehmen. Und sei es nur für fünf Minuten. Auch das Reinigungspersonal ist aufgefordert, seine Arbeit für solche kleinen Gespräche zu unterbrechen. In den Berichten zum Thema Zeitmanagement, Personalauslastung und Optimierung sieht das schlecht aus, aber Pavel ist sicher, dass es sich lohnt.

Jetzt bleibt er an der Zimmertür von Frau Lüdecke stehen, und die winkt ihn zu sich, um ihm gleich ihre Keksdose hinzuhalten, die immer offen auf dem Tisch steht.

»Die sind ganz frisch«, sagt sie und strahlt. »Hat meine

Tochter gebacken, die war heute zu Besuch da.« Pavel weiß, dass Frau Lüdecke nie Besuch bekommt. Schon gar nicht von ihrer Tochter, die einundsiebzig und schwer krank ist. Er nimmt ein Plätzchen und sagt, das schmecke großartig und er müsse unbedingt mal dieses Rezept haben. Das Gespräch hat er sicher schon ein paar Dutzend Mal mit Frau Lüdecke geführt, die ihm auch heute den Rat gibt, ihre Tochter beim nächsten Besuch einfach nach dem Rezept zu fragen, was er zu tun verspricht.

Neben der Keksdose liegt ein Foto, auf dem sie mit ihrer Tochter zu sehen ist. Die Tochter vielleicht fünfzig Jahre alt. Beide stehen vor dem Eingang zum Zoo und kneifen die Augen zusammen, weil die Sonne scheint.

»Wir waren im Zoo«, sagt Frau Lüdecke und hält ihm das Foto hin. »Finden Sie nicht, dass meine Tochter etwas schmal geworden ist? Sie muss mehr essen, das sage ich ihr jedes Mal, wenn sie mich besuchen kommt. Aber sie hört nicht.«

»Kinder haben ihren eigenen Kopf«, antwortet Pavel und beendet damit das kleine Gesprächsritual mit der alten Frau. »Man soll sie tun lassen.«

Frau Lüdecke nickt und lächelt. »Da sagen Sie was.« Damit ist Pavel entlassen.

Im Gemeinschaftsraum sitzt wirklich der alte Schachmeister und grübelt über eine komplizierte Stellung auf dem Brett. Zumindest sieht sie kompliziert aus, findet Pavel, der gerade mal ein bisschen Schach für den Hausgebrauch spielen kann, wie er von sich sagt. Er hat den alten Mann auch noch nie besiegt, der einer dieser Fälle ist, bei denen Pavel denkt, das Leben könne dermaßen ungerecht und unangenehm sein, dass da wohl doch jemand seine Hand im Spiel haben müsse.

Geistig auf der Höhe, körperlich nicht mehr in der Lage, seinen Alltag allein zu bewältigen, eine Rente, die für ein barrierefreies Leben sowieso nicht reichen würde, und vor sechs Monaten das vierte Kind begraben. Die Frau war bereits nach dem Tod des zweiten gestorben. Vor wenigen Tagen hatte ihm der Schachmeister anvertraut, er wolle jetzt noch alle Spiele der letzten Weltmeisterschaft zwischen Anand und Gelfand nachspielen und analysieren und dann sterben.

Pavel glaubt ihm aufs Wort. Und überlegt seitdem, ob er den Mann unter verschärfte Beobachtung stellen oder den Dingen ihren Lauf lassen sollte. Eine Überlegung, die er andauernd anstellt. Und noch nie ist er zu einem befriedigenden Schluss gekommen. Er ist zutiefst überzeugt, dass jeder Mensch über sein Leben und seinen Körper und auch das Lebensende frei entscheiden können muss. Das Recht auf Freitod gehört seiner Auffassung nach dazu. Wie das praktisch aussehen und geregelt werden könnte? Da muss er jedes Mal passen, wenn er darüber nachdenkt. Deshalb hat er den Schachmeister auch nicht gefragt, was er genau damit meine, nach der letzten Aufgabe, die er sich gestellt hat, sterben zu wollen. Er traut ihm zu, eine Lösung für sich zu finden, die ihnen nicht gefallen würde, für ihn aber genau die richtige Entscheidung wäre.

Erst jetzt sieht Pavel, dass noch jemand im Gemeinschaftsraum sitzt.

»Michael, was machst du denn hier?«

»Ich besuche einen Freund und will ihn überreden, mit mir im Tiergarten einen Weihnachtsbaum zu klauen. Renée hat beschlossen, dass wir unser erstes Weihnachtsfest so zünftig wie nur möglich feiern werden. Unsere Wohnung sieht inzwischen aus wie ein einziger Weihnachtsmarkt. Mit dir zusammen hätte ich das verhindern können, allein bin ich machtlos. Gestern Abend haben wir Glühwein getrunken. Ich bitte dich, Glühwein in der Wohnung. Außerdem zwingt uns das, Geschenke zu kaufen, und wenn ich irgendetwas nicht kann, dann ist es das. Ich brauche dich, alter Junge, sonst wird es ein Desaster.«

Pavel setzt sich zu Michael und überlegt, ob er ihm nicht gleich sagen soll, dass er sich nach Hause sehnt und nur nicht weiß, wie er aus der ganzen Geschichte wieder rauskommt.

»Wie geht es Anne?«

»Schlecht, was denkst du? Sie hält die Füße still, weil ich ihr befohlen habe, dich in Ruhe zu lassen. Aber es fällt ihr schwer. Außerdem hat sie gestern Abend gesagt, wenn es wirklich auf eine Entscheidung zwischen dir und Mandat hinausliefe, ließe sie das mit der Kandidatur sein.«

Pavel ist so verblüfft, dass ihm dazu erst einmal gar nichts einfällt.

»Es geht nicht um die Kandidatur.«

»Ich weiß. Sie haben dich hängenlassen, die Weiber. Habe Renée schon ins Gebet genommen. Soweit mir das möglich ist, du weißt ja, dass ich ein Weichei bin, wenn es um Renée geht. Mehr als den erhobenen Zeigefinger bring ich nicht fertig. Also, was ist jetzt, klauen wir einen Weihnachtsbaum im Tiergarten?«

»Du willst das wirklich tun?«

»Klar, ist beschlossene Sache. Wir können auch in den Friedrichshain fahren, wird sowieso Zeit, dass wir unsere Reparationsleistungen einfordern. Schließlich haben wir die befreit. Und ich weiß ehrlich gesagt gar nicht, ob es im Tiergarten überhaupt Tannenbäume gibt. Weißt du übrigens, dass dieses Sprichwort was mit der Jagd im Tiergarten zu tun hat? Die haben da doch früher Tiere totgeschossen.«

»Welches Sprichwort?«

»Na dass einem etwas oder jemand durch die Lappen geht. Der ganze Tiergarten muss bei diesen Schlachtefesten mit solchen Wimpelketten vollgehängt gewesen sein. Und wenn ein Tier sich getraut hat, da durchzulaufen, ist es durch die Lappen gegangen. Aber was red ich da, jetzt komm ich dir auch noch mit gesundem Halbwissen aus ›Wer wird Millionär?‹.«

Sie schweigen und sehen dem Schachmeister zu, der langsam die weiße Königin anhebt, mit der Hand in der Luft verharrt und die Figur dann wieder kopfschüttelnd zurückstellt. »Kein guter Zug«, murmelt er und macht sich eine Notiz in sein kleines kariertes Heft, das immer neben dem Schachbrett liegt. Michael steht auf und stellt sich an den Schachtisch.

»Springer d5 wäre vielleicht eine Lösung.«

»Spielen Sie Schach?«

»Ein bisschen. Aber ich bin ein Rambo, Stellungskrieg hasse ich. Ich schlage alles, was nicht niet- und nagelfest ist.«

Der Schachmeister zeigt auf den Stuhl, der gegenüber am Tisch steht, und baut die Figuren auf.

»Lassen Sie sehen, lassen Sie sehen.« Er nimmt einen schwarzen und einen weißen Bauern und lässt Michael wählen. »Weiß, sehr gut. Ich bin gespannt auf Ihre Eröffnung.«

Pavel steht auf und flüstert Michael zu, er packe dann mal seine paar Sachen zusammen, und wenn das Spiel zu Ende sei, könnten sie nach Hause fahren. Er spürt, wie eine Last von ihm abfällt. Eine große Last. In diesen Tagen war ihm klar geworden, wie sehr er die Wohngemeinschaft vermissen würde, käme es zum Äußersten. Anne sowieso, aber er war überrascht davon, wie sehr ihm inzwischen die kleine Chaostruppe ans Herz gewachsen war. Er hatte nur nicht gewusst, wie eine Rückkehr aussehen sollte. Schließlich war sein Wegbleiben eine ziemlich starke Ansage gewesen, über die er selbst erschrocken war. Ein Schaden wird bleiben, denkt er. So ganz lässt sich dieser Vertrauensbruch nicht aus der Welt schaffen, egal, was Renée und Anne tun oder sagen. Aber wahrscheinlich wird es nicht der einzige Schaden sein, den wir im Laufe der Zeit erleiden werden.

Zwei Stunden später, so lange hat die Schachpartie gedauert, die mit einem Remis endet, steigen Michael und

Pavel vor dem Heim ins Auto, um in die Wohnung zu fahren.

»Ich habe dem alten Herrn versprochen, dass ich am zweiten Feiertag mit ihm Schach spiele. Der hat mich heute garantiert nur nicht fertiggemacht, damit ich wiederkomme. Hat einen Anfängerfehler gemacht, der eher zu mir gepasst hätte. Was ist eigentlich mit unserem Bushaltestellenprojekt? Das sollten wir im nächsten Jahr in Angriff nehmen.«

Pavel nickt. »Das wird das Erste, was wir tun im neuen Jahr. Eine Bushaltestelle bauen.«

25

Wille überlegt, wo das Geschenk für Amanda liegen könnte. Er hat überall nachgeschaut, in allen Schränken, Schubfächern, Regalen. Nirgendwo ist das Päckchen zu finden. Es ist nicht allzu groß, deshalb hat er noch Hoffnung, dass es irgendwo zwischen zwei Bücher oder in eine Ecke gerutscht ist, die er noch nicht abgesucht hat. Viel Zeit bleibt allerdings nicht mehr, morgen ist Heiligabend und sie wollen alle Geschenke unter den geklauten Weihnachtsbaum legen. Amanda, mit der er sich inzwischen drei Mal wöchentlich trifft, würde dabei sein, wenn die Wohngemeinschaft ihr erstes Weihnachtsfest zusammen feiert. Renées Kinder hatten ihr Kommen angekündigt, Pauline wollte ihren Freund mitbringen, Judith und Frank wollten nach der Bescherung dazukommen.

Sie hatten sich in letzter Zeit rargemacht, und es war nicht leicht gewesen, sie zu überreden, Weihnachten mit ihnen zu feiern. »Wir haben kein Geld für Geschenke, und Weihnachten ohne Geschenke ist einfach doof«, hatte Judith gesagt. »Es reicht gerade mal, dass ich für meinen Sohn was kaufen kann.«

Von Thomas, Judiths Sohn, weiß Wille nicht viel. Er hatte Renée mal gefragt, und die hatte ihm erklärt, dass Thomas und Paul seit dem Kindergarten befreundet sind, Thomas aber irgendwann abgeglitten sei in Traurigkeiten, Drogenphasen, abgelöst von Aufschwüngen und Plänen. »Aber er wird es schaffen«, hatte Renée gesagt und ausgesehen, als meinte sie es auch so. »Thomas ist ein guter Junge, ohne Arg und mit viel zu dünner Haut. Trotzdem wird er es schaffen.«

Der Kompromissvorschlag, dass Judith und Frank erst nach der Bescherung kommen und Thomas vielleicht mitbringen, hatte das Blatt gewendet. Zehn oder elf Personen werden sie also sein, nicht schlecht für den Anfang, aber auch ein bisschen bedrohlich.

Wille hört aus der Küche eine Melodie, die ihm schier die Ohren verkleistert. »Wer weiß, ob ich hier eingezogen wäre, wenn ich gewusst hätte, dass Renée eine solche Weihnachtstante ist«, knurrt er und legt sich flach auf den Boden, um unter die Regale zu schauen. Er beschließt, die CD mit der Musik aus dem Film *Drei Haselnüsse für Aschenbrödel* nach Weihnachten still und heimlich zu entsorgen. Heute Morgen hat Renée tatsächlich vor dem Fernseher gesessen und diesen Film angeschaut. Er würde mit ihr reden müssen, das war Kinderkram.

Wille lächelt und weiß, dass er niemals über so etwas mit Renée sprechen wird. Jetzt setzt er sich erst einmal in seinen Musiksessel, stülpt sich die Kopfhörer über die Ohren und legt *Bitches Brew* auf. Die passende Musik zu Weihnachten, Miles hat sowieso für jede Lebenslage die passende Musik geschrieben.

Das mit dem Geschenk wurmt ihn. Er hatte die Kette in einem kleinen Schmuckladen am Kollwitzplatz gekauft, sie war ihm sofort ins Auge gefallen, wegen des Anhängers. Eine winzige goldene Trompete. Er war in den Laden gegangen und hatte die Goldschmiedin gefragt, ob sie zu der Trompete noch ein kleines silbernes Saxophon machen könnte, und die hatte bejaht.

Miles Davis und John Coltrane an einer dünnen goldenen Kette, dieses Geschenk sollte, wenn es nach ihm ging, eine Liebeserklärung der besonderen Art sein. Also hat er bestellt, und vor vier Tagen war das gute Stück fertig geworden. »Wenn das Ding weg ist, stürze ich mich aus dem Fenster«, murmelt Wille und scannt den großen Raum mit den Augen. Dann beginnt die Nase zu laufen, und er tastet auf seinem Sessel in der Ritze zwischen Lehne und Sitz nach einem Taschentuch. Diese Angewohnheit hatte schon seine Mutter gehabt, Taschentücher in die Sessel- oder Sofaritzen zu stopfen. Wille findet kein Tuch, aber das Geschenk. Er freut sich und grübelt darüber nach, warum er auf die Idee gekommen ist, es dort zu verstecken. Das sieht ihm gar nicht ähnlich, schließlich gibt es hier niemanden, der in seinen Sachen stöbern würde. Auch Amanda nicht, die schon das eine und andere Mal hier war, aber noch nie bei ihm geschlafen hat. Irgendwie war das eine Hürde, die sie beide noch nicht hatten nehmen können. Als brächte man die Freundin zu den Eltern nach Hause und in dem Moment, da sie das erste Mal über Nacht bleibt, ist die Sache irgendwie besiegelt.

Amanda und er wollten es langsam angehen lassen, das versicherten sie sich immer wieder, während sie gleichzeitig wie zwei Schnellzüge aufeinander zuzurasen schienen. Umgekehrt hatte er schon einige Nächte in Amandas Potsdamer Wohnung verbracht. Am Anfang auf dem Sofa, weil sie auch das nicht überstürzen wollten, sich später aber eingestanden hatten, dass sie einfach nur ängstlich waren, ob es überhaupt gut gehen würde im Bett. Gut, das war auch überstanden, und es hatte Spaß gemacht.

Wille hatte sogar mal ein Männergespräch mit Michael geführt über diese Angst vor dem Versagen oder davor, dass man dann im Bett plötzlich merken könnte, es passt doch nicht zusammen. »Ich bin kein guter Ratgeber in solchen Sachen«, hatte Michael gesagt, und Wille hatte zum ersten Mal das Gefühl gehabt, dass es Dinge gab, über die der Arzt und Mitbewohner nicht so gerne sprach. »Schau, ich lebe fast wie ein Asket. Hin und wieder mal ein kleines Abenteuer, aber um ehrlich zu sein, es interessiert mich nicht sonderlich. Ich bin eine Maulhure, Wille, weiß der Teufel, warum. Scheine das Zeug zu verstoffwechseln oder bin doch schwul.«

Dabei hatten sie es belassen, er hatte nicht nachgefragt, und Michael hatte das Thema gewechselt. Man muss nicht über alles reden, denkt Wille und folgt den verschlungenen Wegen seiner Lieblingsmusik. Die Kopfhörer waren wirklich gut, genau die richtige Investition in einer Wohngemeinschaft, die Menschen beherbergte, die Weihnachtsmusik hörten. Trotzdem freut er sich auf den morgigen Abend, den Renée mit allem Drum und Dran inszenieren würde. Spaziergang, Kaffeetrinken, Bescherung, Drei-Gänge-Menü. Echte Kerzen am Baum, und alle singen ein Weihnachtslied, bevor die Geschenke aufgemacht werden.

Inzwischen ist die Frage, wie das Geschenk in die Sesselritze gelangt ist, in den Hintergrund gerückt. Hin und wieder passiert ihm so was. Er ist schließlich nicht mehr der Jüngste. Das merkte man auch daran, dass er sich ständig irgendwo stößt. Die blauen Flecken an Armen und Beinen sind inzwischen legendär. Amanda findet es aufregend, sich vorzustellen, dass ihr Freund, wie sie ihn nannte und was Wille ein bisschen blöd findet, sich nachts offensichtlich irgendwo herumtreibt und in Prügeleien verwickeln lässt. Aber so romantisch ist es leider nicht. Er lässt einfach keine Schranktür und keine Tischkante mehr aus.

Wille legt Amandas Geschenk in die Tüte mit den anderen Geschenken, wo sie von Beginn an hingehört hätte, und beschließt, noch mal zu Dussmann zu fahren und sich ein wenig Zeit in der Jazzabteilung zu vertreiben. In der Küche kocht Pavel irgendwelche raffinierten Sachen vor, Anne ist noch mal ins Büro gegangen, um in Ruhe ein paar Sachen aufzuarbeiten, wie sie erklärt hat, und Renée hört ihre Weihnachtsmusik und wird wahrscheinlich bald wieder den nächsten Märchenfilm gucken.

Bei Dussmann ist es so voll, dass Wille auf dem Absatz kehrtmacht und überlegt, wie er jetzt den Nachmittag rumbringen soll, wenn er nicht gleich wieder nach Hause gehen möchte. Wenn er richtigliegt, jobben Judith und Frank heute beide in dieser Gartenkneipe, die offensichtlich auch den ganzen Winter über geöffnet hat. Vielleicht sollte er dorthin gehen und einfach einen Wein trinken oder ein Bier. Versuchen kann ich es ja, denkt er und macht sich auf den Weg. Aber wenn die Weihnachtsmusik dudeln, hau ich gleich wieder ab.

In der Gartenkneipe dudelt mitnichten Weihnachtsmusik. Stattdessen läuft Pink Floyd. Frank erklärt, hier säßen an solchen Tagen fast nur Leute rum, die von Weihnachten schon jetzt die Nase voll haben oder sich wünschen, es würde ganz ausfallen. Deshalb die Musik. »Wenn du willst, lege ich ein bisschen Miles Davis auf, eine CD habe ich da.« Wille möchte nicht. »Lass mal, Pink Floyd ist völlig in Ordnung und *The dark side of the moon* ist zwar nicht die beste, aber auch keine schlechte Platte von denen.«

Nach dem ersten Bier setzt sich Judith an seinen Tisch. Und wie jedes Mal, wenn er diese Frau sieht, fragt er sich, warum sie nicht irgendwo in einem Büro sitzt, wo sie ordentlich Geld verdient. Er fragt nach Thomas, und Judith nickt bedächtig. »Hat die Ausbildung zum Mediengestalter auch geschmissen, wie die davor, und ist jetzt erst mal zu Paul auf den Bauernhof. Vielleicht findet er da was, das ihn wirklich interessiert. Aber morgen Abend kommt er mit.«

»Bist du eigentlich manchmal neidisch auf Renée«, fragt Wille und möchte die Frage im gleichen Moment wieder zurücknehmen. Obwohl er sie sich schon oft gestellt hat. Judith schüttelt den Kopf. Dann nickt sie.

»Renée hat mir mal gesagt, es wäre in Ordnung, neidisch zu sein. Schließlich missgönne ich ihr das Leben nicht, das sie führt. Und wenn man bedenkt, aus welchem Grund sie zu diesem Leben gekommen ist. Ich wünschte, Thomas hätte mehr Mut und Durchhaltevermögen als ich. Aber das scheint wohl erblich zu sein, dieses Unentschlossene und

Unmutige. Thomas kommt nach mir und nach seinem Vater. Wir sind beide nicht sonderlich zielstrebig, weißt du?«

»Du immer mit deinen Selbstbezichtigungen. Was heißt denn zielstrebig heutzutage? Renée hat mir erzählt, Frank will hier richtig einsteigen, mit der Kneipe.«

Wille überlegt kurz, ob er eigentlich weiß, wer der Vater von Thomas ist. Frank jedenfalls nicht, den kennt Judith noch gar nicht so lange. Und er meint, mal was gehört zu haben von einem Mann, der irgendwo im Norden lebt und zu dem Thomas keinen Kontakt habe.

»Der Geschäftsführer hat es angeboten. Aber ich weiß nicht, Frank lässt sich auch schnell übers Ohr hauen, und ich traue dem Geschäftsführer nicht über den Weg. Ein netter Hallodri, könnte man sagen, wenn man es gut mit ihm meint. Panscht hier ein bisschen, streckt da ein wenig, verkauft nebenher noch irgendwelche Sachen, die er gefunden hat, wie er sagt, und steht immer mit einem Bein im Knast, wenn du mich fragst. Aber Frank ist Feuer und Flamme. Hat schon wieder riesige Pläne gemacht, was hier alles stattfinden soll, wenn er erst das Veranstaltungsmanagement übernimmt. So nennt er es. Linedance und Livemusik. Die Kleingärtner werden es ihm danken. Es gibt doch keine konservativere Bagage als die. Also, wenn das Gespräch darauf kommt, dann wäre es mir lieb, ihr würdet ihm nicht alle auch noch zuraten.«

Wille nickt. »Hast du darüber schon mit Renée gesprochen?«

»Wir haben uns fast vier Wochen nicht gesehen. Eine lange Zeit für uns. Ich vermisse sie. Also nein, ich habe noch nicht mit ihr darüber gesprochen.«

Eine halbe Stunde später steht Wille auf und geht. Beschließt, für Judith und Frank doch ein Weihnachtsgeschenk zu kaufen. Nur verbummeln darf ich es nicht wieder, denkt er.

26

»Warum trägst du eine Taucherbrille?«

Renée starrt Michael an, der in der Küche an der Arbeitsplatte steht und wild auf etwas einhackt.

»Weil ich nie wieder in Tränen ausbrechen will, wenn ich für Pavel Zwiebeln schneiden muss.«

»Dafür bist du extra in einen Outdoorladen gegangen und hast dir eine Taucherbrille gekauft?«

Michael wendet Renée das Gesicht zu und sieht, wie sie findet, zum Fürchten aus.

»Das ist eine Investition in die Zukunft. Ich werde im kommenden Jahr einen Taucherkurs machen und dann einen Kluburlaub buchen, bei dem ich die Frau meines Lebens kennenlerne. Du wirst schon sehen. Alle großen Dinge fangen mit solch kleinen Veränderungen an. Wann kommen die Kinder?«

»In einer Stunde. Wollt ihr mal sehen, wie schön unser Weihnachtsbaum geworden ist?«

Eine Minute später stehen alle im EFG und starren andächtig auf die Tanne, die Michael und Pavel tatsächlich geklaut haben. Allerdings nicht im Friedrichshain, das schien Pavel zu gefährlich. Er könne sich als Leiter eines Altenheims nicht leisten, beim Stehlen erwischt zu werden, hatte er argumentiert und war mit Michael in irgendeinen Wald gefahren, der ihm weit genug von der Stadt entfernt schien. Renée hat sich wirklich ins Zeug gelegt, der Baum sieht großartig aus.

»Wie viele Märchen hast du denn schon gesehen«, will Wille wissen und zeigt auf den Fernseher, der seit dem frühen Morgen läuft. Renée sieht verlegen aus und murmelt, das wisse sie nicht so genau, aber sie möge nun mal Märchen und gönne sich nur zu Weihnachten derartige Rückfälle.

»Martin, die Kinder und ich haben früher mindestens vier Märchen hintereinander geschaut am Heiligabend. Und dann noch mal irgendwann die Weihnachtsgeschichte, egal in welcher Fassung.«

»Du musst dich nicht verteidigen«, brummt Michael und fragt sich, warum er den Baum nicht so spektakulär findet wie die anderen.

»Nimm die Taucherbrille ab«, sagt Anne und klopft ihm auf die Schulter. »Und rasier dir heute endlich diesen Dreitagebart weg. Du siehst aus wie ein Waldschrat.«

Michael salutiert und verschwindet im Bad. Anne hat recht, er hätte sich schon längst von diesem Versuch, cool auszusehen, verabschieden sollen. Es passt einfach nicht zu ihm. Michael schrubbt mit einer Bürste seine Fingernägel und überlegt, ob er sich zur Feier des Tages auch noch umziehen soll. Er schaut versonnen auf seinen Pullover, auf dem ein großes weißes Rentier prangt. Weiß der Himmel, warum er sich den gekauft hat, wahrscheinlich, weil er es witzig fand. Aber er sieht aus wie ein Kinderschreck. Also geht er sich umziehen, entscheidet sich für eine schwarze Cordhose und ein hellblaues Flanellhemd. Mehr können sie nicht von mir verlangen, denkt er und schaut auf die große Tüte mit den Geschenken, die in seinem Zimmer steht.

Er hat es tatsächlich geschafft, mit Pavel zusammen einzukaufen und ist sich nun zumindest sicher, dass es nicht peinlich wird, wenn die anderen seine Geschenke auspacken. Für Renée hatten sie einen flauschigen dunkelroten Bademantel gefunden, nachdem Michael Pavel gestanden hatte, dass er seine Freundin nicht in ihren aufreizenden Teilchen, die sie nachts manchmal trug, wenn sie sich in der Küche trafen, sehen wollte.

Als er in die Küche kommt, sitzen Pauline und ihr Freund am Tisch. Pauline hantiert mit einer Flasche Sekt, die sie ihrem Freund in die Hand drückt, um aufzustehen und Michael zu umarmen. Der schielt über die Schulter des Mädchens auf den Kerl am Küchentisch und fragt sich, ob Renée das so gelassen wird hinnehmen können. Der Typ sieht martialisch aus mit seinen Tätowierungen und dem vielen Metall in Nase, Augenbrauen und Ohren. Sogar in der rechten Wange steckt irgendein silbernes Teil, und die Klamotten sehen aus, als hätte sich jemand große Mühe gegeben, sie an allen möglichen Stellen kaputtzukriegen.

»Das ist John«, flüstert Pauline ihm ins Ohr. »Ist er nicht süß?«

Eine Frage, die Michael lieber nicht beantwortet. Stattdessen zwinkert er John zu und sagt: »Wenn du versprichst, Pauline auf Händen zu tragen, sind wir Freunde.« John nickt und lässt den Korken knallen. »Bei meinen Eltern gab es zu Weihnachten immer Kartoffelsalat mit Würstchen, aber bei euch wird ja richtig aufgefahren, wie ich sehe.«

Er hat also Eltern, kein Findelkind, denkt Michael erleichtert und würde in diesem Moment gern von Renée hören, was sie von dem Burschen hält. Aber das ist für später, jetzt gilt es, diesen ersten gemeinsamen Heiligabend mit Anstand und Spaß über die Runden zu bringen.

John gießt Sekt in die Gläser, und dann stehen sie alle in der Küche, etwas verlegen, und trinken den ersten Schluck des Tages. Wille sieht aus wie aus dem Ei gepellt in seinem schwarzen Outfit, zu dem er heute senfgelbe Schuhe trägt, Anne hat sich für ein knallrotes Kleid entschieden, dessen Ausschnitt Michael grandios findet, zumal die Frau wieder eine Kette trägt, deren Anhänger zwischen ihren Brüsten fast verschwindet und somit die reine Aufforderung zum Tanz ist. Ein bisschen kaschubisch, denkt Michael wie so oft, wenn er Anne ansieht, aber prachtvoll. Pavel hat sich eine Schürze umgebunden, um sein neues Hemd nicht einzusauen, das Anne ihm aus Finnland mitgebracht hat. Sie hatte ihnen nach ihrer Rückkehr irgendwas von Marimekko erzählt, einer Firma, die solcherart Hemden entwerfe und produziere. Wirkte dabei irgendwie verlegen, als sei es verboten, sich solche Klamotten zu kaufen. Zu schrill für mich, hatte Michael gedacht, aber zu Pavel passt dieses ziemlich bunt gemusterte Hemd eindeutig.

Renée war in ein kleines Schwarzes gestiegen und hatte ihre Haare sehr kunstvoll hochgesteckt. Nur Pauline und ihr Freund John sehen ein bisschen so aus, als hätte man die beiden von der Straße geholt, für eine gute Tat an diesem Tag.

Eine Stunde später kommt Amanda, bepackt mit einer Riesentüte und drei Flaschen Sekt. Paul und Thomas haben sich erst fürs Abendessen angemeldet und wollen bei der Bescherung nicht dabei sein. Paul war, wie Renée im Vorfeld geklagt hatte, auch nicht zu bewegen, irgendwelche Wünsche zu äußern. Trotzdem hatten sie zusammengelegt und ihm einen Gutschein für einen dieser Fahrradläden besorgt, die in der Stadt wie Pilze aus dem Boden schossen.

Michael findet eigentlich fast alles, was Paul macht, in Ordnung. Er hatte seiner Freundin schon oft genug erklärt, dass sie einfach aufhören solle, sich Sorgen zu machen. Aussteigerkinder lebten gesund und seien meist viel glücklicher als andere. Dafür hatte er keine Beweise, aber gehofft, dass Renée wie in so vielen Dingen seiner Autorität vertrauen würde. Warum er die hatte, war ihm ein Rätsel. Es konnte nicht daran liegen, dass er Arzt war. Dafür hatte er viel zu wenig Erfolg im Beruf. Erst kürzlich hatte ihm ein Kollege empfohlen, doch zumindest einen Tag in der Woche für Kassenpatienten zu schließen und für Privatpatienten zu öffnen. Sonst käme er nie auf einen grünen Zweig.

Egal, er will auf keinen grünen Zwei Weihnachten. Michael sieht zu, wie die an im EFG verteilen und Bescherungshäufc und die andere bauen. Wie idyllisch, d werden sie noch Filme drehen.

27

Renée drückt Frank ein kleines Päckchen in die Hand und flüstert ihm zu, er möge es Judith erst morgen früh geben. Alle hatten sich daran gehalten, für die beiden keine Geschenke zu kaufen, Renée hatte eindringlich davor gewarnt, die Abmachung nicht einzuhalten.

»Judith wäre sauer, das weiß ich. Also lassen wir das lieber und ich schenke ihr später was, wenn Weihnachten vorbei ist.«

Der Abend ist anstrengend, was kein Wunder ist bei so vielen Menschen in einer Wohnung, denkt Renée und spürt, dass der Alkohol ihr nun doch ein wenig in den Kopf steigt. Sie sieht Amanda Wille eine Hand auf die rechte Wange legen und ihm etwas zuflüstern. Scheint, als hätte er die Richtige gefunden, denkt sie und spürt, wie sie von großer Traurigkeit überrollt wird. Es war klar, dass sie Martin heute Abend besonders vermissen würde, aber bis jetzt hat sie sich ganz gut gehalten. Nun aber nicht mehr, beschließt Renée und lässt die Tränen laufen. Pauline und Paul setzen sich zu ihr auf die Couch, und die anderen tun so, als bekämen sie den Traueranfall nicht mit. Michael brummt, er würde jetzt mal mit Pavel, John und Frank ein bisschen in der Küche für Ordnung sorgen, Wille und Amanda verschwinden in Willes Zimmer, nur Judith bleibt und setzt sich mit auf die Couch.

»Komischerweise hat Martin Weihnachten ziemlich gerngehabt«, sagt Renée und schnieft durch die Nase. »Obwohl er es sonst nicht leiden konnte, wenn ich die Kitschtante war, wie er mich dann immer genannt hat.«

Pauline spielt an ihrem Nasenpiercing, was Renée ein wenig ablenkt.

»Entzündet sich das manchmal«, fragt sie, und Pauline schüttelt den Kopf.

»Am Anfang schon hin und wieder, aber jetzt nicht mehr. Es werden auch keine weiteren dazukommen, versprochen. Wie gefällt dir John?«

»Ich habe gerade mal fünf Sätze mit ihm geredet, aber die waren in Ordnung. Dass dein Freund ein bisschen martialisch aussieht, muss ich dir ja nicht sagen. Macht ihr zusammen Musik?«

»Nee, John ist nicht so musikalisch. Der studiert Informatik.«

So viel zum Thema Vorurteile, denkt Renée. Ich hätte gedacht, der Junge lebt auf der Straße, hat drei Hunde, die er nur uns zuliebe heute Abend nicht mitgebracht hat, und trinkt Bier aus Dosen. Judith lacht und spricht aus, was Renée nur denkt.

»Es ist schade, dass Frank und du nicht mit uns zusammenwohnen. Auch wenn Wille sehr gut zu uns passt. Ich frage mich in letzter Zeit nur hin und wieder, warum er so zerstreut ist. Wahrscheinlich wegen Amanda, die hat ihm völlig den Kopf verdreht. Irgendwann werden wir mit ihm reden müssen, wie er sich das vorstellt, ob er mit der Frau zusammenziehen will. Würde hier auch gehen, schließlich war ursprünglich mal geplant, dass ihr beide mit einzieht.«

Judith sagt, es sei die richtige Entscheidung gewesen. Sie sagt nicht, dass Frank und sie kurz davor sind, auseinanderzufliegen. Die Sache mit der Gartenkneipe ist aus dem Ruder gelaufen. Frank hat sich reingehängt und, wie so oft, verkalkuliert. Jetzt haben sie noch mehr Schulden, weil er gearbeitet und gearbeitet, aber keinen Lohn bekommen hat.

Von all dem mag Judith jetzt an diesem Weihnachtsabend, der in wenigen Minuten zu Ende sein wird, nicht sprechen. Sie muss selbst erst ins Reine kommen mit der ganzen Geschichte. Nach wie vor liebt sie Frank, aber er ist und bleibt ein Abenteurer. Und sie können sich nicht leisten, abenteuerlustig zu sein. Aber im Gegensatz zu ihr rüttelt Frank andauernd an den Gegebenheiten, will sie nicht akzeptieren und gerät dadurch immer wieder in Schwierigkeiten. Er tut, als könnten sie wählen, welches Leben sie führen möchten, und Judith kommt sich hin und wieder schäbig vor, ihm andauernd ausreden zu wollen, dass auch sie Glück haben könnten. Bevor sie heute hergekommen sind, hat er ihr versprochen, im neuen Jahr sofort auf Arbeitssuche zu gehen, und ganz bestimmt wird er auch was finden, aber bis dahin sind sie schon wieder unaufholbar verschuldet, das weiß Judith.

Zum Glück haben sie es so geteilt, dass dies offiziell nur Franks Schulden sind, sie kann sich weiterhin nicht leisten, irgendwo neue Gläubiger anzusammeln, sonst ist der Erfolg ihres Insolvenzverfahrens in Gefahr.

Dann stellt Paul doch die Frage aller Fragen.

»Wie läuft es mit Frank und dem Kneipenprojekt? Fangt ihr im Januar mit dem Umbau an?«

Jetzt ist es an Judith, zu heulen. In Kurzform erzählt sie, wie sich die Dinge in den vergangenen Wochen entwickelt haben und dass sie überlegt, sich von Frank zu trennen.

»Ich ertrage das nicht mehr. Ständig macht er sich und mir neue Hoffnung. Dann gibt es eine kurze Zeit der Euphorie, von der ich mich auch anstecken lasse. Ist ja nicht so, dass ich immer und ewig so leben will. Jeden verdammten Cent umzudrehen. Aber die Abstürze nach der Euphorie. Das wird immer schlimmer. Ich steck das nicht mehr weg. Frank wird immer wütender, ich werde immer deprimierter. So laufen wir auseinander.«

Wie immer an diesem Punkt weiß niemand so recht was zu sagen. Renée hat die Erfahrung gemacht, dass ihre Lösungsvorschläge am Stolz der beiden oder am Pragmatismus von Judith scheitern. Vor einiger Zeit hatte sie sogar mal ernsthaft mit Pavel darüber gesprochen, ob er Frank nicht als Hausmeister oder so etwas in der Art bei sich einstellen könne, und der war nicht abgeneigt. Judith war diejenige gewesen, die abgewinkt hatte.

»Frank hat Hummeln im Hintern. Der macht diesen Job eine Zeit lang gut und dann will er doch wieder ein neues, eigenes Projekt. Das wäre Pavel gegenüber unfair. Nicht, dass man sich auf Frank nicht verlassen kann. Aber es hält ihn einfach nicht lange genug in einem Job, als dass er sich wirklich etwas aufbauen könnte.«

Pavel hatte zwar gesagt, wenn Frank es ein oder zwei Jahre durchhielte, sei das auch in Ordnung, aber er verstünde schon, was den Mann treibt. »Als Hausmeister hast du keine Chance auf Entwicklung, das ist klar. Und es gibt Menschen, die sind nicht dafür gemacht, ihr Leben lang Hausmeister zu sein. Die erkennen ihre Grenzen nicht an. Ehrlich gesagt, mag ich die ja. Aber für dich ist es nicht gut, Judith. Es macht dich klein, weil du andauernd das Gefühl hast, auf Frank aufpassen zu müssen, und es auch noch tust.«

Diesmal ist Paul derjenige, der einen Vorschlag macht.

»Kommt doch beide zu uns auf den Bauernhof. Gebt die Wohnung hier auf. Wir haben zwei Zimmer im umgebauten Stall zu vergeben. Da müsste noch eine Menge gemacht werden, aber das kann Frank ja.«

Von welchem Geld man das tun solle, Zimmer umbauen, sich in einen Hof einkaufen, fragt Judith. »Mir gibt doch keine Bank einen Kredit. Und von irgendwas müssen wir dort ja auch leben.«

Paul schüttelt den Kopf.

»Das lässt sich nicht im Vorfeld klären. Ich bin sicher, es gibt für alles eine Lösung. Ihr müsst es wollen und einfach machen.«

Obwohl Renée die Art und Weise, wie ihr Sohn Probleme kleinredet, nicht toll findet, denkt sie darüber nach, einen Kredit für Judith aufzunehmen, sollte die wirklich aufs Land ziehen wollen. Die Frage war nur, ob sie ihrer

Freundin zureden sollte, mit Frank fortzugehen, der vielleicht auch dort nicht sesshaft werden, stattdessen Unruhe stiften und danach wieder weiterziehen würde.

Darüber müssen wir später reden, denkt Renée und schließt die Augen.

28

Anne wird von allen Seiten beschimpft. Fehlt nur noch, dass jemand mit Eiern wirft, denkt sie und fragt sich, warum Bürgerversammlungen meist von Leuten geleitet werden, die keine Ahnung davon haben, wie man eine Diskussion strukturiert. Der selbst ernannte Moderator neben ihr auf dem Podium ist ein Witz. Lässt jeden so lange reden, wie es ihm gefällt, fasst nicht zusammen, wenn mehrere Leute nacheinander immer das Gleiche sagen, und macht keine Zielvorgaben.

Anne kann die Wut der Leute gut verstehen. Die Privatisierungswelle rollt, und inzwischen benehmen sich auch einige städtische Wohnungsbaugesellschaften, als sei das hier der wilde Westen. Ist er ja auch, denkt Anne und schaut sich noch einmal die Tabelle der Mietpreisentwicklung in den vergangenen fünf Jahren an. Trotzdem ist sie es leid, sich beschimpfen zu lassen. Tiraden, die oft mit der Plattitüde »Ihr da oben« eingeleitet werden. Als sei sie eine von oben. Sie, die einstige Immobilienmaus, die sich hart erarbeitet hat, heute ein bisschen mitbestimmen zu dürfen. Wenn man das so nennen kann, denkt Anne trübsinnig und starrt auf eine bemerkenswert hässliche Frau, die sich schon zum vierten Mal zu Wort meldet und auch das Wort bekommt.

»Die Politik hat bis jetzt nichts getan, um uns vor diesen Immobilienhaien zu schützen. Stattdessen haben sie die Förderungen auslaufen und alles dem Markt überlassen. Wenn Sie jetzt sagen, Frau Kilian, Sie würden sich dafür einsetzen, dass keine Verdrängung aus den Innenstädten stattfindet und bezahlbarer Wohnraum geschaffen wird, dann ist das Schaumschlägerei. Die Politik hatte viele Jahre Zeit, da gegenzusteuern. Jetzt tun Sie so, als seien diese Spekulanten vom Himmel gefallen.«

Anne denkt, dass die Frau recht hat und sie es trotzdem nicht so stehen lassen darf. Immerhin vertritt sie hier ihre Partei und ihre Fraktion. Sie hat in den letzten Wochen schon genug Alleingänge gemacht, jetzt gilt es langsam, ein wenig mehr Korpsgeist zu zeigen. Was für ein beschissenes Wort, denkt sie und findet es doch passender als Fraktionsdisziplin. Auch ein bescheuertes Wort, schiebt sie in Gedanken hinterher, bevor sie zum neunten Mal an diesem Abend das Wort ergreift.

»Wir haben es mit sehr unterschiedlichen Entwicklungen zu tun. Es gibt Städte und Gemeinden, die haben mit einem hohen Leerstand zu kämpfen. In Berlin herrscht Mangel an preisgünstigem Wohnraum. Und ja, das ist auch den vielen Versäumnissen der Vergangenheit geschuldet, da will ich nicht drum herumreden. Aber Tatsache ist auch, dass sich solche Entwicklungen nicht innerhalb kurzer Zeit umkehren lassen. Ich setze mich dafür ein, den sozialen Wohnungsbau wiederzubeleben, und ich stehe auch dafür ein, dass der Erhöhung von Mieten bei Neuvermietung ohne wohnwertverbessernde Maßnahmen ein Riegel vorgeschoben wird. Aber wenn ich es richtig verstehe, soll es hier und heute Abend doch darum gehen, was der akuten Bedrohung durch weitere Privatisierungen von Mietshäusern in ihrem Quartier entgegengesetzt werden kann. Sich zusammenzutun und gemeinsam mit der Hilfe von Mieterverein und fähigen Rechtsanwälten gegen die Kündigungen vorzugehen ist da ein erster und richtiger Schritt. Politische Prozesse brauchen Zeit, Sie aber haben die Kündigungen jetzt auf dem Tisch liegen.«

Weiter kommt Anne nicht, denn tatsächlich wirft nun jemand aus den hinteren Reihen etwas Richtung Podium, sodass sich alle, die vorn sitzen, ducken. »'tschuldigung«, ruft eine männliche Stimme, die Anne nicht verorten kann. »Die Tomate war für Ihren Kollegen von der FDP bestimmt.« Der Saal lacht.

Anne steht auf und fängt an zu brüllen.

»Hören Sie auf mit diesem Kinderkram und stattdessen einfach zu. Wenn Sie denken, Sie können uns hier zu Clowns machen, haben Sie sich geirrt, dann beenden wir die Diskussion lieber gleich.«

Sie hofft, der Kollege von der FDP wäre im Zweifelsfall bereit, mit ihr den Saal zu verlassen. Aber bestimmt, denkt Anne, ist das einer von diesen Bübchen, die schon mit vierzehn Seitenscheitel getragen, Schuhe geputzt und mit ihrem Taschengeld einen Bausparvertrag bedient haben.

Warum war sie überhaupt hergekommen? Ihre Büroleiterin hatte gesagt, diese Mieterinitiative sei wirklich wichtig, der gehörten schon mehr als einhundert Menschen an, und das Quartier, um das es ginge, werde im Wahlkampf sicher eine große Rolle spielen. Jetzt steht sie hier und duckt sich vor Tomaten weg, anstatt mit den Leuten wirklich ins Gespräch zu kommen.

Sie spürt, wie ihr warm wird. Nicht auch noch das jetzt. Aber doch, genau in diesem Moment fängt sie an zu schwitzen und fühlt den Schweiß unter den Achseln und auf dem Rücken. Den Rest der Veranstaltung versucht sie nur noch zu überstehen, hält den Mund und lässt die Leute reden, was sie reden wollen.

Sie wird sich was einfallen lassen müssen mit diesen Hitzewellen, so geht das nicht weiter. Ich kann keine Wahl gewinnen, wenn ich ständig aussehe, als explodierte ich gleich. Michael muss mir irgendwas verschreiben. Ich scheiß darauf, dass Hormone Krebs verursachen.

Zwei Stunden später sitzt sie in der Küche ihrer Wohnung und klagt Pavel ihr Leid.

»Es muss doch möglich sein, halbwegs glaubwürdige Vorschläge zu unterbreiten, und es muss möglich sein, diese blöden Hitzewellen loszuwerden. Als ob wir nicht schon genug damit bestraft wären, dass wir keine Kinder haben.« Pavel sieht seine Frau erstaunt an. »Wo kommt denn das plötzlich her? Du hast dich doch gut damit arrangiert, dass wir kinderlos geblieben sind.«

»Stimmt. Es ist auch besser so. Ich wäre eine miserable Mutter geworden. Aber du hättest das wettgemacht, da bin ich sicher. Wieso liegen hier Strümpfe auf dem Tisch?«

»Die gehören Wille, glaub ich. Der hat in letzter Zeit ein Händchen dafür, Sachen an den unmöglichsten Orten liegen zu lassen. Ist dir das noch nicht aufgefallen?«

Es war ihr aufgefallen, aber sie war selber ein Schussel und brachte es fertig, Dinge so zu verlegen, dass sie erst nach Tagen wiedergefunden wurden.

»Meinst du, es ist was Schlimmeres als Gedankenlosigkeit?«

»Ich bin mir nicht sicher, aber irgendjemand von uns sollte mal mit Wille reden. Ich habe schon mit Michael darüber gesprochen und überlegt, ob ich mal mit Amanda spreche.«

»Bloß nicht. Der Mann will die Frau heiraten, da ist es sicher nicht gut, ihr zu erklären, dass er immer schussliger wird. Michael soll das machen. Der ist unser Arzt und wird rauskriegen, ob wir uns wirklich Sorgen machen müssen.«

Anne denkt zum ersten Mal darüber nach, was eigentlich passierte, würde jemand in ihrer Wohngemeinschaft ernsthaft krank. Darüber hatten sie nie gesprochen, und sie waren ja auch alle noch jung genug, um sich nicht allzu viele Gedanken machen zu müssen. Vielleicht.

»Ist Wille heute hier?«

»Ja, mit Amanda. Wir haben vorhin beim Essen darüber geredet, ob sie mit einzieht in die WG. Also eher unverbindlich, aber es klingt so, als sei Amanda nicht abgeneigt. Obwohl sie in Potsdam wirklich eine schöne Wohnung hat.«

»Du kennst Amandas Wohnung?«

»Nur aus Willes Erzählungen. Eine Zweizimmerwohnung in Babelsberg, mit Südbalkon. Nicht schlecht also.«

»Und was sagt Renée dazu?«

»Die wäre wohl einverstanden. Sie sagt, ihr käme wahrscheinlich sowieso keine große Liebe mehr ins Haus. Wir seien jetzt ihre Familie und das genüge.«

»So ein Quark, die Frau ist fünfundvierzig und will mit dem Liebesleben abschließen? Der werd ich was erzählen.«

»Wirst du nicht. Das ist nun wirklich ihre Sache. Außerdem, selbst wenn Renée jemanden kennenlernte, wäre auch dafür noch genug Platz. Aber manche Lieben halten eben wirklich über den Tod hinaus.«

Pavel sieht seine Frau an, der man tatsächlich die Strapazen der vergangenen Stunden anmerkt. Sie sieht völlig derangiert aus, wenn er ehrlich ist. Manchmal kommt sie ihm fremd wie am ersten Tag vor. Wenn sie zur Furie wird oder, wie jetzt, zehn Jahre älter wirkt, als sie ist. Er sieht zwei tiefe Falten in ihrer Stirn und unzählige kleine Falten um die Augen herum, in denen sich Reste von Make-up und verschmiertes Kajal gesammelt haben. Annes Fingergelenke scheinen dicker geworden zu sein, die Adern treten deutlich hervor, und Pavel kann einige Altersflecken erkennen, von denen er meint, dass sie vor einer Woche noch nicht da waren.

In seinem Heim arbeitet jetzt eine neue Pflegekraft, die offensichtlich mit ihm flirtet. Zu Beginn hat er das nicht geglaubt, aber inzwischen ist er sich sicher. Die Frau macht ihm schöne Augen und ist fünfzehn Jahre jünger als Anne. Könnte glatt noch Kinder kriegen, denkt er und findet, dass dies der Gedanke eines Arschlochs und seiner nicht würdig ist. Tatsache aber ist, dass Anne in den vergangenen Jahren gealtert ist, und dass er, Pavel, inzwischen offensichtlich zumindest einen Blick für andere Frauen bekommt.

»Jetzt nicht melodramatisch werden, Pavel. Renée soll

Martin ja nicht vergessen. Aber mit fünfundvierzig beschließt man noch nicht, dass es das war. So einfach ist das.«

Anne nimmt die Socken vom Küchentisch und erklärt, dass sie jetzt duschen will. Mit Michael wolle sie morgen sprechen. Der soll ihr einfach Hormonpflaster besorgen und gut ist. Anne ahnt, dass es so einfach nicht sein wird. Manchmal stellte sich Michael ein bisschen an, wenn es darum ging, zu verarzten ohne zu behandeln. Der drängelte sowieso schon seit Wochen, sie solle sich mal einem Gesundheitscheck bei ihm unterziehen.

»Wenigstens das Notwendigste«, hatte er vorgeschlagen. »Herz, Blutdruck, Lunge, Schilddrüse, Darm.«

»Bevor ich eine Darmspiegelung mache, sauf ich mich tot«, hatte sie geantwortet und es ernst gemeint. Sie würde nicht zugeben, dass sie eine riesige Angst vor allen möglichen Untersuchungen hatte, das käme nicht gut. Schließlich ist sie die Furchtlose vom Dienst in der WG. Aber es stimmt, dass sie sich schon bei dem Gedanken, irgendwelche Vorsorgeuntersuchungen über sich ergehen zu lassen, in die Hosen macht. Deshalb ist sie auch seit vier Jahren nicht mehr bei ihrer Frauenärztin aufgetaucht. Aber gut, zu Michael in die Praxis würde sie gehen. Blutdruckmessen und ein EKG darf er gern machen. Anne zündet sich nun doch noch eine Zigarette an und legt die Socken wieder auf den Tisch. »Ist Michael noch wach?«

»Du wirst es nicht glauben, der ist gar nicht da. Ist nach dem Abendessen noch mal los, um sich mit seiner Tochter zu treffen. Die hat jetzt wohl die Uni gewechselt und wohnt in Moabit in einer WG.«

Das wird ja auch Zeit, denkt Anne. Michael hatte hin und wieder über Marie gesprochen, die ihm offensichtlich den unsinnigen Vorwurf machte, er hätte ihre Mutter nicht gerettet. Eine erwachsene Frau. Pavel hatte Anne erklären wollen, dass er eine solche Gefühlslage sehr wohl verstehen könne, aber sie nicht von ihrer Meinung abbringen können, dies sei eine sehr überspannte Form, mit dem Tod der Mutter fertig zu werden.

»Wenn Michael die Chance gehabt hätte, mit dieser Katrin zusammenzuleben, dann wäre er ganz bestimmt der fürsorglichste Familienvater und Arzt gewesen. Aber er hatte doch nie eine Chance. Wozu dann also derartige Vorwürfe in den Raum stellen.«

»Anne, es geht darum, dass Marie mit dem Schicksal hadert. Da kannst du doch nicht derartig pragmatisch rangehen, wie du das jetzt vorschlägst. Sie hat ihre Mutter verloren und stellt sich vor, dass es anders hätte kommen können, wäre ihr Vater an ihrer Seite gewesen.«

Sie hatten sich wirklich ein wenig gezankt darüber, ob diese Marie nun überspannt war oder ganz normal reagierte. So oder so aber ist es gut, wenn Michael sich heute mit seiner Tochter trifft. Anne weiß, wie sehr er darunter leidet, dass ihm diese Tochter, die plötzlich dafür sorgt, dass er so etwas wie eine Familie hat, derartig distanziert begegnet. Komischerweise spricht Michael häufiger mit ihr über seine Gefühle, was sie ehrt, wie Anne sich selber eingesteht. Ihr trauten nicht allzu viele Menschen zu, sich in Gefühlsdingen wirklich auszukennen und auch noch kluge Ratschläge geben zu können. Michael aber scheint genau das zu glauben.

Dann würde sie also morgen früh mit ihm reden und ihm sagen, dass sie demnächst zu ihm in die Praxis kommt, um über ihre Wechseljahre zu reden und ihn vielleicht zu fragen, ob was mit Wille ist.

Anne legt Wille die Socken vor die Zimmertür. Vielleicht kommt er ja von selbst, um über sich zu sprechen. Oder auch nicht. Vielleicht ist alles auch nur Einbildung. Immerhin ist der Mann gerade fünfundsechzig geworden und da hatte man alles Recht der Welt, ein wenig durch den Wind zu sein.

29

Gar nicht krank ist auch nicht gesund steht auf dem Spiegel im Flur. Renée hat sich inzwischen an Michaels kryptische Botschaften, aufmunternde Sprüche und seltsame Weisheiten gewöhnt. Kürzlich hat sie ihm sogar zwei neue Lippenstifte geschenkt. Nachdem sie sich darauf geeinigt hatten, dass er nur noch im Flur und nicht mehr im Bad damit hantieren würde.

Eigentlich muss sie gleich ins Büro, aber Pauline will mit ihr reden. Bei Renée klingeln immer sofort die Alarmglocken, wenn ihre Tochter Gesprächsbedarf anmeldet. Dafür gibt es eigentlich keinen Grund. So wenig, wie es einen Grund gibt, das Telefon nachts nie auszuschalten, stattdessen neben das Bett zu legen. Wann haben die Kinder sie jemals nachts aus dem Schlaf geklingelt? Eine rhetorische Frage. Aber seit Martins Tod, der ihr telefonisch mitgeteilt worden war, kann sie das Mobiltelefon nicht mehr ausmachen. *Gar nicht krank ist auch nicht gesund.* War das nicht von Karl Valentin? Renée ist sich nicht sicher und ruft Michael an.

»Hast du gerade einen Patienten oder eine Patientin im Zimmer?«

»Dann würde ich nicht ans Telefon gehen. Was gibt es, schöne Mitbewohnerin?«

»Ich wollte wissen, ob es einen ernsten Hintergrund für deinen heutigen Sinnspruch gibt.«

»Hm, lass mich überlegen. Ach ja, Valentin. Also heute habe ich eine ganz besondere Patientin. Anne hat tatsächlich einen Termin bei mir gemacht, und ich darf ihren Blutdruck messen.«

»Mehr nicht?«

»Ich befürchte, bei der ausgewachsenen Phobie, die diese Frau vor Untersuchungen hat, muss es erst einmal dabei bleiben. Vielleicht erlaubt sie mir noch ein Ruhe-EKG und das Benutzen des Stethoskops. Ich werde ein wenig Voodoo machen und behaupten, ich habe einen Kurs in Zungendiagnostik absolviert, damit sie wenigstens mal ›Ah‹ sagt.«

Renée lächelt. Alle in der Wohngemeinschaft wissen, dass Anne panische Angst vor Untersuchungen hat. Nur Anne weiß nicht, dass sie es wissen, und tut weiterhin alles, um ihre Angst zu verbergen.

»Ist sie deine einzige schwierige Patientin an diesem kalten Tag?«

»Nein, die schwierigste kommt in zehn Minuten. Eine junge Türkin, die versucht, sich zu Tode zu hungern, weil sie nicht verheiratet werden will. Ich habe bisher nur einmal kurz mit ihr allein sprechen können. Als ihr Vater verhindert war und nur ihre Mutter mitgekommen ist. Die konnte ich für ein paar Minuten rausschicken. Die Eltern glauben, das Mädchen leide an einem Magengeschwür oder irgendwas, das sich in ihrem Darm breitgemacht habe. Zumindest habe ich das so verstanden. Ich denke, sie geht nach jedem Essen auf die Toilette, um sich zu übergeben. Zumindest riecht ihr Atem so, und ihre Zähne sagen mir das Gleiche.«

»Zwangsheirat ist hierzulande doch verboten.«

»Ja, da sagst du was. In zwei Monaten wollen die Eltern mit ihrer Tochter in die Türkei fliegen. Und dort wird es dann passieren. Da kann man nichts machen.«

»Du könntest ihr einen Zettel mit der Telefonnummer eines Frauenhauses zustecken.«

Michael schweigt. So lange, dass Renée glaubt, sie hätte etwas unglaublich Blödes gesagt oder die Verbindung wäre einfach unterbrochen worden.

»Michael?«

»Das ist gar nicht so dumm. Kannst du schnell diese Telefonnummer für mich raussuchen und mich gleich noch mal anrufen. Muss aber in den nächsten fünf Minuten sein.«

Renée nickt und legt auf. Sie findet zwei Telefonnummern und ruft Michael zurück, der verspricht, sein Bestes zu geben. Dann macht sie sich auf den Weg zu ihrer Tochter.

Pauline ist vor ihr im Café, was Renée noch nervöser macht. Normalerweise ist ihre süße Tochter zu verplant, um wirklich pünktlich zu sein. Jetzt sitzt sie am Fenster an einem kleinen Tisch für zwei Personen und trinkt einen Tee. Renée bleibt einen Moment in der Tür stehen, betrachtet Pauline und denkt an den heißen Tag, an dem sie dieses Kind zur Welt gebracht hatte. Ein Sonntag im August. Nur deshalb hatte sie für dieses und viele vorangegangene Treffen mit Pauline das Café gleichen Namens in der Kastanienallee vorgeschlagen, einer Straße, die sie ansonsten mied, seit die zu Recht den Beinamen »Castingallee« bekommen hatte.

»An einem Sonntag im August« ist an diesem Morgen noch recht leer, und die lautesten Geräusche kommen von der Kaffeemaschine auf dem Tresen. An vier Tischen sitzen coole Männer vor coolen Rechnern und tun so, als nähmen sie die Welt um sich herum nicht wahr. Sie sehen aus – und das ist der Trick an der ganzen Sache, denkt Renée und stellt einmal mehr fest, dass sie inzwischen einen ganzen Sack voll Vorurteile mit sich rumschleppt –, als verdienten sie gerade eine Menge Geld. Was ja stimmen konnte. Letztlich, denkt Renée und schließt damit ihren inneren Meckermonolog ab und ruft sich zur Räson, könnte ich hier genauso sitzen, Präsentationen vorbereiten und aussehen, als hinge von mir der Lauf der Dinge ab.

Renée schaut wieder auf ihre Tochter. Als Pauline geboren wurde, war Martin die ganze Zeit bei ihr geblieben. Sie erinnert sich an die vielen Stunden im Kreißsaal, in denen ihr Mann ihr aus seinem Lieblingsbuch vorgelesen hatte. Laurence Sternes *Leben und Ansichten von Tristram Shandy, Gentleman* – ein Buch, an dem sie bis dahin nie ein solch großes Vergnügen gefunden hatte wie Martin. Aber in diesen Stunden, in denen sie in den Wehen lag und geglaubt hatte, es zerreiße sie mittendurch, wie das Rumpelstilzchen, das sich ein Kind hatte stehlen wollen, waren die Sätze, die sie hörte, genau richtig und auf jeden Fall vergnüglich. Und weil sie dafür dankbar gewesen war, hatte sie Martin zuliebe in den ersten Wochen nach der Geburt von Pauline das ganze Buch gelesen und Abbitte geleistet. Es ist ein wunderbares Werk.

Pauline schaut von ihrem Laptop auf und ihre Mutter an. Sofort fängt sie an, mit beiden Händen heftig zu winken, eine kindliche Eigenart, die sie beibehalten hat, und bei der Renée sofort die kleine zapplige Pauline vor Augen hat, die mit ihren bunten Fäustlingen jedem Menschen und jedem Hund hinterherwinkte, der an ihnen vorbeikam, wenn sie in ihrem Buggy saß.

Zumindest sieht ihre Tochter nicht so aus, als quält sie ein großer Kummer. Trotzdem fragt Renée als Erstes, ob etwas mit John sei. An den sie sich, was sie nie zugeben würde, inzwischen etwas gewöhnt hat, nachdem es ihr am Anfang schwergefallen war, ihre Tochter diesem bedrohlich aussehenden Typen anzuvertrauen. Einfach findet sie den Jungen nicht, hin und wieder kann er ganz schön arrogant sein, und seine Besserwisserei geht ihr oft auf die Nerven. Aber sie hat den Eindruck, dass er Pauline aufrichtig liebt und es sehr ernst mit ihr meint. Nicht, dass man mit einundzwanzig schon unbedingt den Mann fürs Leben kennen muss, aber vielleicht ist es ja so. Pauline jedenfalls hatte erst kürzlich gesagt, sie wolle mit John bis an ihr Lebensende zusammenbleiben. Und Renée war ernst geblieben, hatte nicht abgewinkt, keine blöde Bemerkung, von wegen, das ganze Leben läge noch vor ihr, gemacht, sondern gedacht, dass es sehr gut so kommen könnte.

Kaum hat Pauline die Frage, ob etwas mit John sei, verneint, schießt Renée die nächste Frage ab.

»Wollt ihr heiraten?«

Pauline schüttelt wieder den Kopf.

»Magst du dir nicht einen Kaffee bestellen? Wie kommst du auf heiraten, ich hab doch gesagt, ich heirate nicht, bevor Paul nicht geheiratet hat. Also nie«, schiebt sie hinterher und grinst.

O Gott, dieses Mädchen wird sie noch wahnsinnig machen. Renée winkt der Kellnerin und bestellt eine Ovomaltine. Pauline schweigt, bis das Getränk kommt.

»Ich wollte zuerst mit dir reden, bevor ich es John sage. Ich bin schwanger. Fünfte Woche. Gestern war ich bei der Ärztin. Es ist alles gut. Ich fühle mich wohl, und ich will das Kind haben.«

So also. Ihr Kind bekommt ein Kind. Renée schaut Pauline an und fragt sich, wie dieser schmale Körper ein Kind gebären soll. Sie ist doch viel zu dünn, denkt sie und weiß, dass dieser Gedanke albern ist. Schließlich hat sie bei Pauls Geburt selbst nicht mehr gewogen als ihre Tochter jetzt.

»Freust du dich, Mama?«

Wenn Pauline sie Mama nennt, kann sie sowieso nichts tun. Jedenfalls nichts dagegen sagen. Keine Vernunftgründe anbringen, dass es noch zu früh sei, beide noch eine Weile würden studieren müssen und der Traum, Musik zu machen, vielleicht in weitere Ferne rücke.

»Ich freue mich. Natürlich freue ich mich. Es ist wunderbar, dass du ein Kind bekommst. Alles andere wird sich finden. Da bin ich sicher.«

Pauline umarmt ihre Mutter, und Renée fängt an zu weinen.

»Das wäre für Martin ein so glücklicher Moment. Wenn

er das noch erfahren hätte, dass du ein Kind bekommst. Wirklich, er wäre aus dem Häuschen gewesen.«

Das glaubt Pauline auch, und so sitzen sie andächtig und schweigen und denken an den verstorbenen Vater und Ehemann. Renée findet einmal mehr, dass sie zunehmend zur sentimentalen Kitschtante mutiert. Martins Tod hat ihr offensichtlich jene kühle Distanz ausgetrieben, mit der sie früher auf sich, das Leben und andere Menschen schauen konnte. Heute fängt sie an zu heulen, wenn sie eine Dokumentation über die Überfischung der Meere sieht oder ihre Tochter schwanger ist.

Pauline sagt, sie wolle noch heute mit John reden. Sie hätten es in den vergangenen Monaten beide darauf ankommen lassen. Ohne Druck, aber im Wissen darum, dass es passieren kann. Deshalb mache sie sich keine Sorgen, wie John reagieren wird.

Alles andere, findet Renée, kann warten. Zusammenziehen oder nicht, Studium unterbrechen oder nicht, weiter Musik machen oder nicht, alles würde sich irgendwie ergeben. Als sie in ihrem Büro ankommt, hat sie das Kinderzimmer in der Wohnung im Geiste schon komplett eingerichtet und sich drei Mal geschworen, keine überfürsorgliche Großmutter zu sein. Ein Schwur, den sie brechen wird, wie sie schon jetzt ahnt. Aber auch das wird sich finden. Trotzdem muss sie jetzt und sofort mit irgendjemandem reden.

Renée ruft Judith an, die nicht ans Telefon geht. Dann Michael, dessen Sprechstundenhilfe sagt, er habe gerade eine Patientin. Wahrscheinlich Anne, denkt Renée und lässt es erst einmal bleiben, die große Nachricht zu verkünden. Heute Abend gibt es auch noch ausreichend Gelegenheit dafür. Beim Essen, für das sie verantwortlich ist. Verdammt, ich muss mir aus dem Internet noch irgendein leichtes Rezept suchen. Irgendwas mit Kartoffeln. In dieser WG gibt es viel zu selten Kartoffeln.

30

Ich sollte zum Arzt gehen, denkt Wille und schaut sich im Spiegel an, der an der Innenseite seines Kleiderschrankes klebt. Ich vergesse zu viel, das ist nicht normal.

Gestern Abend beim Essen war es passiert, dass ihm dieser Gedanke gekommen war. Er hatte über einen Film reden wollen, für den Miles Davis die Musik gemacht hatte. Wollte vorschlagen, dass man sich an einem der nächsten freien Abende den Film gemeinsam anschaut, den er inzwischen auf DVD gekauft hatte, nachdem die Wohngemeinschaft beschlossen hatte, den Videorekorder abzuschaffen.

Es war eine lange und ziemlich heftige Diskussion gewesen, bei der er völlig unerwartet Schützenhilfe von Pavel bekommen hatte, der ebenfalls über eine recht beachtliche Sammlung von Filmen verfügte, die auf Video gespeichert waren. Letztlich hatten sie sich aber doch breitschlagen lassen, nachdem mehrheitlich beschlossen worden war, ein Gerät zu kaufen, mit dessen Hilfe man VHS auf DVD überspielen konnte.

»Du hast Zeit und ausreichend technischen Verstand, um alle Filme zu überspielen«, hatte Anne gesagt und sich nicht beirren lassen, von seinem eingeworfenen »brennen, nicht überspielen«.

»Egal, wie man das nennt, du kannst das, wir legen zusammen und kaufen dieses Teil und die DVDs und dann kannst du loslegen.«

»Rohlinge, nicht DVDs«, hatte er noch etwas bockig hinterhergeschoben, war aber schon besiegt.

Wille schaut weiter in den Spiegel und überlegt, wie er jetzt auf diese DVD-Nummer gekommen ist. Ach ja, gestern war ihm beim Abendessen partout nicht der Titel des Films eingefallen. *Fahrstuhl zum Schafott.* Sie hatten nachschauen müssen. Googeln. Er hasste es, wenn beim Abendbrot irgendjemand aufstand, um etwas, worüber sie gerade sprachen oder worauf sie sich nicht einigen konnten, zu googeln. Mit dem Vorschlag allerdings, das ein für alle Mal zu verbieten, war er gescheitert.

»Wir können hier doch nicht so tun, als lebten wir noch im 19. Jahrhundert«, hatte Renée empört gesagt und es rundheraus abgelehnt, sich einem solch unsinnigen, wie sie es nannte, Verbot zu unterwerfen. Und wieder war Pavel es gewesen, der einen Kompromissvorschlag gemacht hatte, dem alle zustimmen konnten. »Wir googeln erst, wenn wir wirklich ernsthaft versucht haben, es ohne technische Hilfe rauszubekommen. Also unser geballtes Wissen zusammengelegt haben und doch gescheitert sind.« Ein guter Vorschlag, wie Wille zugeben muss, denn diese Minuten, in denen sie gemeinsam einen Begriff oder ein Ereignis suchten, waren immer sehr vergnüglich.

Anne hatte, als Pavel den Vorschlag machte, zwar »Scheiß auf Trivial Pursuit« gemurmelt, aber ebenfalls zugestimmt. Also quälten sie sich seitdem zumindest immer ein bisschen und gaben erst nach und dem Computer die Chance, wenn sie auf keine Antwort oder Lösung kamen.

Wille spürte immer häufiger, dass ihm in solchen Situationen die seltsamsten Sachen passierten. Dinge, die er fest in seinem Gedächtnis verankert glaubte, waren plötzlich nicht mehr abrufbar. Andererseits war er noch immer der ungekrönte König, wenn es um Namen, Titel, Jahreszahlen ging. Außer im Bereich Sport, da trumpfte Michael auf, gefolgt von Pavel. Renée hatte offensichtlich ein außergewöhnliches Faible dafür, sich die unsinnigsten Dinge zu merken, und erklärte es damit, dass sie früher sehr oft mit Martin Anno Domini gespielt habe. Deshalb wusste sie auf Anhieb, wer wann den Büstenhalter erfunden hatte, wann der erste Kaiserschnitt gemacht worden war und welche Schlacht die Gräfin Maultasch warum verloren hatte. Eine Geschichte, die ihm im Gedächtnis geblieben war, weil sie ein Paradebeispiel für außergewöhnliche Lösungen darstellte.

Trotzdem muss ich zum Arzt. Wille macht die Schranktür zu und zieht die etwas schweren, aber warmen dunkelgrünen Winterschuhe an. Er würde jetzt einfach ganz offiziell zu Michael in die Sprechstunde gehen und mit dem Mitbewohner von Patient zu Arzt reden. Das hat er sich gestern Abend überlegt, nach dem Desaster mit dem Filmtitel. Wenn ich sogar Sachen vergesse, die mit Miles Davis zu tun haben, muss ich etwas machen, hat er gedacht. Aber ihm ist auch klar, dass es einfacher sein würde, in eine Arztpraxis zu gehen, als am Küchentisch mit Michael zu sprechen. Ich möchte diese ganze Angelegenheit hier raushalten, das ist es. Und ich will, dass Michael sich an das Patientengeheimnis hält, nicht mit den anderen über mich spricht. Deshalb Praxis und nicht Wein am Abend und »Du, ich hab da mal eine Frage«.

Der Entschluss erleichtert Wille, wie er merkt. Und das macht ihm klar, dass er sich schon seit längerer Zeit mit dem Gedanken quält, irgendetwas stimme nicht mit ihm beziehungsweise mit seinem Kopf. Vor zwei Wochen war er mit Amanda in eine Ausstellung gegangen. Sie waren fast zwei Stunden durch die Ausstellungsräume gelaufen, dann hatte er vor einer Skulptur gestanden und plötzlich den Namen der Künstlerin nicht mehr gewusst, die sie sich nun schon seit geraumer Zeit zu Gemüte führten.

Wille glaubt, dass Amanda bis jetzt nichts von alldem weiß oder ahnt. Sicher ist er sich aber nicht. Die Frau war die Inkarnation liebevoller Höflichkeit. Wahrscheinlich müsste sehr viel passieren, bevor sie ihm sagte, dass irgendetwas nicht stimmt.

Ausgerechnet, denkt Wille. Ausgerechnet jetzt, wo ich

vorhabe, ihr einen Heiratsantrag zu machen. Aber ich kann sie nicht ins offene Messer laufen lassen. Wenn ich blöd werde, soll sie sich nicht mit mir belasten. Sie ist zu schön und zu jung, und außerdem kennen wir uns nicht lange genug. Solche Tragödien steht man doch nur zusammen durch, wenn man schon ein halbes Leben miteinander verbracht hat. Oder nicht?

Er ist unsicher und spürt, dass er sich in diesem Moment und fürchterlich heftig nach Marianne sehnt, seiner toten Frau, für die das ganz sicher keine Frage gewesen wäre.

»Was heißt hier durchstehen, da gibt es nichts durchzustehen«, murmelt Wille und zieht die dunkelgrünen Schuhe wieder aus. Egal, ob es kalt ist oder nicht, diese Schuhe deprimieren ihn noch mehr. Er greift zu den fliederfarbenen Halbschuhen und sucht ein paar wärmere Socken. Ein Kompromiss, den Pavel sicher gutheißen würde. »Zu Ende bringen, muss man wohl sagen, bei dieser Art Krankheit. Schließlich werde ich nicht irgendwann aufwachen und wieder fit im Kopf sein.«

Wille ist erstaunt, dass ihm heute der Pessimismus geradezu aus allen Knopflöchern dringt. Es könnte ja auch, wenn er es richtig gelesen hat, einfach nur eine Mangelerscheinung sein oder ein verkalktes Gefäß, das sich wieder freipusten ließ, oder Überinterpretation. Aber ihm fehlt der Glaube an eine solch einfache Lösung. Er denkt: Ich werde den Verstand verlieren und Amanda und die Wohngemeinschaft auch. Heute denkt er das. Vielleicht ist es morgen anders.

Eine Stunde später sitzt er im Wartezimmer von Dr. Michael Vanroten. Der Sprechstundenhilfe hatte er etwas von Übelkeit erzählt, und die hatte ihm erklärt, er müsse mit Wartezeit rechnen, da er keinen Termin habe. Kein Problem, er kann warten.

Neben ihm sitzt eine ältere Dame, die an einem großen grünen Ungetüm strickt und dabei fröhlich vor sich hin summt. »Das wird ein Pullover für meinen Enkelsohn«, sagt sie irgendwann, und Wille fühlt sich bemüßigt, ihr zu erwidern, dass der sich gewiss darüber freuen wird. »Mein Enkelsohn ist sehr dick«, sagt die Frau und zeigt mit den großen Stricknadeln einen Körperumfang an, den Wille für unmöglich hält. Wer so dick ist, lebt nicht mehr, denkt er. Der Pullover allerdings, den die Frau strickt, wirkt tatsächlich eher wie ein Zelt und sieht schon jetzt ziemlich zerrupft aus. Das mag an den Stricknadeln liegen, die fast so dick wie Äste sind und Maschen produzieren, die so groß ausfallen, dass er wahrscheinlich durch jede einzelne mit dem Kopf käme.

»Was fehlt Ihnen denn«, fragt die Dame, und Wille findet, dass es sich nicht gehört, danach zu fragen. Aber die Frau hat offensichtlich ganz schön was zu laufen im Kopf, also antwortet er, ihm sei übel und er wolle mal abklären lassen, ob das etwas Ernstes sei.

»Das wird der Doktor sicher rauskriegen. Er ist nämlich der beste Doktor weit und breit. Nur meinem Enkelsohn kann er nicht helfen, der wird immer dicker und irgendwann platzen. Eigentlich schade, er ist ein lieber Junge, glauben Sie mir.«

Wille nickt und hofft, die alte Dame käme als Nächste dran. Sie ist sympathisch, aber irgendwie ist ihm gerade nicht danach, sich mit jemandem zu unterhalten, dem offensichtlich der Verstand abhandengekommen ist. Obwohl die Frau einen munteren und nicht unzufriedenen Eindruck machte.

»Was macht Ihr Enkelsohn denn?«

»Oh, das weiß ich nicht. Ich habe ihn schon lange nicht mehr gesehen. Das letzte Mal, als ich ihn getroffen habe, hat er am Telefon verkauft. Oma, hat er gesagt, ich verkaufe die tollsten Sachen, und wenn ich gut bin, bekomme ich Geld extra.«

Dazu lässt sich nichts weiter sagen. Ein dicker Enkelsohn, der offensichtlich in einem Callcenter arbeitet und dabei noch dicker wird. Wille fällt kein passender Kommentar ein, also nickt er noch einmal zustimmend und holt sein Buch aus der Tasche, das er sich mitgenommen hat, um die Wartezeit zu überstehen. Tatsächlich wird die alte Dame als Nächste aufgerufen und winkt ihm fröhlich zu, bevor sie ins Sprechzimmer geht. Dann dauert es noch eine Dreiviertelstunde, bis er dran ist.

»Wille«, sagt Michael überrascht. »Du hättest einen Termin machen oder Bescheid sagen können, dann hätte ich dich gleich drangenommen.«

»Bloß nicht, es muss ja nicht jeder wissen, dass ich mit dir komischem Kauz zusammenwohne. Das ist mir peinlich.«

Michael lacht.

»Dann erzähl mal, was dich herführt. Hier steht Übelkeit. Das hätten wir aber auch heute Morgen beim Frühstück klären können, also vermute ich mal, es handelt sich um etwas anderes.«

Wille nickt und sagt, es sei schon ernster und es treibe ihn ziemlich um. »Ich hoffe, dass es nicht stimmt, aber mein Gefühl sagt mir, dass irgendetwas mit meinem Kopf passiert, das ich nicht steuern und nicht aufhalten kann. Ich vergesse zu viel, verlege Sachen, und manchmal habe ich das Gefühl, kurz hintereinander dieselben Fragen zu stellen oder Bemerkungen zu machen. Natürlich bin ich mir nicht sicher, aber eure Gesichter verraten mir in solchen Momenten, dass es so ist. Du hast dich ziemlich gut im Griff, Renée sieht immer ganz erschrocken aus, Pavel eher mitfühlend, und nur Anne merkt nichts, was uns beide nicht wundert.«

»Es stimmt«, sagt Michael. »Du bist in letzter Zeit vergesslicher geworden. Das allein, alter Junge, wäre noch kein Grund, ein bisschen beunruhigt zu sein. Mich macht aber ein wenig stutzig, dass du hin und wieder tollpatschig bist. Dir fallen Sachen aus der Hand, du stößt dich an allen Ecken und Enden, rennst hin und wieder gegen den Türrahmen, anstatt einfach aus der Tür zu gehen. Das alles muss nicht heißen, dass du dement wirst, aber es können Symptome sein. Wir werden das abklären, und bis wir nichts Genaueres wissen, reden wir auch nicht von Demenz. Ich schicke dich zum MRT, in die Gedächtnissprechstunde, kläre selbst mit Ultraschall ab, wie es um deine Gefäße bestellt ist, die für die Blutzufuhr im Gehirn sorgen. Wir nehmen Blut ab, um auf Mangelerscheinungen zu testen, und dann schauen wir weiter. Und«, Michael legt Wille eine Hand auf den Arm, »du musst dir keine Sorgen machen, was die anderen angeht. Ich bin dein Arzt und somit ans Arztgeheimnis gebunden. Was wir hier besprechen und tun, wird die Wohngemeinschaft nicht erfahren. Es liegt also in deiner Hand, mit wem du wann darüber reden willst oder nicht.«

Mehr war nicht zu erwarten, denkt Wille und nickt. Unsinnigerweise hatte er gehofft, Michael würde in Lachen ausbrechen und ihm erklären, dass er sich das alles nur einbilde und für einen Fünfundsechzigjährigen gut in Schuss sei. Stattdessen hat sein Mitbewohner – und inzwischen auch Freund und Arzt – noch eine Beunruhigung draufgesetzt. Dass ihm in letzter Zeit andauernd kleine Unfälle oder Ungeschicke passierten, hatte er immer damit abgetan, »mit den Gedanken woanders zu sein«. Was ja auch stimmte, selbst wenn es sich um eine krankhafte gedankliche Absenz handeln sollte.

Wille hatte das Bedürfnis zu weinen. Stattdessen fragte er, ob die alte Dame mit dem Strickzeug wirklich einen Enkelsohn habe, der übergewichtig sei.

Michael schüttelt den Kopf. »Sie hat gar keine Angehörigen. Und meist vergisst sie ihr Strickzeug in der Praxis. Wir haben schon einen ganzen Karton voller halb fertiger Stricksachen, die alle für den dicken Enkelsohn bestimmt sind, der gar nicht existiert. Aber sie ist ganz fröhlich dabei, glaub mir, der Frau geht es nicht schlecht bis jetzt. Ich habe nur noch nicht herausbekommen, wann sich der dicke Enkelsohn mit dieser Vorliebe für Gestricktes in ihren Kopf geschlichen hat.«

Wille steht auf und reicht Michael die Hand, als sei der ein Fremder. Michael kommt um den Schreibtisch, hinter dem er gesessen hatte, um Wille zu umarmen. »Auch wenn es ein unsinniger Rat ist, aber versuche in den nächsten Tagen so wenig wie möglich darüber nachzudenken. Selbst wenn es die schlimmste aller denkbaren Diagnosen ist, bleibt uns ausreichend Zeit, über alles zu reden.«

Jetzt kommen ihm doch die Tränen. Michael hält ihn im Arm und streichelt ihm den Rücken. Eine Geste, die er von Marianne kennt, die ihn immer getröstet hatte, wenn er niedergeschlagen war oder eine schlimme Niederlage in der Schule hatte einstecken müssen. Wille erinnert sich an eine Zeit, in der ihm die Schulleitung das Leben schwergemacht hatte, weil sie seine Unterrichtsmethoden zu unorthodox fand. All die Gespräche, das Gerede hinter seinem Rücken, die subtilen, aber nicht minder schmerzhaften Sticheleien hatten an seinen Nerven gezerrt, und er war kurz davor gewesen hinzuschmeißen. Am Ende hatte er die Schule gewechselt. In diesen Wochen und Monaten hatte Marianne ihn immer gehalten. Jeden Tag, wenn er aus der Schule gekommen war, hatte sie ihn in den Arm genommen, seinen Rücken gestreichelt und gesagt: »Na, mein Held, hast du auch diesen Tag überstanden, ohne dich kleinkriegen zu lassen?«

Er ist Michael dankbar für den Trost und auch dafür, dass der in diesem Moment die Rolle gewechselt hatte, um ihn zu trösten. Vom Arzt zum Mitbewohner und Freund. Irgendwie würde er die kommenden Tage und Wochen überstehen, bis er Gewissheit hatte. Und es gab ja auch die Hoffnung, dass alles nicht so schlimm sein würde, wie er jetzt befürchtete.

»Heute Abend gucke ich mit dir *Fahrstuhl zum Schafott*«, sagt Michael und lächelt. »Bin schon gespannt auf die Filmmusik.«

31

Pavel mag diese Tage nicht, an denen er im Büro sitzt und Schreibkram erledigt. Aber getan werden muss die Arbeit. Briefe, Mails, Abrechnungen, Berichte, Berichte. Es hängt ihm zum Hals raus. In den vergangenen Jahren ist dieser Teil der Arbeit immer größer geworden, der bürokratische Aufwand, ein Pflegeheim zu leiten, nimmt schon die meiste Zeit in Anspruch. Schon allein deshalb denkt er immer häufiger darüber nach, ob er das alles wirklich weitermachen möchte bis zur Rente. Aber was kann einer wie ich stattdessen tun, denkt er wie immer an solchen Tagen trübsinnig und schaut auf den Fernseher.

Er hat Phoenix eingeschaltet, um die Bundestagsdebatte zum Thema »Wohnen« zu verfolgen. Irgendwann im Laufe des Vormittags wird Anne reden. Meist sagt sie ihm, er solle es lieber lassen, sich das anzuschauen, weil sie dann zu aufgeregt sei. Was ihm seltsam vorkommt, sitzt er doch meilenweit entfernt vom Plenarsaal in seinem Büro vor dem Fernseher und nicht auf der Besuchertribüne. Trotzdem ist seine Frau an dieser Stelle dünnhäutig. Traut man ihr gar nicht zu, denkt Pavel und schaltet ein wenig lauter, als er sieht, dass Anne die übernächste Rednerin sein wird. Mach ich also zwanzig Minuten Pause und höre mir an, wie meine Frau gedenkt, die Welt zu verändern.

Gestern Abend hatte Anne noch lange an ihrer Rede gesessen, war erst gegen elf nach Hause gekommen und hatte geklagt, das sei alles viel zu unpolemisch und wenig zugespitzt. Also hatte sie auch zuhause weiter an ihrem Auftritt gebastelt. Seinen Wunsch, die Rede lesen zu dürfen, hat sie abgelehnt.

»Am Ende rede ich doch eher, wie mir der Schnabel gewachsen ist, das hier ist nur für den Fall, dass mein Kopf plötzlich leer gefegt ist, wenn ich vorne stehe«, hatte sie gesagt und ein wenig kläglich gelächelt. In letzter Zeit zeigte seine toughe Frau immer häufiger Nerven. In wenigen Tagen würde eine Vorentscheidung fallen, ob sie bei den kommenden Bundestagswahlen Aussicht auf einen guten Listenplatz haben wird, vielleicht liegt es daran. Die Basis würde über Anne entscheiden, und die Basis ist ein unbekanntes Wesen, wie seine Frau immer sagt. »Eine Diva mit Launen, Pavel. Aber ich glaube, sie mag mich.«

Pavel hadert noch immer mit Annes Entschluss, vier weitere Jahre Bundespolitik, aber er hat sich vorgenommen, nicht mehr darüber zu diskutieren, es stattdessen zu akzeptieren. Ändern ließ sich sowieso nichts mehr. Trotzdem ertappt er sich hin und wieder dabei, Anne einen wenig aussichtsreichen Listenplatz zu wünschen. Sich den Pelz waschen zu lassen, ohne nass zu werden, sozusagen. Aber die Chancen stehen schlecht. Die Basis liebt seine Frau wirklich, und auch wenn sie ihm immer wieder zu erklären versucht, dass die Delegierten eines Parteitages nicht die Basis seien, scheint sie sich doch bislang relativ sicher zu sein, auch die zu überzeugen.

Jetzt fängt Anne an zu reden. An Tagen wie diesen ist sie inzwischen dazu übergegangen, nicht ganz so aufreizend und schrill angezogen zu sein. Heute trägt sie ein für ihre Verhältnisse hochgeschlossenes weinrotes Kleid, in dem sie ein wenig aussieht wie eine Gouvernante. Das mag auch an der Brille liegen, die sie seit kurzer Zeit trägt. Sie hatte sich zwei machen lassen, eine für die seriösen und eine für die unseriösen Tage. Die unseriöse ist knallrot, die seriöse hat einen dezenten schwarzen Rahmen. Nur die Ohrringe, findet Pavel, sehen weiterhin kaschubisch aus. Ein größeres Gebammel, von dem er vermutet, dass es leise klimpert, wenn seine Frau den Kopf bewegt.

»Ach Anne«, murmelt er und schaltet den Fernseher noch etwas lauter. »So ganz brav wirst du nie aussehen und dafür liebe ich dich.«

Den Anfang der Rede liest die Abgeordnete Anne Kilian tatsächlich ab, aber nach drei Minuten löst sie sich vom Manuskript und geht in die Vollen.

»Wir brauchen eine neue Idee, liebe Kolleginnen und Kollegen. Und damit meine ich nicht dieses halbherzige Rumgeeiere, mit dem uns die Regierungskoalition hier abspeisen will. Ein bisschen mehr sozial, nicht mehr als Kosmetik, und ganz viel Deregulierung, damit die freien Kräfte auf dem Markt ihr Spiel spielen können.

Wir müssen respektieren, dass sich die Bedürfnisse der Menschen geändert haben. Die wollen nicht im Alter in irgendwelchen Verwahranstalten leben, die sich rechnen und marktkonform geführt werden. Sie wollen selbständig und selbstbestimmt leben, solange es irgendwie möglich ist. Dazu braucht es andere Formen des Wohnens, und dafür müssen wir andere Wohnungen bauen. Das geht natürlich nicht mit Parteien, die zulassen, dass in ihren Reihen offen und unverblümt von ›sozialverträglichem Ableben‹ geredet wird, und ansonsten davon ausgehen, dass die Immobilienwirtschaft das schon irgendwie regelt.«

Der Saal scheint aufzuwachen. Pavel versucht, die zahlreichen und offensichtlich wütenden Zwischenrufe zuzuordnen, scheitert aber. Die Präsidentin fragt, ob die Abgeordnete Kilian eine Zwischenfrage gestatte, und die sagt »Nein«. Pavel nickt. Bloß nicht aus dem Konzept bringen lassen, richtig so.

»Vielleicht sollten Sie sich endlich mal ein bisschen dort umschauen, wo das Leben stattfindet, anstatt immer nur dubiose Expertenkommissionen für viel Geld Konzepte entwickeln zu lassen, die völlig an der Realität vorbeigehen und in denen Menschen nur noch als Kostenfaktor betrachtet werden.«

Im Saal wird es noch etwas lauter. Pavel konstatiert, dass seine Frau Beifall von den Linken, von ein paar Grünen und nicht von allen ihren Fraktionskollegen bekommt. »Du versaust denen die Große Koalition«, murmelt er. »Fahr mal ein bisschen zurück.« Aber seine Frau scheint gerade erst in Fahrt zu kommen.

»Ich wohne seit einem halben Jahr mit Menschen zusammen, die sich vorgenommen haben, gemeinsam alt zu werden und sich dabei zu stützen und zu tragen. In guten und in schlechten Zeiten, sage ich mal mit Blick auf die Kolleginnen und Kollegen von CDU und CSU, damit Sie sich auch ein bisschen freuen können. Sie präferieren doch weiterhin das gute alte Mutter-Vater-Kind-Modell. Wenn es nach Ihnen geht, privatisieren wir die Frage, ob und wie Menschen in Würde altern können, völlig und überlassen es den Kindern und Enkelkindern, sich um die Alten und Schwachen zu kümmern. Ihre ganzen bisherigen Bemühungen um eine Reform der Pflegeversicherung sind ein Quark.«

Pavel zuckt zusammen. Worüber redete Anne jetzt, über Wohnungen, über Pflegeversicherung oder über ihre WG?

»Aber um in Wohngemeinschaften wie die, für die ich mich entschieden habe, leben zu können, braucht es den passenden Wohnraum und Modelle zur Finanzierung solchen Wohnraums. Da kommen wir nicht weiter mit Lofts und Maisonette für fünfzehn Euro den Quadratmeter. Da brauchen wir Konzepte, die von anderen Leuten geschrieben werden als von Bankern, neoliberalen Wirtschaftsweisen und Privatisierungsgurus.«

Es klopft an der Tür, und Pavel stellt den Fernseher leiser. Muss er sich die Rede dann später noch einmal vollständig im Internet anhören. Trotzdem denkt er, dass es vielleicht nicht so klug von Anne war, so sehr ins Private zu gehen, auch wenn das Beispiel natürlich keine schlechte Wirkkraft hatte.

Pavel bittet die Pflegeleiterin herein, um mit ihr zu besprechen, wie sie es hinkriegen wollen, bei laufendem Betrieb nach und nach die Wohnetagen zu renovieren. Es ist dringend notwendig, aber eine heikle Angelegenheit. Viele Bewohnerinnen und Bewohner wurden nervös oder gar krank, wenn sie für wenige Tage ihr Zimmer verlassen und in ein anderes Zimmer ziehen mussten. Inzwischen haben sie, nachdem sie zahlreiche Angebote eingeholt hatten, eine Handwerksfirma gefunden, mit der sie zufrieden sind und die in der Lage scheint, das Ganze in guter Qualität und trotzdem in relativ kurzer Zeit zu bewerkstelligen.

»Frau Mauersberger hat angedroht, sich umzubringen, wenn sie ihr Zimmer verlassen muss.« Die Pflegeleiterin sieht müde aus und auch ein wenig verzweifelt. »Ich weiß, Sie sind dagegen, Herr Kilian, aber ich denke, wir müssen mit dem Arzt wegen eines Beruhigungsmedikaments reden. Wenigstens für die drei Tage, an denen Frau Mauersberger in einem anderen Zimmer wohnen muss. Wir können sie nicht Tag und Nacht überwachen.«

Pavel nickt.

»Lassen Sie mich vorher noch einmal mit Frau Mauersberger reden, aber ja, wir werden es wohl so machen müssen. Was ist mit ihrem Sohn, könnte der mal mit ihr sprechen?«

»Das hat er schon getan, er unterstützt uns wirklich sehr. Aber es hat nichts gebracht. Und jetzt ist er für ein halbes Jahr nach Russland gegangen, wegen eines Jobs. An den kommen wir also gar nicht ran.«

Damit war die Frage beantwortet, die Pavel als nächste gestellt hätte. Ob der Sohn seine Mutter nicht mal für zwei oder drei Tage zu sich nehmen könnte, während sie das Zimmer renovieren.

»Debattiert der Bundestag heute über die Pflegeversicherung?«

Die Pflegeleiterin zeigt auf den Fernseher, der immer noch an ist.

»Nein«, sagt Pavel, winkt etwas verlegen ab und schaltet den Fernseher aus. »Meine Frau hat heute geredet, das wollte ich mir mal anhören.« Es war ihm noch immer unangenehm, anderen zu sagen, dass er der Mann einer Bundestagsabgeordneten ist. Nicht, weil er sich unterlegen fühlt, Anne war schon immer diejenige von ihnen mit dem größeren beruflichen Erfolg. Er verfügt über viel zu wenig Ehrgeiz und hat auch keine Lust, irgendeine Karriereleiter zu erklimmen. Für seine Verhältnisse ist er schon ziemlich weit gekommen.

Pavel hat aber hin und wieder das Gefühl, dass sich die Menschen ihm gegenüber anders verhalten, sobald sie wissen, mit wem er verheiratet ist. Nicht wenige machen gern mal eine Bemerkung darüber, dass es ja dann an Kohle nicht mangele, wäre man mit einer Bundespolitikerin verheiratet. Andere ließen es sich nicht nehmen, ihm ihre Meinung über unfähige und korrupte Politiker kundzutun. Er selbst ist inzwischen immer vorsichtiger mit all diesen einfachen und schnellen Urteilen, obwohl auch er nicht allzu viel von Politikern hält. Aber wenn er sich anschaut, wie viel Anne arbeitet, muss er inzwischen zumindest zugestehen, dass die Mär von den faulen Abgeordneten eine ziemlich grob gestrickte Verallgemeinerung ist. Doch lieber geht er diesen Diskussionen aus dem Weg, die meisten Leute glauben sowieso, er verteidige nur seine Frau und ihm bliebe auch gar nichts anderes übrig.

Pavel beendet das Gespräch mit der Pflegeleiterin und sagt ihr noch, wie sehr er ihr Organisationstalent in dieser ganzen Angelegenheit schätze. »Ohne Sie schafften wir das alles überhaupt nicht. Wenn es Probleme gibt, kommen Sie zu mir, jederzeit. Wir müssen das dann nicht auf unser wöchentliches Arbeitsgespräch verschieben.«

Die Pflegeleiterin hebt den Kopf, streckt den Rücken durch und bedankt sich. In fünf Jahren würde sie in Rente gehen, und Pavel mag sich gar nicht vorstellen, wie es dann weitergehen soll. Auch wenn er mit der Frau hin und wieder aneinandergeraten war, wenn es darum ging, wie mit den Bewohnerinnen und Bewohnern umgegangen werden soll, die bereits in der Pflegestufe drei gelandet waren, ist sie ihm eine sehr verlässliche Stütze. Und kompromissbereit, wie Pavel immer wieder konstatiert, der sich hin und wieder selber despektierlich einen elenden Kompromissheini nennt.

Widerwillig wendet er sich wieder seinen Berichten zu, wird aber vom Klingeln des Telefons unterbrochen.

»Hast du Annes Rede gesehen?« Renée klingt nicht sonderlich froh.

»Ja, aber nicht bis zum Ende. Ich hatte hier ein Arbeitsgespräch. Ist irgendetwas schiefgelaufen?«

Renée schweigt einen Augenblick, und Pavel stellt sich vor, wie seine Frau am Schluss ihrer Rede alle im Plenum so beleidigt hat, dass die Präsidentin sie des Saales verweisen musste. Vielleicht war ihr doch ein »Milchbubi« in Richtung Regierungsbank und mit Blick auf die FDP-Jüngelchen rausgerutscht. Oder sie hatte die Kanzlerin »Mutti« genannt. Zuhause am Küchentisch jedenfalls pflegt Anne eine ziemlich derbe Sprache und kann gut auf Stammtischniveau sinken, was besonders Michael immer wieder zu Ovationen animiert.

»Ich finde, das mit der Wohngemeinschaft hätte nicht sein müssen. Das ist unsere Privatsache und sollte von ihr nicht für irgendwelche politischen Schlachten benutzt werden.«

»Habt ihr schon mal darüber geredet, du und Anne?«

»Nicht explizit, und jetzt ist es ja passiert. Ich hoffe einfach, niemand von den Medien kommt auf die Idee, mit Anne irgendeine Homestory machen zu wollen. Wie ich sie kenne, hat sie da nämlich nichts dagegen.«

»Ich werde heute Abend mit ihr sprechen«, versichert Pavel und fragt sich, ob Renées Befürchtungen übertrieben oder berechtigt sind. Schließlich ist auch Anne ihr Privatleben ziemlich heilig. Andererseits kann sie eine richtige Rampensau sein, wenn es darum geht, im Wahlkampf zu punkten. Es wäre sicher besser, mit ihr darüber zu sprechen, bevor sie irgendetwas über die Köpfe der Wohngemeinschaft hinweg entschied.

32

Es ist ein »Frühstückssamstag«, wie Michael die Vormittage getauft hat, an denen sie alle gemeinsam am Küchentisch sitzen und lange essen und reden. Renée versucht sich an einem Rührei mit Schafskäse und getrockneten Tomaten, und es scheint zu gelingen. Pavel hat für den Fall, dass auch mal jemand von den anderen Lust hat, sich auszuprobieren, einen Vorrat an Rezepten zugelegt, wie man ein Rührei zubereiten kann, und Wille hat sich bereit erklärt, an jedem dieser Samstage Zeitungen und frische Brötchen einzukaufen. An diesem Morgen bringt er nicht nur die üblichen Zeitungen und Zeitschriften, sondern auch noch den ganzen Boulevard mit, was die Runde zu erstaunten und abfälligen Bemerkungen animiert.

»Nee«, sagt Anne und zündet sich die erste Zigarette des Tages an. »Die kannst du gleich in den Papiermüll bringen. Wir hatten uns doch auf ein paar Vorschriften die geistige Hygiene betreffend geeinigt.«

Wille schüttelt den Kopf und schlägt die Seite 3 der »schlimmsten Zeitung von allen« auf, wie er murmelt. Auf der prangt ein Foto von Anne, die am Rednerpult im Bundestag steht und aussieht wie eine Furie. Findet Anne. Renée schnappt sich als Erste das Blatt und stöhnt leise.

»Deine Rede über unsere WG ist wohl doch nicht ungehört verhallt«, sagt sie und reicht die Seite weiter. Nacheinander lesen alle, was der Boulevard aus Annes Ausführungen gemacht hat.

»Meinst du, die rücken uns jetzt auf den Pelz«, fragt Pavel und sieht seine Frau vorwurfsvoll an.

»Leute, was heute in der Zeitung steht, ist morgen schon

vergessen«, beschwichtigt Anne, sieht aber nicht sehr überzeugt aus bei dem Satz.

Renée wiegt den Kopf.

»Haben die in deinem Büro angerufen?«

»Ja, aber ich habe die Büroleiterin gar nicht gefragt, was die wollten. Die hat die Anweisung, solche Blätter wenn irgend möglich abzuwimmeln.«

»Damit wirst du nicht weit kommen im Wahlkampf«, nuschelt Michael, der schon angefangen hat, sein Rührei zu essen. »Jetzt nicht in Panik verfallen. Anne hat jederzeit das Recht, Nein zu sagen, wenn sie gefragt wird, ob hier eine Homestory gemacht werden darf. Und wir halten auch die Klappe, sollten wir wirklich gefragt werden. Es sei denn, wir wollen berühmt werden.«

Alle schütteln den Kopf. Nur Wille gibt zu bedenken, dass es ja auch sehr seriöse Medien gäbe und man überlegen müsse, ob andere nicht von einem Beispiel wie ihrem profitieren könnten. »Also den Mut fassen, es nachzumachen«, schiebt er hinterher und schielt auf die Zeitungsseite, weil er schon wieder vergessen hat, wie die Überschrift lautet.

Rote Anne schwört auf Kommune. Ziemlich schrecklich. Und als Kommune würde das, was sie hier tun, niemand von ihnen beschreiben.

Die Stimmung ist ein wenig gedrückt, und Anne versucht sich an einer halbherzigen Entschuldigung.

»Es hat einfach so gut gepasst, das genau in dieser Rede und an dieser Stelle zu sagen. Aber ja, da hätten wir vielleicht auch vorher mal …«

Renée schüttelt den Kopf. »Mit dir vorher etwas abzuklären ist so gut wie unmöglich, du bist doch die Meisterin der Improvisation. Wir lassen es jetzt einfach rankommen und hoffen, dass niemand etwas von uns will.«

Dem stimmen alle zu. Trotzdem verläuft das Frühstück nicht so entspannt wie sonst. Pavel sagt nach einer Stunde, er hätte sich für den heutigen Tag vorgenommen, ein wenig durch die Stadt zu laufen, und falls jemand Lust habe, sich seinem ziellosen Tun anzuschließen, nur zu. Niemand hat Lust, und Pavel zieht allein los. Drei Minuten nachdem er die Wohnung verlassen hat, ruft er auf dem Festnetz an, um zu sagen, dass vor dem Haus ein Kamerateam stünde.

»Nicht dein Ernst«, sagt Anne und sieht – zum ersten Mal, wie Renée findet – richtig kleinlaut aus. »Die stellen sich am Samstagvormittag vor dieses Haus und hoffen, dass ich da rauskomme und ihnen ein Statement gebe?«

Niemand hört, was Pavel darauf antwortet. Wille geht zum Küchenfenster und schaut auf die Straße. »Tatsächlich«, murmelt er. »Wer so was macht, gehört bestimmt nicht zu den seriösen Medien.«

Anne verkündet, sie werde jetzt runtergehen und denen sagen, sie sollen verschwinden, Renée schüttelt den Kopf und sagt, das sei genau das Falsche. »Du hältst jetzt die Füße still, und wir überlegen in Ruhe, ob du in den nächsten Tagen einer Zeitschrift oder Zeitung ein Interview zum Thema gibst, wenn Anfragen kommen. Gern auch in unserer Küche, aber ohne Kameras. Warten wir erst einmal ab. Am Montag wird garantiert schon wieder eine andere Sau durchs Dorf getrieben.«

Damit geben sie sich vorerst zufrieden.

Als Pavel zwei Stunden später von seinem ziellosen Tun zurückkommt, sitzen immer noch alle um den Tisch, als wollten oder könnten sie sich an diesem Tag nicht voneinander trennen oder als hätte niemand etwas zu tun. Michael hat gerade ein paar Geschichten aus der Praxis zum Besten gegeben, die Renée sichtlich amüsiert und Wille dagegen traurig gemacht haben.

»Ich habe in der Aufregung vorhin ganz vergessen, euch zu erzählen, dass ich die Baugenehmigung für eine Bushaltestelle vor meinem Pflegeheim bekommen habe«, sagt Pavel und hofft, die Gruppe damit auf andere Gedanken zu bringen. Was auch gelingt, denn nun diskutieren sie eine Stunde lang, wie sich das Vorhaben endlich in die Tat umsetzen lässt.

»Wie viel kostet das Teil denn«, will Michael wissen und schmiert sich das vierte Brötchen, nicht ohne zu erklären, dass dies aber nun auch das letzte sein würde.

»Viertausend. Ungefähr. Ich habe es noch nicht genau rechnen lassen.«

Renée schlägt vor, einen Sponsor zu suchen, und verspricht Pavel, ihm beim Schreiben von Bittbriefen an Unternehmen, die Stadtmöbel her- und aufstellten, zu helfen.

»Was ist das denn für ein Idiotenwort«, fragt Michael. »Stadtmöbel, hab ich noch nie gehört. Steht auch nicht in dem ganzen Kram, den Anne mir von der Bundeszentrale für politische Bildung besorgt hat, damit ich mich besser über die Lage im Land informiere.«

»Die hast du doch nicht etwa gelesen, das glaube ich nicht.« Annes Stimme hat wieder Festigkeit, ihre Schultern haben sich gestrafft, und Renée denkt, so schnell schaltet die Abgeordnete auf Kampfmodus um. Die ist wirklich nicht kleinzukriegen. Wäre es nicht mein Privatleben und meine neu zusammengesuchte Familie, würde ich ihr raten, die Story auszunutzen. Aus PR-Sicht ein Geschenk des Himmels, diese Rede. Aber ich will das nicht. Ich möchte, dass dies hier unser Privates bleibt, ein Ort, den nur die kennen, die ihn kennen sollen. Seit wann bin ich so?

Sie weiß es nicht. Als Martin noch lebte, war sie mutiger. Je mehr ihr Mann Angst vor dem Draußen zu haben schien, desto mehr hatte es sie nach Draußen gesehnt. Ein Konflikt, den sie bei aller Liebe nie hatten lösen, für den sie stattdessen immer nur Kompromisse hatten finden können. Der Job in der Bar, die Abende mit Anne in irgendwelchen Szenelokalen, die Nächte mit Judith bei Tanzpartys, zu denen sich Frauen über vierzig trauen konnten, ohne sich hochgradig albern vorzukommen, das alles waren ihre Versuche gewesen, dem Rückzugsbegehren ihres Mannes etwas entgegenzusetzen, ohne ihn zu etwas zwingen zu müssen.

Ich sollte mal wieder mit Judith tanzen gehen, denkt Renée und ist ein wenig irritiert darüber, dass ihre Gedanken an diesem Morgen unsortiert und nicht zu lenken sind. Gleich nachher rufe ich sie an. Vielleicht schon heute Abend. Tanzen. Genau das, was ich brauche.

Als Renée wieder einsteigt ins Gespräch, ist die Bushaltestelle theoretisch fertig, und Pavel schraubt gerade das bombastische Schild »Deutschland – Land der Ideen« neben die Eingangstür des Pflegeheims.

»Was willst du denn mit so einem bescheuerten Schild«, fragt Anne und schlägt vor, nach diesem opulenten Frühstück mit Sekt weiterzumachen, weil es ein besonderer und besonders schwieriger Tag sei und überhaupt. Alle stimmen zu. »Für das Ding gibt es nicht mal Geld, so ist das im Land der Ideen. Und deinen Dementen ist es egal, ob du Schwarz-Rot-Gold am Eingang hängen hast.«

Wille zuckt ein wenig zusammen, sagt aber nichts, sondern geht zum Kühlschrank, um eine Flasche Sekt zu holen. Gleich kommt Amanda, denkt er. Die wird sich einmal mehr wundern, was wir für eine fröhliche Bagage sind. Aber mir ist nicht so fröhlich. Ich möchte nur wissen, warum. Die Chancen stehen doch immer noch gut, dass alles nur ein Sturm im Wasserglas ist.

Wille schielt zu Michael, der tatsächlich noch ein Brötchen isst. Möchte mal wissen, wieso der Mann nicht dick wird, fragt sich Wille, und Michael zwinkert ihm zu, als hätte er den Gedanken erraten.

Sie sind bei der zweiten Flasche Sekt, als Amanda kommt.

»Da steht ein Kamerateam vor der Tür«, sagt sie und lächelt verunsichert. »Die haben mich gefragt, ob ich zur WG von Anne Kilian gehöre.«

»Und, was hast du gesagt«, fragt Renée etwas atemlos und hat das Gefühl, bereits leicht betrunken zu sein.

»Dass ich nicht zu der WG gehöre.«

Renée atmet erleichtert aus. Wille bringt Amanda auf den aktuellen Stand, und die amüsiert sich köstlich. Überhaupt, denkt Michael, ist diese Amanda eine echt fröhliche Nudel. Kann noch den widrigsten Dingen etwas Komisches abgewinnen und hat eine Art zu lachen, dass es einen vom Stuhl haut oder mitreißt.

»Rote Anne«, juchzt Amanda mit Blick auf den Boulevard, den Michael etwas achtlos auf den Küchenfußboden geworfen hatte. »Das solltest du dir schützen lassen und damit in den Wahlkampf ziehen. Da stiehlst du gleich zwei Parteien die Show.«

Anne richtet sich noch mehr auf, bekommt Oberwasser, denkt Michael, und schnappt sich noch mal die Zeitungsseite, auf der sie aussieht wie eine Furie, mit ihren erhobenen Händen, den weit aufgerissenen Augen und dem geöffneten Mund. Dagegen werde ich auf jeden Fall klagen, denkt sie zum zweiten Mal an diesem Tag. Wie kann man nur solch ein Scheißfoto von mir nehmen und veröffentlichen. Haben die denn keinen Anstand?

Es ist zwei Uhr, als sich die Küchenrunde auflöst. Pavel erklärt, nach dem Laufen durch die Stadt seine Frau heute mal in zwei Ausstellungen schleppen zu wollen, auch wenn sie bis zum letzten Blutstropfen Widerstand leiste. Renée murmelt, sie werde abends wahrscheinlich unterwegs sein, Michael sagt, er hätte noch zwei Hausbesuche zu machen.

»Hausbesuche?« Amanda starrt ihn neugierig an. »Du arbeitest am Samstag? Und du gehst zu den Patienten nach Hause?«

»Zu Patientinnen auch«, wirft Renée ein und erntet ein allgemeines Stöhnen.

»Patientinnen auch«, wiederholt Michael. »Ich bin ein langweiliger Hausarzt, der nichts mit seiner freien Zeit anzufangen weiß, außer Brötchen in sich reinzustopfen, Sekt zu trinken und mit Lippenstift Botschaften an den Flurspiegel zu malen. Also besuche ich kranke und traurige Menschen. Nachher zum Beispiel eine Frau, die so dick ist, dass sie ihre Wohnung nicht mehr verlassen kann. Sie sitzt in ihrem riesengroßen Sessel, den ihr Sohn für sie bei Porta gekauft hat. So ein XXL-Sessel, bis ich den gesehen habe, wusste ich überhaupt nicht, dass es so etwas gibt. Also da sitzt sie und schaut den ganzen Tag fern oder liest. Und isst natürlich. Sie hat mir erklärt, es sei nun wirklich egal, so viel Fett bekomme man nie wieder runter vom Körper, und da hat sie recht. ›Ich will beim Essen sterben, Doktor‹, sagt sie jedes Mal, wenn ich sie besuche. Meiner Meinung nach schafft sie es, und ich begleite sie ärztlich dabei … Jetzt guckt nicht so entsetzt, das fällt nicht unter Sterbehilfe. Ich bin es nur leid, Menschen zu erklären, was sie tun und was sie lassen sollen. Diese Frau sammelt durch Fernsehen und Bücher eine absonderliche Mischung aus klugem und absolut bescheuertem Wissen an. Es ist interessant, mit ihr zu reden. Ich besuche sie gern, alle drei Wochen am Samstag. Da ist dann auch ihr Sohn da, und mit dem kann ich ein paar Sachen besprechen, die sie nicht mehr hören will.«

Mit dieser Geschichte löst sich die Morgenrunde endgültig auf.

Tanzen, denkt Renée noch, bevor sie die Küche verlässt, denn Wille und Amanda haben sich bereit erklärt, aufzuräumen. Heute Abend gehe ich tanzen.

33

Amanda räumt den Geschirrspüler ein und überlässt es Wille, die Lebensmittel zu verstauen. So gut kennt sie sich in der Küche doch noch nicht aus. Wille verschwindet mit den meisten Sachen in der Speisekammer, die, wie Michael mal behauptet hat, so groß ist wie die Wohnung einer somalischen Familie. Michael neigt zu den sonderbarsten Vergleichen und Bildern, das hat Amanda schon mitbekommen, er bringt sie andauernd zum Lachen mit seinen Geschichten. Deshalb überlegt sie auch, zu ihm zu wechseln. Ihre Hausärztin ist eine humorlose, korrekte und sicher nicht schlechte Medizinerin, die nie eine persönliche Frage stellt und von der Amanda vermutet, dass sie auch kein Privatleben hat.

Offensichtlich waren, nach anfänglichen Bedenken, doch alle aus der Wohngemeinschaft in die Hausarztpraxis von Michael gewechselt, nachdem sie sich darauf geeinigt hatten, dass die Sprechstunde am Frühstücks- oder Abendbrottisch verboten ist und Michael seiner Schweigepflicht absolut korrekt nachkommen würde. So lief niemand Gefahr, mit seinen Wehwehchen Inhalt besorgter Gespräche unter Freunden zu werden.

Eine gute Lösung, findet Amanda und beschließt, für den nächsten notwendigen Arztbesuch einfach einen Termin bei Michael zu machen. Allerdings fragt sie sich, wie schon oft, wie dieser Michael eigentlich mit all dem Herrschaftswissen klarkommt. Solange alle gesund sind, sicher kein Problem, würde jemand aber mal ernsthaft krank, könnte das schon zur Belastung werden. Kann ihn ja mal fragen, denkt Amanda und zieht für heute einen Schlussstrich unter diese Überlegungen.

Wille fragt, ob sie Lust hätte, mit ihm eine kleine Autofahrt aufs Land zu machen. Es gebe da in »Boitzenburg, Uckermark«, schiebt er hinterher, als Amanda fragend die Augenbrauen hebt, einen neu eröffneten Landgasthof. Dessen Besitzerin überlege, im Sommer in ihrem Biergarten ein bisschen Livemusik zu machen. »Und sie ist nicht abgeneigt, dass dies hin und wieder auch Jazz sein kann. Nicht allzu krawallig, aber schon ambitioniert. Jedenfalls …«

Wille wird ein wenig rot und hektisch, als Amanda die zwei abgetrockneten Glasschüsseln, die er gerade in den Kühlschrank gestellt hat, wieder rausnimmt und ins Geschirrregal räumt.

»Wo hab ich nur meine Gedanken«, murmelt er. »Ich bin halt nicht multitaskingfähig, reden und Küche aufräumen geht nicht zusammen.«

Amanda lacht.

»Also dieser Landgasthof, da könnten wir hinfahren und mit der Besitzerin, der Wirtin, reden. Allerdings braucht man schon mehr als eine Stunde mit dem Auto. Die ist übrigens gar keine Gastwirtin von Haus aus, sondern Grafikerin oder so was in der Art.«

Ein Abendessen in der Uckermark also, warum nicht, denkt Amanda. Ist zwar schade, dass es so zeitig dunkel wird, aber wenn wir gleich losfahren, sehen wir noch was von der Landschaft.

»Bin ich denn überhaupt richtig angezogen fürs Land«, fragt sie und schaut an sich herunter. Sie hat sich heute Morgen zwar für Hosen entschieden, aber eher so im Marlene-Dietrich-Stil. Und ihre Schuhe sind für eine Wanderung ganz gewiss nicht geeignet, auch wenn sie flache Sohlen haben. Aber Wille winkt ab. Wir werden nicht groß durch die Landschaft laufen, dafür ist es zu spät. Wir fahren hin, schauen uns ein wenig um, gehen gut essen, reden mit der Wirtin und ihrem Mann und fahren wieder zurück.

Vorher entscheiden wir noch, wer von uns den guten Landwein genießen darf und wer nicht.«

»Ich natürlich«, sagt Amanda und lacht. »Das letzte Mal bin ich gefahren, also bist du dran. Ich übernehme gern die Tour hin.«

Wille nickt, sagt, er brauche noch zehn Minuten, dann könne es losgehen, und verschwindet im Bad.

Wenn ich jetzt schon Gewissheit hätte, könnte ich Amanda heute Abend den Heiratsantrag machen, denkt er beim Rasieren. Seit vier Wochen trägt er einen hübschen Goldring mit sich rum, eingepackt in ein ebenso hübsches winziges Schächtelchen. Diesmal hat die Goldschmiedin zwei winzige Notenschlüssel gefertigt, die gebogen und ineinander verschränkt den Ring bilden. Er hatte extra heimlich einen Ring von Amanda eingesteckt, der in ihrer Wohnung etwas achtlos im Bad auf einer Konsole lag. Schon lange, war Wille sich sicher gewesen. Beim nächsten Besuch hatte er den Ring wieder zurück an seinen Platz gelegt, und tatsächlich schien Amanda nichts bemerkt zu haben.

Ich muss erst wissen, was mit mir los ist. Das kann ich Amanda nicht antun. Dass sie einen Mann heiratet, der den Verstand verliert. Vielleicht sollte ich ihr den Ring einfach so schenken. Zwischendurchgeschenke sind die schönsten von allen, das hatte Amanda mal gesagt, als er ihr irgendwann mitten in der Woche einen Seidenschal aus einer japanischen Boutique geschenkt hatte. Auf dem Schal waren prachtvolle bunte Vögel abgebildet, filigran gezeichnet.

»Mit dem Schal kann ich fliegen«, hatte sie gesagt und ihn geküsst, bis er keine Luft mehr bekam.

Aber ihr den Ring einfach so zwischendurch zu schenken käme ihm wie das Eingeständnis einer Niederlage vor, das vorzeitige Fügen in ein Schicksal, das noch gar nicht feststand. In sechs Tagen würde er zum entscheidenden Test gehen. Bis jetzt hatten alle Untersuchungen, die Michael gemacht, beziehungsweise beauftragt hatte, ergeben, dass er ein kerngesunder Mann war. Keine Verkalkungen, altersgerechte Abnutzungs- und Verschleißerscheinungen, Schilddrüse in Ordnung. Er hatte sich gewünscht, dass in irgendeinem dieser Bereiche etwas nicht stimmen würde. Er wäre erleichtert gewesen, die Ursache gefunden zu haben, und hätte mit Michaels Hilfe die Beseitigung des Fehlers in Angriff genommen. So aber deutete die Tatsache, dass es bisher keine Diagnose gab, umso mehr darauf hin, dass …

An dieser Stelle macht Wille, wie jedes Mal, wenn er darüber nachdenkt, Schluss. Verbietet sich, den Satz zu Ende zu denken, und wechselt zu einem Mantra, für das er sich entschieden hat. Er summt die ersten Takte des ersten Stücks von *Sketches of Spain*. So oft tut er das, bis der Kopf halbwegs leer ist. Allerdings hat er festgestellt, dass er die Platte nicht mehr hören mag, seit er das macht. So rettet ihn Miles zwar mehrfach am Tag vor dem Absturz in tiefe Melancholie, aber der Preis ist ziemlich hoch. Er hatte diese Aufnahme immer besonders gern gehört.

Eine Viertelstunde später sitzen sie in Amandas Auto in Richtung Uckermark. Wie versprochen fährt Amanda, und Wille schweigt und schaut aus dem Fenster, was die Frau neben ihm nicht verwundert, ist er doch beim Autofahren immer ein Schweiger vor dem Herrn, wie sie sagt.

Jetzt könnte er mir wirklich bald mal einen Antrag machen, denkt sie und fragt sich, ob dieser Abend auf dem Land und in einem Landgasthof vielleicht dafür gedacht ist. Doch sie verwirft den Gedanken schnell wieder. Wille würde dann sicher mit ihr allein sein und nicht mit einem Gastwirtpaar über Jazz im Biergarten reden wollen.

Vielleicht sollte ich ihm einen Heiratsantrag machen, überlegt sie. Ich bin eine selbstbewusste, moderne Frau, wobei Heiraten nicht unbedingt modern ist, gesteht sie sich ein. Aber in unserem Alter in Ordnung. Schließlich bin ich einundsechzig und darf ruhig ein bisschen altmodisch sein.

Sie denkt nicht zum ersten Mal darüber nach, spürt aber auch heute, dass sie offensichtlich altmodisch genug ist, um zu meinen, dass der Kerl den Antrag machen sollte und nicht das Weib. Amanda schielt zu Wille, der sich zurückgelehnt hat und aus dem Seitenfenster schaut. Vielleicht sollte ich mal mit Michael reden, der scheint mit Wille am engsten befreundet zu sein. Oder mit Renée. Aber jetzt genießen wir erst mal diesen Tag und dann sehen wir weiter.

Der Landgasthof in Boitzenburg ist wirklich eine Augenweide. Nicht aufgemotzt und aufgedotzt, sondern so, wie man sich Landgasthöfe wünscht, wenn man ein wenig altmodisch oder melancholisch oder ruhebedürftig ist, findet Amanda und gibt Wille einen Kuss auf die Wange.

»Wunderbar, dass du diesen Einfall hattest. Wollen wir erst einmal ein Stück laufen, solange es noch hell ist?«

Er nickt, und sie laufen los, verlassen nach wenigen Minuten den Ort und entscheiden sich für einen Weg, der ihnen auch im Winter schön genug erscheint. Nach einer halben Stunde schlägt Amanda vor, umzukehren, damit man im Gasthof sei, bevor es richtig dunkel würde. Also kehren sie um. Als sie an eine Wegkreuzung kommen, ist sich Amanda nicht mehr ganz sicher, woher sie gekommen sind. Sie sieht Wille fragend an, der ihrer Meinung nach ein ausgezeichnetes Orientierungsvermögen hat. Aber der schaut ebenfalls etwas ratlos und leicht panisch, wie Amanda findet, in alle drei Richtungen außer der, aus der sie gekommen sind.

»Ich kann mich nicht erinnern«, murmelt er, und Amanda sagt, das sei nicht schlimm, schließlich hätten sie die ganze Zeit geredet und nicht auf den Weg geachtet. Aber Wille scheint es persönlich zu nehmen. Auf seiner Stirn stehen kleine Schweißperlen, und er sieht wütend aus. Amanda zieht ihn in eine Richtung, die ihrer Meinung nach stimmen könnte. Aber Wille schüttelt ihre Hand von seinem Arm, sagt »lass mich« und dreht sich einmal im Kreis. So kennt sie den Mann an ihrer Seite nicht. Amanda spürt eine vage Unruhe und außerdem ist sie ein wenig beleidigt. Noch nie war Wille ruppig oder grob zu ihr. Was sollte das?

Ein paar Sekunden später ist alles wieder in Ordnung. Wille bestätigt ihren Vorschlag, nach rechts abzubiegen, und tatsächlich sind sie zwanzig Minuten später wieder im Ort. Inzwischen ist es völlig dunkel, und Amanda ist froh, dass sie den richtigen Weg gefunden haben. Ihre halbhohen Schuhe, gefüttert zwar, aber eben doch nur aus dünnem Leder gemacht, sehen nicht mehr schick aus, doch der Boden ist zum Glück gefroren, sodass sie keinen großen Schaden genommen haben.

Beim Essen, das gut schmeckt und zu offensichtlich erschwinglichen Preisen angeboten wird, reden sie mit dem Paar, das den Gasthof führt, über den nächsten Sommer, der, so die Gasthofbesitzerin, schon mal ein kleiner Musiksommer werden soll. Zwei Mal im Monat wolle man abends zum Tanz aufspielen lassen und zwei Mal ein kleines Konzert organisieren. Immer samstags.

Wille blüht auf, wird munter, geradezu ein wenig manisch, findet Amanda, aber sie findet es auch amüsant, ihren Liebsten zu sehen und zu hören, wie er die Sterne vom Himmel holt und erzählt, wen er alles kennt und dazu bringen könnte, im Biergarten des Gasthofs ein bisschen Musik zu machen.

»Und wenn es regnet, kann man reingehen, der Saal ist ausreichend groß. Ich kann mich mal umhören, ob es billig eine kleine Anlage zu kaufen gibt, Boxen, Verstärker und so, und ich könnte versuchen, für den nächsten Sommer ein kleines Programm zusammenzustellen.«

Dafür bekommt Wille grünes Licht, und zum ersten Mal an diesem Tag hat Amanda das Gefühl, dass er gelöst und optimistisch ist. Aber irgendetwas bedrückt ihn, da ist sie sich sicher. Und sie nimmt sich vor, ihn in spätestens vier Wochen danach zu fragen, sollte er bis dahin nicht von sich aus erzählt haben, was los ist. Vier Wochen sind eine gute Zeit, denkt Amanda und bestellt noch ein letztes Glas Wein. Sie selbst verordnet sich bei schwierigen Entscheidungen immer genau vier Wochen Bedenkzeit, das schützt vor überstürztem und unüberlegtem Handeln und ist trotzdem ein überschaubarer Zeitraum. Ein Monat ist lang genug, um zu zeigen, dass ich über ausreichend Geduld verfüge, und Wille hat alle Chancen der Welt, sich mir anzuvertrauen. Wenn er mich heiraten will, muss er Vertrauen haben. Sonst wird das nichts mit uns.

34

Renée spürt, wie ihr der Schweiß den Rücken runterläuft. Seit fast zwei Stunden ist sie auf der Tanzfläche. Judith tanzt auch irgendwo, sicher nicht weit entfernt. Sie hatten am Nachmittag beschlossen, es heute krachen zu lassen, und sich gegenseitig versichert, dass es ihnen egal sein würde, sollten sie das Durchschnittsalter sichtlich steigern. Tatsächlich sieht Renée kaum Frauen in ihrem Alter. Männer schon ein paar, aber das überrascht sie nicht. Sie ist immer wieder verblüfft, wie sehr Männer in der Lage sind, ihr Alter zu verleugnen und stattdessen so zu tun, als könnten sie noch jede Siebzehnjährige rumkriegen.

Renée schaut den Mann an, der sie vorhin zum Tanzen aufgefordert hat. Mindestens zehn Jahre jünger, schätzt sie und fühlt sich unsinnigerweise geschmeichelt. Nicht so, dass er mein Sohn sein könnte, was mir peinlich wäre, aber jung und gutaussehend genug, dass ich schwach werden könnte. Für einen kurzen Moment gerät Judith in ihr Blickfeld, die mit einem Latino tanzt, der abenteuerliche Verrenkungen macht und ihre Freundin immer wieder animiert, es ihm gleichzutun. Judith schaut ein wenig hilfesuchend zu Renée und verschwindet wieder aus deren Augen.

Eine halbe Stunde später treffen sich beide an der Bar. Judith sieht völlig aufgelöst aus, Renée fühlt sich nicht anders und wagt es kaum, in den Spiegel hinter dem Tresen zu schauen. Dann tut sie es doch und findet, dass es hätte schlimmer kommen können. Ihre Frisur, falls man das vorher so nennten konnte, ist nicht mehr vorhanden, ein paar Haarsträhnen kleben verschwitzt auf ihrer Stirn, Dekolleté,

Hals und Gesicht sind rot und ihre Brust hebt und senkt sich, als hätte sie einen Halbmarathon hinter sich. Ihren Tanzpartner hat Renée am Ende freundlich, aber bestimmt abgewiesen, als der vorgeschlagen hatte, noch irgendwo anders hinzugehen. Sie spürt einmal mehr, dass sie noch nicht so weit ist. Ein einziges Mal hatte sie seit Martins Tod Trost im Sex gesucht, und das war eine Katastrophe geworden.

Ein netter Typ, den sie bei einem Seminar kennengelernt hatte, in dem sie zu lernen hoffte, vernünftige und ansprechende PowerPoint-Präsentationen hinzukriegen. Hatte sich nicht erfüllt und das lag wahrscheinlich eher an ihrem grundsätzlichem Widerwillen gegenüber diesem Programm als am Seminar. PowerPoint und Excel waren ihrer Meinung nach der Tod jeder Kreativität und vernünftigen Kommunikation. Sie hatte so oft erlebt, dass die Leute nicht mehr zuhörten, sondern anfingen, die rudimentären und meist schlechten Texte der Präsentation abzuschreiben, nur um später festzustellen, dass sie die Zusammenhänge gar nicht mehr rekapitulieren konnten. Trotzdem hatte Renée versucht, aufgeschlossen an die Sache ranzugehen, was ihr aber nicht gelungen war. Stattdessen war sie diesem Mann begegnet, der sie nach dem Seminar auf einen Kaffee eingeladen hatte. Aus dem Kaffee waren zwei geworden, und sie hatten sich für den übernächsten Abend verabredet, um ins Kino zu gehen. Dann kam eins zum anderen und am Ende war Renée in der Wohnung des Mannes und in seinem Bett gelandet. Sie hatten miteinander geschlafen, aber Renée hatte nicht das Geringste dabei empfunden.

Am nächsten Morgen hatte sie sich, wie in einem schlechten Film, heimlich davongeschlichen. Ohne eine Telefonnummer oder Mailadresse zu hinterlassen und mit einem fürchterlich schlechten Gewissen sowohl dem Mann als auch Martin gegenüber. Als hätte der jemals gewollt, dass sie wie eine Nonne lebt. Jetzt erinnert sie sich nur noch, dass ihr One-Night-Stand gut gerochen und sich auch gut angefühlt hatte. An ihm kann es also nicht gelegen haben, denkt sie noch einmal, als sei unter dieses Thema nicht längst ein Strich gezogen.

Judith reicht ihr ein Bier. Ein goldenes, wie sie die Modebiere nennt, von denen es inzwischen unzählig viele gibt und die kaum betrunken machen.

Renée erzählt Judith, dass ihre WG durch Anne inzwischen unfreiwillig berühmt geworden ist. Wie erwartet sieht Judith die Angelegenheit eher pragmatisch.

»Ihr könnt Anne keinen Vorwurf daraus machen. Sie versucht doch nur, in ihren Reden zu zeigen, dass sie nicht so abgehoben ist wie die meisten anderen. Und was ist schon dabei, wenn eure WG in die Zeitungen kommt? Schließlich können andere was von euch lernen und werden vielleicht mutiger. So wie ich.«

»Wie du«, fragt Renée verdattert und starrt ihre Freundin an, der es wieder mal gelungen ist, auszusehen, als posierte sie für den Beitrag eines Modemagazins unter der Überschrift »Mit wenig Geld den eigenen Stil betonen«. Judith hatte ein simples schwarzes Kleidchen von Herpes und Maulwitz, wie sie immer sagte, mit einer prachtvollen Brokatweste kombiniert, die sie auf irgendeinem Trödelmarkt gefunden hatte.

»Vier Euro«, sagt Judith, die Renées Blick sieht, und streicht mit der Hand über die Weste. Die Strumpfhose glänzt ebenfalls golden, und die Stiefel sehen martialisch aus, passen aber zum Outfit, weil sie wieder alles ins Gegenteil verkehren. Renée seufzt.

»Wille hat auch gesagt, wir sollten es als Vorteil sehen und anderen ein Beispiel geben. Aber ich weiß nicht, ich kenne mich ein wenig mit den Medien aus. Du hast es einfach nicht mehr in der Hand, wenn du einmal die Tür öffnest. Aber was meinst du mit …?«

Judith nippt an ihrem Bier.

»Ich bleibe ja dabei, dass es richtig war, nicht in eure WG zu gehen. Frank ist gerade wieder auf Hartz IV, nachdem das mit der Kneipe krachen gegangen ist. Zum Glück, bevor er sich hat zum zweiten Geschäftsführer erklären lassen. Jetzt war die Aufsicht da und hat das Ding geschlossen. Die Küche und die Sanitärräume haben überhaupt nicht mehr den Vorschriften entsprochen. Ich bin echt froh, Renée, das hätte uns das Genick gebrochen, wenn jetzt auch noch Frank hätte in die Insolvenz gehen müssen.«

Renée bedeutet Judith, dass sie sich einen ruhigeren Platz suchen sollten, um miteinander zu reden. Also gehen sie in einen Raum, in dem man auch rauchen kann und der entsprechend riecht, aber dafür ruhiger ist.

»Jedenfalls haben wir uns überlegt, auch mit Freunden zusammenzuziehen und – jetzt halt dich fest – Franks Mutter und die Mutter des Freundes, der mitziehen würde, mit dazuzunehmen.«

Renée klaut sich von Judith eine Zigarette. Wenn sie schon hier steht, kann sie auch eine rauchen. Schlecht wird ihr so oder so.

»Wer sind denn diese Freunde?«

»Du kennst sie von meinem Geburtstag. Freunde von Frank, mit denen wir im letzten Sommer wandern und zelten waren. Karsten fährt einen Truck und Kristin ist über die Zeitarbeit in einem Callcenter gelandet. Beide waren hin und wieder arbeitslos, heißt, die wissen, wie es uns geht, und wir kennen ihre Grenzen. Finanziell, meine ich. Die beiden Mütter, na ja, eigentlich waren die ausschlaggebend für die Idee. Wir haben letztens darüber gesprochen, dass die Mütter der beiden Männer jetzt langsam Betreuung brauchen, aber eigentlich fürs Heim viel zu fit sind. Trotzdem macht man sich ständig Sorgen, dass was passiert. Also haben wir gedacht, wenn ich mich um die beiden kümmere, vielleicht eine Ausbildung zur Hilfspflegerin mache, und wir alle zusammenziehen in eine passende

Wohnung, hätten wir viele Probleme gelöst. Was meinst du?«

Renée sieht ihrer Freundin an, dass die sich nicht sicher ist. Und sie selbst findet es auch mehr als gewagt. Andererseits.

»Kennen sich die beiden Mütter denn?«

»Das ist die Crux. Bis jetzt noch nicht. Aber beide wären einverstanden und wahrscheinlich überglücklich, wenn sich ihre Söhne um sie kümmern würden und sie nicht mehr davon ausgehen müssten, irgendwann in einem Pflegeheim zu landen. Am nächsten Sonntag ist Kaffeetrinken bei Frank und mir angesagt. Mit beiden Müttern. Dann schauen wir mal.«

»Macht das. Es klingt verrückt, aber irgendwie auch richtig. Was habt ihr zu verlieren? Nicht allzu viel, denke ich. Eigentlich ist es für jeden von euch, einschließlich der Mütter, eine riesige Chance. Wenn es klappt, entgehen die einen dem Heim und die anderen müssen vielleicht weniger prekär leben.«

»Ich bin froh, dass du mir zumindest zurätst, es zu versuchen.«

Judith lächelt Renée an und schlägt vor, noch mal zu tanzen, bevor man sich auf den Heimweg macht.

»Warum hast du denn diesen knackigen Typen vorhin weggeschickt?«

»Zu jung«, sagt Renée und lacht verlegen. »Außerdem bin ich nicht so weit. Noch nicht. Kann aber alles noch werden.«

35

Wille starrt auf den großen braunen Briefumschlag auf seinen Knien. Michaels Wartezimmer ist heute nur mäßig voll. Noch drei Patienten vor ihm, und nach ihm ist niemand mehr gekommen.

»Lass dir einen Termin am Ende meiner Sprechzeit geben«, hatte Michael ihm vorgestern geraten und gesagt, er würde seine Sprechstundenhilfe beauftragen, dann auch wirklich niemanden mehr nach ihm einzutragen.

Wille hatte den Neurologen in der Demenzsprechstunde gebeten, ihm nicht zu sagen, wie die Ergebnisse der Tests und Untersuchungen lauten. Stattdessen sollte der Mann alles in einen Briefumschlag packen und an den Hausarzt Michael Vanroten adressieren. Der Neurologe hatte eingewilligt, aber vorgeschlagen, dass Wille das verschlossene Kuvert der Einfachheit halber mitnehmen solle und er mit dem Kollegen telefonieren werde. Das Telefonat muss inzwischen stattgefunden haben, und in circa einer halben Stunde wird Wille wissen, was in den Papieren steht.

Er glaubt, nichts Gutes. Nicht, dass er bei den Tests völlig versagt hatte, aber es hatte einige Momente gegeben, in denen er wie eine hilflose Person vor den Fragen und Anforderungen gesessen hatte.

Ich mache jetzt Nägel mit Köpfen, denkt er, um sich zu ermutigen. Zuerst spreche ich mit Michael und am Samstag mit Amanda. Noch länger würde er die Liebste nicht hinhalten können, das weiß er. Komisch eigentlich, denkt Wille zum wiederholten Mal, dass Amanda so gern heiraten möchte. Sie war nie in ihrem Leben verheiratet, und vielleicht liegt es daran. Aber sie hat ihm mal gesagt, sie finde den Gedanken, dem Mann, den sie liebe, ihr Ja-Wort zu geben, sehr tröstlich. »Und nichts braucht man mehr in diesen Zeiten als Trost, Wille«, hat sie erklärt, ihm dabei in die Augen gesehen und ihre Hände in seinem Nacken verschränkt. Fast hätte er ihr in diesem Moment von seinen Ängsten erzählt, hat es dann allerdings gelassen. Ich will nur nicht, dass sie mir fortläuft, denkt Wille trübsinnig. Aber sie wird weglaufen, wenn es Alzheimer oder irgendwas Vergleichbares ist. Wie oft hat er das schon gedacht? Er weiß es nicht mehr.

Noch eine Patientin vor ihm. Wille überlegt, ob er sich vielleicht doch hätte im Internet ein wenig schlaumachen sollen. Jetzt wird er sich alles von Michael erklären lassen müssen. Aber jedes Mal, wenn er vor dem Computer gesessen und den Begriff »Alzheimer« in die Suchmaschine eingegeben hatte, war ihm der kalte Schweiß ausgebrochen, seine Atmung war schneller geworden, und dann hatte er hyperventiliert. Also hatte er es gelassen. Letztlich werde ich mich dem Problem noch früh genug stellen müssen, hat er dann gedacht. Oder eben nicht, aber daran glaubt er nicht mehr. Irgendetwas stimmte nicht mit ihm. Und Wille ist sich sicher, dass die anderen in der Wohngemeinschaft das auch denken. Ebenso Amanda, die eine kluge und sensible Frau ist. Erst vor drei Tagen hatte er den Schlüssel zum Müllraum verlegt und alle anderen am Tisch beschuldigt, ihn verbummelt zu haben. Bis er ihn dann wiederfand. Der Schlüssel lag auf einer seiner Boxen – so ziemlich die teuersten Stücke in seinen Zimmern – und er hatte sich nicht erinnern können, wie er dahin geraten war. Alles nicht schlimm, peinlich allerdings, mit welcher Vehemenz er den anderen die Schuld in die Schuhe hatte schieben wollen. Sogar ein bisschen laut war er geworden. Er, Wille, größter Miles-Davis-Fan in ganz Berlin, ein ruhiger und sanfter Mann, der noch immer ziemlich gut Trompete spielen konnte, hatte seine Mitbewohner angeblafft, als seien sie dumme Jungs und Mädchen.

Das Vorkommnis schien schnell vergessen, aber ihm war es nachgegangen. Vielleicht, weil es zwei Tage nach den Untersuchungen beim Neurologen stattgefunden hatte. Er hatte zuhause versucht, die Fünfecke zu zeichnen, die ihm bei dem Test so misslungen waren. Und es war gegangen. Das hatte ihn ermutigt. Jetzt in diesem Moment wüsste er gern, wie viel Punkte er für diesen Test bekommen hatte. Gleich würde Michael es ihm sagen. Sie hatten ausgemacht, dass Michael nichts verschweigt und nichts beschönigt.

Gott, bin ich froh, dass dieser Mann in mein Leben gekommen ist, denkt Wille. Ohne ihn wäre er nie zu diesen Tests gegangen. Er hätte es laufen lassen und irgendwann wäre es dann bestimmt zu spät gewesen, seine Dinge und Angelegenheiten zu regeln. Sollte ich Alzheimer haben, schränkt Wille ein, um dem Pessimismus nicht ganz das Feld zu überlassen.

Er starrt wieder auf das braune Kuvert und spürt, wie ihn trotzdem der Mut verlässt. Vielleicht sollte er einfach aufstehen und gehen. Den Umschlag auf den Tresen legen und abhauen. Noch »Ich will es nicht wissen« mit dem Kuli draufschreiben, zu Amanda fahren und ihr einen Heiratsantrag machen. Jetzt gleich, heute. So schnell wie möglich heiraten. Und wenn es dann schlimm würde mit ihm, in die Spree gehen. Mit ordentlich Alkohol im Leib.

Wille kann nicht richtig schwimmen, er weiß, dass er in der Spree sofort ertrinken würde. So wie in jedem Gewässer, in dem er mehr als zehn Meter vom Ufer entfernt wäre und keinen Boden mehr unter den Füßen hätte.

Er steht auf und geht zögerlich zum Tresen, da kommt Michael mit seiner vorletzten Patientin aus dem Sprechzimmer, winkt Wille zu und verabschiedet die Frau, die offensichtlich nur ungern geht.

»Was soll ich denn machen, wenn das Herz wieder so

klappert, Doktor? Wenn die Medikamente nicht anschlagen und ich allein zuhause bin? Können Sie mir nicht Ihre Telefonnummer geben, nur für den Fall der Fälle?«

Michael schüttelt den Kopf und legt der alten Frau die Hand auf den linken Oberarm.

»Frau Wiedemann, wenn Sie sich schlecht fühlen und denken, Sie brauchen einen Arzt, dann rufen Sie die einseinszwei. Nicht mich. Ich könnte nicht zuhause sein, und so verginge unnötig Zeit. Geht es Ihnen schlecht, einseinszwei anrufen. Die sind innerhalb weniger Minuten da.«

Unwillig schüttelt die alte Frau den Kopf und murmelt, früher sei der Hausarzt ja auch gekommen, wenn man etwas hatte und nicht so ein dummer Krankenwagen.

Michael schiebt sie vorsichtig Richtung Tür, und Wille sieht, dass er ein wenig aufatmet, als die sich endlich schließt und sie beide allein im Wartezimmer zurücklässt.

»Na, dann komm mal, alter Junge«, sagt Michael und winkt Wille ins Sprechzimmer. Er nimmt den braunen Briefumschlag entgegen, öffnet ihn und fängt an zu lesen. »Habe mit dem Neurologen heute Morgen telefoniert«, sagt er und fragt Wille, ob er irgendwas zu trinken wolle. »Kaffee und Wasser kann ich anbieten, mehr nicht.«

Wille schüttelt den Kopf, und Michael wendet sich wieder den Papieren zu, braucht, wie Wille findet, eine Ewigkeit, um alles zu sichten. Wo er doch schon mit dem Neurologen telefoniert hat.

»So, mein Lieber, jetzt wissen wir Genaueres, aber nichts ganz Genaues. Der Neurologe diagnostiziert eine leichte Demenz. Im Mini-Mental-Status-Test hast du zweiundzwanzig Punkte erreicht. Du bist an diesen Fünfecken gescheitert, hast die drei Begriffe zwar gut wiederholen, sie dir aber nicht alle merken können. Du hast zwei von sieben Dingen, die dir der Arzt gezeigt hat, nicht benennen können, und du wusstest das Tagesdatum nicht. Beim Uhrentest warst du unsicher, aber es ging wohl noch ganz gut. Im Ergebnis« – Michael schaut Wille an und will wissen, ob es noch geht. Der nickt nur, unfähig, etwas zu sagen.

»Im Ergebnis sagt der Neurologe, dass du dich mit großer Wahrscheinlichkeit im Frühstadium einer Alzheimererkrankung befindest.«

Wille schießen Tränen in die Augen und Michael schweigt. Der Arzt und Freund steht auf, geht zum Waschschrank, holt eine Flasche Whisky und zwei Gläser raus, schenkt ihnen beiden daumenbreit ein und setzt sich wieder. Wille erinnert sich daran, dass Michael ihm mal erzählt hat, für den absoluten Notfall eine Flasche guten Whisky in der Praxis stehen zu haben. Einen Single Malt, der sofort die Sehnsucht wecke, alles stehen und liegen zu lassen und in die Highlands abzuhauen.

Wieso soll ich Alzheimer haben, wenn ich mich an all diese Sachen erinnere, fragt sich Wille und nimmt ein Schlückchen von dem Whisky.

»Es gibt so viele Fragen«, sagt er. »Ich fange mal mit den schlimmsten an. Wie lange wird es dauern, bis ich anfange, in die Hosen zu machen und euch am Frühstückstisch nicht mehr erkenne.«

Michael schweigt noch einen Moment, bevor er antwortet.

»Man sagt, im Durchschnitt dauere eine solche Erkrankung von der Diagnose bis zum Tod sieben Jahre. Wille, ich muss dir nicht erzählen, was die Worte ›im Durchschnitt‹ bedeuten. Es gibt Fälle, da vergingen von der Diagnose bis zum Tod zwanzig Jahre. Aber ich glaube, deine Frage zielt eher darauf, wissen zu wollen, wie viele gute Jahre dir noch bleiben.«

Wille nickt und fängt wieder an zu schluchzen. Ich bin doch viel zu jung für diesen Scheiß, denkt er. Werde erst in fünf Jahren siebzig. Statistisch gesehen dürfte ich nicht an Alzheimer erkranken.

»Da muss ich sagen, das kann man nicht wissen. Weil, und jetzt komme ich zum optimistischen Teil unseres Gesprächs. Der Neurologe hält es für möglich, wenn auch nicht wahrscheinlich, dass du dich noch in einer Phase befindest, die mit LKB bezeichnet wird. LKB steht für leichte kognitive Beeinträchtigung und ist eine Vorstufe der Alzheimerkrankheit. Du selbst kannst von diesem Moment an, da du das Damoklesschwert über dir baumeln weißt, einiges dafür tun, um den Prozess zu verlangsamen. Vieles machst du schon, du hältst dich körperlich fit und beanspruchst viel deinen Kopf. Du bist ein ausgeglichener Mensch, der nicht sonderlich unter psychischem Stress zu leiden scheint.

Es gibt eine Menge Strategien, die du lernen kannst, um eingeschränkte Gedächtnisleistungen zu kompensieren. Dabei helfe ich dir. Über all das können wir beide in Ruhe reden. Ich glaube aber, das Wichtigste für dich ist die Entscheidung, wie du anderen Menschen gegenüber damit umgehst. Erzählst du es, oder willst du es so lange wie möglich verheimlichen? Das zu entscheiden, wenn du es noch nicht entschieden hast, solltest du dir Zeit nehmen. Falls du mich dabei brauchst, bin ich für dich da, und ich halte natürlich so lange den Mund, bis du mich von der Schweigepflicht entbindest.«

Michael steht noch einmal auf, holt die Whiskyflasche und schenkt ihnen beiden nach.

»Ich trinke eigentlich überhaupt keinen Whisky«, sagt Wille und lacht. »Und in drei Tagen wollte ich Amanda einen Heiratsantrag machen. Hier.« Er sucht in den Taschen seiner eleganten schwarzen Wolljacke und findet das kleine Kästchen, das er nun schon so viele Wochen mit sich herumträgt. Er zeigt Michael den Ring, und der nickt beifällig.

»Ein schönes Stück, das kann man wohl sagen. Willst du meinen Rat als Freund?«

Wille nickt.

»Sag es ihr. Ihr zuerst, sie ist die Frau, die du liebst. Ich halte sehr viel von Amanda, sie ist ein großartiger Mensch. Aber natürlich ist das keine Garantie dafür, dass sie so etwas mit dir gemeinsam durchstehen will und kann. Nur eines kann ich dir sagen. Wenn du es ihr verheimlichst, wird sie dich in dem Moment verlassen, da sie es erfährt. Solch ein großes Geheimnis hält keine Partnerschaft aus. Das ist Betrug. Und du brauchst Menschen an deiner Seite, die dich stützen und trösten und dir helfen. Das trifft auch auf unsere Wohngemeinschaft zu.«

»Ihr werdet mich rausschmeißen müssen.«

»Wieso sagst du das? Nicht dass ich jetzt schon weiß, wie sich die WG entscheidet. Aber irgendwie habe ich noch im Kopf, dass wir uns auch deshalb dazu entschieden haben, zusammenzuziehen, weil wir miteinander alt werden wollen. Jetzt fängst du damit an. Natürlich ist es ganz großer Mist, dass es dich so trifft, mit dem Altwerden. Red erst mit Amanda und dann mit uns allen. Und wenn du es nicht aushältst bis Samstag, dann früher.

So, jetzt machst du dich schon mal auf den Nachhauseweg, und ich komme nach. Oder möchtest du, dass wir beide zusammen fahren?«

Wille schüttelt den Kopf.

»Eine Frage muss ich dir noch stellen. Ist ja nicht so, dass ich vorher nicht darüber nachgedacht hätte, was wird, wenn ich den Verstand verliere. Und jedes Mal habe ich gedacht, ich könnte das alles wahrscheinlich so lange aushalten, bis ich vergessen habe, wer Miles Davis war, und seine Musik nicht mehr erkenne. Also, das mag jetzt für dich kindisch und saublöd klingen, aber diese Musik, das ist nun mal mein Leben, weißt du. Wahrscheinlich komme ich damit klar, irgendwann keine Musik mehr machen zu können. Aber sie nicht mehr zu erkennen und mich nicht mehr daran freuen zu können, nee, das wird nicht gehen.

Und dann muss ich einen Weg finden. Weißt du? Verstehst du? Also ich muss ...«

Michael hebt beide Hände und signalisiert Wille, an dieser Stelle aufzuhören. Er senkt den Kopf und murmelt: »Über so was darfst du mit mir jetzt noch nicht reden, alter Freund. Ich bin Arzt, vergiss das nicht. Aber ich verspreche dir, ich werde viel darüber nachdenken. Hätte ich schon längst tun sollen. Lass uns trotzdem jetzt nicht übers Sterben reden. Ich bin mir ziemlich sicher, dass noch ein paar gute Jahre vor dir liegen.«

Wille steht auf, geht um den Schreibtisch herum und umarmt seinen Arzt und Freund kurz. Dann geht er.

36

Amanda freut sich auf den Tag. Sie und Wille wollen in den Botanischen Garten fahren, für zwei, drei Stunden, den Winter vergessen, danach in die Sauna gehen und abends in ein gutes Restaurant. Welches, hat Wille nicht verraten, nur gesagt, sie solle ihm die Planung des Tages überlassen und sich einfach freuen. Das tut sie jetzt, auch wenn eine leichte Unruhe nicht verschwindet, die sie seit einigen Wochen empfindet. Irgendetwas stimmt mit Wille nicht. Er war fahrig gewesen und hin und wieder ungeduldig geworden. Manchmal sogar ein wenig grob. Irgendeinen Kummer muss er haben, denkt Amanda und hofft, dass es nichts mit ihnen beiden zu tun hat. Sie liebt Wille. Und tatsächlich ist ihr größter Wunsch, dass er ihr einen Heiratsantrag macht. Sie hat schon längst beschlossen, auf die Frage mit »Ja« zu antworten. Ebenso auf die Frage, ob sie mit Wille zusammen in der Wohngemeinschaft würde leben wollen. Es gibt noch ein Zimmer, das leer steht beziehungsweise als großer Abstellraum für alle möglichen Dinge genutzt wird, obwohl es einen ausreichend großen Keller gibt. Ein wenig ungünstig gelegen, das Zimmer, und auch ein bisschen dunkel, aber es könnte ein Rückzugsort für sie werden. Damit man sich nicht andauernd auf der Pelle hockt, denkt Amanda. Sie hatte bisher nur mit Renée über ihre Flausen im Kopf, wie sie es nennt, gesprochen. Und Renée hatte ihr bekundet, dass sie sich freuen würde, wenn Amanda mit einzöge.

Aber erst muss Wille ihr einen Heiratsantrag machen. Und dann sollte es eine Hochzeit geben, eine richtige Hochzeit. Mit allem Drum und Dran. Amanda weiß, dass es dafür eigentlich noch zu früh ist. Sie kennen sich gerade mal fünf Monate. Aber wir sind schon fast alt, denkt sie. Da bleibt nicht mehr so viel Zeit und da weiß man auch schneller, was man will oder nicht. Ob es klappen kann. Sie ist sich sicher, dass es mit Wille klappt. Alles stimmt, und wozu Zeit vergeuden, wenn das Leben, das noch vor einem liegt, immer kürzer wird?

Amanda steht in ihrem Schlafzimmer vor dem Spiegel und kichert. Weiß würde sie natürlich nicht tragen, in ihrem Alter sähe das wahrscheinlich ein wenig albern aus. Aber irgendein Kracherkleid müsste es schon sein. Und abends eine Party in einem Jazzkeller. Sie hat sich sogar schon einen ausgeguckt und unverbindlich gefragt, ob man dort auch eine Hochzeit feiern könnte. Es war ihr ein wenig peinlich gewesen, so etwas zu fragen, ohne zu wissen, ob der Mann, den sie liebt, sie überhaupt würde heiraten wollen.

Heute vielleicht, denkt sie und legt die goldene Kette um, die Wille ihr zu Weihnachten geschenkt hatte. Vielleicht heute. Sie denkt, dass Wille einen Heiratsantrag entweder im Botanischen Garten oder im Restaurant machen würde. In der Sauna doch eher nicht, die schien ihr kaum der passende Ort für so einen feierlichen Moment. Wir beide nackt und schwitzend, und Wille kniet sich hin und fragt: Willst du meine Frau werden, Amanda?

Sie kichert wieder und denkt an diesen albernen Film, in dem der Mann sagt: »Ich nehm dich zu meiner Frau.« Und die Frau fragt: »Was soll ich bei deiner Frau?« Jetzt kann sie nicht mehr an sich halten. Das war zu blöd, sie hatte sich im Kino überhaupt nicht mehr eingekriegt. Wie hieß dieser Film noch gleich? *Der Schuh des Manitu*, sagt sie laut zu ihrem Spiegelbild und muss schon wieder lachen.

Eine Stunde später ist sie mit Wille im Botanischen Garten und genießt die Temperaturen und das Grün. Tatsächlich macht Wille keine Anstalten, hier vor ihr niederzuknien, stattdessen redet er über seine Zeit als Musiklehrer und liest ihr hin und wieder etwas aus der Broschüre vor, die sie beim Kauf der Eintrittskarten erworben haben. Amanda findet, dass der Mann an ihrer Seite sehr zurückhaltend, fast ein wenig traurig wirkt. Aber vielleicht ist er nur aufgeregt, denkt sie und hofft das Beste.

Später in der Saune sitzen sie schweigend zwischen all den anderen Menschen, die auf die gleiche Idee gekommen sind. Der Kälte zu entfliehen und den Körper von innen zu wärmen. Tatsächlich herrschen draußen einige Minusgrade, der Winter sitzt allen in den Knochen, und Amanda hofft, dass es bald Frühling wird.

»Im Frühling«, flüstert sie Wille zu, der eine Bank unter ihr sitzt, weil er, wie er sagt, oben rammdösig wird, »machen wir an jedem Wochenende einen Ausflug.«

Wille nickt.

»Im Juli will ich mit dir nach Montreux zum Jazzfestival«, sagt er und lächelt wehmütig. »Da war ich bisher erst einmal. Musik im Park, du wirst es lieben. In Montreux habe ich Miles gesehen. Einundneunzig, zwei Monate vor seinem Tod. Du weißt, das Album *Miles & Quincy Live at Montreux*, ich habe die Platte. Da ist er wieder zu seinen Wurzeln zurückgekehrt. Einer der schönsten Momente meines Leben.«

Amanda denkt, dass sie sehr gern mit Wille dorthin fahren möchte, wünscht sich aber, er möge den Heiratsantrag nicht bis dahin aufschieben. Habe ich mir eigentlich schon mal überlegt, was passiert, wenn er gar keinen Antrag macht? Schließlich war er lange verheiratet, und vielleicht kommt es für ihn gar nicht infrage.

»Warst du mit Marianne in Montreux«, fragt sie und spürt zum ersten Mal eine leise Eifersucht.

Wille schüttelt den Kopf.

»Marianne wollte nicht mit. Sie hatte zu der Zeit so viel um die Ohren, und du weißt ja, dass sie meine Musik gemocht hat, aber längst nicht so begeistert war wie du.«

Das stimmte, er hatte hin und wieder davon geredet. Dass er mit Marianne in die Oper gegangen war und sie hin und wieder zu einem Jazzkonzert mitgekommen ist. Und dass sie beide die Musik des anderen mochten, doch eben nie so wie die eigene. Schon deshalb sollten wir heiraten, denkt Amanda. Wir passen einfach zu gut zusammen, da kann gar nichts schiefgehen.

Das Restaurant, in dem sie zwei Stunden später noch ein wenig erhitzt und mit rosigen Gesichtern sitzen, ist schön und fast ein bisschen überkandidelt, findet Amanda. Normalerweise gehen sie in einfachere Lokale, aber dieses hier hat es in sich. Sie werden vom Kellner zu ihrem Tisch geführt, der gedeckt ist, als sei er für eine Interieurausstellung bestimmt. Die schweren Stoffservietten stehen feierlich gefältelt, und das Glas sieht nach Kristall aus, nicht nach IKEA. Ob man einen Aperitif wolle, fragt der Kellner, und Amanda nickt.

»Zwei Gläser Champagner«, sagt Wille. »Mit dem Essen warten wir noch ein Weilchen.« Der Kellner nickt und verschwindet.

Jetzt also, denkt Amanda und hat das Gefühl, gleich zu platzen. Als der Champagner kommt, stoßen sie an und Wille räuspert sich und setzt dann an: »Ich möchte dir etwas sagen, Amanda, Liebste.«

O Gott, ihr wird gleich schlecht.

»Das sollte der Abend werden, an dem ich dir einen Heiratsantrag machen wollte. Aber seit drei Tagen ist das alles nicht mehr so einfach. Schau«, sagt Wille und holt ein kleines Kästchen aus seiner Jackettasche, das er ihr gibt. Sie öffnet das Kästchen und fragt sich, was um Himmels willen dazwischengekommen sein kann, wenn er ihr doch sogar schon den Ring gekauft hat. Einen wunderschönen Ring, den sie sofort auf ihren Finger steckt. Sie hebt die Hand und schaut bewundernd auf das kleine Goldkunstwerk, bestehend aus zwei gebogenen Notenschlüsseln. Da, wo sie an einer Stelle ineinander verschränkt sind, funkelt ein winziger Diamant, kaum zu sehen, aber er ist da.

»Wilfried«, sie nennt ihre Liebe immer noch lieber Wilfried als Wille, »was sollte uns davon abhalten, wenn du mir schon einen solch schönen Ring gekauft hast?«

»Es ist so«, er nimmt einen großen Schluck Champagner und gibt sich einen Ruck. »Ich war beim Arzt. Bei Ärzten, muss man ja sagen. Erst bei Michael, der hat mich zu einem Neurologen geschickt. Sie haben mein Blut untersucht, alle möglichen Tests gemacht und sind zu dem Schluss gekommen, dass ich entweder an einer beginnenden Demenz leide oder an einer Vorstufe dieser Krankheit, der sogenannten leichten kognitiven Beeinträchtigung. So oder so aber läuft es mit hoher Wahrscheinlichkeit darauf hinaus, dass ich an Alzheimer erkranke oder bereits erkrankt bin. Michael sagt, im Schnitt dauere ein solcher Verlauf sieben Jahre, es gebe aber auch Fälle, wo es bis zu zwanzig braucht, bis man stirbt. Ich weiß nicht, wie viel du über die Krankheit weißt. Im ersten Stadium, in dem ich mich im schlimmsten Fall schon befinde, kommt man noch ganz gut klar. Aber es wird schlimmer und schlimmer. Am Ende ist man nur noch eine Hülle, ein geist- und gedächtnisloses Lebewesen. Man stirbt an dieser Krankheit. Oder besser, man stirbt an den Folgen dieser Krankheit. Ich gehöre offensichtlich zu denen, die es sehr zeitig in ihrem Leben erwischt hat … Seit drei Tagen, eigentlich länger noch, seit ich die Befürchtung habe, dass etwas mit mir nicht stimmt, denke ich darüber nach, ob es in meinem Leben Menschen gibt, denen ich das zumuten kann und will. Mich zumuten kann und will. Als sabbernden, dementen Mann, der nachts durch die Räume wandert, irgendwann anfängt, unter sich zu machen, brabbelt und sein Gegenüber nicht mehr erkennt … Es gibt Menschen, die ich sehr gernhabe … Alle in der Wohngemeinschaft gehören dazu … Und es gibt einen Menschen, den ich liebe. Das bist du … Und bis jetzt denke ich, dass niemand von euch diesen fürchterlichen Weg mit mir gehen sollte. Du bist eine schöne Frau, vier Jahre jünger als ich. Wir haben keine lange Geschichte miteinander. Wir können nicht sagen: Jetzt hatten wir so viele gute gemeinsame Jahre, da werden wir die letzten schlimmen Jahre auch gemeinsam schaffen und uns stützen und trösten können. Ich ...«

Wille nimmt die Stoffserviette vom Tisch und hält sie sich vor das Gesicht. Er atmet tief und schwer, und Amanda hört, gedämpft durch den schweren Stoff, wie er sagt, er wolle jetzt hier nicht anfangen zu weinen.

»Bleib so«, sagt sie. »Warte einen Moment.« Sie steht auf, nimmt ihre Tasche und geht zu dem Kellner. Sagt ihm, ein Unglück sei hereingebrochen, und sie würde jetzt gern die beiden Champagner zahlen und dann gehen wollen. Ohne Aufhebens, sagt sie, und der Kellner nickt.

»Gehen Sie«, sagt er. »Der Champagner geht aufs Haus.«

Amanda flüstert einen Dank und geht zurück zum Tisch. Sie zieht erst sich an und hilft dann Wille beim Anziehen, dessen Augen verweint sind und der aussieht, als könne er sich kaum auf den Beinen halten.

Dann stehen sie draußen in der Kälte und Amanda überlegt, was sie nun tun können. Sie winkt ein Taxi und sagt die Adresse der Wohngemeinschaft an. Dort angekommen, nimmt sie Wille vor der Tür den Schlüssel ab, schaut nach, ob sie in sein Zimmer kommen können, ohne jemandem zu begegnen, sieht, dass niemand da zu sein scheint, denkt: Stimmt, die Wohnung war ja abgeschlossen.

Dann führt sie Wille durch in sein Zimmer, wo sie ihm Jacke und Schuhe auszieht und ihn dazu bringt, sich auf seinen Sessel zu setzen. Dann steht sie vor seinem Schallplattenregal und sucht die Aufnahme aus Montreux, die sie glücklicherweise schnell findet. Sie legt die Platte auf und setzt den Tonarm an und hört kurz darauf die ersten Klänge. Dann nimmt sie sich den zweiten Sessel, den sie zwei Monate zuvor zusammen gekauft haben, nachdem klar war, dass Amanda häufig in diesem Zimmer sitzen würde, um mit Wille zusammen Musik zu hören.

Was ist denn das für ein Unglück, denkt Amanda und spürt, dass auch ihr nach Weinen ist. Aber das kann sie später tun, wenn Wille schläft. Nicht jetzt. Sie dreht den Ring an ihrem Finger, der sich fremd und doch schon ganz vertraut anfühlt, und fragt sich, wieso ausgerechnet der Mann, den sie liebt, so früh an einer solch schrecklichen Krankheit leiden muss. Aber vielleicht stimmt die Diagnose nicht. Vielleicht irren die Ärzte. Hat man schon davon gehört oder gelesen? Sie weiß es nicht. Hat sich noch nie mit Demenz befasst. Es hat ja auch nie einen Anlass gegeben.

Jetzt werd ich es tun müssen, denkt sie. Vor allem werde ich darüber nachdenken müssen, was aus uns beiden wird. Ich kann Wille doch nicht einfach verlassen. Aber ich kann wahrscheinlich auch nicht zugucken, wie aus dem klugen Mann ein geistloses Wrack wird. Ich kann nicht mit jemandem Sex haben, der meinen Namen vergisst und mich vielleicht nach dem Orgasmus nicht mehr kennt. Meine Güte, was denke ich da, das ist doch alles Schwachsinn. Als ginge es jetzt darum.

Eine tiefe Verzweiflung macht sich breit in ihr. Wille sitzt auf seinem Sessel und schaut sie an. Wie lange schon? Hat er ihr angesehen, worüber sie nachdenkt?

Amanda steht auf, geht zu dem Mann, den sie heiraten wollte. Heiraten will? Setzt sich auf seinen Schoß. Wille lässt den Kopf auf ihre Brust sinken und seufzt.

»Amanda, ich weiß nicht, was wir tun können. Es ist keine Feigheit, wenn ich sage, die Entscheidung liegt bei dir. Außer Michael weiß es noch niemand, ich wollte es zuerst dir sagen, bevor ich mit den anderen rede. Es wäre nicht gut, wenn du jetzt gleich etwas sagst. Lass uns eine Flasche Wein aufmachen, noch etwas Musik hören und ins Bett gehen. Und dann …« Wille schluckt hörbar und richtet sich auf. Er schaut ihr in die Augen. »Dann solltest du morgen früh gehen und nachdenken. Wir können entscheiden, noch eine gute Zeit miteinander zu haben und uns zu trennen, wenn es schlimm wird. Du kannst auch sagen, dass du lieber sofort gehst, bevor es schwer wird. Schwer ist es sowieso. Ich wäre dir nicht böse, glaub mir. Ich könnte es verstehen.«

Amanda nickt.

»Ich hole eine Flasche Wein.« Zwei Stunden bleiben sie so sitzen. In ihren Sesseln, jeder mit einem Glas Wein in der Hand. Wille steht hin und wieder auf, um die Platte umzudrehen oder eine neue aufzulegen. Sie reden nicht, bewegen sich kaum und lächeln sich hin und wieder an. Dann gehen sie ins Bett. Liegen erst Gesicht an Gesicht, bis sich Wille umdreht und Amanda sich an seinen Rücken schmiegt, so, wie sie immer gemeinsam einschlafen.

Ich werde nicht schlafen können, denkt er und schläft ein.

Was soll ich jetzt tun, denkt Amanda und legt die Hand auf Willes Kopf. Warum willst du denn verschwinden, wir haben doch gerade erst angefangen mit unserem gemeinsamen Leben?

37

Pavel liest den Brief und kann sich nicht freuen. Obwohl es allen Grund zur Freude gibt. Tatsächlich hat eines der beiden Stadtmöbelunternehmen – er findet den Begriff weiterhin ausgesprochen seltsam – erklärt, eine Bushaltestelle vor dem Pflegeheim zu finanzieren.

»Dann kann es ja losgehen«, murmelt er und überlegt, ob er gleich Renée anrufen soll. Immerhin hat sie maßgeblich zu diesem Erfolg beigetragen. Der Brief, den sie aufgesetzt hatte, war so gut, dass Pavel sich nicht wundern würde, wenn vom zweiten Unternehmen auch noch eine Zusage käme. Dann haben wir ein kleines Luxusproblem, denkt er und lächelt nun doch.

Egal, wie bescheiden das Leben gerade läuft, dies hier ist eine gute Nachricht. Er greift zum Hörer und ruft Renée an.

»Wir haben das Geld für die Bushaltestelle.«

Sie freut sich und fragt, welche Bedingungen an die Zusage geknüpft sind.

»Nur, dass die in und an der Bushaltestelle Eigenwerbung machen können. Für wen, frage ich mich. Meine Dementen werden damit nichts anfangen können.«

»Es fahren und laufen ja auch andere Menschen vorbei«, gibt Renée zu bedenken. Dann schweigen sie.

»Denkst du nach«, fragt sie nach einer Weile, und Pavel nickt, was sie nicht sehen kann. Also sagt er:

»Ja, ich denke nach und komme nicht weiter.«

»Wir müssen ja auch nicht sofort entscheiden«, sagt Renée, und Pavel findet, es klingt wie das Pfeifen im Walde. Natürlich müssen sie nicht sofort entscheiden, aber das schiebt das Problem nur auf. Eine Lösung gibt es nicht, da ist Pavel sich sicher. Er, der für jedes Problem und alle Auseinandersetzungen noch immer einen Kompromissvorschlag hatte formulieren können. Aber das hier übersteigt seine Fähigkeiten.

»Ich habe gleich Besprechung«, sagt er und verabschiedet sich von Renée. Tatsächlich ist er heute Gastgeber eines runden Tisches, der sich »Pflege in Not« nennt und geradezu eine Initiative von unten ist. Heimleiter, Pflegekräfte, die im stationären Bereich arbeiten, Ärzte, ein Theologe, den Pavel mal auf einem Kongress kennengelernt und dessen Vortrag ihn sehr beeindruckt hatte, eine Professorin von der Universität, die sich mit dem Thema Generationenkonflikte beschäftigt, eine Siebzigjährige, die sich in einer Selbsthilfegruppe für pflegende Angehörige engagiert und ein pensionierter Unternehmer, der einfach nur interessiert und klug ist.

Eine ziemlich bunte Truppe ist die Initiative, die Pavel vor drei Jahren aus Verzweiflung ins Leben gerufen hatte. Sie hatten sich vorgenommen, zu erarbeiten und später aufzuschreiben, wie heutzutage gute Pflege aussehen müsste. Und nähern sich mehr und mehr der Erkenntnis, dass gute Pflege die Abschaffung der Heime, wie sie jetzt existieren, voraussetzte. Irgendwie vernichte ich mit diesem runden Tisch meine berufliche Existenz, denkt Pavel nicht zum ersten Mal und geht in den Konferenzraum, um zu schauen, ob Getränke und Kekse auf dem Tisch stehen und auch sonst alles seine Ordnung hat. Aber da niemand auf uns hören wird, denkt er auch, bleibt das alles theoretisch. Eher schafft dieses Land seine Armee ab als seine Verwahranstalten für Alte und Demente.

Nicht sein Tag heute. Wenn er schon so destruktiv an die Sache rangeht, kann nichts Gutes daraus werden. Pavel beschließt, den Theologen zu bitten, die heutige Runde zu moderieren. Ich werde einfach sagen, wie es ist. Ich habe ein persönliches Problem, das mich beschäftigt und gelöst werden muss. Einen menschlichen Konflikt größeren Ausmaßes sozusagen. Das wird der Gottesmann verstehen. Wer, wenn nicht er.

Er geht durch die Flure des Pflegeheims, eine Tätigkeit, bei der er nachdenken kann und die ihm zudem noch ein wenig Bewegung verschafft. Wenn ich nicht bald wieder anfange zu laufen oder irgendetwas anderes zu machen, werde ich fett und Bluthochdruck bekommen. In meinem Alter mögen es die Männer, an Herzinfarkten zu sterben.

Der vorgestrige Abend ist für die Wohngemeinschaft so ziemlich das Traurigste und zugleich Anstrengendste gewesen, was sie bis dahin hatten durchstehen müssen. Alle Konflikte der vergangenen Monate hatten irgendwie gelöst werden können, weil sie nicht existenziell waren. Nun aber haben sie ein existenzielles Problem. Eines, das sie alle unmittelbar betrifft und das ihnen zu allem Unglück auch noch eine Entscheidung abverlangt, die sie gemeinsam finden und tragen müssen. Niemand kann sich da rausreden oder der Stimme enthalten. Obwohl ihm in diesem Moment genau danach ist: sich rauszureden und der Stimme zu enthalten. Die anderen entscheiden zu lassen.

Pavel ertappt sich dabei, wie er wütend auf Wille wird. Wieso muss der Kerl sich denn ausgerechnet diese Krankheit aussuchen? Mit Krebs, den Folgen eines Unfalls, ja sogar mit einer Krankheit, die Wille in den Rollstuhl zwingen würde, kämen sie alle klar. Sie würden jeden Beistand leisten, schauen, dass die Wohnung so umgeräumt oder gar umgebaut würde, dass es passte, und würden dafür Sorge tragen, ja nicht den Optimismus dreinzugeben. Aber wie umgehen mit einer Plage, die Wille den Verstand rauben würde? Und zwar so, dass der irgendwann überhaupt nicht mehr mitbekäme, ob sie sich gut oder schlecht oder gar nicht um ihn kümmern?

Ich bin der Einzige von uns, der wirklich weiß, was auf uns zukommt, wenn wir uns dazu entscheiden, Wille beizustehen und zu begleiten. Michael kennt das aus medizinischer Sicht und wird genau sagen können, wie die Verfallsprozesse ablaufen und welche Folgen das hat. Ich aber weiß, wie es im Alltag ist. In den Nächten, wenn sie wie Geister durch die Flure wandeln. Wie Zombies, mal bei lebendigem, funktionierenden Verstand, mal völlig weggetreten und unberechenbar. Ich weiß, wie sie sind, wenn sie sich verfolgt fühlen, in Panik verfallen, nicht mehr wissen, wie man die Toilette benutzt. Wenn die Scham verschwindet, weil fast der ganze Verstand fort ist, wenn sie nicht mehr kauen und schlucken können, unter sich machen, mit den eigenen Exkrementen spielen. Wenn ihre Gesichter leer werden, nichts mehr preisgeben von den Erinnerungsresten, die sich in ihrem Hirn noch irgendwo verstecken. Ich weiß, wie schwer es fällt, gleichbleibend liebevoll und zugewandt zu sein. Einem Menschen gegenüber, der sich an kaum noch was erinnert. Und dass es am schwersten für die ist, die diesen Menschen noch aus gesunden Zeiten kannten.

Das alles kann ich Anne, Renée, Michael und auch Amanda erzählen, wenn die nicht bereits entschieden hat, das Weite zu suchen. Verdenken könnte man's ihr nicht.

Das hatten sie Wille vorgestern gar nicht fragen können oder wollen. Ob er schon mit ihr gesprochen und wie sie es dann aufgenommen hat.

Pavel schüttelt heftig den Kopf, und Franz Kirchhoff, der ihm auf dem Flur entgegenkommt, schaut ihn erschrocken an.

»Habe ich was gemacht? Ist jemand hinter mir her?«

»Nein, Herr Kirchhoff, alles ist in Ordnung. Ich hab nur nachgedacht.«

»Ach, nachdenken. Das mache ich auch sehr oft. Aber es geht nicht mehr so gut. Funktioniert es bei Ihnen denn?«

Pavel nickt.

»Na dann.« Franz Kirchhoff, der seit zwei Jahren im

Heim lebt und ein sehr angenehmer Mann ist, dem nach und nach der Verstand abhandenkommt, drückt ihm die Hand, als wolle er ihn begrüßen oder verabschieden. »Können Sie mir vielleicht noch sagen, wo mein Zimmer ist?«

Ich will das nicht, denkt Pavel. Ich will nicht, dass wir Wille bis ans Ende dieser Krankheit begleiten. Das schaffen wir nicht. Ich schaffe das nicht. Den ganzen Tag habe ich hier Menschen um mich, die Hilfe brauchen. Wenn das auch noch abends und an den Wochenenden so weitergeht, wenn die WG zum Pflegeprojekt wird, das halte ich nicht durch. So hab ich mir mein Leben nicht vorgestellt. Ich kenne Wille erst seit einem halben Jahr. Das reicht nicht, um so selbstlos zu sein.

Er stellt sich ans Fenster und starrt auf die Straße. Genau da unten würde bald die Bushaltestelle stehen. Er wird es nachher am runden Tisch erzählen. Ein kleiner Erfolg, über den sich alle freuen werden, dessen ist er sich sicher. Ich kann Wille nicht mal raten, zu mir ins Heim zu kommen. Wir strengen uns hier alle an, aber es ist kein guter Ort für Menschen mit Demenz. Schon wenn ich diese langen Flure sehe, wo die Hilflosen am Ende immer vor einer Wand stehen und nicht weiterkönnen, wenn sie auf der Flucht sind oder der Bewegungsdrang sie überfällt. Das ist Sadismus, solche Häuser für diese Menschen zu bauen.

Sie waren vorgestern auseinandergegangen, ohne sich, wie sie es sonst immer taten, festzulegen, bis wann sie eine Entscheidung treffen wollten. Sie alle waren viel zu geschockt und ratlos. Das müssen wir noch nachholen, denkt Pavel. Mehr als ein paar Tage können wir Wille nicht im Ungewissen lassen. Obwohl der gesagt hatte, man möge sich so viel Zeit nehmen wie nötig. Überhaupt war Wille noch der Ruhigste gewesen an diesem Abend.

Pavel geht zu seinem runden Tisch. Eigentlich, denkt er, könnte ich die Leute fragen. Wir kennen uns inzwischen gut genug. Aber er ahnt, dass ihm dafür der Mut fehlen wird.

38

Wenn wir Wille rausschmeißen, werde ich als Politikerin unglaubwürdig. Anne findet, dass das ein Arschloch-Gedanke ist, aber sie kann ihn nicht wegschieben.

Also gut, denkt sie, zündet sich eine Zigarette an und starrt aus ihrem Bürofenster, das sich zum Glück öffnen lässt. Sie hatte darauf bestanden, in diesem Gebäude untergebracht zu werden, auch wenn es in Sitzungswochen ein bisschen unbequem ist. Der Weg zum Plenarsaal dauert ein paar Minuten länger als für die Abgeordneten in den anderen Häusern. Und er musste oberirdisch bewältigt werden, was Anne manchmal nervt, schließlich ist sie fast nie warm genug angezogen. Trotzdem ist sie froh. Hier kann sie in Ruhe sitzen, eine Zigarette rauchen, aus dem Fenster auf die Straße und nicht in irgendeinen ambitioniert gestalteten und trotzdem fürchterlichen Innenhof schauen und nachdenken.

Bin ich also Arschloch. Und gehe mal ganz systematisch vor. Ich kenne Wille seit einem halben Jahr. Ich habe ihn sehr, sehr gern. Inzwischen kann ich sogar seine Musik hören, ohne gleich die Nerven zu verlieren. Wille war und ist eine Bereicherung für die WG. Und Amanda ist einfach nur und rundum reizend. Ein bisschen zu lieb, aber das sage ich, Anne Kilian, die ewige Rotzgöre. Die anderen haben wahrscheinlich gar nichts an Amanda auszusetzen. Allerdings bezweifle ich, dass uns diese Frau erhalten bleibt.

Genügt das, um sagen zu können, dass wir Wille in den kurzen guten Zeiten zugewandt waren und deshalb in vermutlich langen schlechten beistehen wollen? Diese Frage kann ich schon mal nicht beantworten.

Weiß ich genug darüber, wie es ist, mit einem Dementen

in einer Wohnung zusammenzuleben? Klare Antwort: Nein, aber ich kann es mir von Pavel erzählen lassen. Will ich das? Eigentlich nicht, muss aber wohl.

Hat diese Geschichte ausreichend Potenzial, um uns auseinanderfliegen zu lassen? Ja.

Betrifft es mich als Politikerin oder nur als Privatperson? Es betrifft beide. Ich habe öffentlich ein Hohelied auf unsere Wohngemeinschaft gesungen, mich zum Glück gegen Homestorys, stattdessen für drei oder vier Interviews entschieden, die in erträglichen Blättern abgedruckt wurden, trotzdem werde ich mit dem Thema in Verbindung gebracht. Sollte jemand im heißen Wahlkampf, der bald beginnt, auf die Idee kommen, mir anzukreiden, dass ich beim ersten Problem schon einen Rückzieher mache und unseren kleinen WG-Gesellschaftsvertrag kündige, wäre das nicht gut. Über dieses Argument, das ich selber eklig finde, kann ich nur mit mir selbst verhandeln.

Sie zündet sich die zweite Zigarette an und sieht, dass sie in einer Viertelstunde in den Ausschuss muss. Hat sie sich den ganzen Kram überhaupt schon angeschaut? Nicht genügend, aber jetzt und hier sind außergewöhnliche Zeiten. Da müssen die Sprechzettel, die ihr der Büromitarbeiter in die Mappe packt, genügen.

Könnte ich es emotional überhaupt ertragen, jemandem dabei zuzuschauen, wie er Verstand, Persönlichkeit und alles, was ihn ausgemacht hat, verliert?

»Weiß ich auch nicht«, murmelt Anne. »Bis jetzt sind wir doch alle verschont geblieben von diesem Scheiß, den wir Leben nennen. Woher soll ich wissen, wo meine Grenzen sind?«

Man könnte sicher eine Ganztagspflege besorgen, dann wäre eine Person mehr im Haushalt. Amanda? Welche Frau sollte sich das antun? Die beiden sind ja nicht seit vierzig Jahren zusammen, was eine ganz andere Grundlage mit sich bringt.

Sie würden reden müssen. Ohne Wille. Dem war nicht zuzumuten, dass er mit anhörte, wie sie das ganze Für und Wider abwiegen und sich dabei vielleicht sogar zerlegen.

Komisch, denkt Anne, ich bin bereit, ziemlich viel mitzumachen, wenn nur die WG nicht ganz auseinanderfliegt. Habe mich ganz schön gewöhnt an den Laden und merke das erst jetzt. Vor vier Tagen noch hätte ich Stein und Bein geschworen, dass es zwar schön ist, so zu leben, ich aber auch wieder auf Wohnen zu zweit umsteigen könnte, wenn es sein muss. Hab ich mich wohl geirrt.

Noch so ein verdammter Mist, den man einberechnen muss.

Sie steht auf, schnappt sich die Ausschussmappe und macht sich auf den Weg. Wir sollten uns außerhalb der Wohnung treffen, um zu reden, denkt sie und beschließt, den anderen das nachher telefonisch oder per Mail vorzuschlagen.

39

Renée steht an Martins Grab und friert. Sie ist zum ersten Mal, seit er begraben wurde, hier. Bis heute hatte sie kein Bedürfnis, ihren Erinnerungen und ihrem Schmerz auf diese Weise auf die Sprünge zu helfen. Und Trost würde sie nicht empfinden, da war sie sich immer sicher. Heute Morgen aber hat sie gedacht, dass es vielleicht nicht stimmt, sie sich einbildet, es könnte helfen, hier zu stehen und nachzudenken. Stattdessen friert sie sich den Hintern ab, und dabei ist ihr Kopf genauso leer wie an den letzten Tagen auch. Zumal ihr klar ist, dass auch Martin keinen Rat wüsste.

Wie auch, denkt sie und merkt, dass sie nun sogar schon ein wenig mit den Zähnen klappern muss. Martin wäre erstens überhaupt nicht in diese Situation geraten, in der sie stecken. Und zweitens wäre er viel zu weltfremd, um eine praktische Lösung zu finden.

Heute Abend würde sie sich mit Anne, Pavel und Michael in einer Kneipe treffen. Michael hatte einen Laden vorgeschlagen, in dem sie nicht Gefahr liefen, Fußball gucken zu müssen. Irgendein wichtiges Spiel lief nämlich heute, wie er gestern Abend noch mit Leidensmiene erklärte. Aber er würde verzichten, um gemeinsam mit ihr, Anne und Pavel darüber zu reden, was sie nun zu tun gedenken. Michael wirkt noch am wenigsten angeschlagen, denkt Renée und überlegt, ob es nicht vielleicht auch klug gewesen wäre, Amanda mit einzuladen. Aber sie wussten nicht, ob Wille und sie sich zurzeit überhaupt trafen oder ob Amanda vielleicht sogar schon den Entschluss gefasst hat, Wille zu verlassen. Verdenken kann es ihr niemand, denkt Renée. Und ist sich nicht sicher, ob sie es auch wirklich so meint. Man kann seine Versprechen nicht einfach in den Wind schreiben, wenn es schwierig wird.

So betrachtet, müsste ihr die Entscheidung leichtfallen. Wille würde bleiben, solange es irgendwie ging, und müsste ihnen jetzt erklären und aufschreiben, wie er es haben wollte, wäre er nicht mehr bei Verstand.

Wir können das ohne Amanda nicht entscheiden heute Abend, denkt sie noch einmal und beschließt, ihre Termine zu canceln und zu der Frau nach Potsdam rauszufahren. So was geht nicht am Telefon. Aber sie kann zumindest vorher nachfragen, ob Amanda überhaupt zuhause ist.

»Würdest du doch auch so machen«, sagt sie laut, um überhaupt etwas an Martins Grab zu sagen. Nein, sie braucht diese Besuche nicht. Der Mann, den sie noch immer liebt, ist ihr genug präsent. Sein Grab lenkt sie nur davon ab.

Renée setzt sich ins Auto und ruft Amanda an. Und die nimmt nach dem dritten Klingeln ab.

»Ich würde gerne mit dir reden. Bist du zuhause?«

»Ja, ich sitze hier und denke nach. Das tue ich seit Tagen. Willst du zu mir kommen?«

»Ja.«

»Dann komm, ich mach uns einen Tee und was zu essen.«

Eine Stunde später ist Renée bei ihr und schaut sich in der kleinen schönen Wohnung um.

»Schön hast du es hier. Ich wusste gar nicht, dass du Fingerhüte sammelst.«

Renée schaut in eine Vitrine, in der Hunderte kleine Fingerhüte aus Porzellan, Metall und Materialien, die sie auf den ersten Blick nicht identifizieren kann, stehen.

»Ein komisches Hobby, nicht wahr? Ich hab im Nähkästchen meiner Großmutter diesen da gefunden, und so hat es angefangen. Inzwischen bringen mir Freunde von überall her Fingerhüte mit. Gar keine Seltenheit, die zu sammeln, hab ich festgestellt. Die Dinger sind klein und hübsch und völlig nutzlos. Aber sie nehmen nicht viel Platz weg und man kann eine kleine Weltreise machen, wenn man sie anschaut.«

Renée erzählt Amanda, dass die Wohngemeinschaft vorhabe, sich heute Abend ohne Wille in einer Kneipe zu treffen, um darüber zu reden, wie es weitergehen soll.

»Ich habe gedacht, es wäre gut zu wissen, ob du schon eine Entscheidung getroffen hast. Wille hat uns zwar gesagt, dass er mit dir gesprochen hat, aber nichts darüber erzählt, wie ihr verblieben seid. Jetzt hat er sich mehr oder weniger in sein Zimmer zurückgezogen und hört Musik. Ich vermute mal, du hast dir Bedenkzeit erbeten.«

Amanda schweigt ein paar Sekunden und schenkt Tee ein.

»Eigentlich hat Wilfried gesagt, ich solle in Ruhe und ohne ihn überlegen. Mir wäre es lieber gewesen, mit ihm noch ganz viel zu reden, aber er wollte, dass ich für mich eine Entscheidung treffe, ganz allein. Hat gesagt, wir beide könnten zusammen sein, solange es ihm noch gut geht, er würde es aber auch verstehen, wenn ich ihn gleich verließe. So oder so aber geht er davon aus, dass ich ihn verlassen werde.«

»Und, wirst du?«, fragt Renée und merkt, dass sie den Atem anhält, nachdem sie diese Frage so direkt gestellt hat.

Amanda steht auf und tritt ans Fenster.

»Der Vorschlag, so lange zusammenzubleiben, wie es Wilfried noch gut geht, und dann zu gehen, funktioniert nicht. Dafür bin ich nicht gemacht. Es wäre …«, sie dreht sich um und schaut Renée an, »unlauter, gemein, schlecht. Ich weiß nicht, welches Wort am besten passt. Andererseits weiß ich einfach nicht, ob ich die schlechten Zeiten mit ihm durchstehe. Das werdet auch ihr nicht wissen können, egal, wie viel ihr drüber redet. Gestern Abend hab ich im Bett gelegen und versucht, mir vorzustellen, wie es ist, neben einem Mann zu liegen, der mich bald vergessen wird. Nicht, weil er es will, sondern weil sein Gehirn mich auslöscht. Nein, ich kann mir nicht vorstellen, wie das ist. Ich liebe Wilfried. Ehrlich gesagt, habe ich nie einen Mann so sehr geliebt wie ihn. Und es gab einige, das kannst du mir glauben.«

Renée glaubt Amanda. Inzwischen weiß sie, dass die gut aussehende Frau, die da am Fenster steht, noch bis vor zwei Jahren eine Abteilung im Brandenburger Wirtschaftsministerium geleitet hat. Nichts Spektakuläres, hatte sie gesagt, als Michael sie bei einem gemeinsamen Abendessen danach fragte. »Eher langweilige Schreibtischarbeit, ich bin ganz froh, dass ich so früh in den Ruhestand gehen konnte.« Renée kann sich gut vorstellen, wie die Abteilungsleiterin Amanda den Männern in ihrer Abteilung den Kopf verdreht und sie dadurch zu Höchstleistungen angespornt hatte.

Amanda setzt sich wieder hin und schaut Renée an.

»Komisch, jetzt, da du hier bist, scheint mir die Sache ziemlich klar zu sein. Ich werde Wilfried einen Heiratsantrag machen. Wir feiern eine große Hochzeit. Sehr bald, so schnell wie möglich. Ich ziehe zu euch in die Wohngemeinschaft. In das Zimmer, das noch frei ist, und vorausgesetzt natürlich, ihr entscheidet euch dafür, Wilfried bei euch zu behalten. Und dann werden wir sehen, wie lange es gut geht.

Niemand von uns kann in die Zukunft schauen, niemand kennt die Grenzen der Belastbarkeit dieser schönen Gemeinschaft. Dafür seid ihr einfach noch nicht lange genug zusammen. Und für Wilfried und mich gilt das ebenso. Kann sein, dass wir ihn am Ende doch in ein Heim bringen müssen. Das hängt ja auch davon ab, was er im Vorfeld bestimmt. Vielleicht will er es dann sowieso. Das muss er uns sagen. Jetzt. Bald. Bevor es zu spät ist.«

Renée starrt Amanda an und spürt, wie der Druck nachlässt. Kein Problem ist wirklich gelöst, aber diese Frau hier hat zumindest einen Weg gezeigt. Ob die anderen da mitmachen? Es wird sich heute Abend zeigen.

»Und wenn Wille …«, diesen Satz traut sich Renée jetzt doch nicht zu Ende zu sprechen.

»Weiß ich auch nicht. Diese Wohnung hier gehört mir nicht, ich kann also nicht mit Netz und doppeltem Boden arbeiten, sondern muss ins kalte Wasser springen. Normalerweise hätte ich gesagt, wir haben ausreichend Zeit zu überlegen, ob ich auch mit euch zusammenbliebe, wär Wille nicht mehr da. Jetzt aber wissen wir, dass keine Zeit für langes Planen bleibt. Wir müssen uns jetzt entscheiden.«

Renée nickt und steht auf.

»Ich muss zurück.« Sie geht zu Amanda und umarmt sie. »Ich bin für deinen Vorschlag und werde das heute Abend auch so sagen. Was die anderen sagen, weiß ich nicht. Wann willst du mit Wille reden?«

»Ich habe gestern einen Brief von ihm bekommen. Er schlägt vor, dass wir beide am kommenden Wochenende zusammen wegfahren. Es klingt, als glaube er, dass dies unsere Abschiedsreise wird. Hat ein Hotelzimmer in Lübeck gebucht. Da wollten wir schon immer hin. Also warte ich noch bis zum Wochenende. Freitagmittag geht es los.«

Amanda zeigt Renée ihre rechte Hand.

»Den Ehering hat er mir ja schon geschenkt«, sagt sie und lächelt. »Ein richtig hübscher Glücksbringer, findest du nicht?«

Das findet Renée auch und macht sich auf den Weg zurück nach Berlin.

40

»Sie haben keinen Krebs.« Michael denkt, dass er bis eben geglaubt hat, jeder Mensch auf der Welt würde sich über diesen Satz freuen. Der Mann, der ihm gegenübersitzt, scheint es nicht zu tun.

»Wieso habe ich keinen Krebs? Da ist diese Geschwulst, ich bin müde und habe abgenommen. Das muss Krebs sein.«

»Die Untersuchung des Gewebes hat ergeben, dass die Geschwulst gutartig ist. Freuen Sie sich denn gar nicht?«

Der Mann schüttelt den Kopf.

»Ehrlich gesagt, nein. Und ich denke auch, dass Sie mich belügen. Ich bin sicher, Sie lügen.«

Michael seufzt. Was ist denn das für ein Vogel? Normalerweise hat er seine Freude an komischen Vögeln. An der Aufgabe, herauszufinden, warum sie so sind, wie sie sind und was sie antreibt, seltsam zu sein. Aber der hier geht ihm gehörig auf die Nerven. Soweit er weiß, hat der Mann kein großes Päckchen zu tragen. Er ist verheiratet, hat einen erwachsenen Sohn, arbeitet als Beamter in irgendeiner Institution des Landes, leidet ein wenig an Schlaflosigkeit und Übergewicht und ist meist missgelaunt. Aber nicht so schlimm, dass Michael daraus schließen könnte, er sei des Lebens überdrüssig. Ist er aber offensichtlich.

»Was wäre denn so schön daran, wenn Sie wirklich Krebs hätten?« Michael kommt sich hochgradig blöd vor, diese Frage zu stellen, aber vielleicht gibt es ja etwas an dieser Diagnose, das den Mann fröhlich stimmen kann.

»Was soll ich sagen«, murmelt der Patient und steht auf.

»Ich wäre etwas Besonderes. Vielleicht. Eine Menge Leute würden sich um mich kümmern.«

»Tut das denn niemand?«

Der Mann schaut Michael erstaunt an. »Natürlich nicht. Sie tun es ja auch nicht. Meine Frau tut es nicht. Mein Sohn nicht. Die Kollegen sehen mich gar nicht, und Freunde habe ich nicht.«

Das sind allerdings ausreichend Gründe, sich eine Krebserkrankung zu wünschen, denkt Michael. Er wartet, bis der Mann draußen ist, bevor er zum Telefon greift. Diesem hier würde er nicht helfen können. Es wäre vergebliche Liebesmüh, ihm eine Gesprächstherapie zu empfehlen. Er würde doch nicht hingehen. Und manchmal muss man als Arzt eben einfach die Waffen strecken. Was Michael in diesem Moment tut.

Er sucht den Zettel, auf dem er sich die Telefonnummer der Kneipe notiert hat, in der sie sich heute Abend treffen wollen. Sicherheitshalber möchte er einen Tisch bestellen. Oder hatte er das schon gemacht? Jetzt fängt er auch noch an, tüdelig zu werden. Ein Tisch in einer ruhigen Ecke muss es sein, wie er der Kellnerin sagt, die er jetzt am Apparat hat. »Wir möchten in Ruhe reden und essen können, wenn es geht. Ihr habt doch in der Zwischenzeit keinen Fernseher angeschafft?«

Die Frau verneint und sagt, sie werde den Tisch rechts am Fenster reservieren. Dort sei es am ruhigsten. Gut so, das ist erledigt. Michael schaut, wie viel Patientenakten noch auf seinem Tisch liegen. Sieben. Heute geht ihm nicht viel von der Hand, er muss andauernd an das Gespräch denken, das vor ihnen liegt. Sie hatten sich gegenseitig versprochen, nicht schon vorab in Zweiergruppen zu reden. Jeder – und jede denkt Michael pflichtschuldig – sollte erst einmal mit sich selbst ins Reine kommen. Am Abend aber müssen alle ihre Karten auf den Tisch legen.

Michael hat für sich entschieden, keine klare Position zu

beziehen. Er ist dazu nicht in der Lage. Alles, was er sagen kann, ist, dass er dagegen ist, Wille den Auszug nahezulegen. Das geht einfach nicht, er hat sich zu sehr an den alten Knaben gewöhnt. Außerdem würde es alles ad absurdum führen, was sie mal behauptet und gesagt hatten. Dass sie miteinander alt werden und sich beistehen wollten.

»So ist das mit Versprechen«, murmelt er. »Die holen einen ganz schön schnell ein.«

Er steht auf, um die nächste Patientin reinzurufen. Seine Sprechstundenhilfe hat ihm schon oft gesagt, er solle das ihr überlassen oder die kleine Sprechanlage benutzen, die auf seinem Schreibtisch steht. Aber er hasst das Gerät und wollte nie, wirklich nie, den Satz »Der Nächste bitte« in dieses Ding sagen. Oder »Die Nächste bitte«. Lieber steht er jedes Mal auf, geht ins Wartezimmer und ruft die Leute mit Namen auf. Das schaffte auch gleich eine ganz andere Basis. Findet er.

Die nächste Patientin ist zweiundneunzig und wird von ihrer fast fünfzigjährigen Enkeltochter begleitet.

»Wie geht es Ihnen, Frau Keuner«, fragt er, und die Enkeltochter sagt »Gut«. Auch das hasst er. Wenn Leute stellvertretend für andere antworten. Er mochte die Enkeltochter ansonsten ganz gut leiden. Sie begleitete ihre Großmutter jedes Mal, wenn die zum Arzt musste. Deshalb lächelt er sie jetzt auch freundlich an und stellt die Frage noch einmal. Diesmal mit Blickkontakt zur alten Frau Keuner, die ihm erklärt, es ginge ihr gut, nur ärgere es sie, sich nicht mehr so gut bücken zu können. Wo ihr doch andauernd etwas herunterfalle. Und ob der Herr Doktor da nichts machen könne.

Michael schüttelt den Kopf und lacht. »Es liegt im Bereich des Möglichen, dass man sich mit zweiundneunzig nicht mehr so ganz gut bücken kann. Dagegen ist kein Kraut gewachsen. Haben Sie denn noch so oft Bauchschmerzen?«

Nein, die seien fast verschwunden, dank der guten Medizin des Herrn Doktor. Außerdem trinke sie jetzt jeden Abend ein kleines Gläschen Portwein, das helfe auch. Die Enkeltochter verzieht ein wenig unwillig das Gesicht, Michael nickt.

»Portwein ist eine sehr gute Medizin. Ich möchte jetzt, dass Sie sich von der Schwester wiegen und den Blutdruck messen lassen.«

Frau Keuner nickt und steht auf. Michael erklärt der Enkeltochter, dass die Gefahr, in diesem Alter noch an einer Alkoholsucht zu sterben, verschwindend gering sei und nichts dagegen spreche, wenn ihre Großmutter jeden Abend ein kleines Gläschen trinke. »Trinkt sie denn sonst genug? Ich meine jetzt nicht Alkohol.«

Das könne sie nicht sagen, sie sei nur zwei Mal in der Woche bei ihrer Großmutter, erklärt die Enkeltochter. Also ermahnt Michael die alte Dame noch einmal, auch tagsüber genügend zu trinken, und greift zu dem üblen Trick, ihr zu erklären, dass dadurch die Knochen ein bisschen besser geschmiert würden und es mit dem Bücken vielleicht einfacher ginge. Das scheint die Enkeltochter nun wieder ziemlich in Ordnung zu finden. Er nicht, aber ihm fällt jetzt gerade auch nichts Besseres ein.

Die nächsten sechs Patienten sind unkompliziert. Trotzdem nimmt er sich Zeit, mit allen so ausführlich wie nötig zu reden. Einen Zwanzigjährigen überweist er zur Magenspiegelung, um auf Heliobakter untersuchen zu lassen, einer Zweiundsechzigjährigen gibt er eine Überweisung zu einem Facharzt für Angiologie, weil das, was sie erzählt, nach Schaufensterkrankheit klingt. Halb sieben sind alle verarztet, und die Sprechstundenhilfe verabschiedet sich.

Michael gießt sich einen kleinen Whisky ein und denkt an den Tag, an dem er hier mit Wille gesessen und getrunken hat. Noch nicht lange her, aber ihre kleine Welt steht seitdem ein bisschen Kopf.

Vielleicht ist es auch ganz in Ordnung, dass wir schon jetzt die erste große Prüfung zu bestehen haben. Bisher war ja alles ein Kinderspiel. Wer hätte das gedacht? Michael denkt noch einmal an die ersten Wochen zurück, in denen sie sich alle vorsichtig umkreist und versucht haben, es jedem und jeder recht zu machen. Sogar Anne.

Ihm fällt der kleine Aschenbecher ein, den sie im Bad deponiert hatte, und den Renée jedes Mal wieder wegstellte, nur um zwei Stunden später sehen zu müssen, dass er wieder im Bad steht. Das ging so lange, bis Renée – seine sanfte, süße Freundin Renée – laut geworden war, den Aschenbecher in den Mülleimer geschmissen und erklärt hatte, dass sie nicht mehr für Anne arbeiten werde, wenn die nicht aufhöre, im Bad zu rauchen. Anne hatte nachgegeben, nicht ohne ihre Mitarbeiterin und Freundin kleinlich zu schimpfen und vorzuschlagen, dass man ja ein Raumspray kaufen könne für das Bad. Dagegen hatten alle protestiert. Sogar er hatte zu einer Lüge gegriffen und erklärt, diese Sprays enthielten krebserregende Substanzen, und das könne er als Arzt nicht gutheißen.

Kleinigkeiten. Alles, was sie bisher auszudiskutieren und zu erstreiten hatten, waren Kleinigkeiten gewesen im Vergleich zu dem, was sie jetzt entscheiden mussten. Michael starrt auf einen Prospekt, in dem ihm erklärt wird, dass er in seiner Praxis dringend auf eine neue Software umsteigen sollte, um effektiver arbeiten und die Daten besser sichern zu können. Wieso legen die mir so was auf den Tisch, fragt er sich. Die wissen doch, dass ich damit überhaupt nichts am Hut habe. Daran haben auch die Nachhilfestunden nichts geändert, die ihm Wille am Computer gegeben hat. Immerhin ist er jetzt schon in der Lage, ganz gut mit dem Mailprogramm umgehen zu können, und hat Spaß daran gefunden, sein Bordell an digitalen Bildern zu sortieren. Der Begriff stammt nicht von ihm. Renée hatte ihn vor Kurzem gebeten, ihr die Fotos vom Einzug auf einen Stick zu kopieren. Was sie damit machen wollte, hatte sie ihm nicht gesagt, sich aber bereit erklärt, die Fotos selber rauszusuchen, wenn er sie an seinen Computer ließe. Was er getan hatte, nur um sich dann von seiner Freundin vorwerfen zu lassen, seine Bildersammlung sei ein fürchterliches Bordell, in dem sich nichts finden lasse.

Wille ist ein guter Lehrer, denkt Michael und seufzt. Wie lange würde er ihnen noch in solchen Fragen helfen können? Inzwischen verließen sich alle in der Wohngemeinschaft darauf, dass er Computerprobleme lösen konnte. Alle hatten sich endlich ordentliche Passwörter zugelegt, das WLAN funktionierte, und offensichtlich war dank Wille auch niemand mehr von schrecklichen Viren heimgesucht worden.

Wir müssen uns ins Zeug legen, von Wille noch alles zu lernen, was er uns beibringen kann, bevor … Michael schüttelt den Kopf. Obwohl er Arzt ist, mag er einfach nicht über Wille als kranken Mann nachdenken. Das hätte er auch nicht gedacht, dass es ihm so nahegehen würde. Noch vor Kurzem war er der Meinung, die beste Wahl für alle zu sein, wenn es um Krankheiten ging. Jetzt ist er sich nicht mehr sicher. Er hatte sogar schon kurz überlegt, Wille an einen befreundeten Kollegen zu überweisen, es dann aber wieder verworfen. Das konnte er dem alten Knaben nicht antun, sie würden das gemeinsam durchstehen, egal, ob Wille Mitbewohner blieb oder nicht.

Aber es geht ihm an die Nieren. Jetzt hat er sich sogar für eine Fortbildung angemeldet, um mehr über den Verlauf der Krankheit und den Umgang mit betroffenen Patienten zu lernen. Kann nicht schaden, denkt er und sieht in seinem Kalender, dass die ersten Seminare bereits am kommenden Wochenende stattfinden werden.

Michael sieht auf die Uhr und stellt fest, dass er die Zeit gut vertrödelt hat mit mehr oder weniger unsinnigen Gedankenspielen. Er steht auf und zieht sich an, um zum abendlichen Treffen zu gehen. Wenn es wenigstens bald Frühling würde. Diese Kälte kann einem wirklich den letzten Rest Optimismus austreiben. Aber noch haben sie ja gerade erst mal Weihnachten überstanden. »O Gott, Weihnachten.« Michael sehnt sich in Erinnerung an den aufregenden, wenn auch schönen Abend, für einen Moment nach den Zeiten, in denen er asozial sein und Weihnachten hatte ausfallen lassen können, wenn ihm danach gewesen war. Das würde auch in Zukunft nicht mehr funktionieren. Renée war eine dermaßen schlimme Kitschtante, wenn es um diese Feiertage ging. Michael erinnert sich an ein Weihnachtsfest, an dem er sich hatte überreden lassen, mit Renée und Martin und den Kindern zu feiern. Die Wohnung hatte ausgesehen wie eine Weihnachtsmesse, schon am Nachmittag hatte seine Freundin das volle Programm an Weihnachtsmusik laufen lassen. Parallel dazu war der Fernseher eingeschaltet, in dem ununterbrochen irgendwelche Märchen gezeigt worden waren. *Frau Holle*, das muss man sich mal reinziehen, hatte er mitgucken müssen, weil Pauline dieses Märchen am meisten mochte.

Wie kommt er jetzt auf dieses Thema, wo Weihnachten doch glücklich hinter ihm liegt? Vielleicht, weil für Weihnachten das Gleiche wie im Fußball gilt: Nach dem Fest ist vor dem Fest. Und es wäre nur ratsam, bald geklärt zu haben, wie sie mit der Situation umzugehen gedachten, in die Wille sie mit seiner Krankheit gebracht hatte. Als könne er etwas dafür, denkt Michael ein wenig schuldbewusst.

»Das sucht sich ja nun niemand aus«, sagt er laut zu seiner Praxis, der er ansonsten nur mit Ansagen ein gutes Gefühl gibt, wenn er sie abends oder nachmittags verlässt, damit sie sich nachts nicht einsam fühlt.

Aber jetzt ist ihm danach. Wahrscheinlich wird es nicht klappen, dass ich mich der Stimme enthalte, denkt er und stellt die Whiskyflasche wieder in den Schrank, damit seine Sprechstundenhilfe morgen nichts Schlechtes von ihm hält.

»Na dann wollen wir mal«, sagt Michael zu seiner Praxis und befürchtet, dass dieser Satz zu kurz ist, um ihr ein gutes Gefühl für die Nacht zu geben.

41

Der Keller ist voll. Es darf geraucht werden, und das Licht ist so schummrig, dass Wille die Leute im Publikum kaum erkennt. Er spielt um sein Leben. Denkt er und entlockt seiner Trompete so leise Töne, dass er geradezu spürt, wie die Zuhörer die Ohren spitzen. Ja, das soll ihm mal einer nachmachen. So wie heute hat er noch nie gespielt. Da ist er sich sicher.

Wille weiß, dass die Wohngemeinschaft sich heute Abend trifft, um über ihn zu reden. Und über sich selbst auch. Renée hat es ihm gesagt und ihm erklärt, dass alle finden, es sei besser, er säße nicht dabei. Das sieht er genauso. Am Anfang war es ihm ungerecht, gemein und hässlich vorgekommen, dieses Vorhaben, in seiner Abwesenheit über ihn zu sprechen. Jetzt weiß er, dass es anders nicht geht. Und er hat festgestellt, dass er den anderen vertraut. Es war ihm seltsam vorgekommen, dass sich in so kurzer Zeit ein solches Grundvertrauen gebildet hatte, aber offensichtlich war dem so.

Am Wochenende würde er mit Amanda nach Lübeck fahren und dann würde er auch wissen, ob er in der Wohnung bleiben kann oder ausziehen muss. Wahrscheinlich werden sie sich darauf einigen, dass ich erst einmal bleibe. Und wenn es schlimm wird …

Wille klagt dem Publikum mit der Trompete sein Leid. Niemand weiß davon, aber manche, die ihn häufiger hören, werden vielleicht spüren, dass heute etwas anders ist als sonst. Seit ihm Michael den Inhalt des Arztbriefes erklärt hat, tut Wille alles, als geschehe es zum letzten Mal. So intensiv wie in diesen wenigen Tagen hat er noch nie gelebt.

Und seltsamerweise sind ihm in all diesen Tagen auch keine Dinge passiert, die Anlass zur Besorgnis geben könnten. Er hat nichts verbummelt, jeden Weg gefunden, den er gehen wollte, und jetzt spielt er wie ein begnadeter Amateur. Sein Kollege am Bass nickt ihm hin und wieder anerkennend zu, der Schlagzeuger hebt nach jedem Stück den Daumen, um ihm zu signalisieren, dass heute alles wunderbar läuft. Dies ist seine Vorstellung und er genießt sie.

Vielleicht haben die Ärzte sich geirrt, denkt er. Vielleicht liegen sie völlig falsch oder haben mir das nur erzählt, damit ich endlich anfange, das Leben wirklich wertzuschätzen. Das wäre eine perfide, aber sicher sehr wirkungsvolle Methode, mich daran zu erinnern, dass ich nicht alles für selbstverständlich nehmen darf.

Er denkt an das Bild von Miles Davis in einem seiner Bücher. Die Aufnahme war neunzehndreiundsechzig beim Jazzfest in Berlin entstanden, und sein Idol sieht auf dem Foto todkrank aus. Er war es nicht, aber die großen Augen in dem schmalen Gesicht, die mit Gel straff nach hinten gekämmten Haare, die hohe Stirn, die riesigen Augen, zwei tiefe Falten, die sich von der Nase zu den Mundwinkeln zogen, all das vermittelt ihm jedes Mal, wenn er das Bild sieht, das Gefühl, einen Kranken zu sehen. Als er sich heute Morgen im Spiegel sah, war ihm dieses Foto in den Sinn gekommen. Im Gegensatz zu Miles auf diesem Bild wirkt er, Wilfried Haferkamp, wie das blühende Leben. Wie ungerecht, hatte er gedacht und sich gewünscht, dass die Not und der Kummer ihm schon jetzt zumindest zwei Sorgenfalten ins Gesicht meißeln. Er hatte die Diskrepanz zwischen Aussehen und Fühlen so stark empfunden, dass es kaum auszuhalten war.

Mit Amanda hat Wille in all diesen Tagen, die hinter ihm liegen, nur zwei Mal telefoniert. Und da ist es um die Planung der kleinen Reise gegangen. Sie haben beide vermieden, über Krankheit und sich daraus ergebende Entscheidungen zu reden. Das würden sie am Wochenende tun.

Und morgen, beim Frühstück, hofft Wille, reden die anderen mit ihm. Werden wir überhaupt gemeinsam am Frühstückstisch sitzen? Morgen ist doch erst Donnerstag, eine Sitzungswoche, wenn er es richtig in Erinnerung hat. Das hätte ich fragen müssen.

Wille signalisiert seinen Bandkollegen, dass man eine Pause machen sollte, und alle drei nicken. In der Pause geht er raus, um eine SMS an Renée zu schicken. *Sind wir morgen alle zum Frühstück verabredet?* Eine Minute später die Antwort: *Leider erst zum Abendessen. Anne muss zeitig in den Bundestag, will aber abends um sieben zuhause sein.*

Plötzlich hat er das Gefühl, so viele Stunden nicht mehr durchhalten zu können. Dabei war es ihm in den vergangenen Tagen erstaunlich leichtgefallen, geduldig zu sein. Jetzt aber würde er sich am liebsten sofort auf den Weg in die Kneipe machen – welche ist es überhaupt? –, in der die anderen offensichtlich noch sitzen und sie fragen, was nun Sache ist.

Ich werde nicht schlafen können, denkt er und überlegt, ob er es dann nicht auch einfach lassen sollte mit dem Schlafen. Aber das widerstrebt ihm. Obwohl es ihm gut geht, bildet er sich ein, anders auf sich achtgeben zu müssen. Ausreichend schlafen, gut essen, wenig Alkohol trinken und sich bewegen. Als könne das alles gegen eine Krankheit wie Alzheimer helfen. Er weiß, dass es Unsinn ist, sich einzubilden, man könnte dem fürchterlichen Dämon Demenz Salat und acht Stunden Schlaf entgegensetzen und dann verzöge er sich schon von allein. Egal. All dies zu tun gibt ihm das Gefühl, etwas in der Hand zu haben, darüber bestimmen zu können, wie es mit ihm weitergeht. Also wird er nachher ins Bett gehen und zusehen, dass er morgen länger schläft.

Wille geht wieder in den Keller, wie er die Jazzkneipe nennt, in der sie alle drei Monate spielen. Noch vier oder fünf Stücke, dann ist der Abend zu Ende. Nach zwölf blieben zwar immer noch viele sitzen, trinken ihren Wein und fachsimpeln über Jazz, aber er wird das heute ja nicht mitmachen müssen. Obwohl, warum eigentlich nicht? Es geht ihm gut, er ist in Höchstform, der Abend ein Erfolg. Er wird jetzt gleich mit den anderen noch ein paar Stücke von Miles spielen. Das ist immer ihre letzte Runde. Eine Referenz an den Größten von allen, und er ist der Held.

Der Schlagzeuger winkt ihm von der Bühne zu, er möge kommen, damit sie weitermachen können. Wille geht. Auf die Bühne.

»Wir fangen mit ›Perfect Way‹ an und spielen zum Schluss ›So What‹« schlägt er den anderen vor. *Tutu* und *Kind of Blue*, zwei seiner Lieblingsplatten des Meisters.

Wollen wir doch mal sehen, ob das nicht noch ein perfekter Tag werden kann, denkt Wille. Scheiß Alzheimer. Du kriegst mich nicht klein. Und wenn doch, dann nur, weil du mit unfairen Methoden spielst.

42

Sind wir uns nun einig oder nicht? Renée bestellt noch ein Glas Wein, obwohl sie das besser lassen sollte. Sie ist definitiv angetrunken und nach dem nächsten Glas wahrscheinlich drüber. Aber wer wollte ihr das verübeln.

Seit drei Stunden sitzen sie hier, WG minus eins, denkt Renée und schaut die anderen an. Alle scheinen sich im gleichen Stadium der Trunkenheit zu befinden, möglicherweise ist sie sogar die Nüchternste von allen. Na, dem werden wir gleich abhelfen, sagt sie sich und dankt der Kellnerin, die den Wein bringt.

»Geht alles auf meine Rechnung«, murmelt Renée, und Michael tätschelt ihr die Hand. »Du musst uns nicht einladen, schließlich willst du doch nichts von uns.«

Wenn das mal stimmt. Renée hat etwas von den anderen gewollt und hat es nicht bekommen. Ein ganz klares, glasklares Votum hatte sie sich gewünscht. Eines, das sie nur noch hätte abnicken müssen und dann wäre gut. Völliger Quatsch, ich bin eine Märchentante, denkt sie jetzt und findet es trotzdem gar nicht so schlimm. Nur Pavel sieht fürchterlich geschafft und unglücklich aus. Dessen Rede vorhin war aber auch die gewesen, an der sie alle wohl noch länger werden kauen müssen.

»Ich arbeite in einer Einrichtung, die von Dementen bevölkert ist. Menschen, die sich in unterschiedlichsten Stadien des Verschwindens befinden. Ich weiß am besten von uns allen, was auf uns zukommt, sollte die Diagnose stimmen. Was ich nicht weiß, ist, ob ich es wirklich aushalte und aushalten will, zuhause noch mal das gleiche Trauerspiel mit ansehen zu müssen, wie in dem Heim, das ich leite.

Auf der anderen Seite bin ich dagegen, jemandem in unserer Wohngemeinschaft den Auszug nahezulegen, weil er krank ist. Das ist einfach nicht zu vertreten, wir könnten uns nicht mehr in die Augen sehen.«

An dieser Stelle hatte Renée, die sich bis dahin noch nicht sicher gewesen war, ob sie über das Gespräch mit Amanda reden oder besser schweigen sollte, eingemischt.

»Ich war heute bei Amanda. Sie ist wild entschlossen, Wille zu heiraten und dann mit zu uns zu ziehen. Am Wochenende wird sie es ihm sagen. Ich finde, das verändert die Situation auch noch einmal.«

»Es wäre genauso unlauter«, hatte Pavel ihr entgegengehalten, »zu glauben, wir könnten das alles auf Amanda abwälzen, und sie wird sich dann darum kümmern, dass uns Wille nachts nicht aus dem Fenster springt oder in unsere Betten kriecht. Wir müssen uns darüber klar sein, dass wir alle betroffen sein und irgendwann auch darunter leiden werden, wenn ein Mensch mit hochgradiger Demenz mit uns zusammenlebt.«

»Wir wissen doch noch gar nicht, ob es Willes Wunsch entspricht, bis zum Schluss bei uns zu bleiben. Das Einzige, was wir von ihm wirklich erwarten können, ist, dass er seine Dinge vorher, also jetzt, regelt. Dass er uns und Amanda sagt, wie er es haben will, wenn er erst entmündigt ist und nichts mehr selbst entscheiden kann.«

Darüber waren sich alle einig gewesen. Wille musste klare Ansagen machen, Vorsorge treffen. Für sich, aber auch für sie.

Renée musste an diesem Punkt an ihr Testament denken, das sie kurz nach Martins Tod verfasst hatte. Martin selbst hatte keine Verfügungen hinterlassen. Nichts. Darüber war sie fast verzweifelt. Sie hatte nicht einmal gewusst, wie er begraben werden wollte. Ihr Mann, mit dem sie über so viel geredet hatte, aber nicht darüber, was zu tun war, wenn er sterben würde. Weil sie nicht wusste, wie Martin beerdigt werden wollte, hatte sie sich für eine Erdbestattung entschieden. Demzufolge steht in ihrem Testament tatsächlich, dass sie neben ihm begraben werden will. Sie hatte eine Doppelgrabstelle gekauft, etwas, das sie noch kurz zuvor als hochgradig sentimental, albern und überflüssig abgetan hätte.

Und jetzt liegt in ihrem Schreibtisch dieses Testament. Notariell beglaubigt und mit allen Schikanen. Ihre Kinder würden sich zumindest nicht den Kopf zerbrechen müssen, wie und wo sie begraben sein wollte. Sogar eine Sterbeversicherung hat sie abgeschlossen.

Aber das alles funktioniert nur in dem Fall, dass ich tot umfalle, hatte Renée in diesem Moment mit den anderen am Tisch auch gedacht. Ich muss das Testament erweitern für den Fall, dass ich den Verstand verliere.

Anne hatte ihrem Mann vorgeschlagen, sich aufgrund seines inneren Konfliktes von jetzt an einfach rauszuhalten und die anderen entscheiden zu lassen.

»Du musst nicht denken, dass du immer dafür zuständig bist, eine Lösung zu finden oder einen Kompromiss vorzuschlagen. Lass es jetzt einfach laufen, wir kümmern uns. Du hast uns schon oft genug gerettet.«

Darüber waren alle dermaßen überrascht gewesen, dass für ein paar Sekunden Schweigen am Tisch geherrscht hatte. Aus Annes Mund eine solch fürsorgliche und mitfühlende Ansage zu hören kam ihnen wie eine Premiere vor, für die es keine Generalprobe gegeben hatte. Sie schien das zu merken, denn sie murmelte sofort etwas von Wechseljahren und dass die einen ganz weich in der Birne und sentimental machten. Also waren sie wieder zur Tagesordnung übergegangen, um ihre »Lieblingssoziopathin«, wie Michael Anne gern nannte, nicht noch mehr in Verlegenheit zu bringen.

Letztlich aber, darauf hätte Renée eigentlich auch vorher schon gewettet, waren sie übereingekommen, Wille so lange wie irgendwie möglich in ihrer Mitte haben zu wollen. Und nicht jetzt schon Entscheidungen zu treffen, die auf eine ungewisse Zukunft abzielten und für die sie gegenwärtig gar keine Grundlage hatten.

»Hältst du eine Fehldiagnose für möglich«, hatte Pavel noch gefragt und Michael angesehen, als läge bei ihm alle Hoffnung der Welt.

»Fehldiagnosen sind immer möglich, deshalb steht da ja auch ›mit an Sicherheit grenzender Wahrscheinlichkeit‹ oder irgendein anderer Quark. Ärzte wollen sich nicht festlegen. Ich bin zwar Arzt und Atheist dazu, aber ich sage euch auch, niemand von uns kann vorhersagen, wann und wie Wunder geschehen. Und es gibt diese Wunder in der Medizin. Plötzlich verschlimmert sich eine Erkrankung nicht mehr, kommt zum Stillstand, obwohl alle medizinischen Erkenntnisse dafür sprechen, dass sie progressiv verlaufen und zum Tode führen müsste. Tumore verschwinden. Nichts dergleichen ist bei einer verbürgten Alzheimerdiagnose bekannt. Aber auch hier haben wir es mit so unterschiedlichen Verläufen zu tun, dass es einfach Kartenleserei wäre, jetzt schon Pläne fürs übernächste Jahr zu machen.«

Wir müssen uns damit abfinden, denkt Renée jetzt. Leicht oder mittelschwer betrunken, wie sie ist, findet sie den Gedanken auch nicht mehr schlimm. Wir müssen uns damit abfinden, dass nicht alles planbar ist, dass wir alle alt werden und es wahrscheinlich jede und jeden von uns irgendwann trifft. Wie platt das klingt, denkt sie und starrt auf die Rechnung vor sich auf dem Tisch.

»Jetzt mach ich mal was Verbotenes«, sagt Anne und schnappt sich den Beleg. »Ich behaupte, dies wäre eine Arbeitsberatung mit meinem künftigen Wahlkampfteam gewesen, und bezahle es aus dem Spesenkonto.«

»Du hast ein Spesenkonto«, wundert sich Pavel.

»Weiß ich doch nicht«, sagt Anne und grinst. »Das werde

ich morgen erfahren. Jetzt zahl ich jedenfalls erst einmal.«

Als sie endlich, es ist kurz nach Mitternacht, in der Wohnung ankommen, scheint niemand das Bedürfnis zu haben, sofort ins Bett gehen zu wollen. Sie sitzen um den Küchentisch, reden kaum noch und sind alle zufrieden damit, einfach so sitzen und schweigen zu können.

Renée fällt zum ersten Mal auf, dass dem gegenüberliegenden Haus ein Baugerüst verpasst wurde.

»Die sanieren die Fassade und drinnen wohl auch«, gibt Pavel Auskunft, der immer gut informiert ist über die Belange des Quartiers. »Hab vorgestern mit einer Bewohnerin gesprochen. Der neue Eigentümer fasst die Leute nicht mit Samthandschuhen an. Hat versucht, alle aus ihren Wohnungen zu kriegen. Vor der Sanierung. Die meisten sind wohl auch raus, aber drei Parteien sind noch da. Ist jetzt bestimmt nicht gemütlich, mit dem Gerüst vor der Nase und dem ganzen Dreck und Lärm. Wär eigentlich was für dich, Anne. Ich kann mir nicht vorstellen, dass der Hausbesitzer da immer nach Recht und Gesetz handelt. Das ist Wilder Westen, weißt du? Soll ich diese Mieterin mal zu dir ins Wahlkreisbüro schicken?«

»Tu das, tu das«, lallt seine Frau, die sich als Einzige noch einen Wein eingegossen hat, was sie wohl besser nicht hätte tun sollen, denkt Pavel. Muss ich mir Sorgen machen, weil Anne zu oft zu viel trinkt, oder liegt das alles noch im grünen Bereich? Er weiß es nicht und nimmt sich vor, mit Michael darüber zu reden.

»Die soll kommen, wenn mein Anwalt die Mieter- und Sozialberatung macht. Ich häng mich dann rein, wenn man wirklich was tun kann. Und jetzt geh ich ins Bett. Ich bin völlig hinüber.«

So endet der Abend doch noch. Renée nimmt sich vor, am nächsten Morgen Amanda anzurufen, und überlegt, wer abends mit Kochen dran ist, wenn sie alle zusammen essen wollen. Aber diese Frage kann sie jetzt nicht mehr beantworten. Also geht auch sie ins Bett.

43

Wille starrt Amanda an, die gerade einen Truckfahrer, der vor ihr auf die linke Spur wechselt, um einen Kollegen zu überholen, als Vollpfosten beschimpft.

»Vollpfosten? Wo hast du denn solche Schimpfwörter her?«

»Ich lese gerade eine Menge Bücher über Umgangssprache und die Veränderung unserer Kommunikation im Alltag. Jugendsprache, Slang, den Einfluss des Internets auf Sprache und solche Sachen. Interessant, sag ich dir. Da kannst du eine Menge lernen. Zum Beispiel solche Wörter wie Vollpfosten, Honk oder Problembär.«

Problembär, denkt Wille, das würde ich mir ja noch gefallen lassen. Wenn mich jemand so nennt. Aber Vollpfosten? Er schaut wieder auf Amanda, die am Steuer sitzt, als könne sie kein Wässerchen trüben, und mit ihrer Sonnenbrille aussieht, als fahre sie einen Fluchtwagen. Meine Amanda. Wille ist gerührt und nimmt sich vor, die Bücher ebenfalls zu lesen. Ihr zuliebe.

»An der nächsten Raststätte machen wir einen Zwischenstopp«, schlägt Amanda vor. »Ich muss mal und will einen Kaffee und eine Bockwurst.«

»Eine Bockwurst?« Wille fällt in die nächste Ohnmacht. Was ist denn mit dieser Frau los? Er hätte noch vor zwei Minuten seine Lieblingstrompete verwettet, darauf, dass seine Liebste niemals eine Bockwurst an einer Autobahnraststätte essen würde. Aber gut, wenn sie es so will, dann halten sie, gehen aufs Klo, essen eine Bockwurst und trinken einen Kaffee. Er ist mit allem einverstanden, was Amanda möchte. Er freut sich auf ihr Wochenende in Lübeck und ist glücklich über das, was die anderen in der Wohngemeinschaft für sich entschieden haben. Das gemeinsame Abendessen war entspannt und gut verlaufen. Alle hatten ihre Meinung zum Problemfall Wilfried Haferkamp gesagt. Pavel war sogar so ehrlich zu erklären, dass er nicht mitentschieden habe, weil er noch immer verunsichert sei und nicht genau wisse, was er will. »Das geht nicht gegen dich, Wille«, hatte er gesagt und ihn etwas ängstlich angeschaut. »Du weißt, wie gern ich dich habe und wie gut wir beide klarkommen. Ich bin nur derjenige von uns allen, der mit dem Problem Demenz am stärksten konfrontiert ist. Jeden Tag. Ich habe immer versucht, die Arbeit nicht zu sehr mit ins Privatleben zu nehmen. Vergebliche Liebesmüh, du weißt. Wir beide haben oft genug über die Menschen im Heim geredet, über die ich mir auch abends Gedanken oder Sorgen mache. Jetzt kommst du womöglich noch dazu. Muss ich mich auch um dich sorgen. Ich weiß einfach nicht, ob, und wenn ja, wann es zu viel wird für mich.«

Wille hatte genickt und erklärt, er verstünde das sehr gut. Und er hatte versprochen, Vorsorge zu treffen, die WG nicht im Regen stehen zu lassen, wenn die Zeit kommen würde, in der er nicht mehr zurechnungsfähig ist.

»Was die medizinische Seite anbelangt, helfe ich dir dabei«, hatte Michael gebrummt und ein wenig verlegen ausgesehen. »Wenn du darüber hinaus mit einem Freund reden willst, dann komm. Ich bin nicht immer Arzt, das weißt du. Kann das ganz gut voneinander trennen.«

Wille hatte Amanda noch am selben Abend angerufen und ihr von dem Küchengespräch erzählt. Er hatte sofort das Gefühl gehabt, dass sie bereits davon wusste. Jedenfalls hatte sie nicht sehr überrascht geklungen, sondern nur »Na siehst du!« gesagt.

Nach diesem Wochenende, nimmt Wille sich jetzt vor, wird er sich sofort um all diese Vorsorgesachen kümmern.

Vollmachten, Willenserklärungen, Betreuungsverfügungen, Patientenverfügung, was immer dafür notwendig ist, er will alles aufschreiben und festlegen.

Die Raststätte ist so wie fast alle Raststätten, die Wille jemals in seinem Leben besucht hat. Irgendwie grässlich. Amanda und er trennen sich vor den Toiletten und verabreden sich am Würstchenstand, wie sie es nennt. Dann kaufen sie zwei Bockwürste und zwei Latte macchiato. Er balanciert alles auf dem Tablett zu einem freien Tisch, der sauber aussieht, und ist froh, nichts zu verschütten. Bald werde ich mich darüber freuen, die Kloschüssel beim Pinkeln zu treffen, denkt er, und für einen Moment überkommt ihn die Verzweiflung der vergangenen Tage. Überrollt ihn wie ein Tsunami und macht, dass ihm der Schweiß auf die Stirn tritt. Nach wenigen Sekunden ist es vorbei.

Ich werde immer besser, denkt er und sieht Amanda zu, die so genüsslich in die Bockwurst beißt, dass ihm das ganze Wasser aus dem Teil auf den Pullover spritzt.

»Huch«, ruft sie und starrt entgeistert auf die angebissene Wurst.

»Nicht so schlimm«, murmelt er und wischt sich mit der Serviette auf der Brust herum. »Rieche ich halt nach Bockwurst, wenn wir im Hotel einchecken.«

Er nimmt Messer und Gabel, obwohl er bis eben auch einfach in die Wurst beißen wollte. Aber Amanda sieht zu hübsch aus, als dass er ihr das Kleid versauen möchte. Er macht Anstalten, aufzustehen und zu gehen, als sie beide diese fürchterliche Mahlzeit aufgegessen haben, aber sie bedeutet ihm, sitzen zu bleiben.

»Ich will dir etwas sagen, bevor wir in Lübeck sind. Hier an diesem Ort, der dir so gar nicht gefällt. Das sehe ich dir an. Aber ich denke, es ist wichtig, dass wir nicht auch noch alles durch Orte und Situationen aufladen, wo es sowieso schon aufregend genug ist, das Leben.«

Bitte, denkt Wille, nicht hier in einer Raststätte mit Bockwurstresten auf den Tellern sagen, dass dies unser letztes gemeinsames Wochenende ist. Er spürt, wie sich neuer Schweiß auf seiner Stirn breitmacht. Wahrscheinlich sehe ich aus, als bekäme ich gleich einen Infarkt.

Amanda lächelt.

»Also Wilfried Haferkamp. Es kommt überhaupt nicht infrage, mich wegzuschicken. Und ich nehme dir übel, dass du mir keinen Heiratsantrag gemacht hast. Stattdessen mach ich dir jetzt einen. Lass uns heiraten, und zwar schnell. Ich will eine große Hochzeit mit viel Tamtam und guter Musik. Und danach zieh ich zu dir in die WG. Gefragt hab ich die anderen schon. Die würden mich nehmen. Und dann sehen wir weiter. Wie lange alles gut sein wird, das können wir nicht wissen, also nützt es auch nichts, sich jetzt allzu viele Gedanken darüber zu machen. Willst du mich heiraten, Wilfried Haferkamp?«

Damit hat er nicht gerechnet. Auf keinen Fall hat er damit gerechnet. Das schönste Szenario, das er sich ausgemalt hatte, war, dass sie beide, Amanda und er, noch eine gute Zeit miteinander haben würden. In getrennten Wohnungen, aber so oft wie möglich zusammen. Dass sie alles tun würden, worauf sie Lust haben und wofür das Geld reicht. Und wenn es dann schlimmer würde mit ihm, hatte er Abschied nehmen wollen. Zu einem Zeitpunkt, da er Amanda noch erkennen und beim Namen nennen konnte. So hatte er sich das vorgestellt. Und jetzt macht diese Frau ihm einen Heiratsantrag. In einer hässlichen Raststätte, bei einem grässlichen Kaffee und nach einer Bockwurst, die ihm wie ein Stein im Magen liegt.

Er schluckt und will wissen, ob Amanda sich das wirklich gut überlegt hat.

Die nickt und stellt das Geschirr auf das Tablett.

»Natürlich habe ich das. Was denkst du von mir? Ich habe keine Lust, nur mit Vollkaskoversicherung zu leben.

Dafür bin ich zu alt. Wir beide werden noch eine gute Zeit miteinander haben und dann eine schlechte Zeit. So läuft das in Beziehungen. Wir können beide nichts dafür, dass wir uns erst so spät getroffen haben, aber das sollte uns nicht daran hindern, möglichst lange zusammenzubleiben.«

Jetzt muss ich schon wieder heulen, denkt Wille und muss schniefen. Er nimmt die Serviette vom Tablett, weil er in der Aufregung kein Taschentuch findet, und wischt sich über die Augen. Spürt, dass die gleich noch mehr brennen. Unerträglich brennen sie. So, dass ihm ein Schmerzenslaut entweicht.

Er starrt auf die Serviette, mit der er vorhin noch – warum auch immer – den Senf vom Teller gewischt hat. Vielleicht hatte er dem Personal das Abwaschen erleichtern wollen. Jedenfalls sind seine Augen nun voller Löwen-Senf und brennen wie Feuer. Amanda muss lachen und gluckst. Sie habe sich vorgenommen, ihren Heiratsantrag so unspektakulär wie möglich zu gestalten, und das hier sei nicht im Plan vorgesehen. Sie bringt den fast blinden Wille auf die Toilette und sagt ihm, er solle sich die Augen mit klarem Wasser auswaschen und zwar so lange, bis er wieder halbwegs sehen könnte.

Das tut er dann, und nach zehn Minuten geht es wieder besser. Er kann sich im Spiegel erkennen. Seine Augen sehen aus, als hätte er eine Woche durchgesoffen, aber er kann wieder sehen. Und erkennen kann ich mich auch, denkt er. Dann werde ich also als verheirateter Mann sterben. Hätte nie gedacht, dass mich das so glücklich machen würde.

44

»Wir haben eine Wohnung gefunden«, sagt Judith und lächelt Renée an. »Ziemlich runtergekommen, die Bude, wir werden eine Ewigkeit brauchen, die herzurichten, aber dafür bekommen wir sie auch fünf Monate mietfrei. Wie klingt das?«

Gut klingt es, findet Renée und will wissen, wo diese Wohnung zu finden ist. Judith verzieht ein wenig das Gesicht. »Lichtenberg. Das ist jetzt nicht die Wohngegend unserer Wahl. Andererseits passen wir da auch gut hin.«

»Wieso das denn?«

»Na ja, so Prolls wie wir halt. Dafür ist Lichtenberg doch gut. Aber im Ernst. Wir haben kein Problem damit, in einen eher nicht so beliebten Stadtteil zu ziehen. Zumal das Quartier, in dem die Wohnung liegt, wirklich hübsch ist.«

Renée schwimmt neben Judith her. Der Abend heute bringt sie ihrem Vorsatz etwas näher, wieder mehr für die Gesundheit zu tun. Sie weiß, dass sich diese guten Vorsätze meist nach wenigen Wochen in Luft auflösen, aber jetzt schwimmen sie erst einmal, und darauf können sie stolz sein.

Ein älterer Mann kommt ihnen entgegen, er pflügt das Wasser um, und schafft es, Judith die Hand an den Kopf zu hauen und Renée das Bein an die Hüfte. Judith will umdrehen und dem Alten die Badehose klauen oder ihn zumindest anmotzen. Renée aber erklärt ihr, in dieser Schwimmhalle hätten die Leute über siebzig Bestandschutz, und am Ende würden wahrscheinlich eher sie beide des Beckens verwiesen und nicht der alte Rüpel.

Nach fünf weiteren Bahnen steigen sie aus dem Wasser und besetzen zwei Liegestühle. Judith beschreibt die Wohnung, redet ohne Punkt und Komma, was Renée von ihrer Freundin gar nicht kennt.

»Gibt es denn schon einen Termin für die Hochzeit?«

Der abrupte Themenwechsel bringt Renée in Schwierigkeiten. Sie war in Gedanken abgeschweift und hatte die letzten Sätze nicht mehr mitbekommen.

»Hochzeit, welche Hochzeit?«

»Amanda und Wille«, erklärt Judith geduldig und befummelt dabei ihr Kinn. »Kriegst du da auch diese doofen Haare? Das ist so eklig.«

Renée kramt in ihrer Badetasche und fördert Spiegel und Pinzette hervor. Als ob wir nicht immer bestens ausgerüstet sind für diese kleinen Ekligkeiten, denkt sie und grinst. »Das Gute an dieser Schwimmhalle ist, dass hier fast nur Alte schwimmen, und denen ist egal, ob du dir hier die Haare am Kinn entfernst oder die Beine epilierst, also nur zu. Wenn du den Spiegel umdrehst, siehst du die ganze Wahrheit.«

Judith folgt ihrem Rat und verzieht das Gesicht zu einer angewiderten Grimasse.

»Um Himmels willen, da sieht man ja jede Pore, was ist denn das für ein Mist. Wieso schleppst du ein solches Folterinstrument mit dir rum?«

Immerhin gelingt es Judith, mithilfe des Spiegels alle Haare am Kinn zu entfernen. Zumindest behauptet sie das.

»Die Hochzeit ist am neunten Mai. So viel scheint klar. Alles andere aber wird immer unklarer. Amanda hat gesagt, sie kümmert sich um alles und lässt niemanden in die Karten gucken. Nur mir hat sie verraten, dass sie mit uns allen nach der Hochzeit noch drei Tage verreisen wollen. Keine Ahnung, wohin. Finde ich ja ein bisschen komisch, die Hochzeitsreise mit WG. Aber so ganz normal ist das alles ja sowieso nicht. Eher verrückt. Ich vermute, irgendwann in den nächsten Tagen werden wir alle eine Einladung bekommen, auf der steht, wann wir wo zu sein haben und wie lange wir uns freinehmen müssen.«

»Und was wollt ihr den beiden zur Hochzeit schenken?«

»Da fragst du was. Amanda hat mir mal erzählt, dass Wille im Sommer mit ihr zu irgendeinem Jazzfestival nach Frankreich fahren will. Also hat Michael vorgeschlagen, ihnen das zu schenken. Er will sich kümmern. Falls er jemals rauskriegt, um welches Festival es sich da handelt. Wille hat noch nie davon gesprochen.«

Renée überlegt, ob sie Judith von Willes Verfügungen erzählen soll. Sie haben ihn gar nicht gefragt, ob es eine Sache nur zwischen ihnen bleiben soll oder erzählt werden darf. Ach was, Judith ist meine Freundin, denkt Renée.

»Wille hat aufgeschrieben, dass Amanda alle Entscheidungen treffen soll, wenn er es nicht mehr kann. Und er hat uns gesagt und auch aufgeschrieben, dass er in ein Pflegeheim gebracht werden soll, wenn er im letzten Stadium ist und niemanden mehr erkennt. Er hat sich gewünscht, dass Pavel ihn dann in sein Heim aufnimmt.«

»Und«, fragt Judith atemlos. »Macht Pavel das? Der hat doch wohl von euch allen die größten Probleme mit Willes Demenz.«

Renée nickt. Erstaunlicherweise aber hatte Pavel zugestimmt, obwohl er ihr schon so oft erklärt hatte, dass er niemandem wünsche, in einem Heim wie dem seinen die letzte Lebenszeit zu verbringen. »Nicht, weil wir uns nicht anstrengen. Es ist einfach kein guter Ort, und unsere Möglichkeiten, den Alten das letzte Stück so angenehm wie möglich zu gestalten, sind begrenzt.«

Trotzdem hatte Pavel Willes Bitte sofort abgenickt. »So bist du nicht ganz aus der Welt, alter Junge«, hatte er gesagt und gemeint, wenn Wille dann doch mal einen Lichtblick habe, werde zumindest er in der Nähe sein und sich mit ihm darüber freuen können. Ob das so läuft, wissen sie alle nicht. So wie sie auch nicht wissen, ob sie alle wirklich so lange durchhalten werden. Bis zum dritten Stadium.

»Wille möchte außerdem, dass Amanda nach seinem Tod bei uns wohnen bleiben kann. Das haben wir versprochen und auch aufgeschrieben. Michael hat gesagt, es sei besser, alles aufzuschreiben. Und Anne ist auch der Meinung.«

Judith schlägt vor, noch ein paar Bahnen zu schwimmen, und Renée stimmt mit schmerzverzerrtem Gesicht zu. Eigentlich tun ihr jetzt schon alle Muskeln weh, aber sie will auch nicht kleinbeigeben. Also steigen sie wieder ins Wasser, das ihr wärmer vorkommt als die Luft in der Halle.

»Merkt ihr denn jetzt schon, dass mit Wille etwas nicht stimmt?« Judith geht in die Rückenlage und strampelt halbherzig mit den Beinen. »Mir tun alle Knochen weh«, sagt sie, und Renée ist froh, dass nicht sie es als Erste zugeben muss.

»Dann lass uns rausgehen«, schlägt sie vor.

Im Umkleideraum erzählt sie Judith, dass sie bis jetzt nur bei sehr wenigen Dingen spüren, dass Wille sich verändert.

»Er schreibt sich halt sehr viel auf, um nichts zu vergessen. Manchmal stehen seine Schuhe irgendwo, wo sie nicht hingehören, und vorige Woche war er einkaufen und hat die Einkaufstasche im Supermarkt vergessen. Da stand sie auch noch, als er nach einer halben Stunde wiederkam. Ehrlich gesagt sind das alles Sachen, die mir auch passieren könnten. Nur dass ich nicht mit solch einer Diagnose rumlaufe.«

Judith nickt.

»Ich bin wirklich gespannt, wie es laufen wird. Klingt vielleicht ein bisschen kühl von mir und so, als würde ich mir das wie ein Experiment von außen anschauen, aber es ist schon ziemlich gewagt, finde ich. Was, wenn es euch doch auf die Nerven geht, wenn ihr es nicht schafft? Dann könnt ihr doch Amanda und Wille nicht einfach raussetzen? Ich meine, ihr legt euch jetzt fest und wisst alle überhaupt nicht, was auf euch zukommt? Nicht dass ich das nicht andauernd mache. Aber bei euch geht's um mehr. Um mehr Leute, meine ich.«

»Können wir nicht. Wir können Wille und Amanda nicht einfach rausschmeißen, auch wenn es uns zu viel wird. Und ich hab keine Antwort auf deine Frage. Im Gegensatz zu Anne, die sagt, sie werde jetzt nicht anfangen, Bücher über Alzheimer zu lesen, habe ich mich in den vergangenen Wochen ziemlich viel damit beschäftigt. Hätte ich vielleicht nicht tun sollen. Das hat mich ganz schön runtergezogen. Diese Fallbeschreibungen oder besser Beschreibungen des Verfalls. Das Elend der Angehörigen. Aber es besteht immer noch eine winzige Chance, dass die Diagnose nicht stimmt. Sagt Michael.«

Renée klingt nicht sonderlich überzeugt, das merkt sie selbst. Deshalb schlägt sie Judith vor, nach dieser Anstrengung erst mal etwas Ordentliches zu essen. Judith schüttelt den Kopf.

»Ich sehe dir an, dass du jetzt schon wieder darüber nachdenkst, dass ich die Rechnung bezahlen werde«, sagt Renée. »Kannst du nicht endlich damit aufhören? Wenn ich dich bitte, mit mir in eine Kneipe zu gehen, dann ist es zu meinem Vergnügen.«

»Komm einfach mit zu mir, ich koche uns ein paar Nudeln.«

Judith sieht nicht aus, als ließe sie sich heute überreden, also erklärt Renée sich einverstanden, und sie machen sich mit der Straßenbahn auf den Weg in ihre Wohnung.

»Ist Frank nicht da?«

»Der hilft irgendeinem Kumpel, der sich ein Haus baut. Verdient ein paar Euro dazu, die können wir gebrauchen. Also, Nudeln mit Feta und Basilikum kann ich anbieten. Bist du bereit?«

Renée ist bereit, und den Rest des Abends verbringen sie damit, dass Judith versucht, einen Grundriss der Wohnung aufzuzeichnen, in die sie mit Frank und den Freunden ziehen möchte. Am Ende lässt sie es bleiben und verspricht, Frank zu bitten, es zu tun.

»Der guckt sich einmal um und hat alles im Kopf, weißt du. Aus dem hätte echt was werden können.« Judith lacht. »Aus mir auch. Was red ich denn da?«

45

Anne denkt, dass es jetzt endlich losgeht. Dieses ganze Vorgeplänkel war ihr zum Schluss richtig auf die Nerven gegangen. Jetzt hat sie sich einen aussichtsreichen Listenplatz erkämpft, obwohl es eine ernst zu nehmende Kampfkandidatur gegeben hatte. Also kann es losgehen.

Morgen wird sie mit Renée und drei anderen Menschen, denen sie etwas zutraut und vertraut, in Klausur gehen und eine Grobstrategie für den Wahlkampf entwickeln. Sie freut sich auf den Tag und steht in Unterwäsche vor dem Kleiderschrank und begutachtet kritisch das weiche Fleisch. »Ich hasse es, wenn Weiber weich werden«, sagt sie und verrenkt sich fast, um einen Blick auf ihre Rückseite zu erhaschen. Die Zimmertür geht auf.

»Oh, entschuldige bitte«, sagt Wille und schließt sofort wieder die Tür.

»Hat sich wohl verlaufen«, murmelt Anne und ist doch ein wenig schlecht gelaunt. Müssen wir jetzt unsere Zimmer abschließen, überlegt sie und weiß, dass sie diese Frage so besser nicht stellen sollte. Niemand in der WG mag in solchen Punkten ihre direkte Art. Sie weiß das und strengt sich an, diplomatischer zu sein. Vielleicht genügt es, wenn wir irgendwann große Namensschilder an die Zimmertüren hängen? Das könnte Wille helfen.

Sie ist stolz auf sich. Noch vor einem Jahr wäre sie auf eine so feinfühlige Lösung nicht gekommen. Sie zieht eine hellgraue Hose und einen knallroten Pullover an, dessen Ausschnitt etwas zu tief ist, aber sie hat nur solche Pullover. Für den Wahlkampf wird sie mit Renées Unterstützung wieder mal einkaufen müssen. Zumal es, denkt sie und presst die Oberarme an die Seiten, um zu sehen, wie viele Falten die Haut schlägt, nur noch eine Frage der Zeit ist, bis ich das mit der Freizügigkeit besser ganz bleiben lassen sollte. Sie seufzt und erinnert sich lustvoll an die letzte Nacht, in der Pavel über sie hergefallen ist. Sie mochte das und hatte es in den vergangenen Wochen schon sehr vermisst.

Zum ersten Mal in ihrer Beziehung hat sie ihn gefragt, ob er sie schön finde. Und Pavel, ihr sanfter, pflegeleichter und trotzdem komplizierter Mann, hatte das Nachttischlicht angemacht, sich über sie gebeugt und gesagt: »Schön wie am ersten Tag.« Fast hätte sie geheult nach diesem Satz, auch wenn er gelogen war. Wobei, wer konnte das wissen? Pavel ist schließlich auch nicht jünger geworden, und er sieht in ihr sicher ebenso die Summe aller Jahre und Gemeinsamkeiten, die sie in diesen Jahren gefunden oder sich erhalten haben.

Das sind die Wechseljahre, denkt Anne. Man wird weinerlich und fängt an rumzuphilosophieren. Und zum tausendsten Mal denkt sie: Ich hasse die Wechseljahre.

Aber alles kein Drama, wenn nur der Kelch an mir vorübergeht, den Wille wird leer trinken müssen.

Sie geht in die Küche und hört ihn in seinem Zimmer Trompete spielen. Daran hat sie sich gut gewöhnt. Manchmal mag sie die Musik sogar, die ihr Mitbewohner macht, meistens aber kann sie damit nichts anfangen. Gestern Abend hatte Wille einen zehnminütigen Vortrag über Miles Davis gehalten, von dem sie das meiste schon wieder vergessen hat. In Erinnerung geblieben ist ihr nur, dass der Mann offensichtlich an Stimmbandknoten litt, was seiner Stimme laut Wille ein rauchig-heiseres Timbre verliehen hat, aber fürs Trompetespielen wohl nicht so gut gewesen war.

Michael hatte gleich angefangen zu fachsimpeln, und Wille hatte dann noch die Pointe gebracht, dass sein Idol wohl einen Konzertveranstalter, der ihm ein unlauteres Angebot hatte machen wollen, kurz nach der Operation so laut angebrüllt habe, dass die Stimmbänder für immer geschädigt blieben.

Könnte mir auch passieren, findet Anne und schaut in den Kühlschrank, ob sie noch einen Joghurt oder etwas Netteres findet, bevor sie ins Büro geht. Fressen könnte ich auch die ganze Zeit, denkt sie und schlägt die Kühlschranktür ärgerlich wieder zu. Es klingelt, und sie geht die Tür aufmachen, denn Wille scheint gerade nichts zu hören.

Amanda kommt, um, wie sie Anne sofort erklärt, mit ihm noch die letzten Einzelheiten für die Hochzeit zu besprechen.

»Ich habe ein sehr schönes Lokal gefunden, mit einem wirklich reizenden Raum, in dem wir feiern können. Sogar zum Tanzen reicht es, wir werden ja sowieso nicht so viele Leute sein. Dreißig, alles in allem, dafür reicht der Raum völlig.« Amanda sieht völlig zerzaust aus, findet Anne. Wille würde es derangiert nennen, weil er so gern ein bisschen vornehm tut.

Anne sagt, sie müsse jetzt sofort los, freue sich aber sehr auf das Fest und sei morgen mit Renée zum Kleiderkauf verabredet.

»Hast du denn dein Kleid schon?«

»Es ist ein Traum, Anne, ich bin ewig rumgelaufen, aber es hat sich gelohnt. Ein bisschen gewagt, aber Wilfried wird begeistert sein, da bin ich sicher.«

»Der wäre auch begeistert, wenn du in Ballonseide vor den Standesbeamten treten würdest.«

Anne umarmt Amanda kurz und macht sich auf den Weg ins Büro. Als Erstes wird sie sich diesen Krampitz vorknöpfen, der gestern vor laufender Kamera gesagt hat, er sei zufrieden mit dem, was die Opposition der Koalition noch ins Mietrechtsänderungsgesetz habe schreiben können.

»Dieses Weichei«, murmelt Anne, während ihre Stiefel ein lautes Stakkato auf die Treppenstufen knallen. »Dem werd ich was erzählen, und wenn der mir nicht verspricht, bei diesem Thema künftig die Klappe zu halten, zerreiß ich ihn in der Luft.«

46

Michael, Pavel und Wille sitzen am Küchentisch. Es ist drei Uhr nachmittags, und Michael öffnet eine Flasche Bier.

»Egal«, sagt er zu den beiden anderen Männern und prostet ihnen zu. »Die Weiber sind Klamotten kaufen, und wir haben die Bude für uns. Also lasst uns auf dem Tisch tanzen, und nachher gehen wir zusammen zu Union. Wille, jetzt bist du wirklich dran, hast dich lange genug gedrückt. Für heute habe ich drei Karten und eine davon gehört dir. Das wird dein Junggesellenabschied.«

»Ich war schon mal verheiratet«, sagt Wille halbherzig und weiß, dass er heute nicht um die Alte Försterei herumkommt. Sogar einen Fanschal hat Michael ihm besorgt. Im Stadion und auf Weihnachtsmärkten sind die meisten Männer bereit, sich völlig zum Affen zu machen, denkt er melancholisch. Er ist mit Amanda im letzten Jahr zwei Mal auf einem Weihnachtsmarkt gewesen und hatte voller Verachtung auf die Horden von Männern geschaut, die sich blinkende Geweihe und bimmelnde Weihnachtsmützen aufgesetzt und glühweinselig dummes Zeug geredet hatten.

Pavel ist ebenfalls nicht allzu glücklich mit dem Plan, er traut sich aber nicht, abzulehnen. Michael scheint sich dermaßen auf diesen Männertag zu freuen, dass eine Absage ihn wahrscheinlich ziemlich aus der Bahn werfen würde. Was sind wir nur für alberne Kerle, kommen zusammen auf hunderteinundsechzig Jahre und benehmen uns später im Stadion wahrscheinlich wie die Kinder. Außer Wille, dem traut Pavel einfach nicht zu, dass er brüllt und die Hymne von Eisern Union mitsingt. Pavel überlegt, wozu Anne sich beim heutigen Kleiderkaufen wohl hinreißen lassen wird.

Zum Glück ist Renée dabei, als Korrektiv für ihre schlimmsten Wünsche. Pavel stellt einmal mehr fest, dass ihn an Anne weiterhin fasziniert, wie frivol diese Frau sein kann. Und wie daneben. Sie könnte eine Kneipe führen oder eine Bar mit Tabledance. Obwohl er anerkennen muss, dass sie sich auch in der Politik gut schlägt. Noch ein paar mehr von ihrer Sorte und alles käme wirklich ein bisschen voran. Wenn er sie doch nur dazu bringen könnte, auf Gesundheitspolitik umzusatteln. Womit er wieder beim Thema wäre. Pavel zwingt sich, sofort an etwas anderes zu denken. Beim Thema Gesundheitspolitik bekommt er wieder Herzrasen und eine für ihn ganz untypische Wut im Bauch. Hauptsache, meine Frau will zur Hochzeit nicht solche High Heels tragen. Dann überragt sie mich wieder, und das kann ich weiterhin nicht leiden. Ein bisschen Eitelkeit muss sein, auch wenn wir alle keine Jungspunde mehr sind.

Nur Michael ist glücklich und völlig eins mit sich. Zumindest heute und in diesem Moment. Ansonsten macht er sich eine Menge Sorgen, redet darüber aber kaum. Gestern hat er sich mit Pauline getroffen, deren Bauch sich langsam rundet. Erstaunlicherweise wollen Renées Kinder, die beide keine Kinder mehr sind, oft mit ihm reden, wenn sie Kummer haben. Wahrscheinlich, weil ihnen Renée noch immer zu fragil vorkommt, zu wenig belastbar. Was aus seiner Sicht nicht stimmt. Renée ist belastbarer, als die meisten glauben, auch wenn sie weiterhin nachts von Albträumen geplagt ist und Martins Tod noch immer nicht verwunden hat. Wie soll man so einen Tod auch verwinden, denkt Michael und nuckelt an seinem Bier. Das ist doch alles Gerede und Quatsch.

Pauline jedenfalls hat ihm erzählt, dass sie sich vom Vater des Kindes trennen und das Kind allein großziehen wolle. Warum, das hat sie nicht gesagt. Nur gemurmelt: »Das willst du nicht wissen, und ich will es vergessen.« Das klang nicht gut, aber Michael war nicht weiter in sie gedrungen. Es hätte keinen Zweck. Sie wird es Renée schon irgendwann sagen, beruhigt er sich. Geht ja gar nicht anders. Aber allein mit einem Kind und Musik machen wollen, schwieriger geht es kaum. Darüber hatten sie gestern gesprochen. Michael überlegt, ob er mit Renée darüber reden soll, entscheidet sich aber dagegen. Das muss er Pauline überlassen, die ist erwachsen und wird schon das Richtige tun. Pauline ist auch diejenige, die ihn am häufigsten fragt, wie es mit seiner Tochter läuft, und sich freut, dass es darüber in letzter Zeit viel Gutes zu sagen gibt. Eine langsame Annäherung, die hoffen lässt. Muss mich morgen unbedingt bei Marie melden, denkt Michael.

In einer Woche heirate ich, denkt Wille und sieht, dass der graue Himmel endlich aufgerissen ist und die Sonne durchs Küchenfenster scheint. Müsste mal geputzt werden. Wille nimmt sich vor, das in der kommenden Woche zu tun. Noch vor dem Fest. Er putzt gern Fenster, mag die kraftvollen Bewegungen, die einem diese Tätigkeit abverlangt, und das befriedigende Gefühl, wenn die Arbeit getan ist.

Die Sonne scheint auf die Küchenwand, und weil die Fenster schmutzig sind, malt sie ein wirres Muster aus Flecken, Streifen und Figuren auf die Tapete. Sie hatten sich nach langem Hin und Her dafür entschieden, eine Wand in der Küche zu tapezieren. Renées Argumente waren ausschlaggebend gewesen. Erstens gebe es wahnsinnig schöne Tapeten und zweitens werde man wahnsinnig viel Zeit in diesem Raum verbringen. Viel mehr als im EFG.

»Wisst ihr, was Glück ist«, fragt Wille und holt sich nun doch eine Flasche Bier aus dem Kühlschrank.

»Glück ist Sonne auf der Küchentapete.«

Dann prostet er Michael und Pavel zu und findet, dass dieser Satz es wert wäre, einem guten Jazzstück den Titel zu geben. Mal sehen, denkt Wille. Vielleicht gelingt es mir noch, dieses Stück zu schreiben.

47

Wille weiß immer noch nicht, wie Amanda aussehen wird. Er steht vor dem Standesamt und starrt in die Richtung, aus der seiner Meinung nach das Taxi kommen muss, in dem seine Liebste sitzt. Michael schiebt sich hinter ihn und dreht ihn um hundertachtzig Grad.

»So ist es richtig«, sagt er und grinst Wille an. »Sei nicht so aufgeregt, alter Junge, das schaffst du schon.«

Natürlich wird er es schaffen. Heute Morgen beim Rasieren hat er für einen kurzen Moment nicht gewusst, warum er vor dem Spiegel steht. In offensichtlich neu gekaufter Unterwäsche und mit frischem Haarschnitt. Das würde ihm Amanda noch erklären müssen, warum er sogar neue Unterwäsche tragen soll an diesem Tag. Zum Glück war es bei einer Schrecksekunde geblieben. Ich heirate heute, hatte er gedacht und sich staunend betrachtet. Zum zweiten Mal in seinem Leben. Jetzt steht er hier in einem Anzug, den er mit Amanda in einem Laden gekauft hat, der einem Japaner gehört und Mode aus Japan anbietet. Der Anzug ist schwarz, streng geschnitten und hervorragend gearbeitet. Die größte Extravaganz des Tages ist die kleine rote Rose, die in seiner Jackettasche steckt. Aber wo bleibt Amanda?

Michael legt den Arm um seine Schultern und brummt beruhigenden Unsinn.

»Weiber«, sagt er. »Die kommen immer zu spät. Renée ist auch noch nicht da.«

Das stimmt. Einzig Anne ist mit ihnen zusammen gekommen. Sie überragt Pavel um ein kleines Stück, das muss an den Schuhen liegen. Wille findet, dass nur sie ein Stück weit an seine Extravaganz rankommt, was Schuhe betrifft.

Diese hier sind tatsächlich golden. Pavel sieht etwas unglücklich aus neben seiner großen, strahlenden Frau, aber das scheint Anne nicht zu stören.

Und dann sieht Wille endlich seine künftige Frau aus einem Taxi steigen. Ein Traum in Meergrün, Himmelblau und Gold.

»Wenn das mal nicht ein Fummel von Gaultier ist«, sagt Anne und pfeift bewundernd.

»Ich hoffe doch geklaut oder einfach nachgenäht, sonst heiratet Wille eine Schuldenbraut.«

Michael lacht und klopft dem Bräutigam auf die Schulter. »Das ist vielleicht ein heißer Feger, daneben seh ich als Trauzeuge aber ziemlich alt aus.«

Nach der Trauung flüstert Amanda ihrem Mann ins Ohr, dass sie einer skrupellosen Schneiderin begegnet sei, die keine Bedenken gehabt hatte, als sie ihr Bilder aus einer Modezeitschrift hingelegt und auf eines gezeigt hatte.

»Wir haben es ein bisschen verändert. Gefällt es dir?«

Es gefällt ihm, so wie ihm der ganze Tag gefällt. Er hat sich vorgenommen, nur wenig Alkohol zu trinken, auch wenn ihm danach ist. Aber Alkohol, diese Erfahrung hat er nun hin und wieder machen müssen, bekommt seinem Kopf nicht gut. Wenn er zu viel trinkt, geraten die Dinge durcheinander, ein Zustand, der ihn jedes Mal fürchterlich erschreckt und in Verzweiflung stürzt. Er ist kurz vor der Hochzeit noch einmal zum Neurologen gegangen und der hat keine kognitive Verschlechterung festgestellt. War aber bei seiner Diagnose und der grässlichen Wortkombination »mit an Sicherheit grenzender Wahrscheinlichkeit« geblieben. Soll er, Wille gibt die Hoffnung nicht auf, dass er Opfer eines medizinischen Irrtums ist oder Nutznießer eines medizinischen Wunders sein wird. Jedenfalls nicht heute. Später vielleicht. Wenn es schlimmer und er länger brauchen würde, um sich daran zu erinnern, warum er vor dem Spiegel steht und welcher Tag heute ist.

Anne hatte darauf bestanden, dass an diesem Abend nicht nur Jazz gespielt wird, sondern auch ein bisschen Bumsmusik, wie sie es nennt. Also hat Amanda einen DJ engagiert, der sich jetzt, da alle satt, zufrieden und manche schon ein wenig angetrunken sind, ziemlich ins Zeug legt. Wille sieht fasziniert und ein klein wenig peinlich berührt zu, wie Anne und Michael sich auf der Tanzfläche gebärden, als seien sie zwanzig Jahre jünger. Er sieht, dass Paul und Pauline, deren Babybauch nicht mehr zu übersehen ist und die sich trotzdem in ein kleines Schwarzes gezwängt hat, das zu dem vielen Metall im Gesicht und an den Ohren und auch zu ihren Tätowierungen erstaunlich gut passt, nebeneinandersitzen und amüsiert zuschauen, wie die Alten sich zum Affen machen. Dass dieser schwarze kleine Fummel, den Pauline trägt, so gut zu ihr passt, liegt wahrscheinlich an den knallroten Doc Martens, die sie dazu trägt. Ihr Freund ist nicht mitgekommen. Renée hatte Wille vor einigen Tagen erzählt, dass Pauline sich von ihm getrennt hat und nun wohl eine alleinerziehende Mutter werden wird, was ihr große Sorgen bereite. Jetzt aber steht Pauline auf, hopst fröhlich um Anne und Michael rum, zerrt ihren langhaarigen Bruder auf die Tanzfläche, der sich die Haare zu einem Samuraiknoten hochgebunden hat und tatsächlich so etwas wie einen Anzug trägt. Allerdings hat der Junge keine Schuhe an. Das sieht Wille erst jetzt, und er fragt Renée, die neben ihm sitzt, ob ihr Sohn einer Barfußsekte angehöre oder ob er irgendwas verpasst habe. Vielleicht ist Barfußlaufen ja gerade der letzte Schrei.

Renée verdreht die Augen und sagt, Paul laufe so lange barfuß, wie die Temperaturen es irgendwie erlaubten, trüge aber, das habe er ihr versprochen, immer festes Schuhwerk, sobald er mit der Kettensäge arbeite oder in den Stall gehe.

»Hat er denn jetzt endlich eine Freundin?«

Sie schüttelt den Kopf und legt Wille eine Hand aufs Knie.

»Irgendwann wird ihm eine ganz schrecklich den Kopf verdrehen. Eine kleine, hübsche, barfüßige Braut mit Locken und schiefen Zähnen. Wart's ab, Wille.«

Aber natürlich, denkt Wille. Ich hab ja Zeit ohne Ende. Für einen kleinen Moment hat er das Gefühl, heulen zu müssen. Die Hochzeit, auf die alle gewartet haben, erscheint ihm als Anfang und Ende zugleich. Vorhin, als Amanda die kleine Wohngemeinschaft und Judith und Frank zusammengerufen und ihnen verkündet hatte, sie alle würden in der kommenden Woche zusammen für drei Tage in die Uckermark fahren, in ebenjenes Haus, in dem Renée, Pavel, Anne, Michael, Judith und Frank noch ohne Wille und Amanda probegewohnt hatten, war er glücklich ohne jede Einschränkung gewesen. Er freut sich auf diese drei Tage in dem Haus, über das die anderen so viele Geschichten erzählen und in dem der Grundstein für all das gelegt wurde, was sie heute leben.

Wille sieht Amanda auf sich zukommen, erhitzt, mit einem Glanz in den Augen, der von Glück und Alkohol zeugt, und mit kleinen tänzelnden Schritten, die sie mühelos meistert in diesen beeindruckend hochhackigen Schuhen.

»Du bist jetzt mein Mann und musst immer mit mir tanzen, wenn ich es möchte.«

»Aber natürlich«, sagt er, steht auf und schüttelt die kleine Traurigkeit ab. Er wird lernen müssen, damit klarzukommen, dass sie ihn von einem Moment auf den anderen erwischen kann, diese Melancholie. Meist morgens, was ihn verwundert. Die Abende sind viel seltener getrübt von diesen schwarzen Momenten, in denen er ans Sterben denkt und daran, dass in seiner Verfügung steht, man möge ihn in ein Heim bringen, wenn er niemanden mehr erkennt.

Ich muss unbedingt noch einmal mit Michael reden. Über den anderen Ausweg. Arzt hin oder her, er ist mein Freund und wird mir doch zumindest einen Tipp geben können.

Amanda zieht ihn auf die Tanzfläche und flüstert ihm ins Ohr, dass sie nicht so rumhopsen möchte wie Anne, Michael und Pauline, sondern lieber gediegen mit ihm schweben will. Das tun sie jetzt. Sie schweben.

Er führt, und Amanda überlässt sich seinen Vorgaben. Er kann ihr Parfüm riechen, sein Hochzeitsgeschenk. Guerlain, ein alter Duft, der zu ihr passt, weil er etwas Vornehmes und Geheimnisvolles hat. Und er kann ihre Hand auf seinem Rücken spüren. So lange, bis die nach unten gleitet und auf seinem Hintern liegen bleibt.

»Ich mag deinen Hintern«, flüstert Amanda. »Verbummel den ja nicht.«

Wille lacht. Zumindest das kann er versprechen. Seinen Hintern wird er nirgendwo vergessen. Egal, wie schlimm die Zeiten sind.

48

Renée findet einen roten Punkt. Der klebt auf der Rückseite eines Bildes, das all die Monate, in denen sie nun schon mit den anderen zusammenwohnt, hinter einem anderen Bild gestanden hatte. Wer es dort versteckt hat, wird sich wahrscheinlich nicht herausfinden lassen. Vielleicht ich selber, denkt Renée und erinnert sich an die Tage, in denen sie durch die Wohnung gelaufen war, um gelbe und rote Punkte zu verteilen. Gelb für ungefährliche Erinnerung, rot für garantierten Tränenalarm.

Das Bild ist eine gerahmte Fotografie. Kein Hochzeitsfoto, aber fast. Der schwere, üppig und protzig aussehende Goldrahmen, den sie vor vielen Jahren auf einem Trödelmarkt gefunden hatte, gibt dem Foto eine schwer zu ertragende Bedeutung, lädt es auf, macht es groß und traurig. Deshalb hatte sie damals einen roten Punkt auf die Rückseite geklebt. Sie hatte gedacht, nicht einmal den Rahmen ertragen zu können, und war wild entschlossen gewesen, das Foto daraus zu entfernen und ihn zu verkaufen.

Irgendjemand hat das Bild vor ihrer Trauer und ihrem Zugriff versteckt, und so hat es überwintern können, bis sie es jetzt gefunden hat. Und das auch nur, weil sie auf die Idee gekommen war, die Bilder, die im EFG auf dem Boden stehen – an die Wand gelehnt, weil bisher niemand Lust hatte, Löcher in die Wand zu bohren –, abzustauben und vielleicht in eine neue Reihenfolge zu bringen.

Nachdem sie Michael und Pavel monatelang immer mal wieder gebeten hatte, die Bilder aufzuhängen, hatte Wille irgendwann den Vorschlag gemacht, sie auf dem Boden stehen zu lassen, weil das, wie er erklärte, viel besser aussähe.

Jetzt steht Renée im EFG, hält das gerahmte Foto in den Händen und erinnert sich an einen Tag im Dezember 1989. Martin hatte beim Frühstück vorgeschlagen, diesen Tag in Ostberlin zu verbringen. Bis dahin hatte er noch jedes Mal, wenn Renée mit ihm über die Grenze in die andere Welt wollte, um zu schauen, zu riechen, zu hören und zu schmecken, erklärt, er wolle da nicht hin. Nicht umsonst seien seine Eltern dreiundachtzig in den Westen gegangen, und er hätte damals die Nase mehr als voll gehabt von diesem Land, das nur aus Vorschriften, Indoktrination und Lügen bestanden habe.

»Ich will nicht in die DDR zurück, Renée«, hatte er gesagt. »Auch nicht zu Besuch. Ich kenne dieses Land und ich kenne seine Menschen. Es ist noch gar nicht so lange her, dass ich dort gelebt habe.«

Doch dann, an diesem Dezembertag, war es sein Vorschlag gewesen, den ganzen Tag gemeinsam in Ostberlin zu verbringen. Also waren sie losgezogen, in der Invalidenstraße über die Grenze, die keine mehr war, und gelaufen, bis ihre Füße sie nicht mehr tragen wollten. Sie hatten schlechten Kaffee getrunken und in einer HO-Gaststätte ein Fleischgericht mit Sättigungsbeilage gegessen, das Renée an ihre Schulkantine erinnert und gut geschmeckt hatte. Dann waren sie zu dem Haus gegangen, in dem Martin mit seinen Eltern bis zur Flucht in den Westen gelebt hatte. Die Straße war grau und hässlich gewesen, das Haus dringend sanierungsbedürftig, an der Tür hatte ein großer Zettel geklebt: *Klingel defekt*.

Martin hatte vor dem Haus gestanden und nach oben geschaut. »Vierte Etage«, hatte er zu Renée gesagt und nicht aufgehört hinaufzustarren. Renée war ein Stück weggegangen und hatte ihn fotografiert. Von der Seite. Wie er da stand, das Gesicht himmelwärts gerichtet, mit wütendem und zugleich wehmütigem Blick. Die Hände tief in den Taschen seiner dicken Jacke vergraben. Sein Atem hatte in dem Moment, da Renée den Auslöser betätigte, ein kleines Wölkchen vor dem Mund gebildet, so sah es aus, als rauche er. Die Straße war menschenleer gewesen.

Das Foto war in Farbe aufgenommen, aber als Renée damals den Abzug in den Händen gehalten hatte, war der einzige Farbpunkt der kleine rote Aufnäher auf Martins Jackenärmel gewesen. Ein roter Stern.

Das Bild hatte sie immer berührt.

»Hier begegnen sich Vergangenheit, Gegenwart und Zukunft«, hatte sie Martin einmal pathetisch zu erklären versucht, als er sie fragte, warum sie ausgerechnet dieses Foto mit einem Prunkrahmen aufwerte.

»Du warst dort, dann warst du fort und dann bist du zurückgekommen. Das ist doch eine ganze große Geschichte, oder nicht, Martin?«

Er hatte den Kopf geschüttelt und gelächelt.

»Du bist zu sentimental, mein Schatz, das wird dich noch mal ins Unglück stürzen, glaub mir.«

Aber das Bild hatten sie behalten, in dem Goldrahmen. Es hatte in Renées Zimmer gehangen und sie daran erinnert, wie vieler Zufälle es bedurft hatte, um sie und Martin zusammenzubringen. Und dass es sehr wohl auch hätte ganz anders kommen können.

»Und dann ist es ja auch anders gekommen«, sagt Renée jetzt und spürt ihre gute alte Freundin Trauer anrollen. »Du bist losgefahren und nicht wiedergekommen. Hast einem ostdeutschen Bienenzüchter westdeutsche Bienen bringen wollen.«

Sie weiß, dass es völlig daneben ist, jetzt noch in diesen Kategorien zu denken. Aber in dem Fall, denkt sie, mag es doch genehm sein. Wäre die Grenze nicht aufgegangen und alles eins geworden, wäre Martin auch nicht auf einer Landstraße im Ostteil des Landes zu Tode gekommen.

Sie nimmt das Bild und trägt es in ihr Zimmer. Sie wird einen Platz dafür finden müssen. Vielleicht gehört es neben

Martins Foto von der Heiligen Familie oder sie stellt es auf den Fußboden, rechts neben dem Bücherregal wäre noch Platz.

Sie holt sich einen Hocker aus der Küche, steigt hinauf und hält das Bild ganz oben an die Wand. So hoch, dass es direkt unter der Decke hängt.

»Vielleicht so«, murmelt sie und ruft laut nach Wille, den sie in der Wohnung vermutet. Statt seiner kommt Michael, der sich die Augen reibt und verschlafen aussieht.

»Hast du keine Sprechstunde?«

»Erst in zwei Stunden, Donnerstag fange ich doch immer erst mittags an. Was machst du da?«

»Meinst du, das Bild könnte hier oben hängen?«

Michael geht zwei Schritte zurück und begutachtet ihren Vorschlag. »Hast du es also gefunden«, sagt er.

»Du hast es versteckt?«

»Ja, aber eigentlich Paul. Er hat es mir gegeben und gesagt, ich solle es irgendwo hintun, wo du es nicht in die Finger kriegst. Vorher hatte er es wohl auf seinen Bauernhof mitgenommen. Ja, da oben hängt es gut. Nicht zu präsent, aber da. Alle, die es sehen, werden sich fragen, warum du es so in den Himmel hebst. Und nur du wirst es wissen. Ich hol eine Bohrmaschine und bring es dir an.«

Michael dreht sich um und geht aus dem Zimmer.

Renée steigt vom Hocker und setzt sich auf die Couch. Legt das Bild auf ihren Schoß und versucht, den roten Punkt auf der Rückseite abzukratzen. Sie hört Michael mit Wille in der Küche reden. Der rote Punkt geht nicht ab. Dann eben nicht, denkt sie und ärgert sich über einen abgebrochenen Fingernagel.

Morgen fahren wir in die Uckermark, denkt Renée.

»Wir sind weit gekommen, Martin«, sagt sie, dreht das Bild um und küsst ihrem Mann die Traurigkeit aus dem Gesicht.